고전을
부탁해

❶

고전을 부탁해 1

청소년을 위한
첫 고전 읽기

신운선 지음

두레

일러두기

1. 책은 『 』, 글이나 논문은 「 」, 잡지나 신문은 《 》, 그 밖의 영화나 노래, 시 제목은 〈 〉 등으로 표기했다.
2. 인용문의 출처는 각 장의 첫 인용문에 각주로 서지사항을 표시했고, 나머지는 괄호 안에 인용된 쪽만 표시했다.

읽는 이에게

'고전古典이 고전苦戰'이 아니라
우리 삶을 더욱 풍요롭게 비추는 빛이 되기를

'어떻게 하면 고전을 잘 읽게 할 수 있을까?'

글을 쓰기 전에 고민했습니다. 작품에 대한 배경지식을 알려 주거나 내용을 훑어 주는 게 독서에 긍정적이라는 의견도 있지만, 제대로 된 독서를 방해한다는 의견도 만만치 않기 때문이지요. 더구나 독서 환경도 달라져 독자는 책을 읽기보다 인터넷을 통한 뉴스나 영상 등을 더 자주 선택하기도 합니다. 책 읽기 말고도 즐거움을 주는 텍스트도 많아서 우리나라의 1인당 독서 시간이나 독서율은 점점 떨어지고 있는 게 현실이기도 하죠. 책 읽기를 통한 사유의 확장이 아니라 트위터나 페이스북 등의 SNS에서 의견을 공유하며 사유를 완성해 나가는 걸 더 좋아하기도 합니다. 이런 상황에서 과연 어떻게 하면 고전을 잘 읽게 할 수 있을까요?

"유명한 작품이다 보니 안 읽었는데도 읽은 것 같은 착각이 들어요."

"고전은 꼭 읽어야 할 것 같은데 이상하게 손이 잘 안 가요."

"필독서라는데 필독서는 숙제 같아서 부담만 돼요."

"어려워서 읽기에 흥미가 안 생겨요."

20년 넘게 독서교육을 하며 들은 다양한 의견을 종합하면 고전 읽기의 유용함과 중요성은 알고 있어도 고전과 친해지기 어렵다는 말로 정리할 수 있었습니다. 많은 영웅적인 인물이 고전 읽기를 했다고 해도 어느 유명한 대학 강의는 고전 읽기로 시작해서 고전 읽기로 끝난다고 해도, 선뜻 손에 잡히지 않는 게 고전이라는 거지요. 고전을 강조할수록 부담만 늘고 막상 읽으려고 펴 보면 생각보다 지루한 경우도 많고요. 작품을 이해하기 위해 작가의 삶이나 시대적인 상황, 당시의 이데올로기 등 배경지식을 동원해야 해서 어렵기도 합니다. 그러다 보니 "고전古典(오랫동안 많은 사람에게 널리 읽히고 모범이 될 만한 문학이나 예술 작품)은 고전苦戰(몹시 힘들고 어렵게 하는 싸움)이다"라는 우스갯소리를 합니다.

그러나 진부해 보여도 고전을 읽어야 하는 이유는 고전이 과거와 현재와 미래를 관통하게 해 주는 무언가를 우리에게 전해 주기 때문입니다. 사회가 빠르게 변하고 예측이 어려울수록 고전은 시공간을 초월한 메시지로 우리의 눈을 밝혀 줍니다. 유행하는 삶의 양식이나 주어진 쾌락에 머물지 않고 자연과 사람, 삶과 죽음에 관해 나름의 생각을 해 나가게 합니다.

"시대적인 배경과 작가에 대해 알고 나니 작품 이해가 더 잘 돼요."

"대략의 내용을 알고 책을 읽으니 읽기가 훨씬 수월했어요."

"여러 사람과 의견을 나누다 보니 의문점이 풀리며 새로운 것을 알게 됐어요."

이런 의견은 작품에 대한 길잡이가 고전 읽기에 조력자 역할을 한다는 것을 짐작하게 했습니다. 저 또한 다른 이의 힘을 빌려 책을 읽은 경험이 많았습니다. 작품을 더 깊이 이해하기 위해 관련 자료를 찾아 읽거나 다른 이들과 토의를 했습니다. 강의를 듣거나 관련 영상을 보기도 했지요. 그 모든 활동은 작품을 깊이 이해하고 나의 것으로 소화하는 데 징검다리가 됐습니다. 그런 경험을 반추하면서 이 글도 고전을 읽으려는 독자에게 도움이 되기를 바라며 썼습니다.

글의 씨앗이 된 것은 2014년부터 2015년까지 《서울신문》에서 '읽어라, 청춘'이라는 이름으로 연재한 글과 2016년부터 2017년까지 《조선일보》의 '이 주의 책'에 연재한 글이었습니다. 신문에 연재할 당시 900~1,800자였던 글의 분량을 늘리고 책의 이해를 돕기 위해 관련 자료를 추가했습니다. 연재했던 작품 중에는 빠진 작품도 있고 추가된 작품도 있습니다. 그동안 독서교육 현장에서 많이 다루고 중요하게 여기는 작품을 선정했습니다. 다루고 싶었지만 다루지 못한 고전은 숙제로 남겨 놓았습니다.

글을 쓰며 최대한 작품을 왜곡하지 않으며 독자에게 잘 건네고 싶은 마음이 컸습니다. 그것을 위해 크게 네 가지를 염두에 두었습니다. 먼저, 독자의 흥미를 돋우고 이해에 도움을 주려고 했습니다. 아무리 좋은 작품이라도 독자가 흥미를 느끼지 못하거나 읽어도 이해하지 못한다면 아무 소용이 없을 테니까요. 또한 작품이 지닌 고유의 주제 의식을 중요하게 다루었습니다. 독자마다 책에 대한 감상이나 해석은 다르겠지만 작가의 의도를 더 중요하게 여겼습니다. 그럼에도 독자의 감상 폭이 좁아지지 않도록 단정적인 해석을 경계했습니다. 작품은 독자마다 다르게 해석할 수 있고, 그것이 작가의 의도와 다르다 하더라도 독자가 자기의 것으로 받아들일 때 비로소 독자의 것이 된다는 믿음 때문입니다. 마지막으로 작품과 우리 삶의 연결성을 찾으려고 했습니다.

고전이 고전으로만 끝나지 않고 이 시대를 관통하는 시선을 포착하고 우리 삶에 긍정적인 영향을 주기를 바랐습니다.

이 네 가지는 글 쓰는 동안 저를 괴롭혔습니다. 쓸데없는 사변이 길어지지는 않을까? 작품을 내 멋대로 오독하는 것은 아닐까? 단정적인 해석으로 사유의 폭을 제한하는 것은 아닐까? 그러한 경계심을 마음에 두고 때론 비판적인 시선으로 바라보기도 하면서 질문과 대답을 해나갔습니다. 그 과정이 이번 글쓰기에 녹아 있습니다.

고전 목록을 추리고 책을 읽고 글을 쓰고 퇴고를 반복하면서 깨달은 것이 있습니다. 문학이나 비문학 모두 대부분의 작품이 도달한 지점에는 '사랑'이 기다리고 있다는 점입니다. 온갖 비유와 상징, 설명과 주장이 넘실대지만 그것들은 결국 '자연과 사람 그리고 삶에 대한 사랑'의 말이었습니다.

도대체 사랑이라니요? 어떤 사랑을 말하는 것일까요? 사랑만큼 추상적이고 주관적이며 정의가 내려지지 않는 단어가 있을까요? 그것을 증명하듯 작품마다 조금씩 다른 목소리와 다른 내용으로 사랑을 말합니다. 분노나 슬픔, 고통을 통해 말하기도 하고 희망의 언어로 다정하게 건네기도 합니다. 논리적이거나 강한 어조로 말하기도 합니다. 함축된 언어에 숨겨 놓아 오랫동안 그 의미를 곱씹어야 사랑의 얼굴이 보이는 작품도 있습니다. 냉소적으로 말하지만 그 이면에는 사랑이 있습니다.

처음부터 이런 생각을 했던 것은 아닙니다. 책을 또다시 읽고 작품의 의미를 곱씹으며 글 다듬기를 반복하는 가운데 어느새 작품들은 '자연과 사람 그리고 삶에 대한 사랑'이라는 주제로 모였습니다. 그 시간 동안 제 삶을 마주하고 제게 스며든 의미를 궁굴렸습니다. 작가로서 창작에 대한 고민이 깊어지기도 했지요. 좋은 작품을 쓰고 싶다는 자극과 열망에 시달렸습니다.

이제 그 시간을 지나 여러분께 40권의 고전을 건넵니다. 이 책이 고전에 선뜻 다가서지 못하고 망설이는 분들에게 고전의 문을 열어 주고 글의 길을 안내하는 지도가 되길 바랍니다. 그 발걸음이 다양한 모습의 고전 읽기로 이어지면 좋겠습니다. 이 책을 빌미로 이 책에서 소개한 책을 완독할 수도 있고, 고전 읽기 모임을 하며 토의·토론을 할 수도 있겠지요. 저와 다르게 생각하고 예상하지 못한 감동을 얻을 수도 있습니다. 청소년에게 고전을 가르치는 선생님에게는 지침서의 역할을 하며, 고전을 이미 읽은 분들에게는 '자연과 사람, 그리고 삶'에 대한 더 많은 질문과 해석, 감동과 비판이 넘나드는 책 읽기가 될 수도 있습니다. 그 모든 상호작용이 고전의 의미를 더욱 풍성하게 해 주리라 믿습니다.

'고전古典이 고전苦戰'이 아니라 시대를 초월한 예술작품으로 우리 삶을 더욱 풍성하고 깊이 있게 비춰 주길 바랍니다. 그 빛을 따라 독자마다 삶의 섬세한 문양을 발견하고 새기며 삶을 창조해 나가는 데 도움이 되기를 바랍니다.

신운선

차례

1. 보이는 것과 보이지 않는 것 사이에서의 의미 찾기

『어린 왕자』__생텍쥐페리

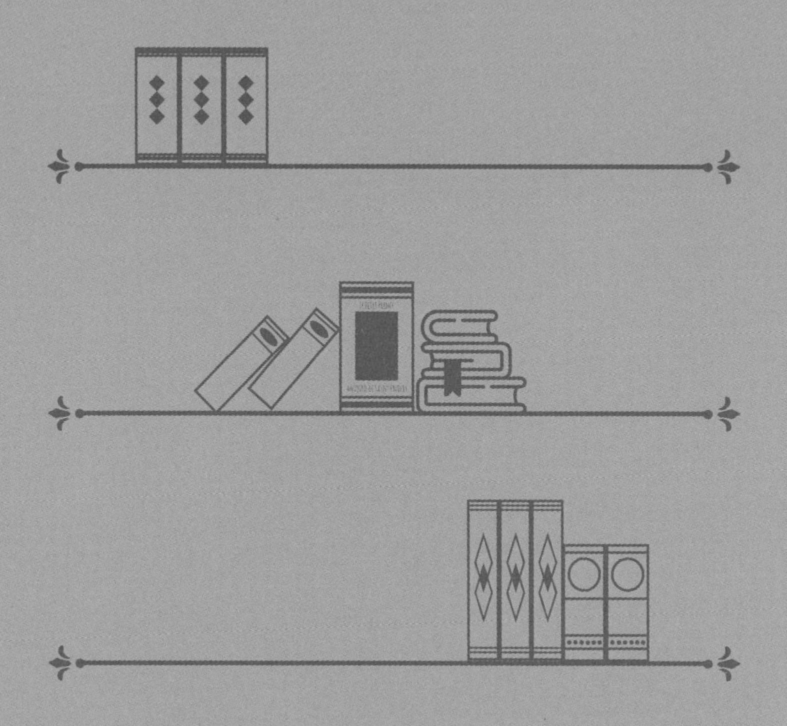

생텍쥐페리.

생텍쥐페리Antoine de Saint Exupery(1900~44)는 작가이며 비행사입니다. 프랑스 리옹에서 태어나 유복한 어린 시절을 보냈으며, 파리 예술 대학 건축학부에 들어가 건축학을 공부했습니다. 1920년에 징병으로 공군에 입대해 조종사 면허를 땄습니다. 제대한 뒤 자동차 공장 등 여러 직종을 전전하다가 1926년에 툴루즈의 라테코에르사에 들어가 아프리카 북서부와 남대서양 및 남아메리카를 통과하는 우편비행을 담당했습니다. 1930년대에는 시험비행사와 에어프랑스 항공회사의 홍보 담당자 및 《파리 수아르》의 기자로 일했습니다.

1939년에 육군 정찰기 조종사가 됐습니다. 2차 세계대전 때 프랑스가 독일에 함락되자 모로코, 리스본을 거쳐 1940년 12월 31일에 뉴욕에 도착해 망명 생활을 시작했습니다. 미국에 있는 동안 『어린 왕자Le Petit Prince』(1943)와 『어느 인질에게 보내는 편지』(1944)를 썼습니다. 특히 2차 세계대전 중 미국에서 발표한 『어린 왕자』는 작가 자신이 직접 삽화 47점을 그려 넣었습니다. 1943년에는 연합군에 합류해 북아프리카 공군에 들어간 뒤 대규모 정찰 비행의 임무를 수행했습니다. 단 5회의 정찰 비행을 허락받은 그는 르노블-안시 정찰 임무를 띠고 프랑스 남부 해안을 비행하다가 1944년 7월 31일에 행방불명이 됐습니다.

그 뒤 1998년, 마르세유 동남쪽 바다에서 생텍쥐페리의 이름이 새겨진 팔찌가 발견됐습니다. 2000년 5월에는 프랑스의 한 잠수부가 마르세유 근처 바다에서 생텍쥐페리가 실종 당시 탔던 항공기 P38의 잔해를 발견하고, 2004년 4월에는 프랑스 수중탐사팀이 그가 탔던 비행기로 추정되는 항공기의 잔해를 추가로 발견했습니다. 2008년 3월에는 2차 세계대전 당시 독일 공군 조종사였던 호르스트 리페르트가 자신이 생텍쥐페리가 탔던 비행기를 격추했다고 고백해 생텍쥐페리 죽음의 미스터리는 종결됐습니다.

생텍쥐페리의 작품은 비행기와 밀접하게 관련이 있습니다. 첫 작품은 우편 비행을 위해 다카르와 카사블랑카 사이를 오가며 밤에 쓴 『남방 우편기』입니다. 조종사의 경험과 이루지 못한 첫사랑을 시적 서정성으로 그린 작품입니다. 아르헨티나 항공에서 일할 때의 경험을 토대로 쓴 소설 『야간비행』은 행동적인 문학으로서 앙드레 지드의 격찬과 페미나 상을 받았고, 미국에서 영화화되기도 했습니다. 작가가 비행할 때 겪었던 모험을 그린 『인간의 대지』는 아카데미 프랑세즈의 소설 대상을 받았습니다. 『전투 조종사』는 승산이 거의 없는 절망적인 상황에서 정찰 임무를 띠고 희생정신으로 출격했던 일을 회고하는 작품입니다.

생텍쥐페리의 작품은 대부분 어려움과 역경 속에서 사람과 사람 사이의 정신적 유대감이야말로 진정한 삶의 의미를 밝혀 준다는 의미를 담고 있습니다.

제가 『어린 왕자』를 처음 읽었던 중학교 시절만 해도 생텍쥐페리의 실종에 대해 말이 많았습니다. 사람들은 작가의 죽음을 인정하지 않고 '진짜 어린 왕자를 만나러 간 것은 아닐까', '어느 소행성에 살고 있는 것은 아닐까' 하며 상상의 나래를 펼치기도 했죠. 저도 그중 한 사람이었고요. 그러나 1998년부터 작가의 실종에 대한 비밀은 조금씩 밝혀집니다. 1998년에 프랑스 마르세유 남동쪽 바다에서 생텍쥐페리의 아내 콘수엘로의 이름이 새겨진 작가의 은팔찌가 어부의 그물에 걸려 발견되었거든요. 안타깝게도 어린 왕자가 홀연히 제 별(소행성 B612)로 사라진 것처럼 생텍쥐페리는 지중해 바다에 잠들어 있었어요.

작가는 문학은 경험에서 나와야 하고 사회에 도움이 되어야 한다고 여기며 스스로 인간의 책임과 의무를 다하려 노력했어요. "전쟁은 모험이 아니라 질병이다"라고 말한 평화주의자였지만, 나치와 히틀러의 비인간적인 탄압에 항거해 전쟁에 뛰어들었죠. 미국에서 망명 생활을 하는 게 도피가 아닐까 고뇌하다 결국 프랑스 비행중대로 돌아와 출격했고요. 그 결과 지중해에 묻혔지만, 작가가 우리에게 전하고자 하는 '행동하는 휴머니즘'과 연대의 정신은 지금까지도 큰 울림을 줍니다.

불빛이 꺼진 고국을 그리워하며 쓴 작품

이 작품을 쓰던 때 생텍쥐페리는 미국에 망명한 상태였어요. 2차 세계대전의 암흑 속에서 나치에 점령당한 채 모든 불빛이 꺼진 파리를 그리워하며, 그곳에 남아 있는 이들을 걱정하면서요. 작가의 이런 처지 때문인지는 모르겠지만 이 작품에는 우수에 젖은 정서가 작품 전편에 넘실대고 있습니다. 그러면서 인간의 순수함을 지키고 존엄을 구원하기 위한 절실함과 고귀함을 느끼게 하죠.

이 작품의 서문에는 이 작품을 친구인 '레옹 베르트'에게 바친다며 어른에게 바친 데 대해 어린이들에게 용서를 구하고 있어요. 그러면서 그 대신 '어린이였을 때의 레옹 베르트에게' 헌정하는 것으로 헌사를 고치겠노라며 재치 있게 마무리하죠.

그러면 레옹 베르트는 누구일까요? 레옹 베르트는 세계대전이 한창이던 때 프랑스에 살던 유대인으로 반전과 나치를 비판하는 글을 쓰던 작가이며, 생텍쥐페리의 친구예요. 나치 점령 당시의 프랑스인을 대표한다고 볼 수 있겠죠. 어린이였을 때의 레옹 베르트에게 헌정한다는 것은 전쟁이 나기 전, 인간 존엄이 지켜지는 순수한 시절의 프랑스인을 상징한다고도 볼 수 있습니다.

사막에서 만난 어린 왕자

1929년에 발표한 작가의 첫 장편소설 『남방 우편기』의 주인공이 타는 비행기가 612호인데, 『어린 왕자』의 주인공인 어린 왕자가 살던 별 이름도 소혹성 B612호예요. 이야기는 사하라 사막에 불시착한 비행사가 소혹성 B612호에서 왔다는 어린 왕자를 만나면서 시작합니다. 어린 왕자는 금발 머리에 금빛 머플러를 두르고 여행 중이었죠.

비행사는 어린 시절 코끼리를 삼키고 있는 보아 뱀 그림을 그려서 어른들에게 보여 준 적이 있었어요. 하지만 어른들은 그 그림에서 모자 형상만을 볼 따름이었어요. 어린이보다 어른들이 사물의 참모습을

1998년에 프랑스 마르세유 남동쪽 바다에서 어부의 그물에 걸려 발견된 생텍쥐페리의 은팔찌. 이 팔찌에는 아내 콘수엘로의 이름이 새겨져 있다.

보지 못함을 일찌감치 체험한 것이죠. 그 어린이가 그림에 대한 꿈을 접고 비행사 어른이 되어 사막에 불시착한 거예요.

사막에서 우연히 만난 소년은 비행사에게 양 한 마리만 그려 달라고 부탁을 합니다. 그 소년은 자신이 특별하게 여기는 장미꽃을 자신이 사는 별에 남겨 두고 여행길에 오른 어린 왕자였죠. 왕자는 몇몇 별을 여행한 뒤에 지구에 온 상태였고요.

비행사는 어린 왕자가 원하는 그림을 그려 줍니다. 양의 겉모습만 그려 줬을 때 시큰둥하던 왕자는 양이 들어가 살 수 있는 상자를 그려 주자 고개를 끄덕해요. 보이는 실체가 아니라 너와 나의 관계, 양과 주변 세계의 만남을 그려 달라는 주문이었던 것이고, 그걸 비행사가 해 준 것을 알아챈 몸짓이었어요.

비행사는 상자 속 양을 볼 줄 모르는 자신을 깨달으며, 어느덧 자신이 어린 시절 자기 그림을 제대로 보아 주지 못했던 어른들과 닮아 있음을 깊이 느끼게 됩니다. 코끼리를 삼킨 보아구렁이나 상자 속 양 그림은 외면만 보지 말고 내면의 본질을 보라는 것이고, 진리는 눈으로 관찰할 수 없고 마음으로만 볼 수 있다는 것을 말하는 것이니까요. 그것은 동심이며 시심이고 순진무구한 상상력의 세계로, 어른이 잃어버

『어린 왕자』의 표지. 책의 삽화는 모두 작가가 직접 그렸다. 이후 원작 그림이 여러 버전으로 바뀌어 출간됐다.

린 세계이기도 합니다.

비행사는 어린 왕자에게 '다른 별들'에 대한 이야기를 듣습니다. 비행사인 '나'가 어린 왕자와 나눈 이야기는 어린 왕자의 소혹성에서의 생활, 지구에 오기 전까지 어린 왕자의 별 여행기, 지구에서의 여정, 1년 만에 어린 왕자가 자기 별로 돌아가는 것 등이에요.

어린 왕자가 사는 별은 아주 작은 별로 바오밥나무와 장미꽃 한 송이가 있습니다. 어린 왕자는 장미꽃이 까다롭다고 느끼면서도 겨우 가시 네 개로 자신을 지키려는 장미꽃을 걱정하고 그리워하죠.

무서운 씨앗인 바오밥나무는 별 전체에 퍼져 별에 구멍을 내고 엉망으로 만드는 존재고요. 바오밥나무는 아프리카에서 자라는 거대한 나무로 'Baobab'은 'Boche(독일인을 경멸적으로 부르는 말)'를 연상시킵니다. 이 작품을 쓴 시대적 상황 등을 고려한다면 조국을 황폐화시킨 독일로 이해할 수도 있겠죠. 어떤 이는 이 작품을 쓴 상황을 고려했을 때 2차 세계대전의 추축국인 독일, 이탈리아, 일본을 상징한다고도 해석해요.

그것은 욕심, 잘못된 사상, 나쁜 습관 등으로도 볼 수 있습니다.

어린 왕자는 여행하며 만나는 이들에게 계속 질문을 합니다. 질문에 대한 대답을 들은 어린 왕자는 한결같이 "어른은 참 이상하다"라고 생각하죠. 어린 왕자가 만난 어른은 타인과의 진정한 관계를 맺지 못하고, 사회적 권위나 제도, 규정 등에 맹목적으로 순종하고 따르기 때문이에요. 어린이와 다르게 물질에 집착하고 독선적이며 정의 내리고 숫자화하기를 좋아하기 때문이죠.

어린 왕자가 여행 중 만난 사람들

어린 왕자가 첫 번째 별에서 만난 사람은 왕입니다. 권위적인 절대군주인 왕은 모든 이에게 명령을 내립니다. 자기 권위가 존중되기를 바라는 지배자로 모든 사람을 신하로 만들죠. 처음 보는 어린 왕자조차 제멋대로 법무대신으로 임명해요. 어리석게도 모든 이들을 자기에게 복종하도록 명령하지만, 막상 아무것도 지배하지 못합니다.

두 번째 별에서 만난 사람은 허영심이 가득한 사람이에요. 허영쟁이는 자신을 칭찬하는 말만 듣습니다. 별에 혼자뿐이면서도 모든 사람에게 숭배받기를 기대하며 자기치장에만 골몰하죠. '자기'라는 감옥에 갇혀 터무니없는 과대망상에 빠져 지내는 나르시시스트입니다.

다음 별에는 술꾼이 살아요. 그는 술 마시는 게 부끄러워 술을 마시죠. 인생의 괴로움을 잊고 싶지만 잘못의 실마리를 찾지 못합니다. 자가당착에 빠진, 자신에게 갇혀 있는 허무주의자라고 볼 수 있어요.

네 번째 별에서 만난 사람은 5억 개가 넘는 별을 소유한 사업가예요. 계산에 능하고 소유욕이 강한 사람이죠. 그러나 그의 소유는 무의미한 숫자 놀음에 불과합니다. 별의 개수만 세고 있죠. 그러고는 자신이 가졌다고 생각하는 별의 숫자를 종이에 적어 서랍에 넣어 두고는 자물쇠로 잠가 놓습니다. 소유의 욕망과 물질만능주의에 빠진 모습입니다.

가장 작은 다섯 번째 별에서는 1분마다 가로등을 껐다 켰다 하는 사람을 만나요. 앞선 사람들과는 달리 자기가 아닌 다른 것에 열중하죠. 어처구니없는 일을 당연하게 받아들이는 가로등지기는 맹목적으로 일을 하는 어른의 모습이에요. 성실하지만 인간성을 잃어버린 채 기계적으로 일하는 현대인을 보는 듯합니다. 어린 왕자는 그나마 "우스꽝스럽지 않은 사람은 이 사람뿐이야. 그건 아마 이 사람이 저 자신이 아닌 다른 것에 정성을 들이고 있기 때문일 거야"라고 생각합니다.

여섯 번째 별은 큰 별로 커다란 책을 쓰는 노신사가 살아요. 그는 지리학자인데 자기 별조차 탐사를 못 했죠. 오직 지도 위에 표시된 내용만 보고 세계를 이해하기 때문이에요. 연구자지만 추상적인 지식에 의존하고 실천하지 않는 지식인입니다. 지리학자는 어린 왕자의 별에 호기심을 보이며 기록하려 합니다. 그러면서 영원한 것만 기록하고 덧없는 것은 기록하지 않기 때문에 꽃은 적지 않는다고 말합니다. 그 말을 들으며 어린 왕자는 자신의 꽃이 덧없고 약한 존재라는 사실을 생각하며, 꽃을 별에 홀로 두고 온 것을 처음으로 후회해요. 그러고는 자기 꽃을 생각하며 지리학자가 추천한 지구로 길을 떠납니다.

참으로 이상한 세계, 지구

지구는 어린 왕자가 지금까지 갔던 별 중 가장 큰 별이었습니다. 앞서 본 별들에는 한 사람만이 살았으나 지구에는 "흑인 왕도 포함해서

왕이 111명, 지리학자가 7천 명, 사업가가 90만 명, 주정뱅이가 750만 명, 허영쟁이가 3억 1천1백만 명" 등 모두 합해서 약 20억 명의 어른들이 살고 있었죠.

소행성에서 지구까지 여행하면서 어린 왕자가 만나는 사람들, 즉 권력을 가진 왕, 허영심으로 가득한 남자, 술꾼, 장사꾼, 가로등지기, 지리학자는 세상의 모순을 보여 줍니다. 그 모순은 어린 왕자가 만나는 이들에게 하는 질문을 통해 우리에게 넌지시 알려 주죠. 그들이 가진 권력, 허망, 자기 학대, 물질 등은 세대를 불문하고 마치 삶의 진리인 듯 포장되어 있으나 그 별들은 인간다움의 본성에서 멀어진 세계일 뿐이에요. 어린 왕자가 보기에는 참으로 이상한 세계일 뿐이고요. 특히 지구에는 그 모든 별에서 만난 어른들이 20억 명이나 살고 있는 세계입니다.

사막에서 일어난 일

이 책의 중요한 배경은 사막입니다. 사막은 고독한 주인공을 사유하게 하고 정신적 연대를 하게 하는 상징적인 장소예요. 사막은 온통 메마르고 뾰쪽뾰족하고 험합니다. 사람들은 상상력이 없고 남이 한 말만 따라 하는 쓸쓸한 곳이고요. 사막에 떨어진 어린 왕자가 처음 만난 것은 뱀인데, 지구에서의 마지막을 함께한 존재도 뱀입니다.

어린 왕자에게는 양이 꽃을 먹어 버리는 것과 밤에 별을 보는 것, 꽃을 보고 아름답다고 하는 것 등이 중요한데, 어린 왕자가 만난 어른들은 현실에 도움이 되는 문제만이 중요하다고 합니다. 그럴수록 어린 왕자는 언제나 먼저 말을 건넨 꽃이 더욱 생각나죠. 꽃을 그리워하며 사막과 바위와 눈을 헤치고 걷는 동안 어느덧 사람들이 사는 곳에 다

다릅니다.

그곳에서 어린 왕자는 오천 송이의 장미꽃과 여우를 만납니다. 여우는 오천 송이의 장미꽃과 자기 별의 장미꽃 한 송이가 어떻게 다른지 말해 줍니다. 그건 길들인 시간과 관계가 있기 때문이었어요. 여우는 작가가 아프리카 카프 쥐비의 비행기 중계소에서 근무할 때 애완동물로 기르기도 했던 동물인데, 이 작품에서는 작가가 말하고자 한 생의 비밀과 삶의 지혜를 전하는 존재로 나옵니다.

여우는 어린 왕자에게 길들인다는 것, 관계를 맺는 것, 사랑에는 책임이 따른다는 것, 바친 시간 때문에 장미꽃이 소중하다는 것, 중요한 것은 마음으로 보아야 한다는 것 등을 알려 줍니다. 그러면서 여우는 친구를 가지고 싶다면 자신을 길들여 달라고 말하죠.

여우와의 만남에서 이 책의 핵심적인 주제가 드러납니다. 어린 왕자가 자신의 장미꽃이 아주 흔한 꽃 중의 하나임을 알고 풀밭에 엎드려 울 때 여우가 알려 준 삶의 비밀이죠. 바로 '관계'의 소중함에 관한 이야기입니다.

'길들인다'라는 말의 의미는 '관계를 맺어 의미 있는 존재로 된다'라는 것으로 눈물을 흘릴 염려가 있다는 것이죠. 장미와 갈등이 있음에도 어린 왕자에게 장미꽃이 소중한 이유는 시간과 정성을 바쳤기 때문이에요. 왕자는 자기가 책임을 져야만 하는 장미꽃이 존재한다는 사실에 깊은 뜻이 있음을 알게 되죠. 어린 왕자는 장미의 까다롭고 교만하고 자존심을 세우는 태도 때문에 소혹성에 장미를 두고 떠나왔는데, 비로소 그것을 후회합니다. 어린 왕자가 관계의 가치를 깨달으며 장미꽃의 소중함을 알게 되는 장면입니다.

그러고는 "사막이 아름다운 것은 어딘가 우물을 숨기고 있기 때문"

이라는 걸 깨닫게 됩니다. 그 우물은 우리가 마음으로 봐야 하는 무엇이거나 희망이나 진리, 또는 삶의 진실이겠죠. 현실이 사막처럼 메말랐어도 의미가 있는 이유는 나와 관계 맺은 사랑의 대상이 있기 때문이고요. 고독하고 삭막한 현실이라도 그 안에 이상과 꿈, 희망, 사랑이 있다는 의미입니다.

깨달음을 얻은 어린 왕자는 이곳에 온 지 1년이 된 밤에 자기 별로 돌아가려고 합니다. 그러면서 비행사에게 밤하늘의 별 중 하나에서 자신이 웃고 있을 거라고 말하죠. 이 말은 어린 왕자가 여우에게 전해 들은 삶의 지혜를 깨닫고 한 말이었죠. 비행사와 관계 맺기 이전과는 다른 사이가 되어 둘이 서로에게 특별해졌음을 전제하는 말이었습니다. 그리고 그날 비행사는 어린 왕자가 모래밭에 천천히 넘어져 사라지는 것을 봅니다. 어린 왕자의 발목에서 노란빛이 반짝할 뿐이었고요. 이 장면에 대해 어떤 독자는 어린 왕자가 죽은 것이라고 하고 어떤 독자는 자기 별로 돌아간 것이라고 합니다. 여러분은 어떻게 생각하나요?

우리가 잃어버린 것

"누구나 다 처음은 어린아이였다"라는 사실을 잊고 사는 어른에게 작가는 무슨 말을 건네고 싶었을까요? 어른에게 '너무나 많은 것'을 물어보는 '어린 왕자'의 질문은 자신을 향한 독백이기도 하고, 어린이 마음을 잃어버린 어른 독자에게 하는 질문 같기도 합니다.

어린 왕자와 우정을 나누는 비행사는 조종사였던 작가 자신을 투사한 인물이기도 합니다. 이 작품을 쓸 당시 작가의 나이가 마흔세 살임을 생각해 볼 때 어린 왕자가 해지는 모습을 43번 보았다는 것은 어린 왕자 또한 작가의 모습으로 이해할 수 있습니다. 작가 내면에 있는 어린이와 이미 어른이 된 자신이 이야기하는 것이죠.

이 책에 반복적으로 나오는 문장은 "어른들은 너무 이상해"와 "어린이들은 알고 있어요"라는 문장입니다. 작가는 어른을 '상상력이 없고 외양을 중시하며 값나가는 것, 큰 것을 좋아하고 환원 가능한 숫자를 중시하며 항상 설명해 주어야 하는 존재'로 그립니다. 현실의 이익을 추구하며 생각이 굳어진 인물이죠. 어린이는 작은 별에도 의미를 부여하고 눈에 보이지 않는 것을 볼 수 있는 존재로, 상상력이 풍부하고 호기심이 많으며 욕심이 없는 존재로 그립니다. 우리가 이미 어린 시절에 가지고 있던 것인데, 어른이 되면서 잃어버린 것들을 지닌 존재죠.

작가는 보이는 것과 보이지 않는 것, 물질과 정신, 어른과 아이, 이성과 감성, 현실과 이상, 순진무구와 이해타산 등으로 대립시키며 내면의 본질을 보기 위해 마음으로 보는 눈을 되찾아야 한다고 강조합니다. 그러면서 인간 소외의 해법을 '진정한 관계 맺기'로 제시해요. 여우의 말을 통해 '진정한 관계 맺기'는 '갈등조차 품어 주는 서로에 대한 책임감'이 중요하다는 걸 알려 줍니다. 그리고 어린 왕자가 이러한 관계의 비밀을 깨달을 수 있었던 건 여행을 하며 질문을 끊임없이 이어간 데 있었습니다.

"어린 왕자는 한번 묻기 시작하면 답을 얻을 때까지 묻지 않고는 못 견디는 성미였다" 같은 부분에서 보듯, 우리는 묻고 또 물어야 할 겁니다. 그것은 우리가 잃어버린 어린 시절의 꿈을 일깨워 주고 삭막한 사막과 같은 어른의 세계로부터 어린아이의 마음과 같은 우물을 길어 올리는 일입니다. 그 마음을 길어 올릴 때 다른 이들과의 진정한 관계 맺기가 시작된다고 어린 왕자는 말하는 듯합니다.

2. 인간을 무한 긍정한 사랑의 찬가

『템페스트』__윌리엄 셰익스피어

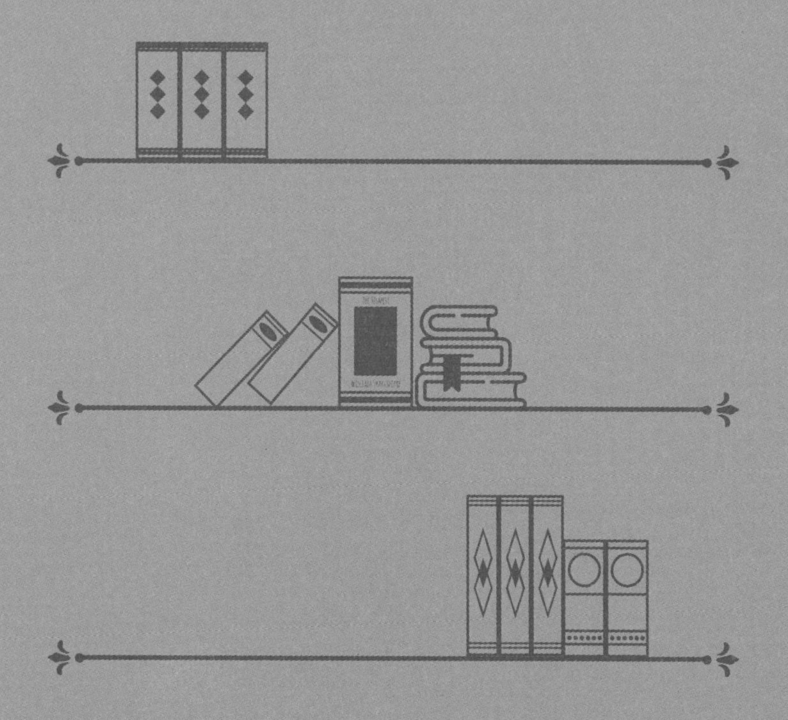

윌리엄 셰익스피어.

윌리엄 셰익스피어William Shakespeare (1564~1616)는 영국 출생의 극작가입니다. 잉글랜드 중부의 스트랫퍼드어폰에이번에서 8남매 중 셋째이자 장남으로 태어났습니다. 4월 26일은 그가 유아세례를 받은 날입니다. 생일은 정확하지 않지만, 당시의 관례로 아기가 태어나면 사흘째 되는 날에 세례를 받게 되어 있어서 그가 태어난 날은 4월 23일로 추측할 수 있습니다.

아버지 존 셰익스피어는 부유한 상인으로 스트랫퍼드어폰에이번의 읍장을 지내며 곡물 상인과 장갑 제조업자를 겸했습니다. 당시 스트랫퍼드어폰에이번에는 훌륭한 초·중급 학교가 있어서 셰익스피어는 라틴어를 중심으로 한 기본적인 고전교육을 받으며 풍족하게 소년 시절을 보낸 것으로 짐작됩니다. 그러나 1577년경부터 아버지가 빚을 지고 파산하는 바람에 학업을 중단하고 집안일을 도와야 했습니다. 그러다가 18살 때인 1582년에 여덟 살 연상의 앤 해서웨이와 결혼해서 1583년에 딸을, 1585년에 아들과 딸 쌍둥이를 낳았습니다. 그러나 이는 기록으로만 남아 있습니다.

셰익스피어가 학업을 중단하고 런던으로 나온 시기는 확실하지 않습니다. 다만 1580년대 후반일 것으로 추측됩니다. 영국 런던에서 극장 고용원으로 일하며 연극계에 발을 들였고, 이후 극단의 간부 단원이자 전속 극작가가 됐습니다.

셰익스피어는 1590년부터 20여 년 동안 희곡 37편과 시집 3권을 발표했습니다. 소재는 당시의 경향에 따라 주로 역사·신화·전기, 중세의 로맨스 등이었고요. 희곡도 희극·사극·비극을 고르게 발표했습니다.

셰익스피어의 작품은 연대별로 크게 네 시기로 분류됩니다. 1기(1590~1595)는 선배 작품을 따라 습작한 시기로, 당시 작품으로는 셰익스피어의 첫 작품인 『헨리 6세』를 시작으로 『말괄량이 길들이기』, 『로미오와 줄리엣』 등이 있습니다. 2기(1596~1600)에 쓴 작품은 『한여름 밤의 꿈』, 『베니스의 상인』, 『십이야』 등이 있고 3기(1601~1609)에 4대 비극인 『햄릿』, 『오셀로』, 『리어왕』, 『맥베스』와 『끝이 좋으면 다 좋아』, 『안토니와 클레오파트라』 등을 썼습니다. 4기(1610~1613) 작품으로는 『템페스트The Tempest(폭풍)』, 『겨울밤 이야기』 등이 있습니다.

그의 인생의 후기에는 주로 소송과 투자의 기록이 많습니다. 소송을 좋아하던 아버지에게서 물려받은 기질과 이재에 밝은 그의 일면을 잘 보여 줍니다. 1611년에는 런던에서 연극 활동을 청산하고 고향으로 돌아와 조용한 여생을 보냅니다. 1616년 4월 23일, 쉰두 살의 나이로 고향에서 사망해 스트랫퍼드교회의 교적부에 그의 장례 기록을 남기고 같은 교회의 성단 바닥에 묻혔습니다.

해마다 4월 23일은 국제연합 전문기구인 국제연합 교육과학문화기구UNESCO(유네스코)가 제정한 '세계 책과 저작권의 날World Book and Copyright Day'입니다. 약칭으로는 '세계 책의 날'이라고 하죠. 이날은 1616년에 윌리엄 셰익스피어와 돈키호테의 저자 미겔 데 세르반테스가 동시에 사망한 날에서 유래했습니다. 1995년에 국제연합 총회에서 독서를 증진하고 책의 출판을 장려하며 저작권 제도를 통한 지적 소유권 보호를 촉진하기 위해 제정한 날이죠. 유네스코는 2001년부터 이날을 기념해 해마다 '세계 책의 수도'를 선정하고 있는데, 우리나라의 인천광역시가 '2015년 세계 책의 수도'로 선정되기도 했습니다.

셰익스피어는 그의 사망일이 '세계 책의 날'로 지정될 만큼 전 세계의 문학계에 미친 영향력이 매우 컸습니다. 미국의 문학평론가인 해럴드 블룸은 "셰익스피어는 문학적 위력이라는 면에서 성경에 맞먹는 유일한 인물이다"라고 말할 정도였죠. 그걸 증명하듯 그의 작품은 서사와 개성 강한 인물과 인간의 본성 등을 꿰뚫는 통찰력을 담고 있어 끊임없이 재해석되고 재창조되며 소비되고 있습니다.

인간을 최고의 가치로 생각한 셰익스피어의 작품

셰익스피어는 영국이 절대주의 전성기를 이룬 엘리자베스 1세의 시대부터 제임스 1세 초기까지 작품 활동을 했습니다. 당시 1590년을 전후한 영국 사회는 신의 섭리를 받들고, 하느님 중심의 교권주의 사상이 주를 이루는 사회였어요. 그런 이유로 다른 작가의 희곡 내용은 대부분 권선징악의 주제를 다루었습니다.

이와 달리 셰익스피어는 인간을 최고의 가치로 생각하며 영국의 사회 분위기를 곳곳에 녹여 냈습니다. 인간 삶의 보편적인 모습을 시적 언어로 썼죠. 『햄릿』을 통해 복수와 관련된 윤리성, 삶과 죽음, 정의와 불의를 생각하게 하며 『로미오와 줄리엣』을 통해 운명을 직시하고 죽음을 받아들이는 용기와 사랑의 문제를 제기하죠. 중세 연극의 평면적이고 진부한 인물과 달리 인간의 자유의지와 상상력을 강조해 입체적이고 사실적인 인물들을 탄생시켰습니다.

이런 탁월함 때문에 지금까지도 셰익스피어의 작품은 여러 가지 새로운 해석과 시도가 이루어지고 있습니다. 셰익스피어의 연극은 과거 영국 전통 의상 대신 현재의 청바지에 티셔츠를 입혀도 주제의식은 선명하게 전달됩니다. 그러다 보니 연극뿐만 아니라 영화나 뮤지컬 등 다른 장르로 재탄생되곤 합니다.

다른 매체로 먼저 만나는 셰익스피어

셰익스피어의 수많은 작품이 극으로 올려진 만큼 그에 따른 극음악도 많습니다. 『템페스트』의 경우 차이콥스키와 장 시벨리우스, 그리고 베토벤의 작품이 있습니다.

차이콥스키(1840~1893)는 수많은 작가 중에서도 특히 셰익스피어를 좋아해서 셰익스피어 극을 소재로 세 곡의 '환상서곡'을 작곡했죠. 바로 〈로미오와 줄리엣〉, 〈햄릿〉 그리고 〈템페스트〉예요. 차이콥스키는 셰익스피어의 『템페스트』의 작중 인물인 미란다와 퍼디난드의 숙명적인 사랑 이야기에 마음이 이끌려 1873년에 희곡 『템페스트』를 주제로 오케스트라를 위한 작품을 만들었는데, 환상 서곡 〈템페스트〉는 극적인 멜로디로 표현하며 사랑의 주제를 강조하고 있습니다. 장 시벨리우스(1865~1957) 또한 창작력이 최고조에 이를 때 〈템페스트〉를 작곡했습니다. 이 곡은 극의 공연 때 연주하는 극부수음악incidental music으로 셰익스피어의 희곡 『템페스트』를 코펜하겐 왕립 덴마크 극장의 무대에 올리기 위해 작곡했습니다.

베토벤(1770~1827) 또한 피아노 소나타 제17번이 〈템페스트〉입니다. 베토벤이 이 소나타를 작곡할 당시 동생 카를이 베토벤의 작곡 마감 기한을 너무 임박하게 잡거나 출판사 계약과 공연 준비 등의 일을 그르쳐 동생 카를과 갈등이 심했는데, 그 상황은 『템페스트』의 주인공 프로스페로와 그의 동생 안토니오의 갈등 상황과 흡사합니다. 작품에서 프로스페로가 동생 안토니오와 화해한 것처럼 실제로 베토벤도 동생을 용서하고 두 사람은 화해를 하죠.

이 곡을 완성할 1802년 무렵 베토벤은 귓병이 악화해 요양을 가고 유서를 쓸 정도로 힘들어했습니다. 그러한 고뇌와 음악에 대한 열정이 이 곡에 고스란히 녹아 있습니다. 분노보다는 화해를 택하는 『템페스트』처럼 베토벤도 듣지 못하게 된 분노를 화해로 승화시키려 고뇌했을지도 모르겠습니다.

베토벤의 비서인 신들러는 베토벤에게 소나타 17번 〈템페스트〉를 이해하는 방법에 대해 물었는데, 베토벤은 "셰익스피어의 『템페스트』를 읽어 보아라"라고 대답했습니다. 그만큼 셰익스피어의 작품을 읽고 감동한 듯하죠. 셰익스피어의 작품보다도 베토벤의 음악을 먼저 접한 저는 이 에피소드를 듣고 바로 셰익스피어의 『템페스트』를 구해 읽을 수밖에 없었습니다.

셰익스피어의 다른 작품도 이와 다르지 않아 동화나 소설로 또는 영화나 연극으로 먼저 접한 경우가 많습니다. 독자들이 희곡을 잘 읽지 않는 데다가 셰익스피어의 작품은 영화나 연극, 소설, 미술, 발레, 영어 공부의 콘텐츠까지 수많은 매체로 재생산되기 때문이에요. 원작이 희곡이지만 독자들은 대부분 희곡 자체로 접하는 경우가 매우 드문 편이죠.

셰익스피어는 읽기 위한 희곡을 쓰기보다는 연극을 하기 위한 희곡을 썼습니다. 그런 의미에서 연극이나 스크린에서의 극 형태로 셰익스피어를 만나는 것은 자연스러워 보입니다. 그래서일까요? 셰익스피어의 명성에도 불구하고 희곡 읽기는 대중적이지 않고, 독자의 흥미 또한 다른 장르의 글에 비해 떨어진다고 할 수 있습니다. 그 이유 중 하나는 희곡의 특징에 있습니다.

연극적 상상력을 발휘해 희곡 읽기

희곡은 연극을 위한 극본으로 지시문과 대사를 중심으로 쓴 글입니다. 행간의 빈틈과 공백이 많은 글이죠. 그래서 행간에 숨어 있는 의미를 독자가 어떻게 구성해 나가느냐에 따라 작품에 대한 이해가 달라집니다. 그러므로 희곡을 읽을 때는 지시문을 꼼꼼히 읽으며, 무대가 꾸며진 모습과 등장인물들이 움직이는 모습, 음악이나 특수 효과, 조명은 어떨까 상상하며 읽을 필요가 있습니다. 무엇보다 대사나 지시문에 숨어 있는 의미를 찾으며 읽는 것이 중요하죠. 이러한 연극적 상상력을 발휘해 대사나 지문에서 생략된 많은 부분을 채워 넣으며 읽을 때 작품은 더 생생하게 살아납니다.

또한 독서에는 자의적으로 텍스트를 이해하기보다는 시대적 배경이나 작가의 특징을 알고, 또 다른 작품을 읽거나, 나아가 같은 책을 읽는 다른 이들과의 대화를 통해 의미를 창조해 가는 것이 중요합니다. 셰익스피어의 작품도 그가 살던 엘리자베스 시대의 역사와 문화가 셰익스피어의 작품에 미친 영향에 관해서 탐구하며 읽으면 좋겠죠. 다른 독자와 생각을 교환할 수 있다면 그 과정에서 작품은 매번 새롭게 태어납니다.

『템페스트』에 드러난 작가의 세계관

이 작품은 셰익스피어의 다른 작품과 마찬가지로 인간의 선과 악, 죄와 용서, 미움과 사랑 등의 욕망을 그렸습니다. 『맥베스』와 더불어 셰익스피어의 가장 짧은 극으로 분량이 햄릿의 절반 정도예요. 셰익스피어는 당시 유럽에서 엄격하게 지키던 아리스토텔레스의 삼일치 법칙Three Unities(삼단일)에서 일탈해 자유롭게 극을 쓴 것으로 유명한데, 이 극에서는 삼일치 법칙을 지키고 있습니다. 즉, 하루 동안, 한 장소에서, 한 줄거리에 관한 것이어야 하는 원칙을 지키며, 섬이라는 제한된 공간에서 세 시간 동안에 일어난 일을 그리고 있습니다.

저작 연대에 관해서는 여러 설이 있으나 셰익스피어가 연극계에서 은퇴하고 고향으로 돌아가기 직전인 1611년 무렵에 집필되었다는 설이 가장 일반적입니다. 당시 셰익스피어가 소속된 극단은 1611년 11월 1일에 제임스 1세를 위해 이 극을 최초로 공연했거든요. 셰익스피어의 작품 중에는 4대 비극이나 5대 희극 등 많은 작품이 있습니다. 그러나 그중 『템페스트』는 작가 말년의 세계관을 엿볼 수 있는 작품입니다. 작가의 마지막 창작 시기인 제4기의 작품으로 그의 작가로서의 대단

THE
TEMPEST.

Actus primus, Scena prima.

Scena Secunda.

『템페스트』 초판의 첫 페이지(1623).

원을 상징하는 작품이죠. 그런 만큼 인생과 세계를 관조하는 성숙한 작가의 시선이 두드러집니다.

작품의 등장인물이나 주제는 작가가 초기 작품에서 시도한 여러 인간 유형과 주제를 집약해 놓고 있습니다. 사람과 정령, 괴물까지 아우르는 등장인물은 모든 인간형의 변형이에요. 젊은이들의 사랑, 형제의 배신, 통치자들의 음모 등 이전 작품에서 보여 준 소재들이 집약되어 있고요. 인간의 수난은 여전히 죄와 약점에서 초래되지만, 결국엔 선이 악을 이기며 모든 불화 요소들이 화해와 조화를 통해 이상적인 세계를 이루는 희망적인 결말입니다.

천재적인 언어 감각

이러한 세계관을 셰익스피어는 왕가나 하층민 등 다양한 계층의 언어를 자유롭게 부릴 뿐만 아니라 언어에 새로운 의미를 부여하거나 새로운 언어를 만들어 내며 표현했습니다. 그가 작품에 사용한 단어 2만여 개 중에 신조어가 약 2천 개에 이를 정도였죠.

예를 들면, 스웨그Swag는 '약탈품' 혹은 '전리품' 등을 뜻하는 단어이지만 대중문화, 특히 힙합에서 재해석되어 현재는 본능적인 자유로움이나 자신감, 자기 과시 등을 뜻하는 것으로 의미가 확장되었는데, 이 말을 처음 사용한 이는 셰익스피어예요. 그의 희곡「한여름 밤의 꿈A Midsummer Night's Dream」에서 '건들거리다, 잘난 척한다'라는 다소 부정적인 의미로 처음 사용한 말이죠. '부정, 반대'의 뜻을 가진 접두사 'un-'을 기존의 단어에 붙여 신조어를 만들기도 했어요. 이렇게 해서 만든 단어는 'unmask, unhand, unlock, untie, unveil' 등 314개나 됩니다. 이 작품에서 사용한 '멋진 신세계brave new world'는 올더스 헉슬리의 소설 제목으로도 쓰여 더욱 유명해졌고, 실제로는 멋지지 않은 세계를 일컬으며 반어적인 표현의 관용구로 자리 잡았어요.

이처럼 셰익스피어는 자유자재로 언어를 사용했기 때문에 아무리 좋은 번역자라도 셰익스피어의 글을 완벽하게 번역하기가 어렵다는 한계에 부딪힙니다. 신조어뿐만 아니라 각종 비유와 동음이의어, 말장난과 운문의 대사들이 많은 것도 이에 한몫하죠. 그런데도 셰익스피어를 읽어야 하는 이유는 끊임없이 재해석되고 있는 것이 잘 말해 주듯 시대를 넘나드는 서사와 메시지가 공감을 주기 때문입니다.

섬에서 하루 동안 일어난 일

> 1막 1장
>
> 바다 위의 배 한 척
>
> 천둥과 번개의 폭풍 소리가 들린다. 선장과 갑판장 등장✦(12쪽)

이 작품은 바다 위에 떠 있는 한 척의 배 위에서 인물들이 살기 위해

✦ 윌리엄 셰익스피어, 박정근 옮김,『태풍』, 도서출판 동인, 2014.

허둥거리며 시작합니다. 밀라노의 공작이자 『템페스트』의 주인공인 프로스페로를 내쫓은 그의 동생 안토니오와 그 일행들이 폭풍우를 만나 혼란에 빠진 것이죠. 이 작품의 제목이기도 한 '템페스트(폭풍)'는 프로스페로가 튀니스 왕과 딸의 결혼식에 참석했다가 본국으로 돌아가는 동생 안토니오와 알론조 왕 일행을 발견하고 하인인 에어리얼에게 명령해 마법의 힘으로 일으킨 것이죠.

셰익스피어가 살던 당시 유럽에서 마법은 논란이 있는 소재였습니다. 1600년에 이탈리아에서는 조르다노 브루노가 오컬트 의식을 행했다는 죄목으로 화형에 처할 정도였죠. 영국도 마법은 금기의 대상으로, 당시 사람들은 마술을 악마의 짓이라 여겼습니다. 셰익스피어 역시 마법에 대해 조심스러울 수밖에 없었어요. 그래서 주인공인 프로스페로가 직접 마법을 사용하는 것이 아니라 하인인 에어리얼을 부리는 것으로 극을 설정합니다.

> 프로스페로: 내 아우이자, 너의 숙부인 안토니오라는 작자가, 부탁인데 내 오점이 되었지만, 아우란 놈이 그렇게 배신을 하다니! 너 다음으로 세상에서 제일 사랑하였던 놈이었고, 그래서 그놈에게 모든 국사를 맡겨 두었는데 말이다. 그 당시에는 모든 공국 중에서 최고였지. 명성을 최고로 날렸던 프로스페로 공작은 학문에서 당할 자가 없었어. 연구에 전념하느라 통치를 내 아우에게 맡겨 버렸지. 나랏일에는 점점 소홀해지고 마법 연구의 황홀함에 빠져 몰두하였단다. 네 부정한 삼촌은-듣고 있는 거니?(20~21쪽)

배가 난파되는 상황을 목격한 미란다는 안타까워하면서 아버지에게 태풍을 멈춰 달라고 요청합니다. 이에 프로스페로는 딸에게 자신의

조지 롬니George Romney, 〈템페스트〉 1막 1장의 배가 파손되는 장면(1797), 보이델 셰익스피어 미술관.

과거를 이야기해 주죠. 프로스페로가 딸에게 들려준 사연은 자신의 동생 안토니오가 나폴리 왕 알론조와 짜고 밀라노의 공작인 자신과 딸 미란다를 바다로 추방했다는 이야기였어요. 당시 프로스페로의 충신 곤잘로는 프로스페로의 배에 양식과 마술 지팡이와 마술 옷, 마술 책을 넣는 기지를 발휘했고, 프로스페로는 한 섬에 이르러 12년간을 살게 된 것이죠.

이 섬은 원래 마녀 시코락스가 공기의 정령 에어리얼을 부리며 다스리던 섬이었습니다. 시코락스는 칼리반의 엄마인데 이미 사망했고, 그의 아들 칼리반이 에이리얼을 부리고 있었죠. 칼리반은 섬 주민이자 이 섬의 지배자였고요.

하지만 프로스페로가 섬에 도착한 뒤 칼리반을 격퇴해 지금은 칼리

윌리엄 호가트William Hogarth, 〈템페스트〉(1735). 섬에 있는 미란다와 프로스페로, 퍼디난드와 땔감을 지고 있는 칼리반.

반과 에어리얼을 부리며 섬에서 살고 있었습니다. 칼리반은 어쩔 수 없이 프로스페로의 노예가 되었으나 원래 섬의 주인인 그는 프로스페로를 경멸합니다. 에어리얼은 시코락스 때문에 나무에 갇힌 것을 프로스페로가 구해 준 뒤로 그의 노예로 살고요. 프로스페로의 명령을 따르는 요정으로 가끔 그에게만 보이기도 합니다.

프로스페로는 이 섬에서 정착해 살면서 강력한 마법을 익히게 되었고, 자신의 원수를 보자 마법으로 태풍을 일으키죠. 이로 인해 알론조 일행의 배는 난파되고, 배에 탔던 사람들은 뿔뿔이 흩어져 섬에 오게 됩니다. 안토니오와 알론조 그리고 알론조의 동생 세바스찬은 일행과 떨어져 간신히 섬에 상륙하나 뿔뿔이 흩어집니다. 난파당한 이들 중에는 곤잘로도 있어 밀라노의 신하들과 함께 섬을 헤매고요.

한편, 알론조의 아들인 나폴리의 왕자 퍼디난드는 홀로 섬에 상륙합니다. 요정 에어리얼은 주인인 프로스페로의 지시를 받들어 매혹적인 노래로 퍼디난드를 프로스페로의 거처로 유인하고요. 그곳에서 퍼디난드와 미란다가 만나게 되고 한눈에 사랑에 빠집니다.

프로스페로는 자신의 계획대로 두 사람 사이에 사랑이 싹튼 것을 알아채지만 퍼디난드의 마음을 시험합니다. 퍼디난드에게 칼리반의 일인 통나무 운반 일을 시키고 동굴에 가두기까지 하죠. 한편 안토니오와 세바스찬은 잠에 빠진 왕과 충신 곤잘로를 죽이려는 역모를 시도하지만 에어리얼이 잠든 사람들의 눈을 뜨게 만들어 저지시킵니다.

알론조는 아들 퍼디난드가 죽었다는 생각에 비통해하고, 퍼디난드는 아버지가 익사했다고 믿어요. 난파당한 사람들은 서로 자신만이 살아남았다고 생각한 채 섬을 헤매다 결국 모두 프로스페로의 암굴에 모이게 됩니다.

작가 자신의 예술에 대한 작별 헌사

프로스페로는 안토니오와 알론조에게 죄를 묻습니다. 알론조 왕은 아들을 잃은 애통함 속에서 프로스페로를 모략으로 쫓아냈던 과거의 일을 뉘우치며 자신의 잘못으로 아들을 잃게 되었음을 자책하고요. 이에 밀라노의 공작이었던 본인의 정체를 밝힌 프로스페로는 그들에 대한 분노를 억누르고 결국 용서합니다. 프로스페로는 자신의 죄를 반성하는 알론조와 끝까지 뉘우칠 줄 모르는 동생 안토니오와 세바스찬 모두를 용서하고 이들과 화해하죠. 동생 안토니오에게 마법의 힘으로 복수할 기회도 있었지만 용서받을 자격이 있는지 없는지조차 따지지 않고 아무 조건 없이 용서를 베풉니다.

그리고 암굴의 문을 열어 퍼디난드와 미란다가 다정하게 체스를 두고 있는 모습을 보여 줍니다. 알론조 왕과 퍼디난드는 감격의 재회를 하게 되고, 퍼디난드와 미란다의 사랑은 결실을 맺습니다. 이후 프로스페로는 마법의 능력을 모두 버리고 밀라노 공작으로 복귀할 것을 선언하며 에어리얼을 자유롭게 풀어 줍니다.

> 이제 저의 마법은 모두 무너졌으니
> 제가 원래 가지고 있던 힘은
> 너무나 미약합니다. 이제 사실상 제가
> 여기 갇혀 있든 나폴리로 보내지든
> 여러분에게 달려 있습니다.
> 저의 공국도 되돌려 받았고
> 사기꾼들도 용서를 하였으니 제발 마법으로 인해
> 이 황량한 섬에 살게 하지 마시고
> 여러분의 멋진 박수 갈채로
> 족쇄에서 풀어 주시기 바랍니다.……
> 여러분께서도 죄 사함을 받으시려거든
> 관용을 베푸시어 저를 풀어 주시기 바랍니다. (퇴장)(127~128쪽)

마지막 장면에서 작가는 인간에 대한 무한 긍정을 노래합니다. 용서가 모든 인간에게 이루어졌을 때 신세계가 될 수 있음을 보여 주며 극을 끝맺어요. 인간사에 통달한 프로스페로의 모습에서 말년의 작가의 심경이 비쳐지기도 합니다. 마지막 장면에서 프로스페로가 관객들에게 하는 대사는 바로 셰익스피어가 자신의 은퇴를 암시하며 예술에 고별하는 헌사로도 보입니다. 왜냐하면 이 극을 마지막으로 그는 런던을 떠나 고향으로 돌아갔기 때문이에요.

주인공 'prospero'는 'prosper'와 어원이 같은데 'prosper'는 라틴어로는 '희망대로 되다'라는 뜻입니다. 영어에서는 고어古語로 '신이~ 번영시키다'라는 뜻을 담고 있죠. 이미 주인공 이름의 뜻이 이야기 전체가 말하고자 하는 주제를 암시하고 있던 것입니다.

식민지 찬탈의 역사와 인간의 양면성을 보여 주는 에어리얼과 칼리반

그렇다면 이 작품은 온전한 사랑의 찬가로만 읽어도 될까요? 프로스페로와 두 하인인 에어리얼과 칼리반의 관계를 살펴보면 그렇지 않습니다. 프로스페로 일행이 도착한 섬은 당시 문명의 힘이 닿지 않는 아시아, 아프리카, 아메리카 대륙을 만나는 것과 비슷합니다. 토착민을 야만인으로 취급해 여러 국가에 식민지 정책을 펼친 영국의 역사와도 맞닿아 있죠.

신세계이며 식민지인 섬의 원주민에 대한 상반된 기대도 영혼과 사랑을 뜻하는 '에어리얼'과, 육신과 동물적 욕구를 의미하는 '칼리반'으로 투사되어 나타납니다. 칼리반은 식인종을 뜻하는 'cannibal'의 철자를 바꿔서 만든 이름입니다. 셰익스피어는 칼리반을 프로스페로의 딸 미란다를 범하려는 무식한 야만인으로 그리고 있는 반면, 에어리얼은 문명에 오염되지 않은 순수하고 고결한 천사의 모습으로 묘사합니다. 이는 당시 유럽인들이 식민주의의 희생자인 원주민에게 보여 준 이중성이라고 할 수 있어요.

이 작품을 제국주의의 찬탈 시점으로 읽는다면 원래 섬의 주인인 칼리반은 영국의 프로스페로로 대표되는 제국주의에 의해 억압받는 원주민으로 볼 수 있습니다. 화해와 용서로 보여 주는 사랑의 이면에는 식민지 찬탈이라는 역사가 숨어 있기도 하죠. 그래서인지 실제 연극에서 칼리반은 멋진 저주를 하는 매력적인 역할로 유명 배우들이 맡아 열연했습니다. 에어리얼과 칼리반이 자신의 섬에 침입한 자들에게 대항하는 부분은 탈식민주의 비평가들로부터 많은 호평을 받기도 했죠. 칼리반이 프로스페로에게 배운 말로 그에게 욕을 퍼붓는 장면은 새롭게 조명되기도 했고요. 칼리반은 '칼리반론'이라는 말이 생겨날 정도로 이주민에게 자신의 섬을 정복당하지 않으려 저항하는 원주민의 상징이기도 합니다.

한편, 에어리얼과 칼리반은 인간이 가진 두 요소, 즉 영혼과 육신의 상징으로 이해할 수도 있습니다. 이성과 본성, 밝은 면과 어두운 면, 선한 본성과 악한 본성의 상반된 욕망 이미지이죠. 그런 인간의 양면성으로 이해한다면 프로스페로가 채찍과 사랑으로 칼리반을 교화시키는 장면은 프로스페로의 양면성이 점차 칼리반적 요소를 벗어나 에어리얼의 자리까지 간다는 의미로 읽을 수도 있습니다.

우리는 서로가 연결되어 있다

셰익스피어는 인간계, 자연계, 우주계의 모든 존재가 서로 연결되어 있다고 믿었습니다. 주인공의 잘못된 선택은 그 혼자만의 파멸로 끝나는 것이 아니라 주변 이들도 죽음으로 몰고 가며 자연계와 우주계까지 혼란을 가져온다고 여겼죠. 고대 그리스 비극이 신의 심판과 운명에 의해서 다다르는 비극을 다루었다면, 셰익스피어의 비극은 개인의 성격적인 결함으로 당사자뿐만 아니라 주변인들까지 비극으로 떨어지는 과정을 그렸습니다.

이 작품에서도 안토니오는 형의 적인 나폴리의 왕 알론조와 결탁해 죄를 지으며 형제 사이의 갈등을 만들어 내지만, 프로스페로는 인간 사이의 죄와 갈등을 용서와 화해로 풉니다. 이는 개인으로 출발한 용서와 화해가 나라와 민족 간의 질서와 평화에까지 영향을 미친다는 것을 암시하고 있습니다.

우리의 삶도 이와 다르지 않습니다. 사람과 사람, 사람과 자연, 국가와 국가는 서로가 연결되어 있기 마련이어서 부모가 실직하면 가족이 힘들어지고, 자연의 변화는 인간 삶에 영향을 미칩니다. 민족 간의 갈등이 세계 평화를 위협하기도 하죠. '각자도생各自圖生(제각기 살아나갈 방도를 꾀함)'이라는 생존 이데올로기는 어쩌면 가능하지 않은 얘기입니다. 셰익스피어의 믿음대로 인간계, 자연계, 우주계의 모든 존재가 연결되어 있다는 것은 '나'가 나와 상관없을 것 같은 존재에게도 영향을 미친다는 것을 의미하고, 모든 존재가 가족이고 이웃이며 서로에게 책임이 있다는 것을 의미하기 때문이죠.

2020~21년의 코로나 19 바이러스 사태에서 보더라도 내가 아무리 조심하더라도 나를 둘러싸고 있는 사람들 중 누구 한 사람이라도 조심하지 않는다면 나도 위험해집니다. 감염의 확산을 막기 위한 최선은 '각자도생'이 아니라 올바른 정보를 바탕으로 서로 배려하고 연대하고

협력하는 것입니다. 그것은 한 사회만의 문제가 아닌 세계적인 연대의 필요성을 의미합니다.

인디언 말 중 '미타쿠예 오야신Mitacuye Oyasin'이라는 말이 있는데, 이는 '모두는 연결되어 있다'라는 뜻입니다. 내가 행한 작은 행동이 세상을 변화시키기 때문에 인간을 향해서건, 자연이나 우주를 향해서건 선한 의지로 행동해야 한다는 것을 강조하는 말이죠. 이 말의 의미는 공동체가 와해되고 개인주의가 만연하며 속도와 경쟁이 치열한 현대를 살아가는 우리에게 더욱 필요한 가르침입니다. 이미 430여 년 전 셰익스피어의 작품에서 강조한 가르침이기도 합니다.

더 읽을거리

의문투성이인 셰익스피어의 생애와 작품

윌리엄 셰익스피어의 생애는 의문투성이이다. 어떤 사람은 수많은 셰익스피어 '전기'가 "5%의 사실과 95%의 억측"으로 이루어졌다고까지 말할 정도이다. 셰익스피어의 외모 또한 대머리에 콧수염 기르고 귀고리를 단 남자로 알려져 있지만, 그 모습이 진짜 셰익스피어라고는 누구도 장담 못 한다. 증거가 충분치 않기 때문이다. 셰익스피어의 '이름'만 해도 오늘날은 'Shakespeare'로 통일되었지만, 한때는 'Shagspeare, Shakspere, Shakestaffe, Shaxberd' 등으로 표기됐다. 현존하는 셰익스피어의 친필 서명 여섯 개도 철자가 모두 다르다. 16세기 당시는 지금처럼 기록이 체계적으로 보존되지 않았기 때문이다.

작품에 대한 비판과 찬양도 많다. 영국의 시인 T. S. 엘리엇은 셰익스피어의 작품에 대해 유일하게 시도되지 않은 방법은 그의 작품을 '있는 그대로' 보는 방법뿐이라고 지적할 정도로 다양한 관점에서 해석하려는 시도가 많았다. 볼테르나 톨스토이는 셰익스피어의 작품이 극의 원칙을 무너뜨리고 이야기가 도덕적이지 않다는 이유로 깎아내렸다. 조지 버나드 쇼도 "셰익스피어는 다른 사람이 이미 쓴 내용을 뒤따라 썼을 때에만 진정으로 훌륭한 극작가"라고 비아냥거렸다.

이에 반해 괴테는 자신은 셰익스피어의 소유물이 되었다고 고백했고, 빅토르 위고는 "셰익스피어가 곧 연극"이라고 단언했다. 제임스 조이스는 무인도에 떨어질 경우에는 단테보다 셰익스피어의 책을 들고 가겠다고 장담했다. 벤 존슨은 "셰익스피어는 어느 한 시대의 사람이 아니라 모든 시대의 사람이다"라고 했다. 버지니아 울프는 『자기만의

영국 헨리 거리에 남아 있는 셰익스피어 생가. 셰익스피어는 이곳에서 청년 시절을 보냈다. 부유한 상인의 집안답게 외관은 물론 내부도 잘 보존되어 16세기 중산계급의 면모를 살펴볼 수 있다. 현재 셰익스피어 박물관으로 사용되고 있으며, 그의 유품 및 책과 당시의 생활품 등이 전시되어 있다.

방』에서 뿌리 깊은 성차별의 현실을 고발하기 위해 "셰익스피어와 똑같은 문학적 재능을 지닌 누이"에 관한 비유로 글을 썼다. "셰익스피어를 인도와도 바꾸지 않겠다"라는 토머스 칼라일의 말은 흔히 제국주의적 망언으로 꼽기도 하는데, 이 말은 인도나 인도인을 폄훼하려는 것이라기보다 '경제적 가치'가 있는 영국의 식민지인 인도보다는 '정신적 가치'가 있는 셰익스피어가 더 중요하다는 뜻으로 이해하는 게 맞을 것이다.

3. 나를 좀 제발 그냥 놔두시오

『좀머 씨 이야기』__파트리크 쥐스킨트

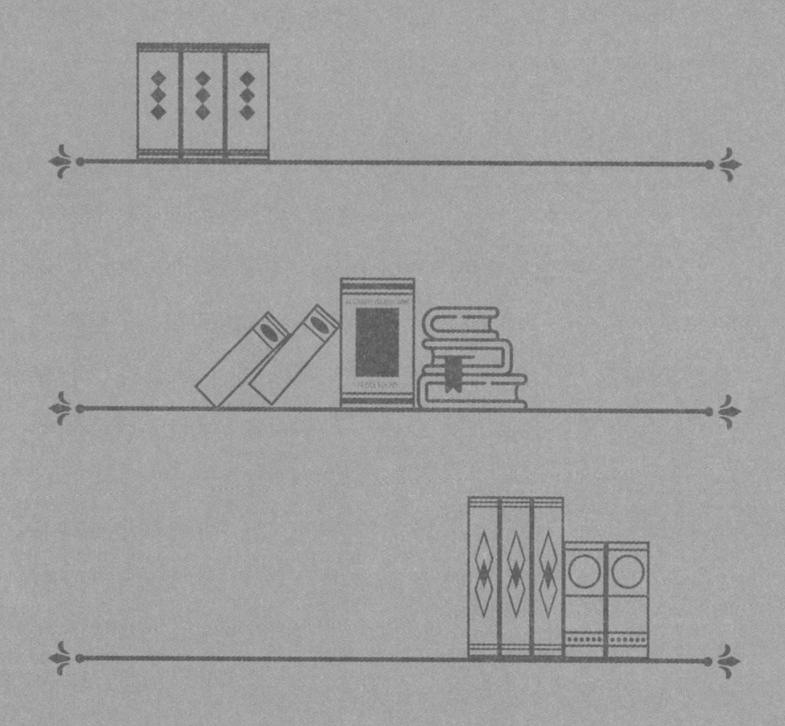

파트리크 쥐스킨트.

파트리크 쥐스킨트Patrick Suskind(1949~)는 독일 출신의 소설가입니다. 독일 암바흐에서 태어나 1968년부터 1974년까지 뮌헨과 엑상프로방스 대학에서 역사학을 전공했습니다. 아버지 빌헬름 임마누엘 쥐스킨트는 작가이자 저널리스트이며, 형도 저널리스트입니다. 어머니는 스포츠 트레이너입니다.

쥐스킨트는 현재 가장 유명한 독일어권 작가이지만 자신의 신상에 대해 발설한 사람이면 누구라도 절연해 버릴 정도의 은둔 생활을 합니다. 구텐베르크 문학상, 투칸 문학상, F. A. Z 문학상 등을 거부하고, 인터뷰와 사진 찍히는 일조차 피하며 작품을 통해서만 독자와 소통하고 있습니다. 자기 작품 관리를 형에게 맡긴 채 출판사에 나오지도 않고 다른 작가들과 교류하지도 않습니다. 뮌헨과 몽톨리외 등 세 곳의 낡은 집을 옮겨 다니며 텔레비전이나 가족도 없이 혼자 지냅니다. 백만장자임에도 구멍 난 셔츠를 입는 등 극도의 절약 생활을 하며, 가끔 테라스를 청소할 때와 시장에 갈 때를 제외하곤 외출도 하지 않습니다. 그는 연약한 체격에 가느다란 금발, 유행에 한참이나 뒤떨어진 낡은 스웨터를 입은 모습의 사진만을 공개하고 있습니다.

쥐스킨트는 일찍부터 시나리오와 단편을 썼으나 별다른 주목을 받지 못하고 신문, 잡지사의 편집자로 일했습니다. 그러다 서른네 살이 되던 해에 한 예술가의 고뇌와 평범한 소시민의 삶과 사랑을 그린 남성 모노드라마 『콘트라베이스』를 써서 주목받았습니다. 작가는 이 작품을 평범한 남자의 절망과 도저히 이룰 수 없는 사랑의 안타까움, 제도와 인습의 굴레에서 벗어나지 못하는 많은 사람의 자화상을 그린 것이라고 소개했습니다. 한국에서는 연극으로도 공연됐습니다.

장편 데뷔작으로 '어느 살인자의 이야기'라는 부제가 붙은 『향수』가 있습니다. 이 소설은 18세기 프랑스를 배경으로 냄새에 대한 탁월한 재능을 가지고 태어난 그르누이의 기이한 일대기입니다. 1985년에 발간되자마자 30여 개 언어로 번역 소개되며 전 세계 독자를 사로잡았고, 2006년에 영화로도 만들어졌습니다. 1991년에 출간된 『좀머 씨 이야기Die Geschichte von Herrn Sommer』는 한 소년의 눈에 비친 '좀머 씨'를 섬세한 필치로 그려 나간 소설입니다.

그 밖의 작품으로는 조나단 노엘이라는 한 경비원의 내면을 묘사한 『비둘기』, 레스토랑 '로시니'에서 하룻밤 사이에 일어나는 해프닝을 비극적이고도 코믹하게 다룬 시나리오 『로시니 혹은 누가 누구와 잤는가 하는 잔인한 문제』가 있습니다. 이 작품은 영화화되어 1996년 독일 시나리오 상을 받았습니다. 그 밖에도 '깊이가 없다'라는 평론가의 말에 '깊이'가 무엇인지 구현하려다 좌절해 자살한 젊은 여류 화가의 이야기를 그린 『깊이에의 강요』 등이 있습니다.

미국의 철학자이자 수필가인 헨리 데이비드 소로는 자신의 집에 '고독, 우정, 사교'라는 세 개의 의자가 있다고 했어요. 소로의 글을 읽으며 우리 집에 의자가 있다면 어떤 의자가 있을까 잠깐 생각에 잠기기도 했죠. 『좀머 씨 이야기』에 나오는 좀머 씨에게는 확실한 의자가 하나 있었다고 말할 수 있을 것 같아요. 그것은 바로 '고독'이라는 의자죠. 그 의자는 이 소설의 작가인 쥐스킨트에게도 있을 것 같아요. 독일의 주간지 《슈테른》이 쥐스킨트를 추적하기 위해 헬리콥터와 망원렌즈까지 동원해 대소동을 벌인 적이 있을 정도로 작가가 은둔 생활을 하니 말이에요. 1991년 10월에 취리히의 《존탁스차이퉁》은 "네 권의 책이 작가를 찾습니다"라는 제목의 기사에서 쥐스킨트를 "독일 대중문학의 가장 유명한 유령"이라고 부를 정도였죠.

이 책에 나오는 좀머 씨는 쥐스킨트처럼 자신을 외부 세계로부터 철저히 소외시키며 사람들과 어울리지 않습니다. 이는 쥐스킨트의 다른 작품의 인물들에게도 공통으로 나타나는 특징이에요. 『콘트라베이스』의 콘트라베이스 연주자나 『향수』의 그르누이, 『비둘기』의 조나단 노엘 등이 모두 좀머 씨처럼 폐쇄적인 생활을 하는 기이한 인물들이죠.

나무 타기를 좋아하는 소년 시절

『좀머 씨 이야기』는 이미 어른이 된 화자가 어린 시절을 회상하며 시작합니다. 주인공은 나무 타기를 좋아하는 소년이에요. 나중에는 키가 170cm가 넘고 신발 치수도 40호(약 250mm)인 고등학생이 되지만 작품의 처음에는 키가 1m도 안 되고 신발 치수도 28호(약 170mm)인 꼬마입니다.

소설은 마을의 전경이라든가 소년의 심리가 섬세하게 펼쳐집니다. 섬세한 묘사를 따라가다 보면 숲의 서늘하고 부드러운 기운과 호수에서 불어오는 축축한 바람이 느껴지는 듯하죠. 특히 작품 앞부분에 나무 타기에 얽힌 소년의 이야기를 자세하게 펼쳐 놓았는데, 그 이유는 소년의 성장에 중요한 인상을 남긴 좀머 씨를 이야기하기 위해서예요. 소년은 성장하면서 겪는 중요한 순간마다 좀머 씨를 만나는데, 특히 나무 위에서 자주 목격합니다.

마음을 닫고 사는 이상한 아저씨

좀머 씨는 소년의 집에서 2km도 채 떨어지지 않은 곳에 살았습니다. 마을 사람 누구도 좀머 씨에 대해 아는 것이 없었어요. 그의 진짜 이름이나 직업이 무엇인지, 이곳에 오기 전에 무엇을 했는지 아무도 몰랐죠. 단지 '좀머 씨'라는 것과 부인이 인형을 만드는 일로 돈을 번다는 정도만 알고 있었어요. 그러나 사람들 중에 좀머 씨를 모르는 사람은 없었어요. 좀머 씨는 이른 아침부터 저녁 늦게까지 마을을 걸어 다녔거든요.

좀머 씨가 걸을 때는 지팡이와 배낭을 가지고 다녔어요. 배낭에는 그가 먹을 빵 한 쪽과 비가 오면 입을 우비가 들어 있었죠. 좀머 씨는 하루에 12시간, 또는 16시간씩 배낭을 메고 지팡이를 짚고 빠르게 걸어 다녔어요. 누군가 말을 붙이면 잘 알아들을 수 없는 말을 중얼거리고는 계속 걸을 뿐이었어요. 그러던 어느 비 오는 날, 소년은 아버지와 함께 차를 타고 가다가 좀머 씨가 말하는 소리를 딱 한 번 듣게 됩니다. 차를 태워 주겠다는 아버지에게 오히려 화를 내며 자신을 그냥 놔두라는 말이었죠. 그 말은 소년이 어른이 될 때까지 결코 잊을 수 없는 의미심장한 말이 됩니다.

사람들은 누구하고도 소통하지 않으며 걷기만 하는 좀머 씨의 행동을 이해하지 못합니다. 동네 사람들은 좀머 씨가 2차 세계대전의 후유증을 앓는다고 하고, 엄마는 좀머 씨가 밀폐공포증 환자여서 방 안에 가만히 있지 못하는 거라고 말해요. 누나는 좀머 씨가 가만히 있으면 온몸에 경련이 나는데, 걸을 때면 그 증상이 사라진다고 말하죠. 형은 걸어 다니지 않으면 몸이 자꾸 일어서기 때문에 걷는 거라고 하고요. 소년의 아버지는 자신의 배려에 대해 "나를 좀 제발 그냥 놔두시오!"라며 무례한 말을 하는 좀머 씨를 완전히 돌았다고 합니다. 소년이 비 오는 날, 자동차 창문을 통해 보았던 좀머 씨는 뭔가 겁에 질린 얼굴이었으며, 빗속에서도 호수의 물을 다 들이켤 수 있을 것 같은 갈증을 느끼는 표정이었죠. 다른 것들로부터 자유롭게 되길 원하는 표정이었어요. 소년에게 그날의 좀머 씨 인상은 강렬하게 남습니다.

카롤리나 퀴켈만과 미스 풍켈 선생님, 그리고 좀머 씨

어느덧 소년은 좋아하는 여자 친구가 생깁니다. 호수 윗마을에 사는 카롤리나 퀴켈만이죠. 소년은 카롤리나와 친해질 기회를 보다가 드디어 어느 월요일에 함께 아랫마을에 가기로 약속합니다.

소년은 카롤리나를 위해 작전을 짭니다. 둘이 함께 학교에서 아랫마을로 가는 지름길로 가다가 그 길에 있는 산딸기나무를 지나고 높이가

10m나 되는 너도밤나무 고목에 올라가 호수 풍경도 만끽하고……. 카롤리나와 함께 먹을 음식과 선물도 준비해 나뭇가지 위에 숨겨 두죠. 그러나 카롤리나는 약속을 지키지 못하게 됩니다. 실망한 소년이 집으로 돌아오는 길에 본 것은 시계의 초침처럼 빠르게 걷고 있는 좀머 씨였습니다.

1년 뒤 소년은 키가 135cm가 되고, 신발도 32.5호(약 195mm)를 신을 만큼 큽니다. 이 시기에 소년은 미스 풍켈 선생님에게 피아노를 배우고 있었죠. 피아노를 배운 지 1년쯤 됐을 때 소년은 길가에서 본 하르트라웁 박사님 댁 오소리개로 인해 피아노 레슨을 10분 지각하게 되고 그 일로 선생님에게 혹독하게 혼납니다. 서운하고 억울한 마음에 눈물을 흘리며 레슨을 받지만, 미스 풍켈이 건반 위로 날린 코딱지 때문에 피아노 치는 게 더욱 힘들어져요. 그것도 모르고 화가 머리 끝까지 난 미스 풍켈은 소년을 쫓아냅니다. 소년은 큰 충격을 받으며 혼란스럽고 참담한 기분을 느껴요. 태어나서 처음으로 느끼는 세상의 불공정한 대우와 불합리함에 대한 분노로 온몸이 떨리죠.

이 일을 계기로 소년은 역겨운 것들과 작별하기 위해 자신을 버리기로 합니다. 자주 오르던 나무에 올라 아래로 몸을 던지기로 결심하고 몸을 던지려던 그 순간, 소년은 그곳을 지나는 좀머 씨를 봅니다. 좀머 씨는 누군가에게 쫓기듯 허겁지겁 빵을 먹고 다시 잰걸음으로 헐떡거리며 수풀 속으로 사라지고 있었어요.

좀머 씨를 보면서 소년은 자신의 행동을 후회하게 됩니다. 좀머 씨의 신음소리는 자유에 대한 절실한 갈망과 그것을 이루지 못한 절망의 소리 같았고, 소년은 자신의 자살 결심이 얼마나 어처구니없는지를 깨닫게 되죠.

그러니 나를 좀 제발 그냥 놔두시오!

소년은 어느덧 26호(약 160mm)이던 신발 크기가 41호(약 255mm)로 커질 만큼 신체가 자라고 미성년자 관람불가 영화를 볼 수 있을 만큼 성장합니다. 그러던 어느 가을날, 어스름이 깔린 초저녁에 자전거를 타고 집으로 돌아가던 길에 문제의 장면을 목격하게 됩니다. 때마침 숲길에서 체인이 풀려 이를 고치려고 멈춘 사이, 호수 가장자리에 서 있는 좀머 씨를 보게 되죠.

소년은 좀머 씨의 모습을 보며 그대로 굳어 있었습니다. 처음에는 아저씨가 물속에 잃어버린 것을 찾으러 들어간다고 여기다가, 곧 목욕을 하려나 보다 하고 생각하죠. 나중에는 호수를 건너려나 보다 했지만, 아저씨의 모습은 사라지고 말아요. 밀짚모자만이 호수에 떠 있게 됩니다.

그의 죽음까지도 사람들의 큰 관심거리는 되지 못합니다. 마을에서는 2주가 지나서야 좀머 씨가 사라진 걸 알게 되고, 좀머 씨의 실종에 대해 여러 말을 나눕니다. 그러나 시간이 지나자 이야기는 수그러들고 맙니다. 소년도 침묵을 지킵니다.

소년은 왜 침묵했을까요? 그것은 소년이 예전에 들었던 좀머 씨의 말에 사로잡혔기 때문입니다. "그러니 나를 좀 제발 그냥 놔두시오!"라는 좀머 씨의 절박한 말은 소년으로 하여금 침묵하게 합니다. 아마도 소년은 좀머 씨가 과거에 외쳤던 그 말을 좀머 씨가 호수에 들어가는 그 순간에 들었던 거겠죠. 그래서 좀머 씨가 원하는 대로 "그냥 놔두고" 지켜볼 수밖에 없었을 겁니다.

소년의 성장을 함께한 좀머 씨

『좀머 씨 이야기』에 나오는 '좀머(독일어로 'Sommer', 여름이라는 뜻)'는 제목에서 짐작할 수 있듯 이 소설의 주인공입니다. 그런데 좀머 씨의 목소리는 좀처럼 들을 수 없습니다. 그러나 책을 다 읽고 나면 좀머 씨의 이미지는 강렬한 여운으로 남습니다. 무엇엔가 쫓기듯, 혹은 홀리듯 쉼 없이 걷는 모습, 제발 자신을 놔두라는 외침…….

좀머 씨는 왜 세상을 도망치듯 쉼 없이 걸어야만 했을까요? 잠시의 휴식조차 신음 섞인 울음을 들려주어야 했을까요? 다른 사람의 친절을 받아들이지 못하고 홀로 자기만의 세계에서 뱅뱅 돌아야 했을까요? 좀머 씨는 소년의 아버지 말대로 완전히 돌아버린 사람일까요? 아니면 엄마의 말대로 밀폐공포증 환자였을까요?

어느 쪽이든 세상의 관심이 싫어 은둔한 사람이거나 걷지 않고서는 견딜 수 없는 아픈 상처가 있는 사람인 듯합니다. 새장에 갇힌 새처럼 자기 안의 고통이나 번민 또는 지울 수 없는 상처 안에서 빙빙 도는 사람, 혹은 세상에 대한 분노나 증오가 있어 그것에서 자유롭고 싶어 한 사람일지도 모르겠어요. 그는 누군가의 깊은 관심이 필요했거나 죽음보다는 삶을 영위하고자 하는 강한 열망이 있었던 것은 아닐까 하는 생각도 듭니다. 계속 걷기만 하는 좀머 씨를 보면 일생을 삶으로부터 도망치려는 사람으로 보이기도 합니다. 삶으로부터 도망쳤으나 끝내 도망치지 못해 호수로 들어간 것으로 보이죠.

소년은 좀머 씨의 절박한 간청을 죽음의 순간에 들어주게 됩니다. 소년이 나무 위에서 누구에게도 방해받지 않고 자유와 평안을 느꼈듯이, 누군가에게 방해받지 않으려는 좀머 씨의 심정을 이해한 것도 같아요. 그래서 소년에게 좀머 씨의 죽음은 단순한 죽음이라기보다 걷기의 연속이라는 의미일 수 있습니다. 누구에게도 방해받지 않으며 자유와 평안으로 가려는 시도인 것이죠.

좀머 씨의 인생은 죽음으로써 비로소 그가 원하던 것, '제발 내버려 두는 삶'을 이루게 된 셈입니다.

쥐스킨트가 태어난 1949년은 2차 세계대전이 끝난 지 얼마 되지 않은 해였습니다. 전쟁의 후유증에 시달리는 사람이 많았을 시기였죠. 어쩌면 어린 소년이었던 작가는 좀머 씨와 같은 사람을 목격했을지도 모릅니다. 전쟁 후의 상황을 배경으로 쓴 것으로 미루어 봐서 좀머 씨는 전쟁의 참혹한 경험 때문에 어떤 세계를 피해 다니는 도망자의 모습 같기도 하죠.

그러나 우리는 진실을 모릅니다. 좀머 씨가 한 말이라고는 "제발 나를 좀 내버려 두시오!"라는 말뿐이었으니까요. 우리가 알 수 있는 것은 좀머 씨가 호수로 걸어 들어갔다는 것과 소년의 삶에 중요한 순간마다 좀머 씨가 잰걸음으로 근처를 지나갔다는 사실이에요. 자신이 소년을 살린 것도 모르고, 어떤 세계와도 섞이지 않은 채 말이죠.

우리 주변의 좀머 씨

우리는 살면서 나와 상관없는 사람이나 사건을 스쳐 지나가기 마련입니다. 그러다 어느 순간 우리 마음속 깊이 각인되는 장면이 있죠. 특히 오랜 시간을 두고 반복적으로 보게 되는 장면은 좀 더 특별한 의미로 다가올 겁니다. 이 책의 소년에게 좀머 씨가 그러하듯 말이죠.

어쩌면 좀머 씨는 만나기 힘든 아주 특별한 사람이라기보다 조금만 관심을 기울이면 의외로 우리 주변에서 쉽게 찾아볼 수 있는 사람일 수 있습니다. 평소 속마음을 털어놓을 대화 상대가 없이 스마트폰이나 PC·인터넷 게임에 몰두해 있거나, 감정을 겉으로 드러내는 것이 서툴고 가족과도 대화를 전혀 하지 않은 채 사회와 단절된 삶을 사는 이들, 종종 자살이라는 극단적인 선택을 하는 이들, 자신만의 세계에 빠져 다른 세계로 통하는 문을 닫아 버린 이들이 어쩌면 내 주위에 있을 수도 있습니다. 그들은 좀머 씨처럼 세계와 불화하고 상처받아 좀처럼 남들과 어울릴 수 없는 이들일 수 있습니다. 그런 의미에서 좀머 씨가 반복적으로 외치던, "그러니 나를 좀 제발 그냥 놔두시오!"라는 말은 상처 입은 고독한 현대인의 외침으로도 들립니다.

4. 우리에게 보내는 '외롭고 높고 쓸쓸'한 풍요로운 삶의 비밀편지

〈흰 바람벽이 있어〉 외_백석

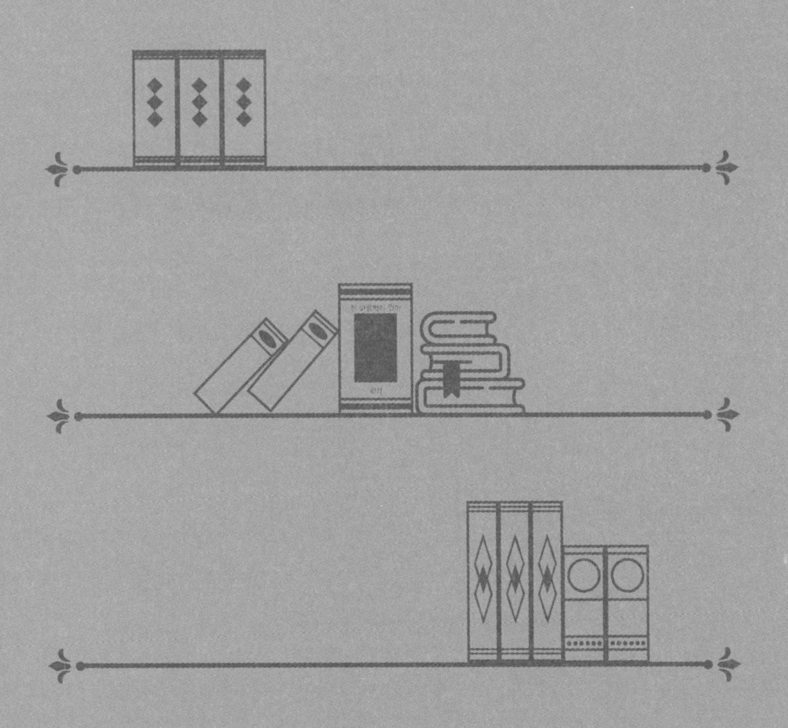

백석.

백석白石(1912~96)은 평안북도 정주군 갈산면 익성동에서 백시박과 이봉우 사이의 장남으로 태어났습니다. 본명은 백기행白夔行이에요. '白石(백석)'과 '白奭(백석)'이라는 아호가 있으나 작품에서는 거의 '白石'을 썼습니다.

백석은 오산고보(오산고등보통학교)를 졸업하고 1929년에 《조선일보》 후원 장학생으로 일본의 아오야마학원 전문부 영어사범학과에 들어가 공부했습니다. 학교를 졸업한 뒤 8·15 광복이 될 때까지 조선일보사 계열의 《여성》지와 함흥의 영생여자고등보통학교 등에서 일했습니다.

1930년에 《조선일보》 신춘문예에 단편 소설 「그 모母와 아들」이 당선됐고, 단편 소설 「마을의 유화」와 「닭을 채인 이야기」와 수필 「이설 귀고리」를 발표했습니다. 이 밖에 서간문 「임종 체홉의 6월」과 논문 「죠이쓰와 애란문학」을 번역했습니다.

1935년 1월에 첫 시 〈정주성〉을 《조선일보》에 발표하면서 시작 활동을 시작했습니다. 1936년 1월에는 시 33편으로 엮은 시집 『사슴』이 출간되었는데, 백석이 신문사 번역 일을 하는 틈틈이 준비한 초기작들을 담았습니다.

시집을 낸 직후 《여성》 창간 준비를 마치고 《조선일보》에 사표를 낸 뒤 영생여자고등보통학교 영어 교사로 일했습니다. 1939년에는 교사를 그만두고 《여성》에서 편집을 하다가 1940년에 만주의 신징으로 떠났습니다. 그는 친구들인 소설가 허준과 화가 정현웅에게 "만주라는 넓은 벌판에서 시 1백 편을 건져 오리라"라고 말하며 떠납니다. 만주에 도착하여 처음에는 만주국 국무원 경제부에서 일하다가 북만주 산간 오지를 여행하며 측량보조원, 소작인, 세관원 등 다양한 직업을 전전했습니다. 해방 후에 신의주를 거쳐 고향 정주로 돌아갔습니다.

그 후 백석은 북한에 남아 작품 활동을 하고, 한때 김일성대학 교수로 재직했다고 전해지나 자세하게 알려진 바는 없습니다. 1963년을 전후해 협동농장에서 사망한 것으로 알려졌으나 최근 한 연구자에 의해 사망 연도가 1996년으로 수정됐습니다.

그의 대표적인 시로 〈정주성〉, 〈주막〉, 〈여우난곬족族〉, 〈나와 나타샤와 흰 당나귀〉, 〈고향〉, 〈사슴〉, 〈모닥불〉, 〈남신의주 유동 박시봉방〉, 〈남행시초〉 등이 있습니다. 백석은 어린이를 위한 동시와 동화도 지었고, 아동문학평론에도 관심을 가졌습니다. 동화시집 『집게네 네 형제』에 실린 〈개구리네 한 솥밥〉은 초등교과서에 실리기도 했습니다.

여러분이 제일 좋아하는 시인은 누구인가요? 혹시 한 구절이라도 외우는 시가 있나요?

2005년에 발간한 시 전문 계간지 《시인 세계》에서 우리나라에서 활발하게 활동하는 시인 156명을 대상으로 '지난 100년간 가장 영향을 받았거나 좋아하는 시집 1권'을 꼽는 설문조사를 했습니다. 그 결과 백석의 『사슴』이 1위로 선정됐어요. 그 뒤로 김수영의 『거대한 뿌리』, 정지용의 『정지용 시집』, 이성복의 『뒹구는 돌은 언제 잠 깨는가』, 서정주의 『화사집』 등이 꼽혔죠.

백석보다 다섯 살 어린 윤동주 시인은 중학교 시절부터 백석의 시를 필사했어요. 윤동주의 시 〈별 헤는 밤〉의 한 구절인 "어머님, 나는 별 하나에 아름다운 말 한 마디씩 불러 봅니다…… 가난한 이웃사람들의 이름과 비둘기, 강아지, 토끼, 노새, 노루, 프랑시스 잼, 라이너 마리아 릴케 이런 시인의 이름을 불러 봅니다"라는 구절은 백석의 시 〈흰 바람벽이 있어〉의 마지막 구절을 떠올리게도 하죠.

> 하늘이 이 세상을 내일 적에 그가 가장 귀해하고 사랑하는 것들은 모두
> 가하고 외롭고 높고 쓸쓸하니 그리고 언제나 넘치는 사랑과 슬픔 속에 살도록
> 만드신 것이다
> 초생달과 바구지꽃과 짝새와 당나귀가 그러하듯이
> 그리고 또 '프랑시쓰 쨈'과 도연명과 라이너 마리아 릴케'가 그러하듯이✦

✦ 〈흰 바람벽이 있어〉, 『사슴』, 1936.

안도현 시인은 스무 살 무렵 백석의 시 〈모닥불〉을 읽고 백석 시인을 흠모하다 기어이 평전이라는 형식으로 백석의 생애를 복원했습니다. "이것 역시 그를 직접 만나는 방식이 될 수 있을 거라고 생각했다.…… 그가 살아온 시간을 재구성하는 일도 결국은 그를 베끼는 일이었다"라고 『백석 평전』 작가의 말에서 고백했죠. 자신의 시를 모아 1989년 발간한 두 번째 시집의 이름을 '모닥불'로 하자고 우긴 것도 백석을 베끼고 싶었던 간절한 소망 때문이었어요. 신경림 시인 또한 백석을 가리켜 자신의 시 스승이라고 했습니다. 김연수 작가는 2020년에 백석 시인을 모델로 삼은 소설 『일곱 해의 마지막』을 발표하기도 했어요. 현재 중·고등학교 국어 관련 교과서에 김수영의 시와 함께 가장 많은 시가 수록된 시인이 백석인 걸 보면 백석의 인기와 영향은 시인이 우리 곁을 떠난 지 오래여도 여전한 듯합니다.

고향 잃은 헛헛함을 시로 어루만지네

백석의 시는 많은 이들에게 예술적 영감을 주고 영향을 미쳤습니다. 그중 〈고향〉은 고향을 상실한 화자의 헛헛하고 그리운 마음을 애잔하게 드러내고 있어요.

나는 북관에 혼자 앓아 누워서

어늬 아츰 의원을 뵈이었다

의원은 여래 같은 상을 하고 관공의 수염을 드리워서

먼 녯적 어늬 나라 신선 같은데

새끼손톱 길게 돋은 손을 내어

묵묵하니 한참 맥을 짚드니
문득 물어 고향이 어데냐 한다
평안도 정주라는 곳이라 한즉
그러면 아무개씨 고향이란다
그러면 아무개씰 아느냐 한즉
의원은 빙긋이 웃음을 띠고
막역지간이라며 수염을 쓴다
나는 아버지로 섬기는 이라 한즉
의원은 또다시 넌즈시 웃고
말없이 팔을 잡아 맥을 보는데
손길은 따스하고 부드러워
고향도 아버지도 아버지의 친구도 다 있었다✦

아파서 의원을 찾아온 시인에게 의원은 어디가 아프냐고 묻지 않고 고향이 어디냐고 묻습니다. 그의 병이 고향 상실에서 온 병임을 알았기 때문이죠. 그 마음을 건네받은 시인은 또 의원이 말없이 맥을 짚을 때 그 따스한 손길에서 고향도 아버지도 아버지의 친구도 다 느끼게 되고요.

고향은 많은 이들에게 언제나 돌아가고 싶은 곳, 푸근한 어머니가 있는 곳, 안식과 회복이 있는 곳입니다. 백석이 이 시를 썼던 1930년대는 가난과 징병 때문에 가족들이 뿔뿔이 흩어졌던 시기예요. 일제강점기의 상황에서 고향이란 대체로 떠나온 곳, 잃어버린 곳이죠.

✦ 〈고향〉, 《삼천리문학》, 1938.

백석은 물질이 풍요롭지는 않지만 정신적 가치가 있는, 공동체의 유대가 남아 있는 고향을 그리워합니다. 타향에서의 상실감은 고향에 대한 향수를 더욱 불러일으키죠. 원인은 다르지만 백석이 느꼈던 상실감은 지금 우리가 느끼는 것과 크게 다르지 않을 듯합니다.

디지털 유목민이라고도 하는 현대인들은 대부분 고향을 잃어버린 채 도시 유랑민으로 살고 있죠. 백석이 살았던 시대처럼 전쟁으로 가족이 헤어지지는 않았지만, 교육이나 직업 등의 이유로 가족끼리 같이 지내지 못하는 경우가 많습니다. 그래서 고향이 시골이든 도시이든 간에 현대인들은 너나없이 고향에서나 맛볼 수 있는 안식과 어머니 품에서 느꼈던 위로를 꿈꾸는, 향수병을 앓고 있는 환자들인지도 모르겠어요. 시 속 화자처럼 말이에요. 현대인이 그런 문제를 치유하기 위해 사이버 세상이나 일 등에 몰입하는 것처럼 백석은 상실의 헛헛함을 시인의 언어로 매만졌습니다.

모던보이로 불렸던 멋쟁이

백석의 작품은 한때 우리나라에서는 출판 금지 대상이었어요. 백석은 한국전쟁으로 남북이 분단된 뒤 남쪽으로 내려오지 못했거든요. 그가 월북한 것도 아니고 다만 만주를 유랑하다 고향 정주에 남았을 뿐인데, 그의 문학이 우리 곁으로 오기까지는 꽤 오랜 시간이 필요했죠. 그의 문학을 자유롭게 접할 수 있게 된 것은 1988년 북한 문인 해금 조치가 내려진 이후였으니까 겨우 35여 년밖에 안 되었습니다. 분단 상황이 그의 생애와 시 세계를 우리 가까이에 두지 못하게 만들었던 거죠. 우리가 읽고 있는 시들은 1962년 이전에 쓴 시들로, 백석은 1962년 백석은 외모만 '모던보이'가 아니었다. 일본 유학 시절 습작기부터 그는 '가장 모던한 것'과 '가장 조선적인 것'을 어떻게 결합할 것인지를 고민했다. 백석은 단 한 편도 일본어로 된 시를 발표하지 않았다. 그는 모더니즘적인 시를 탐독하고 시론을 받아들였으나 조국의 언어를 지키는 시인이고자 했다.

에 북한의 문단에서 사라진 이후 1996년 작고할 때까지 농사꾼으로 살았다고 전해집니다.

백석은 토속적인 시 세계와는 달리 결벽증이 심한 멋쟁이로 젊은 시절 '모던보이'라고 불렸습니다. 1920년대와 30년대 서울을 배경으로 한 드라마나 영화 속 세련된 외모와 옷차림의 남자 주인공 모습은 대부분 백석의 사진을 모티브로 삼았을 정도였죠. 백석과 조선일보 동료이면서 한때 연적 관계였던 신현중의 회고(서울 문단의 회상)를 보면 백석이 얼마나 멋쟁이에다 미남이었는지 알 수 있습니다.

"백석은 그 처녀 시집의 이름 그대로 '사슴'과 같은 시인이다. 새까만 머리털이 가늘고 부드러우면서 구실구실 숱이 많아 우선 보기 좋다. 웃눈썹 역시 새까맣고 숱이 많고 약간 꾸불거리면서 기운차게 가로 툭하게 긋겨 있고 속눈썹 길게 자란 그 큰 눈이 이글이글 아름답다. 약간 높은 코가 잔등선이 부드럽게 내려와서 변두리가 도톰하게 살져서 정말 잘생겼다. 구태여 흠잡으려면 이마가 조금 좁은 것, 목이 긴 것

뿐이다. 키도 중키 이상이요, 어깨며 다리며 균형된 체격이어서 그 사치한 입성으로 세종로를 걸어 갈라치면 참 멋이 줄줄 흐르는 당대의 미청년이었다."

자연과 인간의 모습을 토속어로 재현

백석은 남북에서 모두 활동했으나 어느 문학 동인이나 유파에 소속되지 않고 독자적으로 시작 활동을 했습니다. 주로 자신이 태어난 마을의 자연과 사람을 대상으로 시를 썼어요. 종종 어린 시절로 돌아가 바라보는 자연과 인간의 모습을 시에 되살렸어요. 마을에 전해 내려오는 민속과 속신俗信 등이 소재가 되거나 그 지방의 사투리를 구사해 주민들의 소박한 생활을 그렸죠. 유년기의 추억, 공동체의 기억과 꿈이 시 곳곳에 스며들어 있죠. 그의 시에는 농촌공동체의 무수히 많은 사람과 사물, 풍속들이 나오지만 이들은 결코 개별적인 존재가 아닌, 합일을 이룬 상태이거나 합일을 기다리며 모여 있는 존재들로 등장합니다.

그의 시 한 편 한 편은 사진처럼 영상처럼 이미지와 이야기가 또렷하게 그려지는 게 특징이에요. 특히 평안북도 정주 관서지방의 정서를 떠올리게 하는 작품이 많습니다. 작가의 유년기 경험과 고향을 떠나 떠돌았던 경험 등이 고스란히 형상화됐죠. 그래서 백석의 시를 처음 읽으면 낯선 방언의 벽에 부딪히지만, 그 벽을 뚫고 들어가면 전설 같은 이야기가 기다립니다. 그곳을 가 보지 않은 독자라도 어느새 북방의 어느 움막이나 골짜기에 서성거리는 자신을 발견하게 됩니다.

밤이 깊어가는 집안엔 엄매는 엄매들끼리 아르간에서들 웃고 이야기하고 아이들은 아이들끼리 웋간 한 방을 잡고 조아질하고 쌈방이 굴리고 바리깨돌림하고 호박떼기하고 제비손이구손이하고 이렇게 화디의 사기 방등에 심지를 몇 번이나 돋구고 홍게닭이 몇 번이나 울어서 조름이 오면 아릇목싸움 자리싸움을 하며 히드득거리다 잠이 든다 그래서는 문창에 텅납새의 그림자가 치는 아츰 시누이 동세들이 욱적하니 흥성거리는 부엌으론 샛문 틈으로 장지 문틈으로 무이징게국을 끄리는 맛있는 내음새가 올라오도록 잔다.✦

'여우가 나오는 골짜기에 사는 가족'이라는 뜻의 〈여우난곬족〉에서는 유년기의 경험을 토속적인 분위기로 그려 냅니다. 시 속 화자는 어린아이로 명절날 모인 일가친척의 모습을 동화적이고 서정적으로 보여 주죠. 이 시의 화자는 명절날 아침 부모님을 따라 할머니 집에 가서 그다음 날 새벽까지 지낸 경험을 시간의 흐름에 따라 읊조립니다. 그 정취는 마치 전설 같기도 해요.

또래의 아이들과 놀다가 잠이 드는 광경, 명절날의 분위기와 풍속, 얼굴이 약간 얽은 신리 고모, 열여섯 살에 마흔이 넘은 홀아비의 후처로 들어간 토산 고모, 술에 취하면 토방 돌을 뽑겠다고 주정하는 삼촌 등 무언가 부족해 보이는 소박한 인물들이 펼쳐 보이는 정경은 삶의 애환마저도 평화롭게 만듭니다.

모든 장면은 후각, 시각, 미각 등의 이미지를 다양하게 구사해 생생하게 보입니다. 평북지방의 방언과 토속적 소재들은 인간과 자연, 귀신과 사람까지도 화해하며 공존하는 풍요로운 공동체적인 공간으로 시에서 되살아납니다. 이는 단순한 고향 풍물의 회상을 넘어 공동체적 삶

✦ 〈여우난곬족〉 중 5연, 『조광』(1935)/『사슴』(1936).

에서 건지는 생활의 힘을 드러내죠. 일제 식민지 속으로 사라지는 우리의 고유한 모습, 작가의 친족공동체에 대한 깊은 애정이 느껴집니다.

향토적인 음식, 동식물, 북방 언어의 향연

백석의 시에는 향토적인 음식이 많이 나오는데, 이는 가난한 시대의 굶주림에 대한 반응이며 민족적인 정서를 이끌어 내는 도구입니다. "…… 또 인절미 송기떡 콩가루떡의 내음새도 나고 끼때의 두부와 콩나물과 볶은 잔대와 고사리와 도야지비계는 모두 선득선득하니 찬 것들이다"(〈여우난곬족〉 일부)와 "나는 돌나물김치에 백설기를 먹으며"(〈가즈랑집〉 일부)에서처럼 음식은 현재 몸에 남아 있는 과거이며 관계하는 대상들에 대한 추억이며 감각적인 감수성을 드러내는 재료입니다.

백석 시에 나타난 동식물 이름도 매우 구체적이에요. '족제비'와 '복족제비'를 구별하고, 조개도 '가무락조개'와 '곱조개'와 '콩조개' 등으로 자세히 나눠서 사용합니다. 〈여우난곬족〉만 보더라도 백석은 '어치'라는 새와 벌레 먹은 배인 '벌배'와 야생 돌배나무의 열매인 '돌배'와 산사열매인 '띨배'를 나열하며 '배'로 끝나는 말놀이까지 연상시키고 있어요. 이러한 언어들은 자연과 하나가 된 삶을 꿈꾸는 시인의 시선이며, 모국어의 아름다움을 되살리고 공동체적인 삶을 추구하고자 하는 바람이 표현된 것입니다.

"마가리, 개니빠디, 잠풍, 몽둥발이, 벌배, 열배, 매감탕, 토방돌, 아릇간, 홍게등, 텅납새, 무이징게국, 가즈랑집, 깽제미, 물구지우림, 둥글레우림, 광살구, 모랭이, 노나리꾼, 청밀, 넵일눈, 곱새담, 앙궁, 고뿔, 갑피기, 게사니, 울파주, 나주볕, 땃불, 밭최뚝, 양지귀, 고조곤히, 지중

지중, 쇠리쇠리하야, 씨굴씨굴, 쨰듯하니, 자즈러붙어, 벅작궁, 고아내고, 너들씨는데, 오구작작, 살틀하던, 임내내는, 이즈막하야, 깨웃듬이, 홰즛하니…….”

이제는 거의 들을 수도 없는, 들어도 무슨 말인지 가늠하기 힘든 북방 언어들은 매우 구체적이고 세밀합니다.

백석은 이미 표준어가 정착한 시기에 창작 활동을 한 문학인이고, 신문사의 편집 일을 맡기도 했고, 영문학을 전공한 시인이면서도 시작에서는 방언을 고집했어요. 번역 일을 했고 당시 시 속에 외국어를 쓰는 게 유행이었던 것을 감안하면, 그가 굳이 고향의 방언으로 시를 쓴 것은 모국어의 표현만이 자신이 그 시대를 살아내는 시인으로서 할 일이라고 판단했기 때문일 거예요. 무너진 시대를 살면서 주체적인 정서와 자아를 모국어로 견고히 유지하려 했던 것이죠.

아울러 백석 시의 사투리는 아이의 시각과 목소리로 이루어지는 특징이 있어요. 그런 특징은 시골의 농가나 토방, 할머니와 무당의 옛날이야기에 실려 동화나 전설, 때로는 이승과 저승을 넘나드는 주술적 공간으로 다양하게 변화해요. 시집 『사슴』에 실린 작품 33편 중에서 도시 문명 또는 도시 감각에 바탕을 둔 시는 단 한 편도 없고, 모두 고향 마을의 풍물과 정취를 그리고 있죠. 그 풍경은 비참하고 고통스러운 것이 아닌 안온하고 풍요로운 전원입니다.

한편, 백석 시의 이런 점이 당대의 현실과 동떨어진 것으로 비판받기도 했습니다. 하지만 가만히 들여다보면 그의 시에는 현실과 동떨어진 것이 아니라 현실의 문제로 잃어버린 고향에 대한 슬픔과 그리움을 삭이려는 시인의 힘겨운 얼굴이 숨어 있습니다.

식민지를 견디는 시인의 품위

백석은 식민지 시대를 견디는 시인의 내면을 시에 드러내기도 했어요. 제목이 편지봉투에 쓸 직한 것인 〈남신의주 유동 박시봉방〉은 누군가 외로운 자기에게 편지를 보내 주기를 바라는 듯합니다.

어느 사이에 나는 아내도 없고, 또,

아내와 같이 살던 집도 없어지고,

그리고 살뜰한 부모며 동생들과도 멀리 떨어져서,

그 어느 바람 세인 쓸쓸한 거리 끝에 헤매이었다.

바로 날도 저물어서,

바람은 더욱 세게 불고, 추위는 점점 더해 오는데,

이리해 어느 목수네 집 헌 삿을 깐,

한 방에 들어서 쥔을 붙이었다.

이리해 나는 이 습내 나는 춥고, 누긋한 방에서,

낮이나 밤이나 나는 나 혼자도 너무 많은 것같이 생각하며,

딜옹배기에 북덕불이라도 담겨 오면,

이것을 안고 손을 쬐며 재 우에 뜻없이 글자를 쓰기도 하며,

또 문밖에 나가지도 않고 자리에 누워서,

머리에 손깍지벼개를 하고 굴기도 하면서,

나는 내 슬픔이며 어리석음이며를 소처럼 연해 쌔김질하는 것이었다.

내 가슴이 꽉 메어올 적이며,

내 눈에 뜨거운 것이 핑 괴일 적이며,

또 내 스스로 화끈 낯이 붉도록 부끄러울 적이며,

나는 내 슬픔과 어리석음에 눌리어 죽을 수밖에 없는 것을 느끼는 것이었다.
그러나 잠시 뒤에 나는 고개를 들어,
허연 문창을 바라보든가 또 눈을 떠서 높은 천장을 쳐다보는 것인데,
이 때 나는 내 뜻이며 힘으로, 나를 이끌어 가는 것이 힘든 일인 것을 생각하고,
이것들보다 더 크고 높은 것이 있어서, 나를 마음대로 굴려 가는 것을 생각하는 것인데,
이렇게 해 여러 날이 지나는 동안에,
내 어지러운 마음에는 슬픔이며, 한탄이며, 가라앉을 것은 차츰 앙금이 되어 가라앉고,
외로운 생각만이 드는 때쯤 해서는,
더러 나줏손에 쌀랑쌀랑 싸락눈이 와서 문창을 치기도 하는 때도 있는데,
나는 이런 저녁에는 화로를 더욱 다가 끼며, 무릎을 꿇어 보며,
어느 먼 산 뒷옆에 바우섶에 따로 외로이 서서,
어두워 오는데 하이야니 눈을 맞을, 그 마른 잎새에는,
쌀랑쌀랑 소리도 나며 눈을 맞을,
그 드물다는 굳고 정한 갈매나무라는 나무를 생각하는 것이었다.✦

시인은 식민지 시대를 사는 슬프고 모진 운명을 숙명적으로 받아들이다가도 비극적 삶의 토양에서 제 모습을 지키는 '굳고 정한 갈매나무'를 떠올립니다. 이는 한겨울에 모진 바람과 싸락눈을 꿋꿋이 견디는 갈매나무처럼 자신의 품위를 지켜 내기 위한 시인의 선언입니다. 시인은 부모, 형제, 아내, 집마저 잃고 떠돌아 누가 편지를 보내도 받아 볼

✦ 〈남신의주 유동 박시봉방〉, 『학풍』, 1948.

수 없었을 텐데, 이 편지를 몇십 년이 지난 우리가 받아 보고 있습니다.

백석의 시를 읽는다는 것은 잃어버린 고향의 기억으로 들어가는 일

백석은 모국어로 자연과 하나가 된 공동체적인 삶을 과거와 현재로 연결해 시를 썼어요. 그의 시들은 시인 자신뿐만 아니라 동시대 사람들의 마음을 어루만졌죠. 그 어루만짐은 지금을 사는 우리에게도 그대로 이어집니다. 오래전에 잃어버린 전설적인 경이로움이 그득한 설화적 삶 속으로, 더불어 사는 공동체의 삶 속으로 우리를 이끕니다. 그 안에 있는 모국어의 아름다움, 토속적인 북방 정서, 향토적인 서정 세계, 자연의 마력이 건조하고 팍팍한 우리 삶을 한 없이 어루만져 줍니다.

시를 읽는다는 것은 백석이 '하늘이 이 세상을 내일 적에 그가 가장 귀해하고 사랑하는 것들은 모두 / 가난하고 외롭고 높고 쓸쓸하니 그리고 언제나 넘치는 사랑과 슬픔 속에 살도록 만드신 것이다'(〈흰 바람벽이 있어〉 일부)라고 자신을 위로하듯, 우리가 시의 세계로 들어가 자기를 스스로 위로하는 일일 겁니다.

백석 시를 읽는 것은 잃어버린 모국어의 아름다움과 토속적인 민족 정서를 환기하며 공동체의 기억으로 들어가는 일입니다. 그가 펼치는 세계는 이 시대가 놓아 버린, 혹은 붙잡지 않은 세계이며 우리가 외면하는 세계입니다. 안식과 치유를 주는 어머니 품 같은 고향의 세계이기도 합니다. 그래서 백석의 시를 읽노라면 시인은 어느새 '외롭고 높고 쓸쓸'하지만 풍요로운 삶의 비밀과 자기 위로와 회복이 있는 곳으로 우리를 이끕니다. 그곳에서 잠시 지친 마음을 놓아두면 좋겠습니다.

더 읽을거리

백석과 <나와 나타샤와 흰 당나귀>

나와 나타샤와 흰 당나귀

백석

가난한 내가
아름다운 나타샤를 사랑해서
오늘밤은 푹푹 눈이 나린다

나타샤를 사랑은 하고
눈은 푹푹 날리고
나는 혼자 쓸쓸히 앉어 소주를 마신다
소주를 마시며 생각한다
나타샤와 나는
눈이 푹푹 쌓이는 밤 흰 당나귀 타고
산골로 가자 출출이 우는 깊은 산골로 가 마가리에 살자

눈은 푹푹 나리고
나는 나타샤를 생각하고
나타샤가 아니 올 리 없다
언제 벌써 내 속에 고조곤히 와 이야기한다
산골로 가는 것은 세상한테 지는 것이 아니다
세상 같은 건 더러워 버리는 것이다

길상사 입구. 한때 백석의 연인이었던 자야 김영환이 운영한 '대원각'을 법정 스님에게 시주해 1997년에 지금의 길상사로 탈바꿈했다.

> 눈은 푹푹 나리고
>
> 아름다운 나타샤는 나를 사랑하고
>
> 어데서 흰 당나귀도 오늘 밤이 좋아서 응앙응앙 울을 것이다✦

시 〈나와 나타샤와 흰 당나귀〉는 눈 내리는 밤에 사랑하는 여인과 함께 흰 당나귀를 타고 산골로 가서 살고자 하는 낭만적인 세계를 그렸는데, 이 시 속 화자의 연인은 자야라는 설이 유력하다.

✦ 《여성》, 1938년 3월.

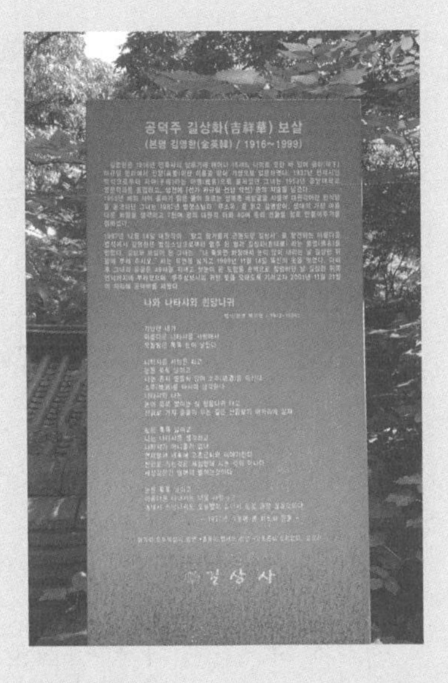

길상화 보살(김영한)의 공덕비 옆에 세워진 표지판(길상사). 백석의 시 〈나와 나타샤와 흰 당나귀〉가 백석의 자취를 대신하고 있다.

백석은 1936년 일본에서 유학하다가 귀국하여 함흥 영생여고 영어교사로 부임했는데 그 회식 자리에서 자야를 만났다. 자야는 본명이 김영한, 기명이 김진향으로 열다섯 살의 이른 나이에 결혼을 했으나 남편이 죽은 뒤 조선권번에 들어가 기생이 된 여자였다.

진향은 빼어난 미모에 문재文才(글을 짓거나 글씨를 쓰는 재능)를 갖춰 일제 강점기 때 조선을 홍보하는 엽서의 모델이 되기도 했으며 잡지 《삼천리》에 수필을 기고하기도 했다. 그런 진향에게 백석은 첫눈에 반하고 자야子夜라는 이름을 선물한다. 자야는 중국 당나라 시인 이백李白(701~762)의 시 〈자야오가子夜吳歌〉'에서 전쟁터에 나간 남편을 기다리는 애절한 여인을 가리키는 이름이다.

백석은 자야와 동거하지만 집안의 성화에 혼례를 치르기 위해 자야를 잠시 떠나 있다가 되돌아오기를 반복하게 된다. 1939년 백석이 자야에게 함께 만주로 떠나자고 했으나 자야는 그의 삶을 위해 거절하고 남쪽에 남게 된다. 백석은 만주에서 자리를 잡고 꼭 부르겠노라고 약속하지만 38선은 끝내 이들을 갈라놓았다.

자야는 한국전쟁 이후 중앙대에서 영문학을 공부하고 백석에 대한 그리움을 수필로 써서 발표했다. 서울 성북동에 있던 별장 청암장을 사서 한식당인 대원각으로 운영해 큰돈을 벌기도 했다. 그러던 중 1987년에 법정法頂(1932~2010) 스님의 무소유無所有에 감명받아 대원각 터 7천여 평과 건물 40여 동을 절로 만들어 주기를 법정 스님에게 간청했다. 이에 1995년에 법정 스님이 그 뜻을 받아들이고 1997년에 창건한 절이 길상사이다. 법정 스님은 그녀에게 길상화吉祥花라는 법명을 지어 주었고, 길상화 보살이 된 그는 눈이 많이 오는 날 유골을 길상사 길 위에 뿌려 달라는 유언을 남기고 1999년에 삶을 마쳤다.

북한에서의 백석

백석은 만주로 떠난 뒤 일본 유학파 피아니스트로 평양음악대학 교수를 지낸 문경옥과 결혼을 했으나 오래 못 가 이별하고, 1945년 말에 북한에서 만난 이윤희와 혼례를 치렀다. 이후 5남매를 기르며 정치에는 거리를 두고 번역과 아동문학을 창작하는 데 힘을 쏟았다. 1958년 김일성 정권의 문예정책에 어긋난다는 이유로 자아비판을 강요당한 뒤 1959년 6월 '부르주아적 잔재'로 비판받았다. 양강도 삼수군의 협동농장 축산반으로 쫓겨나 양치기를 하며 농사를 지었다. 1962년 이후로는 북한 문단에서 사라져 백석에 대해 알 수 있는 자료가 거의 없다. 단지 부인 이윤희의 편지를 통해 백석이 1996년에 병으로 사망한 것으로 알려졌다.

5. 극단적인 과학주의가 불러온 비극, 자연과의 공존이 모두의 생명을 깨우는 길

『침묵의 봄』__레이첼 카슨

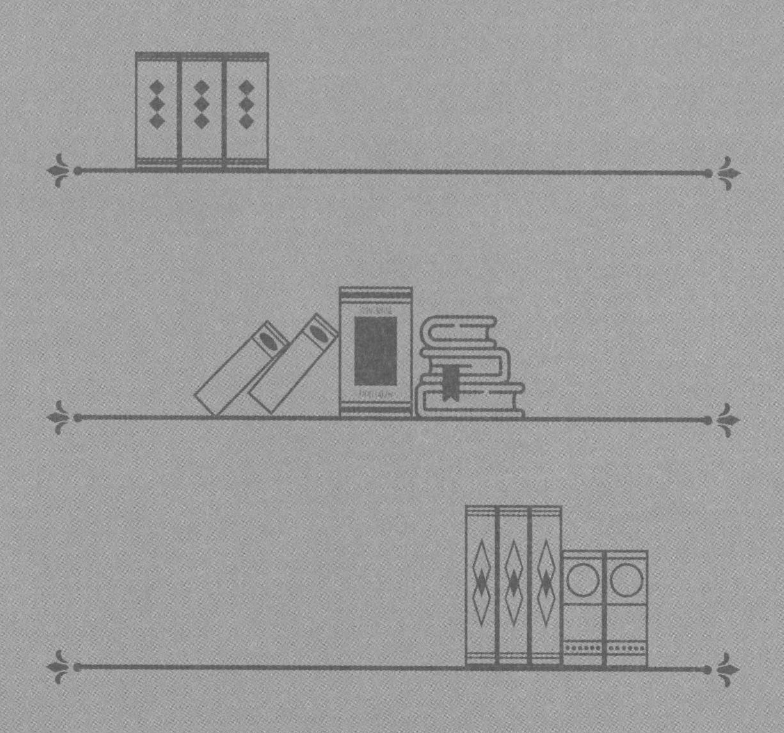

레이첼 카슨.

레이첼 카슨Rachel Carson(1907~64)은 미국 펜실베이니아주 스프링데일에서 태어났습니다. 그는 생물학자이며 작가로 어린 시절은 펜실베이니아주의 농촌에서 자랐습니다. 작가 지망생이었던 어머니로부터 책과 자연을 사랑할 줄 아는 감성을 배웠습니다. 어머니에게서 물려받은 자연에 대한 관심과 사랑은 1925년 펜실베이니아 여자대학교에 입학해 전공을 문학에서 생물학으로 바꾸는 결정적인 계기가 되었습니다. 대학을 졸업하던 해 여름에 우즈홀 해양생물연구소의 하계 장학생이 되었고, 장학금을 받고 들어간 존스홉킨스 대학교에서 해양동물학 석사학위를 받았습니다.

메릴랜드 대학에서 학생을 가르치며 《볼티모어 선》에 자연사에 관한 기사를 발표했습니다. 1935년부터 당시 어업국 직원이던 생물학자 엘머 허긴스의 도움으로 해양생물에 관한 라디오 프로그램 원고를 썼습니다. 이 일을 계기로 미국 수산국과 미국 어류 및 야생생물 관리국에서 해양생물학자이자 편집자로 16년 동안 일했습니다. 구겐하임재

단 연구원, 매사추세츠 우즈홀 해양연구소 연구원으로도 일했습니다.

1941년, 해양 자연사를 다룬 『바닷바람을 맞으며』를 출간했습니다. 1951년에 해양 자연사에 관한 두 번째 책 『우리를 둘러싼 바다』가 출간되었는데, 이 책은 내셔널북 어워드 논픽션 부분을 비롯해 존 버로우즈 메달, 뉴욕동물학회의 골드 메달, 오드본 소사이어티 메달 등을 받았습니다. 레이첼 카슨은 영국 왕립문학회 초빙교수와 미국학술원 회원으로 선출됐습니다.

1952년에 공직에서 은퇴한 뒤 1955년에 북아메리카 해변의 자연사를 다룬 『바다의 가장자리』를 출판했습니다. 그 뒤 1956년부터 합성살충제의 오염 문제를 제기했습니다. 1962년 6월, 일간지에 이 문제를 다룬 『침묵의 봄Silent Spring』 요약판을 연재했는데, 『침묵의 봄』은 1962년 9월에 책으로 출판되어 환경오염의 위험과 환경 윤리의 중요성을 전 세계에 일깨워 주었습니다. 이는 환경과 개발에 관한 기본 원칙을 담아 '지속 가능한 개발'의 개념을 중요시하는 '리우선언'(1992)을 이끌어 내는 동력이 됐습니다.

레이첼 카슨은 평생 결혼을 하지 않고 집안의 가장이자 열성적인 생태주의자이며 작가로 살다가 1964년 4월 14일, 유방암으로 메릴랜드주 실버스프링 자택에서 쉰여섯 살의 나이로 눈을 감았습니다. 그 뒤 '레이첼카슨위원회'가 설립되고 1980년에 정부로부터 '자유의 메달'을 받았습니다. 레이첼 카슨의 원고 및 편지는 대부분 예일 대학교에 기부됐습니다. 레이첼 카슨이 쓴 그 밖의 책으로는 그가 죽은 뒤에 출판된 『센스 오브 원더』와 유고집 『잃어버린 숲』 등이 있습니다.

노르웨이에 울라브 하우게(1908~94)라는 시인이 있습니다. 그의 시 가운데 〈죽은 나무〉는 "까치가 이사를 했다. 까치는 죽은 나무에는 집을 짓지 않는다."(『어린 나무의 눈을 털어주다』, 봄날의 책, 47쪽)라는 짧은 시입니다. 시인은 과수원의 농부로 평생 노동을 하며 주로 숲에서 시를 썼죠. 그는 세상의 모든 것을 형제로 이해하며, 그러한 심상을 시인의 언어로 표현했습니다.

이 시를 읽는 순간 자연스럽게 레이첼 카슨이 떠올랐습니다. 레이첼 카슨도 울라브 하우게처럼 자연을 사랑했고 문학적인 감수성이 풍부했죠. 만약 레이첼 카슨이 우리에게 하고 싶은 말을 시로 쓴다면 울라브 하우게처럼 쓰지 않았을까? 하는 생각도 들었습니다. 레이첼 카슨은 우리에게 자연을 살리는 일이야말로 인류를 살리는 길이라는 걸 일깨워 주었는데, 이 짧은 시는 자연의 생태를 잘 보여 주고 있기 때문이죠.

자연을 사랑한 과학자의 양심, 시인의 목소리

레이첼 카슨이 『침묵의 봄』을 쓰게 된 이유는 조류학자인 허킨스가 인간의 자연 훼손에 대해 쓴 편지 때문이었습니다. 편지에는 정부 소속 비행기가 모기를 방제하기 위해 숲속에 DDT를 살포했는데, 그 때문에 자신이 기르던 많은 새가 죽었다는 내용이 담겨 있었죠. 모기는 제대로 없애지도 못한 채 새, 방아깨비, 벌 들만 죽인 거예요. 허킨스는 당국에 항의했으나 당국은 DDT는 해가 없다며 허킨스의 항의를 묵살했습니다. 이후 허킨스는 뉴욕주에서도 살충제가 살포돼 많은 물고기, 새, 벌 들이 죽었다는 사실을 발견합니다. 그 내용을 담아 1958년 1월,

보스턴의《헤럴드》에 항의 편지를 보내죠. 레이첼 카슨이 받은 편지는 이것의 사본이었어요.

레이첼 카슨은 허킨스의 이야기에 감동과 충격을 받습니다. 그러면서 살충제 같은 화학물질이 어떻게 자연을 파괴하는지 조사하기 시작하죠. 1958년부터 1962년까지 4년여 동안 정보 목록으로 들어간 색인이 600개가 넘을 정도의 방대한 자료 조사를 하고 집필에 전념합니다. 그 결과물로 나온 책이『침묵의 봄』입니다.

이 책을 출간하기 전에 레이첼 카슨은 미국 농무부, 화학공업회사, 대농장주 등에게 많은 위협을 받았습니다. 농약 제조업체들은 살충제가 인간 생활에 큰 도움이 되고 미국의 농업에 별다른 해를 주지 않는다고 주장하며 "레이첼 카슨의 잘못된 주장이 문명을 중세 암흑시대로 되돌려 놓고 있다"라고 비난했습니다. 저널리스트와 평론가들은 레이첼 카슨을 "감정에 호소하는 단어"를 사용하는 "히스테릭한 여성"이며 "지나치게 섬세한 본성의 소유자"이고, 그가 쓴 책은 "자신이 저주하는 살충제보다 더 독하다"라고 말했어요. 일부 정부 관리들은 레이첼 카슨을 공산주의자로 몰아갔고,《뉴욕 타임스》는 머리기사로 "침묵의 봄은 시끄러운 여름이 됐다"라고 보도할 정도였어요. 이 책의 내용 일부가《뉴요커》에 연재되자 클로르데인이라는 살충제를 만드는 회사는 책의 출간을 막기 위해 출판사를 상대로 소송을 제기하기까지 했고요. 미국농화학협회는 거금 25만 달러를 들여 레이첼 카슨이 기술한 내용을 반박하기 위한 소책자도 만들었죠.

이 책이 나올 당시 레이첼 카슨은 암투병 중이었어요. 그러나 그는 악의적인 공격들에 결코 '침묵'하지 않았습니다. 암과 싸우면서도 끝까지 소신을 굽히지 않았어요. 자신의 주장이 세상을 이롭게 한다고

대서양 해안가를 조사하는 레이첼 카슨(오른쪽)과 보브 힌스(1952).

믿었기에 책이 출간된 뒤에도 열심히 활동했습니다. 방사선 치료 후유증을 감추기 위해 가발을 쓰고 법정 증언을 하고, 1963년 4월 3일에는 미국의 대표적인 시사프로그램인 〈CBS 리포트〉에 출연해 『침묵의 봄』이 제기한 살충제 사용 문제를 토론했어요. 레이첼 카슨은 상대편 토론자의 온갖 비난을 들으면서도 인류가 자연에 가한 폭력을 침착하게 고발했습니다. "우리가 이겨야 할 대상은 자연이 아니라 우리 자신"이고 "인간과 자연, 둘 중 어느 한쪽이 다른 쪽을 정복하거나 지배할 수 있는 게 아니"며 "인류가 직면한 가장 큰 도전은 바로 인간 스스로를 통제하는 것"이라고 강조합니다.

책은 출간된 지 16개월 만에 100만 부 넘게 팔리며 폭발적인 관심을 불러일으켰어요. 그러나 그때 그는 이런 사실을 알 수 없었습니다. 안타깝게도 암과 싸우던 레이첼 카슨은 얼마 뒤 생을 마감했거든요. 레이첼 카슨은 비록 생을 짧게 마감했지만, 그가 우리에게 알리려고 했던 환경에 대한 가치와 극단적인 과학주의가 불러온 환경오염의 고발은 인류의 현재와 미래를 내다보는 중요한 가치가 됐습니다.

인간의 손에 주어진 '죽음의 약', 극단적 과학주의가 불러온 참상

총 17장으로 이루어진 글은 이 책의 내용을 상징적으로 보여 주는 우화로 시작합니다. 그 우화는 한 마을의 이야기입니다. 어느 날 한 마을은 저주에라도 걸린 듯 생명을 잃어 갑니다. 그 이전은 모든 생물체가 조화롭게 살아가는 마을이었죠. 하지만 지금은 울새가 더 이상 울지 않으며 벌의 웅웅거리는 날갯소리도 들리지 않습니다. 길가의 초목은 갈색으로 말라 버렸으며 개천의 물고기는 죽어 버렸고 꽃과 나무들은 시들어 갔죠. 모든 생물은 떠나 버린 듯 고요한 죽음의 공간으로 바뀝니다. 이 마을에 무슨 일이 일어난 것일까요? 그 우화에 대한 질문과 대답이 『침묵의 봄』입니다.

> 오늘날 미국의 수많은 마을에서 활기 넘치는 봄의 소리가 들리지 않는 것은 왜일까? 그 이유를 설명하기 위해 이 책을 쓴다.✦(35쪽)

✦ 레이첼 카슨, 김은령 옮김, 『침묵의 봄』, 에코리브르, 2011.

생명이 살아 숨 쉬는 마을을 죽음의 공간으로 바꾼 주범은 바로 '흰 눈처럼 뿌려진 가루' DDT였습니다. DDT가 살충 효과가 있다는 사실이 알려진 것은 1939년의 일입니다. 당시 사람들은 DDT가 병을 전파하는 곤충들을 박멸하고 작물의 해충을 퇴치하는 데 절대적 위력이 있어 전 세계에서 사용했습니다.

레이첼 카슨은 농약·살충제·제초제 등의 무분별한 사용으로 곤충은 더 강한 내성을 지니게 되고, 내성을 지닌 곤충을 박멸하기 위해 더 강한 독성의 물질을 만들게 하는 악순환이 된다고 지적했어요. 그것뿐만이 아니라 물과 토양이 오염되어 물고기가 살지 않는 개천과 새들이 지저귀지 않는 숲, 열매 맺지 않는 작물의 방대한 실증 자료를 예시로 들죠. 그러면서 화학물질의 위험성과 화학물질이 우리에게 어떤 영향을 미치는지 고발합니다. 잘 모른 채 사용하는 것은 우리 모두 독이 묻은 옷을 입고 있는 것과 마찬가지라고 경고합니다.

> 그리스 신화에 나오는 마법사 메디아는 자신의 남편인 이아손의 애정을 가로챈 연적의 등장에 분노를 느낀 나머지 이 새 신부에게 마법의 약물이 묻은 웨딩드레스를 선물한다. 이 옷을 입은 신부는 고통스러운 죽음을 맞게 된다. 이런 간접 살인은 오늘날 침투성 살충제와 흡사하다. 이 물질은 식물이나 동물체에 흡수되면 메디아의 옷처럼 강한 독성을 발휘한다.(64~65쪽)

모든 자연은 연결되어 있어 화학약품이 자연에 사용되면 자연 생태계의 먹이 사슬은 죽음의 사슬로 바뀌게 됩니다. 더욱이 그 사슬은 하나가 열이 되고 열이 백이 되는 것처럼 다음 단계로 진행될 때마다 오염의 농도가 더욱 짙어지고 더욱 많이 축적되죠. 생물은 마지막으로

흙으로 분해되지만 축적된 화학약품은 결코 분해되지 않고요. 연쇄적으로 중독된 자연은 작은 식물에서 땅으로, 물로, 다른 생물들로 그리고 인간에게 옵니다.

> 자연을 구성하는 요소들은 그 어떤 것도 독자적으로 존재하지 않는다는 점을 기억해야 할 것이다.(83쪽)

그 예로 각다귀를 없애기 위해 1949년에 캘리포니아 클리어 호수에 DDD를 뿌린 결과를 보여 줍니다. DDD는 DDT보다 독성이 약한 살충제였는데, DDD를 뿌린 뒤 각다귀뿐만 아니라 농병아리 100여 마리도 함께 죽는 일이 벌어졌죠. 호수에 투입한 DDD는 0.02ppm이었는데, 죽은 농병아리의 지방조직을 분석한 결과 호수에 투입된 양의 무려 8만 배인 1,600ppm이라는 엄청난 DDD가 검출되었어요. 그 이유는 가장 작은 유기체에 함유된 화학물질이 포식자에게 잡아먹히는 과정을 거치면서 독극물이 축적되는 양은 점점 늘어났기 때문이죠. 더 놀라운 사실은 호수에 DDD 살포가 중단되고 23개월이 지난 뒤에도 호수의 플랑크톤에서는 5.3ppm의 DDD가 검출되었다는 사실이에요. 그 결과는 자연을 구성하는 요소들은 그 어떤 것도 독자적으로 존재하지 않는다는 사실을 여실히 보여 주었습니다.

우리가 선택한 결과가 어떻게 나타날지 정신을 바짝 차려야 하는 이유는 인간이 없애려고 하는 식물이나 곤충, 동물 등은 모두 거대한 네트워크의 일부이기 때문입니다. 그 네트워크에 인간이 있는 것은 너무나도 당연하고요.

야생 생물이 살충제에 한 번이라도 노출된다면 원래 상태로 완전히 회복되기란 거의 불가능하다. 일반적으로 독극물로 인한 환경오염은 그곳에 사는 생물들에게만 해를 입히는 것이 아니라 철새 등 이주성 동물에게도 치명적인 덫이 된다.(119쪽)

인간이 눈앞의 이익에만 급급해 저지른 잘못은 동식물 생태계를 교란합니다. 예를 들면, 먹이사슬을 통해 새들의 몸에 축적된 살충제 성분은 부화를 저해하며, 비록 부화하더라도 얼마 안 되어 죽고 말아 멸종 위기로 몰아가죠. 새를 죽이려고 살포한 게 아닌데 오염된 지렁이나 오염된 물과 토양에 새들은 돌아오지 않고요. 비극은 새들에게만 생기는 게 아니라 어류에게도 위협을 가합니다.

인간도 오염된 환경이나 식품을 통해 소량이지만 서서히 오랜 기간 체내에 누적되는 화학물질의 영향을 받을 수밖에 없습니다. 인간에게 유해하고 무익하다는 까닭으로 뿌린 살충제는 인간 자체를 오염시킬 뿐만 아니라 유전자를 통해 인류의 미래까지 위험을 전달하죠. 그 같은 일을 자행하는 것은 자연이 아니라 바로 인간입니다.

'잔류 허용량 기준' 제정은 결국 농부와 가공업자들에게 생산 비용 절감이라는 혜택을 주기 위해 많은 사람이 먹는 음식에 독성 화학물질 사용을 허가하는 일과 다름 아니다.(220쪽)

레이첼 카슨은 미국 식품의약국이 설정한 오염물질 허용량이 동물에게 문제를 일으키는 양에 비해 지나치게 많다고 지적합니다. 그러면서 염화탄화수소계 화학물질, 유기인산계, 기타 다른 독성 화학물질에 대한 잔류 허용량을 폐지하고, 덜 위험한 농약을 만들어 내는 것과 비화학적인 방법을 개발하는 것 등의 대안을 제시합니다.

> 이렇게 외부에서 침입해 오는 유독물질과 내부로부터 만들어진 유독물질에 대한 우리 몸의 방어 매커니즘이 점점 취약해지고 있다. 살충제로 인해 손상된 간은 유독물질을 잘 분해하지 못할 뿐 아니라 그 활동 전체가 위축된다. 또 그런 유독 화학물질들이 미치는 영향력이 광범위할 뿐 아니라 다양한 증상이 즉시 나타나지 않기 때문에 진짜 원인을 찾기가 힘들어진다.(228쪽)

인간이 치러야 할 대가는 생각보다 큽니다. 특히 신경계통을 교란하는 증세가 심각하죠. 염화탄화수소계와 유기인산계 화학물질은 우리의 신경계에 직접 손상을 가하고, DDT는 주로 소뇌와 대뇌 운동피질에 손상을 입힙니다. 곤충을 없애려다가 인간이 정신착란, 환상, 기억력 감퇴, 조증 등으로 고생합니다. 비행기로 DDT를 살포하는 사람들에게서는 정자결핍증이나 정자생식감퇴증이 나타나기도 하고요.

> 인류 전체를 놓고 볼 때, 개개인의 생명보다 궁극적으로 더욱 소중한 것은 우리의 과거와 미래를 연결해 주는 유전형질이다. 영겁처럼 긴 시간 동안 진화를 거쳐 만들어진 우리의 유전자는 현재의 모습을 규정할 뿐 아니라 인간의 미래를 담고 있다. 하지만 이 유전자는 희망찬 약속이 될 수도 있고 커다란 위협이 될 수도 있다. 인간의 잘못으로 말미암은 유전자의 변이는 이 시대에 대한 협박, '우리 문명의 마지막이자 가장 큰 위협'이라고 할 수 있다.(224~225쪽)

인간은 생물체 중에서 유독 혼자만 암 유발물질을 인공적으로 만들어 냅니다. 그러한 유해물질은 직·간접적으로 암 발생의 원인이 되고요. 그 원인을 줄이기 위해 레이첼 카슨은 화학물질을 사용하는 기술 자체에 근본적인 문제를 제기하면서 생태계의 조절기능을 중시하라고 합니다. 정말 효과적인 곤충 방제는 인간이 아닌 자연에 의해 이루어지기 때문이에요. 곤충학자 로버트 멧칼프의 말을 인용해 세상이 곤충으로 뒤덮이지 않게 예방하는 가장 좋은 방법은 그 곤충들이 서로 싸우도록 만드는 것이라고 일러 줍니다. 인간우월주의와 편협함을 벗어나 자연의 자체능력에 대해 더 정당한 배려를 하라는 거예요.

> 생명이란 인간의 이해를 넘어서는 기적이기에 이에 대항해 싸움을 벌일 때조차 경외감을 잃어서는 안 된다. 자연을 통제하기 위해 살충제 같은 무기에 의존하는 것은 우리의 지식과 능력 부족을 드러내는 증거이다. 자연의 섭리를 따른다면 야만적인 힘을 사용할 필요도 없을 것이다. 지금 우리에게 필요한 것은 겸손이다. 과학적 자만심이 자리 잡을 여지는 어디에도 없다.(312쪽)

레이첼 카슨은 로버트 프로스트의 시 〈가지 않은 길〉에 나오는 두 갈래 길을 이야기하며 긴 논의를 마칩니다. 끝이 파국일 수밖에 없는 고속도로를 달릴 것이 아니라 좀 낯설더라도 지구를 살릴 수 있는 유일한 길, 곧 아직 가지 않은 다른 길을 선택하라고 합니다. 우리가 걸어야 할 '또 다른 길'은 화학약품의 대량 사용에 의존하지 않는 길이죠. 천적을 이용한다거나 자연의 다양한 식생의 힘을 빌린 생물학적이며 비화학적 방어로 전환하는 길입니다. 그러한 새롭고 창의적인 접근법은 이 세상이 인간만의 것이 아니라 모든 생물과 공유하는 것이라는 인식이 있어야 출발할 수 있습니다.

제도를 바꾸게 한 책의 힘

이 책은 미국을 시작으로 전 세계에 엄청난 반향을 불러일으켰습니다. 처음 출간됐을 무렵에 사람들은 과학 기술을 맹신했고 환경이라는 말을 낯설어했죠. 그 무렵 미국은 산업사회였고 J. F. 케네디 대통령이 통치하던 시절이었어요. 대량 생산을 위해 해마다 500톤의 새로운 화학약품이 개발되고, DDT 등의 살충제와 제초제는 한두 종류의 잡초와 곤충을 박멸한다는 이유로 공중 살포되는 일이 잦았죠. 오로지 물질의 풍요를 위해 과학 기술을 사용했어요.

그런데 이 책을 읽어 보니 큰일 난 거예요. 그렇게 키운 옥수수를 소나 돼지에게 먹이고, 그런 소나 돼지는 또 인간이 먹죠. 그렇게 화학약품에 오염된 땅은 회복하는 데 수십 년에서 수백 년이 걸립니다. 눈앞의 이익을 위해 사용한 과학이 결과적으로 모두를 죽음으로 끌고 가고 있던 거예요.

결국 이 책은 많은 이들에게 공감을 얻고 레이첼 카슨의 노력은 조금씩 결실을 맺습니다. 암연구소는 DDT가 암을 유발할 수도 있다는 증거를 발표하고, 각 주들은 DDT의 사용을 금지하기 시작했습니다. 그러고는 1970년에 미국에 환경부가 설치됩니다. 펜실베이니아주는 레이첼 카슨을 기리기 위해 레이첼의 생일인 5월 27일을 '레이첼 카슨 데이'로 지정하고요.

레이첼 카슨이 활동하던 시기는 여성의 지위가 지금보다 훨씬 낮았고 여성이 사회적으로 환영받지 못했던 시기였습니다. 그만큼 더 자신의 뜻을 펼치고 활동하기에 어려움이 컸죠. 그런데도 레이첼 카슨은 자신의 의지를 방해하는 사회적 편견과 싸우면서 사회 제도를 변화

피츠버그에 있는 레이첼 카슨 다리.

시켰습니다. 그 뜻을 기리는 의미에서 1972년에는 4월 22일을 '지구의 날'로 정하게 됩니다.

한편, 레이첼 카슨은 21세기 영재형 인간의 모델로 칭송받기도 합니다. 그 이유는 자신의 재능을 개인의 명예나 부의 축적에 쓰지 않고 전 인류가 누려야 할 권리와 함께 자연을 존중하며 공존해야 하는 길을 열게 하는 데 썼기 때문이에요.

『침묵의 봄』은 슈바이처와 다윈 등을 비롯한 과학에 대한 해박한 지식만 나열한 것이 아니라 그리스 신화와 시 구절 등을 인용하며 딱딱하기 쉬운 과학 내용을 문학적 감수성이 풍부한 글로 끌어올려 주었어요. 이러한 레이첼 카슨의 목소리는 환경운동과 생태운동, 에코페미니즘의 등장과 많은 페미니스트 과학자들에게도 영향을 끼쳤고요. 좋은 책 한 권이 많은 이들의 공감을 얻어 사람들의 인식을 바꾸어 놓은 거예요. 우리의 환경, 지구의 환경을 바꾸어 놓을 수 있는 새로운 길을 열어 주었죠.

지구의 목소리를 들어라

'하인리히 법칙Heinrich's law'이라는 게 있습니다. 그 법칙은 한 번의 큰 재해가 있기 전에 그와 관련된 작은 사고나 징후들이 먼저 일어난다는 통계 법칙이에요. 1920년대 미국 보험사 직원이었던 하인리히가 주장한 법칙이죠. 직업 특성상 그는 사고가 발생해서 1명이 크게 다친 경우, 이전에 비슷한 일로 다친 사람이 29명, 다칠 뻔했던 사람이 300명에 이른다는 흐름을 알게 되었죠. 그런 점에서 하인리히 법칙을 '1:29:300 법칙'이라 부르기도 합니다.

이 법칙은 큰 사건이나 사고가 발생하기 이전에 경미하지만 비슷한 종류의 사고들이 많이 발생한다고 미리 알려 준다는 데 큰 의미가 있습니다. 그런 사고들을 통해 앞으로 발생할 수 있는 대형 사고를 어느 정도 예측할 수 있기 때문이에요.

지금 나오는 농약들은 이 책이 나왔던 시절의 약보다 더 안전해졌다고 해요. 그렇다고 우리의 환경이 유해물질로부터 안전해졌을까요? 그렇지 않을 거예요. 레이첼 카슨이 『침묵의 봄』을 쓸 당시에 논란이 됐던 DDT는 사용금지됐으나 19세기까지만 하더라도 6~7종이던 산업적 발암 물질은 20세기 이후 셀 수 없을 정도로 많아졌기 때문이에요.

전 세계적으로 한파와 폭설, 폭우, 평균 기온 상승 등의 기상 이변이 잦은데, 많은 기상 전문가들은 '지구 온난화'가 주요 원인이라고 말합니다. 검증이 완전히 끝나지 않은 유전자 변형 식품이 늘어나고 있고, 방사능에 점점 더 많이 노출되는 등 새로운 위험은 늘어 가고 있으며, 매연이나 미세먼지, 온갖 식품 첨가물, 전자파 등 헤아릴 수 없을 정도로 많은 유해물질이 우리를 둘러싸고 있죠. 눈으로 볼 수는 없으나 공기와 물, 토양, 식품 등을 통해 독성 물질은 우리 몸에 서서히 쌓이고 있습니다.

우리나라는 1972년대부터 DDT 사용금지 조치를 내리는 등 환경문제에 관심을 가져 왔어요. 그러나 2011년, 우리나라에서 신생아의 2/3에서 DDT가 나왔다는 보고가 나왔습니다. DDT는 금지했지만, 그 전에 뿌린 맹독성의 위험물은 지속적으로 인간에게 영향을 미치고 있었던 거죠.

또한 환경 문제는 모습을 달리하며 계속 우리를 위협합니다. 살충제를 함유한 달걀 때문에 논란이 되기도 했고, 이명박 정부가 추진한 4대강(한강, 낙동강, 금강, 영산강) 사업으로 강은 녹조가 창궐하거나 물고기가 떼죽음을 당하는 사례가 늘어나는 등 병들어 가고 있어요. 가습기 살균제 사건으로 많은 이들이 목숨을 잃고, 생리대 유해성이 논란이 되고, 식품 오염이나 공해 때문에 생기는 각종 질병이 늘어나고 있어요. 미세먼지 등으로 외출을 할 때 마스크를 쓰는 게 어느새 자연스러워지고, 사스나 메르스, 코로나 19 바이러스 등 인류를 위협하는 바이러스의 위험도 끊이지 않고 있고요.

제인 구달 박사는 2020년 4월 12일 한 인터뷰에서 환경의 오염이 가져오는 위험을 지적했는데, 전 세계의 코로나 19의 대유행은 인류의 동물학대와 무분별한 자연훼손이 원인이라며, 자연을 파괴하는 일은 우리의 미래를 파괴하는 일임을 깨달아야 한다고 꼬집기도 했습니다.

새가 지저귀고 맑은 시냇물이 흐르는 지구를 위해

레이첼 카슨이 『침묵의 봄』을 펴낸 1962년에 개발과 성장이라는 목표 아래 벌어진 많은 일의 부작용이 발생했듯이, 21세기인 지금도 그 형태만 다를 뿐 폐해는 여전히 반복되고 있습니다. DDT는 금지됐어도 물질과 풍요, 편리성의 중독은 다른 방식으로 우리 삶에 침투해 있죠.

레이첼 카슨이 이 작품을 쓸 당시보다 환경에 대한 경각심이 생기고 여러 제도를 만들었고 과학 기술은 계속 발전해 왔어요. 전쟁과 가난도 환경을 훼손하고 오염시키는 또 하나의 원인이에요. 어떤 형태의 개발이든 개발은 환경과 자연의 보편성을 거스르는 방향으로 진행되는데, 개발이라는 명목으로 자연은 끊임없이 훼손되고 있고요. 자연을 보호하고 보전해야 한다는 인식이 부족하고 무분별한 개발을 막을 수 있는 제도가 허술한 것도 현실이에요.

인간이 과연 자연을 통제할 수 있을까요? 자연은 인간의 편의를 위해 존재하는 것일까요? 자연이라는 거대한 생명을 이해하고, 인간이 자연 앞에 좀 더 겸손하다면, 인간은 삶의 쾌적함보다 '모든 생명의 안정성'을 위해 노력해야 한다는 사실에 동의할 거예요. 이를 위해서 무엇보다도 환경을 보호하고 훼손을 막을 수 있는 더 많은 지식을 쌓아야 하고, 환경을 오염시키지 않기 위한 제도를 더욱 강력하게 마련해야 할 겁니다. 우리도 자연의 일부라는 사실을 깨닫고 함께 공존하기 위한 실천을 부지런히 해야 합니다.

6. 탈출구를 찾지 못한 가족의 민낯, 소외에서 실존을 찾다

『변신』__프란츠 카프카

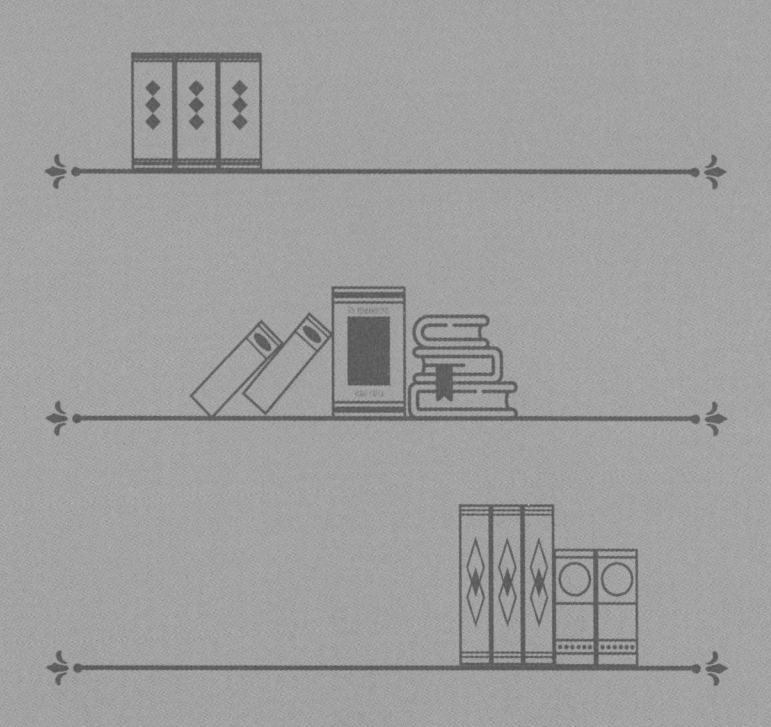

프란츠 카프카.

프란츠 카프카Franz Kafka(1883~1924)는 오스트리아-헝가리 제국 출신의 소설가입니다. 유대인 상인인 헤르만 카프카와 율리 뢰비의 셋째 아들로 태어났습니다. 집은 체코 프라하 구시가지의 게토 지역에 있었습니다. 남동생 둘은 영아기에 사망하고 여동생 세 명과는 친밀하게 지냈지만 여동생들은 훗날 아우슈비츠 수용소에서 사망했습니다.

카프카는 독일어를 사용하는 유대인으로 독일 사회에도 유대계 사회에도 완전히 동화될 수 없는 이방인이었습니다. 학창 시절에는 단정하고 수수하며 현실과 한 발짝 거리를 두고 있는 인상의 모범생이었습니다. 독문학을 전공하고 싶어 했으나 가족을 부양해야 한다는 의무감과 무서운 아버지 때문에 프라하 대학 법학부에 진학했습니다. 아버지는 가부장적인 성격이 강하고 물질적인 성공과 사회적인 출세를 추구했는데, 카프카는 아버지를 어려워해 그 앞에서 늘 주눅 들어 있었습니다. 그러나 문학을 하고자 하는 열망을 포기하지 않고 대학 시절 문학 강연회에 자주 참가하고 습작하며 많은 문인들과 교류했습니다.

특히, 1902년에 만난 막스 브로트Max Brod는 카프카를 염려해 주는 가장 친한 친구로 카프카가 사망한 뒤 카프카의 유언 집행자로 지명됐습니다. 카프카에게 펠리체 바우어라는 여성을 소개한 이도 막스 브로트였습니다. 카프카는 그 여성과 약 5년간 관계를 지속했지만 결국 파경을 맞았습니다. 펠리체와 파혼하는 데에는 1917년 당시에는 불치병이었던 폐결핵 선고를 받은 것도 큰 원인이 됐습니다.

카프카는 1906년에 박사학위를 받고 1907년에 1년간 프라하 법원에서 법률 시보로 일했습니다. 1908년부터 노동자 재해 보험공사에서 일하다가 죽기 2년 전인 1922년에 은퇴했습니다. 당시 카프카는 폐병으로 병가를 얻어 몇 달씩 요양하기를 반복했습니다. 그렇게 신경쇠약 증세와 우울증에 시달리다 결국 1922년 7월에 회사를 그만두고 요양 생활을 했습니다. 1923년에 병세가 악화해 폐결핵이 후두까지 전이되면서 1924년 4월에 요양소에 들어갔는데, 그해 6월 3일, 호프만 요양소에서 마흔한 살의 나이로 숨을 거두었습니다.

카프카 생전에 발표한 작품은 『변신Die Verwandlung』, 『시골의사』 등과 같은 단편소설 몇 편뿐입니다. 실제로 카프카는 자신의 작품에 불안을 느껴 죽기 전에 미발표 원고들을 전부 폐기해 달라고 유언했습니다. 그러나 막스 브로트는 이 유언을 지키지 않고 카프카가 죽은 뒤 소설 『심판』, 『성』, 『아메리카』, 단편집 『만리장성을 쌓을 때』를 출판했습니다.

제 딸은 어린 시절 마법을 이용해 어른으로 변신할 수 있는 꼬마 밍키(만화영화의 주인공)를 유난히 좋아했습니다. 예쁜 옷을 마음껏 갈아입고 모든 일을 척척 해내는 밍키가 모든 것을 마음대로 잘 해내고 싶은 자신의 바람을 잠시나마 채워 주었기 때문이겠죠. 조금 더 커서는 자신이 거미 인간인 양 손바닥을 쫙 펴 보이며 초능력을 흉내 내며 놀곤 했어요. 평범한 청년인 피터 파커가 스파이더맨으로 변신해 정의를 구현하는 모습에서 자신의 이상을 구체화했던 것 같아요.

변신하고자 소망하는 데에는 제한된 세계를 넘어서서 자유자재로 활동하고자 하는 인간의 욕망과 초월적인 존재를 동경하는 판타지가 들어 있습니다. 변신은 욕망을 가능한 현실로 만들면서 인간이 꿈꾸어 온 공간과 존재들을 새롭게 인식하도록 해 주죠. 모든 것이 가능한 세계를 꿈꾸는 어린아이에게 밍키는 현재에 가능하지 않은 많은 것들을 하고 싶은 욕구를 해결하는 방안이고, 초월적인 존재가 되고 싶은 청소년에게 스파이더맨은 현재와 미래에 대한 불안과 의문, 소망이 투영된 영웅인 셈이에요.

'변신'으로 알게 된 적나라한 삶의 모습

문학에서 변신의 속성은 종종 저주의 결과이거나 통과의례의 모티브입니다. 동화 속 개구리 왕자나 잠자는 숲속의 공주는 저주의 결과로 개구리가 되거나 잠에서 헤어나오지 못하게 되죠. 그러나 그것은 사랑의 힘으로 저주를 풀 수 있었습니다. 단군 신화 속 곰은 통과의례로 쑥 한 자루와 마늘 스무 개를 먹은 지 삼칠일(21일) 만에 웅녀가 되었는데, 이러한 변신에는 선善에 대한 절대 긍정과 신뢰가 밑바탕에 깔려 있습니다.

그런데 여기 해충으로 변한 한 청년이 있습니다. 『변신』은 알고 보니 주인공이 귀신이었다거나 다 읽고 나니 범인은 따로 있었다는 식의 어설픈 요령이나 잔꾀 없이 이미 주인공이 해충으로 변한 상태로 시작합니다.

> 어느 날 아침 그레고르 잠자Gregor Samsa는 불안한 꿈을 꾸다가 깨어나 보니 침대 속에서 흉측한 갑충으로 변해 있었다.✦(25쪽)

『변신』은 이렇게 충격적인 문장으로 시작합니다. 이 문장 때문에 독자는 변신이 일어날 수밖에 없었을 어떤 이유에 관심을 갖고 책을 읽게 되죠.

이 소설에서 변신은 카타르시스를 느낄 수 있는 판타지도, 선에 대한 절대 긍정도, 희망이 담보되는 통과의례도 아니에요. 신체뿐만이 아니라 정신을 지닌 존재인 인간이 생물학적인 변화로 가족과 사회로부터 철저히 소외되는 삶의 적나라한 모습일 뿐이에요. 주인공이 해충으로 변한 뒤 방에 스스로 갇히자 가족과 사회는 냉담하게 외면할 뿐이죠. 아이러니하게도 그 과정에서 그레고르 잠자는 진정한 자신의 모습을 발견합니다.

카프카는 다른 글에서 그레고르 잠자가 본인의 분신이라고 밝히기

✦ 프란츠 카프카, 김태환 옮김, 『변신·선고 외』, 을유문화사, 2015.

도 했습니다. 그러나 끝까지 그레고르가 왜 흉측한 해충으로 변했는지는 설명하지 않아요. 이해할 수 없는 사건으로 시작되는 소설은 어쩌면 우리가 사는 이 세계가 부조리함(인생에서 그 의의를 발견할 가망이 없음을 이르는 말로, 인간과 세계, 인생의 의의와 현대 생활과의 불합리한 관계를 나타내는 실존주의적 용어다. 특히 프랑스의 작가 알베르 카뮈의 부조리 철학으로 널리 알려졌다. 『고전을 부탁해 2』의 '13. 『이방인』_알베르 카뮈' 편 참고)을 보여 주는 것도 같아요.

그러나 이 작품은 그저 '이해할 수 없음'으로 끝나는 게 아니라 독자들이 풍부한 해석을 하게 만듭니다. 해충은 가족에게 인정받지 못하지만, 여동생이 연주하는 바이올린 소리를 들으며 감동받는 예술적 존재라고 볼 수 있고, 절망적인 상황에 처한 한 인간의 진정한 실존의 문제를 생각하게도 합니다. '권력'을 상징하는 아버지와의 갈등이 노골적으로 드러난 작품으로도 읽히며, 일상에 숨어 있는 폭력과 야만성을 고발한 것으로도 읽히죠. 무엇보다도 그레고르가 쓸모없어지자 가족에게 가차 없이 버려지는 상황을 통해 가족 이데올로기의 허상을 엿보게 합니다.

가족 생계를 책임지지 못하는 자는 짐일 뿐인 존재

보험 외판원인 그레고르 잠자는 파산한 아버지의 채무를 온전히 자기 힘으로 해결하면서 가족을 부양했어요. 그러던 어느 날 커다란 해충으로 변신합니다. 그런 상황에서도 그레고르는 출장을 못 간 것을 걱정해요. 비록 해충이 됐으나 의식은 그대로인 채 새 삶을 시작하려 하죠. 그동안은 일 때문에 식사도 제때 못 하고, 자신을 위해 시간을 쓴다는 건 생각지도 못하며 오로지 가족을 부양해야 한다는 책임을 느끼며 하나의 상품, 일의 노예로 살았거든요. 해충으로 바뀌면서 이러한 고단한 생활이 끝이 났죠.

그러나 하나둘 문제가 생깁니다. 해충이 된 그의 말을 아무도 이해하지 못해요. 성실하게 일했던 직장에서는 해고당하고 식구들은 그레고르의 흉측한 몰골에 진저리를 치죠. 해충으로 변하자마자 그동안 직장에서 받았던 평판은 깎아내려지고, 가정에서 차지했던 위치는 사라지고 배척당합니다. 하루아침에 상황이 뒤바뀌어 버린 거예요. 지난 5년간 모든 걸 희생하며 가정 경제를 이끈 그레고르의 헌신은 더 이상 쓸모가 없었죠. 가족에게 그레고르는 생계를 책임지는 사람일 뿐이었고, 이제 생계를 책임지지 못하자 그는 가족에게 짐이 됩니다.

생계를 위해 나선 아버지는 은행 수위로 취직하고 어머니는 삯바느질하고 여동생은 판매원을 합니다. 식구가 모두 그레고르의 불행과 상관없이 바빠집니다. 해충이 된 그레고르는 새로운 삶에 적응하기 위해 노력하지만 가족의 냉대는 점점 심해질 뿐이에요. 집안의 잡동사니를 그레고르 방에 넣어 놓는가 하면, 썩은 채소나 말라붙은 음식을 주기도 하죠. 하숙을 구하려고 찾아온 손님에게 그레고르의 존재는 혐오감을 줄 뿐이에요. 가족에게 그레고르는 점점 가족의 생존을 위협하는 '괴물'이자 '끝없는 고통'이 됩니다.

> 그때 무엇인가가 가볍게 던져져 그의 바로 곁을 스치듯이 지나치며 떨어지더니 그의 앞으로 굴러갔다. 사과였다. 곧 두 번째 사과가 날아왔다. 그레고르는 기겁하여 멈춰 섰다. 아버지가 그에게 폭탄을 던지기로 결심한 이상 계속 뛰어 봤자 소용없는 일이었다.…… 그 즉시 뒤이어 날아온 사과는 그레고르의 등에 정통으로 박혔다. 그레고르는 발을 질질 끌며 나아가려 했다. 갑자기 찾아온 믿을

수 없는 고통이 장소를 옮김으로써 사라질 수 있기라도 하듯이. 그러나 그는 마치 못이 단단히 박혀 버린 것같이 느꼈고 곧 정신이 완전히 혼미해진 채 뻗어 버렸다.(76~77쪽)

그레고르는 가장 친밀하다고 여겼던 식구에게서 외면당하고 인정받은 사회에서 배제되어 기생적 존재가 됩니다. 결국 그레고르는 죽음과 스스럼없이 타협해요. 아버지가 던진 사과가 등에 박혀 썩어 갈 때 자신의 방에 갇혀 죽어갑니다. 그레고르가 죽은 뒤에야 식구들은 그에게 관심을 보이며 하느님께 고마워합니다. 곧이어 가정부가 시체를 치우는 것을 보며 각자 자신의 직장에 결근계를 내죠. 그러고는 홀가분하게 소풍을 가며 새로운 꿈과 희망을 되찾습니다.

카프카의 다른 이름, 그레고르 잠자

카프카의 생애를 엿보면 『변신』의 그레고르가 카프카의 다른 이름이라는 것을 눈치챌 수 있습니다. 그레고르의 상황과 카프카의 삶에서 공통되는 부분이 많기 때문이에요.

당시 1차 세계대전이 끝나고 산업사회에 접어든 프라하에서 카프카는 가족 부양의 책임에 떠밀려 노동자 재해 보험국에서 14년간 일했어요. 카프카는 「부친에게 드리는 서신」을 통해 "저의 모든 글은 아버지를 상대로 쓰여졌습니다. 글 속에서 저는 평소 직접 아버지의 가슴에 대고 토로할 수 없는 것만을 토로해 댔지요"라고 밝히면서, "생선처럼 갈기갈기 찢어 버릴 테다"라고 위협하며 폭압적이었던 아버지에게 고통받았던 심정을 드러냅니다. 평소 엄격하고 글쓰기를 반대하던 아버

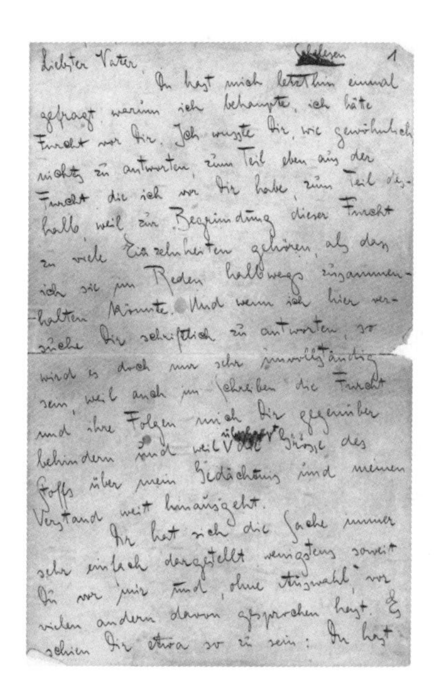

Liebster Vater 1
Du hast mich letzthin einmal
gefragt, warum ich behaupte, ich hätte
Furcht vor Dir. Ich wusste Dir, wie gewöhnlich
nichts zu antworten, zum Teil eben aus der
Furcht die ich vor Dir habe, zum Teil des-
halb weil zur Begründung dieser Furcht
zu viele Einzelnheiten gehören, als dass
ich sie im Reden halbwegs zusammen-
halten könnte. Und wenn ich hier ver-
suche Dir schriftlich zu antworten, so
wird es doch nur sehr unvollständig
sein, weil auch im Schreiben die Furcht
und ihre Folgen mich Dir gegenüber
behindern und weil die Grösse des
Stoffs über mein Gedächtnis und meinen
Verstand weit hinausgeht.
Dir hat sich die Sache immer
sehr einfach dargestellt wenigstens soweit
Du vor mir und, ohne Auswahl, vor
vielen andern davon gesprochen hast. Es
schien Dir etwa so zu sein: Du hast

카프카가 아버지에게 쓴 편지. 카프카는 편지에서 아버지의 강압적인 태도로 존중받지 못한 서운함과 수치심, 갈등 등을 고백한다. 카프카와 아버지의 관계는 카프카의 작품을 이해하는 데 중요한 실마리가 된다.

지에게 인정받고자 하면서도 한편으로 아버지에게 저항하고 싶었던 작가의 고백이죠.

그런 점에서 구약성서에서 인식의 열매를 나타내는 사과를 아버지가 던짐으로써 그레고르가 죽음에 이르는 상태는 카프카가 평생 극복하고자 했던 아버지와의 관계를 상징적으로 드러냅니다. 자신을 이 세상에 태어나게 했으나 결코 화해할 수 없는 아버지의 억압과 폭력에서 느낀 거부감을 보여 주죠.

한편, 독일어로 이야기하는 유대인인 카프카는 당시 체코 주류 사회에서 편견의 대상이었습니다. 가정과 사회에서 카프카가 당면한 문제는 실존과 정체성을 흔드는 문제일 수밖에 없었죠. 그로 인한 자신의 정체성을 찾고 확인하는 일은 평생의 화두였을 거예요. 그러니 정체성을 드러내는 것 중 하나인 몸에 대한 카프카의 인식은 남달랐을 것으로 추측됩니다.

> 그는 철갑처럼 단단한 등을 바닥에 대고 누워 있었고, 머리를 약간 쳐들자 활 모양의 각질로 칸칸이 나뉜 둥그런 갈색 배가 보였다. 이불은 그 둥그런 배 위에서 금방이라도 주르륵 미끄러져 내릴 듯이 가까스로 덮여 있었다. 몸뚱이에 비해 형편없이 가는 수많은 다리가 속수무책으로 버둥거리며 그의 눈앞에서 어른거렸다.(25쪽)

몸이 해충으로 변한 그레고르에게 이제 팔과 손은 없습니다. 팔과 손이 없어졌다는 것은 경제수단의 기능을 완전히 잃어버렸음을 뜻하죠. 해충으로 변하기 전에는 가정과 직장에서 중요한 위치였지만 해충으로 변한 뒤에는 쓸모없는 존재, 아니 오히려 짐만 되는 존재가 되어버린 거죠. 인간의 문제를 다른 생물체, 즉 해충을 통해 바라봄으로써 인간 실존 문제는 더욱 선명하게 드러납니다.

니체는 『차라투스트라는 이렇게 말했다』에서 '몸은 거대한 이성'이라며 이 거대한 이성이 자아를 말하지 않고 자아를 행동한다고 주장합니다. 니체의 이 말은 그레고르의 변신을 이해하는 데 힌트를 줍니다. 이에 따르면 『변신』 속 그레고르는 그동안 신체가 있어 경험이 가능한 모든 것이 해충으로 변신하면서 차단됐다고 볼 수 있습니다. 거대한 이성적 존재였던 몸이 해충으로 변신하면서 이성과 행동 모두가 달라진 것이죠. 달라진 그레고르는 가족의 거부로 이해받지 못하고 결국에는 삶을 멈추게 되는 것입니다.

왜 하필 해충일까?

해충은 하등동물로 인간의 생활에 해를 끼치는 벌레를 통틀어 이르는 말입니다. 존재 이유가 없는 것처럼 여겨지는 생물이죠. 물론 이는 철저히 인간이 임의로 정한 것에 불과합니다. 결국 인간이 한순간에 이런 해충으로 변하면서 멸시받는다는 내용은, 돈을 벌지 못해 가족의 짐만 되는 인간이 얼마나 무가치하게 취급받는지를 은유로 보여 줍니다.

겉모습이 해충으로 변한 것은 단순히 외형의 변화가 아니라 니체의 주장처럼 이성이고 의미이며 마음인 몸의 변화인 것입니다. 몸은 관계를 달라지게 하는 구체적인 삶의 주체인 것이에요. 아이러니하게도 그레고르는 해충이 된 이후 자신의 진정한 모습을 발견하고 가족의 숨겨졌던 민낯도 확인하게 됩니다.

그래서 해충으로 변신한 것은 인간의 위선을 폭로하게 하는 장치입니다. 자신의 정체성의 불안으로 일어난 그레고르의 고립의지이며, 경제적 존재로만 인정받는 것이 아니라 경제력이 상실된 뒤에도 존재하고픈 변형된 욕망입니다. 이는 생존을 위해 허덕이는 자아는 껍데기에 불과한 해충 같은 존재라는 인식이며, 피곤한 인간관계와 가족을 부양해야 하는 부담에서 벗어나 보호받기를 원했던 그레고르의 소망이 실현되는 것이기도 하죠.

그러나 그레고르의 변신은 우리가 알고 있는 많은 동화와 달리 사랑으로 문제를 풀지 못했습니다. 결국 도피처이자 치유처일 것 같았던 그레고르의 방은 고립된 감옥이 되고 그레고르는 가족으로부터 끝내 구원받지 못하죠. 오히려 철저히 소외됩니다.

이는 지금도 확인할 수 있는 우리 사회의 자화상입니다. 이미 오래

전부터 경제논리에 따른 가족 내 갈등은 종종 확인할 수 있는 일상이 됐죠. 개인의 능력이 사라지고 나면 그 사회로부터 추방되고 가족에게조차 버려지는 것을 똑똑히 보게 됩니다. 이렇게 된 데에는 여러 가지 원인이 있겠지만, 무엇보다도 인간의 가치를 물질화시키는 자본주의 사회의 폭력성이 가족관계에서조차 반복되고 있음을 의미합니다. 인간을 기계와 물질로 환원시킨 삶을 강요하는 사회에서 가족 역시 그로부터 자유로울 수 없고 일그러질 수밖에 없죠.

프란츠 카프카.

우리의 또 다른 이름, 그레고르 잠자

카프카는 그레고르가 겪은 끔찍한 사건을 냉정하리만큼 담담하게 서술합니다. 마치 이성복이 시 〈그날〉에서 "모두 병들었는데 아무도 아프지 않다"라고 담담히 고백하듯, 부조리가 삶의 조건이며 인간은 소외되어 있어 불안할 수밖에 없는 존재라고 말하는 듯하죠. 작품의 중심에 가족을 세워 놓고 독설을 마구 쏘아 대지만, 그 속에서 자유와 해방이나 카타르시스가 아니라 철저히 소외된 한 인간의 고독한 얼굴을 마주하게 해 통증을 느끼게 합니다. 인간 존재보다 물질을 숭배하고 제 역할과 존재에 대한 불안에 시달리는데 그 누구도 자유로울 수 없다는 것을 알기 때문이겠죠. 냉혹함은 사회뿐만 아니라 가족에게도

프라하의 킨스키 궁전. 이 건물은 카프카가 다녔던 고등학교(김나지움)가 있었고, 나중에 이 건물에서 카프카의 아버지가 상점을 운영했다.

그대로 적용되고 있다는 것이 씁쓸하기 때문입니다.

카프카는 "우리를 찌르거나 충격을 주는 책이 아니라면 읽을 필요가 없다. 만일 우리가 읽는 책이 얼굴을 향해 주먹을 날리며 우리를 깨우지 않는다면 읽을 의미가 있는가? 책이란 우리 안의 꽁꽁 언 바다를 깨뜨려 버리는 도끼여야 한다"라고 말했습니다. 이 말처럼 『변신』에 드러난 삶의 부조리는, 가족 이데올로기의 허상은 우리 정면으로 주먹을 날리며 '어떻게 살아야 할 것인가'라는 물음에 답을 하지 않을 수 없게 합니다.

7. 어둠과 고요 속에서의 간절한 소원

『사흘만 볼 수 있다면』__헬렌 켈러

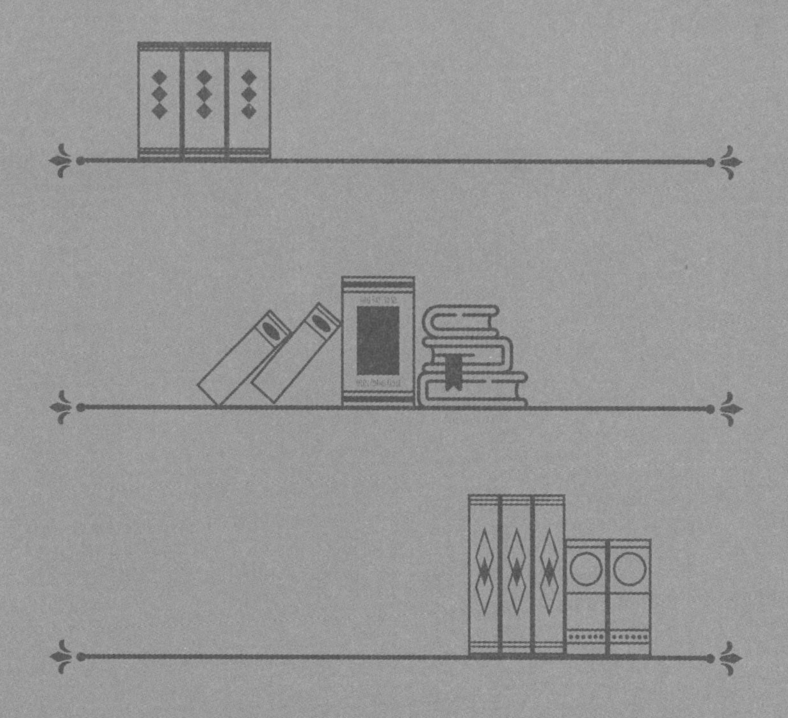

헬렌 켈러.

헬렌 켈러Helen Adams Keller(1880~1968)는 미국의 작가이며 사회사업가입니다. 앨라배마주의 작은 시골 마을인 터스컴비아에서 아버지 켈러 대위와 케이트 애덤스 켈러 사이에서 태어났습니다. 태어난 지 19개월 되던 해에 뇌척수막염으로 추정되는 열병을 앓고 난 뒤에 눈도 보이지 않고 귀도 들리지 않고 말도 못 하게 됐습니다.

헬렌 켈러의 부모는 딸이 여섯 살 되던 해에 퍼킨스 학교의 교장에게서 앤 설리번을 소개받았습니다. 애너그노스 학교를 갓 졸업한 앤 설리번이 헬렌 켈러의 가정교사로 오면서 헬렌 켈러는 사물에 이름이 있다는 것을 깨닫게 되고 본격적으로 점자 공부를 시작할 수 있었습니다.

이후 1888년에 퍼킨스 맹아학교, 1899년에 하버드 부속 래드클리프 대학에 입학했습니다. 1890년에는 보스턴의 농아학교 플러 선생님에게서 발성법을 배웠습니다. 1904년에 하버드 부속 래드클리프 대학을 졸업했는데 그해 센트 힐 박람회에서 '헬렌 켈러의 날'이 제정됐습니다. 그 뒤 그는 전 세계의 장애인과 소외받는 이들을 위한 활동을 펼쳤습니다. 시각장애인을 위한 모금 운동을 벌이고, 제도를 마련하기 위해 정치인들을 설득하는 등 인권운동가로 활약했습니다.

1919년에는 매사추세츠에서 사회당에 가입해 시각장애인 복지 운동과 함께 여성 참정권 옹호와 아동노동 반대 운동에 주력했습니다. 인종과 성 평등을 추구하고 억압이나 노동 착취 요인들을 철폐할 것을 호소했습니다. 사회주의를 옹호하는 기사를 쓰며 노동조합과 파업을 지원했습니다. 미국의 윌슨 대통령이 1차 세계대전 당시 "전 세계의 민주주의를 지키기 위해 독일에 선전포고를 한다"라고 선언하자 "인종차별 문제도 해결하지 못하면서 무슨 민주주의를 위해 싸우겠다는 말인가?"라며 미국이 1차 세계대전에 개입하는 것을 반대했습니다.

앤 설리번이 1936년 10월 20일에 죽은 뒤에는 폴리 톰슨과 넬라 브래디 헤니가 헬렌 켈러를 도왔습니다. 헬렌 켈러는 1955년 일흔다섯 살에 여성 최초로 하버드 대학으로부터 명예 학위를 받았고, 1964년에는 미국의 최고 훈장인 '자유의 메달'을 받았습니다. 뉴욕 세계 박람회에서는 여성 명예의 전당에 선정된 20명 중 한 여성으로 선정됐습니다.

헬렌 켈러는 1961년부터 지속적으로 뇌졸중에 시달렸고, 7년 동안 당뇨병을 앓았습니다. 여든여덟 살의 나이에 코네티컷주 웨스트포드의 아컨 리지에 있는 그의 집에서 눈을 감았습니다. 그의 유골함은 워싱턴 D.C.의 미국 국립대성당에 안치됐습니다.

그가 쓴 작품으로 『신앙의 권유』, 『나의 종교』, 『암흑 속에서 벗어나』, 『내가 살아온 이야기』, 『사흘만 볼 수 있다면Three Days to See』 등이 있습니다.

만약 내가 사흘만 볼 수 있고 말할 수 있다면 내가 가장 보고 싶어 하는 것을 그려 내 보여 주면서 최고로 잘 설명할 수 있을 것입니다. 내가 상상하는 동안 여러분도 이 사흘 동안 그 눈을 어떻게 쓸지 한번 생각해 보세요. 사흘째 되는 날 밤 어둠이 다가오고 다시는 저 태양이 떠오르지 않을 거라면 여러분은 그 소중한 사흘 동안의 시간을 어떻게 보낼 건가요?✦(18쪽)

『사흘만 볼 수 있다면』에 나오는 이 구절은 2장의 첫 단락이에요. 이 구절은 2001년 9월 11일에 뉴욕 세계무역센터WTC 건물이 항공기 자살 테러 사건으로 무너졌을 때 존 팔머 국제헬렌켈러기념사업회 회장이 충격과 절망에 빠진 많은 이들에게 희망을 전하기 위해 인용했죠. 당시 세계무역센터만 무너진 게 아니라 맞은편에 있던 국제헬렌켈러기념사업회 건물도 무너졌거든요. 그 사고로 많은 사상자가 생겼고 안타깝게도 헬렌 켈러에 관한 많은 역사적 자료도 손실됐어요.

헬렌 켈러의 삶은 많은 이들에게 감동과 희망을 주어 영화화되기도 했습니다. 자신이 쓴 책이 〈해방〉이라는 제목으로 영화화됐을 때는 주연 배우로 출연하기도 했지요. 1955년 영화 〈운명을 이긴 사람들〉은 장편 기록영화 부문에서 아카데미상을 받았고요. 1962년에 아서 펜 감독이 제작한 영화 〈미러클 워커〉는 앤과 헬렌 역을 맡은 배우가 아카데미 여우주연상과 조연상을 받기도 했습니다.

헬렌 켈러의 삶이 여러 번에 걸쳐 영화로 만들어진 것은 장애 극복의 과정과 더 좋은 사회를 위해 노력한 일로 가득 찬 삶이 감동을 주기

✦ 헬렌 켈러, 신여명 옮기고 씀, 『사흘만 볼 수 있다면』, 두레아이들, 2017.

때문이에요. 그러나 헬렌 켈러에게는 아무리 노력을 해도 이룰 수 없었던 간절한 꿈이 하나 있었죠. 바로 '사흘만 보는 것'이었어요. 이 간절한 소원이 고스란히 녹아 있는 글이 『사흘만 볼 수 있다면』입니다.

자신의 삶을 기록한 작가, 헬렌 켈러

헬렌 켈러가 세 가지 장애를 지녔다는 이야기나 설리번 선생님을 만나서 글을 배우게 된 이야기 등은 영화를 통해서건 유명세를 통해서건 많은 사람이 알고 있어요. 반면, 실제로 헬렌 켈러의 글을 제대로 읽어 본 사람은 많지 않아요. 아예 작가로서의 헬렌 켈러를 모르는 분도 많죠. 인간 승리의 대명사로 장애를 극복한 장애인 여성으로만 기억하는 분들이 대부분이에요. 마치 고전의 제목이나 작가는 들어 익숙하지만 그 작품을 제대로 읽은 사람이 많지 않은 것처럼요.

그러나 작가로서의 헬렌 켈러는 이미 어린 시절부터 예견된 것이기도 했습니다. 헬렌 켈러는 열한 살 때부터 글쓰기를 시작해 생을 마감할 때까지 자신의 삶을 기록했어요. 시력과 청력을 잃었으나 감수성이 풍부하고 예민했는데, 그러한 감수성이 잘 드러난 글이 쉰세 살에 쓴 수필 『사흘만 볼 수 있다면』입니다.

이 글은 미국이 대공황이던 1933년에 발표됐어요. 미국의 작가 마크 트웨인은 "천년이 지난 뒤에도 사람들은 헬렌 켈러가 쓴 이 글을 읽을 것이다"라고 극찬했고, 《리더스 다이제스트》에서는 20세기 최고의 수필로 선정했죠.

헬렌 켈러의 글을 읽다 보면 눈으로 보고 귀로 들을 줄 아는 그 누구보다도 사람이나 동물, 자연과 심상을 더 섬세하게 묘사하고 있음을 알 수 있습니다. 제한된 감각을 갖고도 온갖 사물을 보고 느끼며 생생하고도 탁월하게 묘사했기 때문이에요. 특히 이 수필은 한 문장 한 문장이 작가의 고운 영혼으로 빚어져 읽을 때마다 경건한 마음이 깃들곤 합니다. 일상적인 모든 것에 신성함이 있다면 이 글을 읽는 동안의 경험이 아닐까 하는 생각을 들게 하죠.

헬렌 켈러.

첫째 날에 보고 싶은 이들

저는 한 워크숍에서 2인 1조로 짝을 지어 한 사람은 안대를 하고, 한 사람은 안대를 한 친구를 안내해 주는 역할을 하는 시각장애인 체험을 한 적이 있습니다. 안대를 해 앞이 안 보이는 상황에서 두려움을 줄이려면 옆 사람과 자기의 감각을 믿어야만 했는데, 그게 생각보다 쉬운 일이 아니었어요. 한발 한발 내딛는 걸음조차 불안하고 조심스러웠죠. 짧은 시간의 체험이었지만 제게는 아득한 경험이기도 했습니다. 갑자기 하루, 아니 한 시간 동안 이 세상의 모든 것을 볼 수 없게 된다는 가정만으로도 이루 말할 수 없는 고통을 받는 기분이었죠.

가상의 체험도 그러한데 어느 날 볼 수 없는 가혹한 운명이 닥친다면 그 고통은 얼마나 클까요? 그것을 상상만으로 가늠할 수 있을까요? 저는 가늠할 수 없습니다. 다만, 눈을 떠서 사랑하는 이들과 세상의 많은 것을 보고 싶은 절실한 마음은 짐작할 수 있을 것 같습니다.

여러분은 만약 무엇이든 가능한 사흘의 시간이 생긴다면 무엇을 하고 싶나요? 아마도 평소 해 보고 싶었지만 못했던 것, 소중하고 가치 있다고 여기는 것 등을 하고자 할 듯합니다. 헬렌 켈러는 "볼 수 있는 것"을 소망합니다. 그러면서 살아 있는 것을 당연히 여기고 무심한 태도로 살아가는 이들이 얼마나 많은 것을 소홀히 하는지 이야기합니다.

> 이따금 나는 시력이 온전한 친구들에게 그들이 무엇을 보는지를 시험해 봅니다. 얼마 전 한 친구가 나를 찾아왔는데, 숲속을 꽤 오랫동안 산책하고 막 돌아온 뒤였습니다. 그래서 나는 숲속에서 무엇을 보았느냐고 물었죠. "별거 없었어"라고 친구는 대답했습니다. 이러한 대답에 익숙하지 않았다면 어떻게 이런 말을 할 수 있나 하고 믿을 수 없었을 거예요. 나는 오랜 경험을 통해 사람들이 본다고 하지만 실제로는 아주 조금만 본다는 것을 확신하게 됐죠.(13쪽)

헬렌 켈러가 보기에 많은 사람은 볼 수 있는 눈을 가지고도 많은 것을 보지 못합니다. 헬렌 켈러는 눈이 보이지 않아도 숲속을 거닐며 나뭇잎의 섬세한 대칭과 은색 자작나무의 부드러운 살가죽, 울퉁불퉁한 소나무 껍질, 소용돌이 모양의 꽃잎 등을 알아채는데 말이에요. 헬렌 켈러는 차가운 시냇물을 손가락 사이로 흘려 보내고, 두툼한 솔잎 양탄자가 깔린 길을 걸으며, 자연의 벅찬 드라마를 경험합니다. 자신은 단순히 만져 보는 것만으로도 즐거움을 느끼는 것들이 많은데, 볼 수 있는 이들이 조금밖에 보지 못한다는 사실을 안타까워합니다.

> 대부분의 사람들은 안타깝게도 이 빛의 세계에서 우리가 받은 '볼 수 있다는 선물'을 삶을 더욱 충만하게 해 주는 수단이 아니라 그저 편리하게 쓸 수 있는 도

> 구로만 사용합니다. 만약 내가 어느 대학의 총장이라면 '눈을 사용하는 법'이라는 강좌를 만들어 학생들이 꼭 듣도록 하겠습니다.(13쪽)

"눈을 사용하는 법"이라니. 헬렌 켈러는 강좌를 만든다면 무심코 지나가는 많은 것들을 진정으로 볼 수 있고, 우리의 잠자는 감각을 일깨워 우리를 둘러싼 많은 것들에게서 기쁨과 감사함을 느끼게 되는 내용으로 채워질 거라고 말합니다. 어둠으로 인해 볼 수 있다는 것이 얼마나 감사한 일인지 깨닫고, 정적은 듣는 기쁨이 크다는 것을 가르쳐 줄 것이라고 말하죠.

> 첫째 날은 무척 바쁜 하루가 될 거예요. 나는 소중한 친구들을 불러 그들의 얼굴을 찬찬히 바라보면서 그들 영혼의 아름다움이 밖으로 어떻게 드러났는지 그 증거들을 찾아내 마음속에 새길 것입니다.(23~24쪽)

헬렌 켈러는 사흘을 볼 수 있는 날의 첫째 날은 친절과 겸손과 우정으로 자신의 삶을 가치 있게 해 준 이들을 보고 싶어 합니다. 앤 설리번 선생님의 얼굴과 사랑하는 친구들의 얼굴, 아기의 천진한 얼굴, 충직하고 믿음직한 개 두 마리의 눈을 보고 싶어 하죠. 집 안에 있는 작고 단순한 것들을 살펴보고 싶어 하고, 눈이 온전한 이들이 읽을 수 있는 책에 관심을 갖겠다고 해요. 숲을 산책하며 자연의 아름다움을 보고자 합니다. 그러면서 첫날 밤 그날 하루의 기억으로 흥분되어 좀처럼 잠을 이루지 못할 거라고 고백합니다.

둘째 날은 예술을 통해 인간의 영혼을 탐색하며 세상의 과거와 현재를 바라보고 싶어 합니다. 동트기 전에 일어나 밤이 낮으로 바뀌는 기적을 바라보고, 가끔 방문하여 손으로 전시물들을 만져보던 자연사 박물관과 메트로 폴리탄 미술관 관람도 합니다. 연극이나 영화를 보며 희곡작품 속의 인물들도 보고 싶어 하죠.

내 손은 로마의 살아 숨 쉬는 듯한 대리석 조각상과 그 후대의 조각품들에 머물곤 했습니다.…… 나는 이 예술품들을 비록 손으로 감상했지만 나에겐 큰 의미가 있었습니다. 하지만 이런 예술품들도 손으로 만지기보다는 눈으로 보기 위한 것입니다. 내게는 감추어져 있는 아름다움을 나는 다만 추측만 할 따름이죠. 나는 고대 그리스의 꽃병이 지닌 단순한 곡선미엔 감탄하지만, 거기에 새겨진 장식 무늬는 놓칠 수밖에 없기 때문입니다. 그러므로 볼 수 있게 된 둘째 날에는 예술을 통해서 인간의 정신을 탐색해 보고 싶습니다.(30~32쪽)

레오나르도 다빈치, 티치아노, 렘브란트, 베로네세, 엘 그레코 등 예술가의 작품을 감상하고, 햄릿의 매력적인 모습이나 셰익스피어 극에 나오는 폴스타프의 우스꽝스러운 모습을 보고 싶어 합니다. 이 모든 것을 볼 수 있는 눈을 우리는 가졌는데 이런 예술을 탐험하지 않고 불도 밝히지 않은 채 어두운 밤으로 남겨 놓는 우리를 안타까워하죠.

첫째 날에는 생명이 있는 것이든 없는 것이든 내가 사랑했던 친구들을 보았고, 둘째 날에는 인간과 자연의 역사를 살펴보았습니다. 그리고 오늘은 현재 사람들이 일하며 사는 세계, 사람들이 일 때문에 자주 다니는 곳을 찾아가려 합니다.(37쪽)

마지막 날인 셋째 날은 뉴욕과 엠파이어 스테이트 빌딩 꼭대기에서 풍경을 보고 5번가의 거리도 걷죠. 파크 애비뉴, 빈민가, 공장들과 아이들이 뛰어노는 공원, 외국인이 많이 살고 있는 지역을 찾아갑니다. 저녁에는 신나는 코미디 공연을 보며 인간의 정신 속에 깃들어 있는 희극적인 요소를 감상해요. 마침내 사흘이 끝나면 사흘의 기적이 가져온 멋진 기억을 떠올리며 감사한 마음으로 다시 어둠으로 돌아가겠다고 고백합니다.

> 나는 불행하고 비참한 모습에도 눈을 감지 않습니다. 그것 또한 삶의 일부니까요. 비참하고 슬픈 모습에 눈을 감는 것은 마음과 정신의 문을 닫는 것이나 다름없습니다.(37쪽)

헬렌 켈러가 사흘 동안 보는 것에는 좋고 사랑스러운 것만 있는 것은 아닙니다. 불행하고 비참한 모습에도 눈길은 머무르죠. 그러면서 독자에게 만약 다시 볼 수 있는 그런 운명을 만난다면 분명히 당신은 옛날에는 다시 보지 못했던 것을 보게 될 것이며, 전과 똑같은 식으로 눈을 쓰지 않을 거라며 우리에게 좀 더 섬세하고 적극적으로 볼 것을 당부합니다.

> 내일 당장 시각장애인이 될 것처럼 당신의 눈을 사용해 보세요. 그리고 다른 감각들을 사용하는 데도 똑같이 그렇게 해 보세요. 내일 청각장애인이 될 것처럼 음악 소리와 새의 노랫소리 그리고 오케스트라의 강렬한 선율에 귀를 기울이세요. 내일 당신의 촉각이 모두 마비될 것이라 생각하고 모든 물건들을 만져 보세요. 내일부터 다시는 냄새도 맡지 못하고 맛도 못 볼 것처럼 꽃의 향기를 맡고 한 입 한 입 음식을 맛보세요. 그렇게 모든 감각을 최대한 활용하세요. 자연이

여러 접촉 수단을 통해 당신에게 가져다주는 이 세계의 모든 즐거움과 아름다움에 영광을 돌리세요.(43~45쪽)

헬렌 켈러는 글의 마지막에서 시각이야말로 가장 즐거운 축복이라며 모든 감각을 최대한 활용해 세상을 느끼라고 합니다. 그렇게 할 때 아름다운 새로운 세계가 우리 앞에 저절로 열릴 것이라고 단언하죠.

헬렌 켈러가 보고 싶어 한 것은 매우 소박한 것들이었습니다. 사랑하는 이들의 모습과 자연, 역사와 예술에 관한 것이 전부였죠. 그것은 특별한 것이 아니라 눈으로 볼 수 있는 우리가 일상에서 자주 만나고 지나치는 것들입니다. 우리에게 평범해 보이는 일상이 헬렌 켈러에게는 극복하고 헤쳐 나가야 하는 시간이었던 것이죠. 그 시간은 힘들기만 한 것이 아니라 소중했어요. 그런 마음은 헬렌 켈러에게 주어진 혹독한 운명을 헤쳐 나가는 데 바탕이 되었습니다. 그리고 독서는 세상을 넓고 깊게 바라보고 자신의 의지를 펼치는 데 힘이 되었죠.

독서를 통해 삼중고의 사슬을 끊어 버린 거인

헬렌 켈러는 '독서'를 통해 자신이 처한 환경을 극복하고 인류를 위해 활동을 펍니다. 손가락 끝으로 아는 글자를 만났을 때의 기쁨을 "숨바꼭질에서 숨은 아이를 찾아냈을 때의 기쁨과 같다"라고 표현하며 "내가 책에 얼마나 신세를 졌는지는 이루 다 말할 수 없다. 기쁨이나 지혜뿐만 아니라 일반 사람들이 눈이나 귀로 듣는 지식까지도 나는 책에서 얻었다. 그만큼 나의 배움에서 책은 보통 사람보다 훨씬 큰 의의를 지니고 있다"라고 말합니다.

장 에티엔 리오타르Jean Etienne Liotard(1702~1789), 〈아델라이드의 초상〉(1753), 플로렌스 데글리 우피지 갤러리아.

물론 처음부터 독서가 좋았고 능숙했던 것은 아닙니다. 헬렌 켈러도 어렸을 때는 보지도 듣지도 말하지도 못하는 상태에서 오는 히스테리가 심했죠. 어머니와 설리번 선생님을 방에 가두고 요람을 뒤집어 동생을 떨어뜨리기도 했습니다. 물건을 집어 던지며 모질고 난폭하게 굴기도 했어요. 그러나 그는 설리번 선생님의 노력과 독서를 통해 더없이 부드럽고 감성적인 사람으로 변했습니다.

그에게 독서는 장애를 극복하고 자신의 삶을 의미 있는 것으로 변환시키기 위한 비상구가 되었습니다. 독서를 하면서 몸의 불편함을 떨쳐

버리고 평안의 세계를 거닐 수 있었으며 세상과 소통할 수 있었습니다. 독서는 헬렌 켈러를 하버드 대학을 꿈꾸는 당찬 소녀로 만들었으며 치열한 노력 끝에 영문학과를 우등으로 졸업해 꿈을 이룰 수 있도록 했습니다.

헬렌 켈러가 시각장애인 복지 운동과 함께 여성 참정권 옹호와 아동노동 반대에 주력하며 노동 착취 요인들을 철폐할 것을 호소하게 된 것도 독서의 힘이 컸어요. 설리번의 남편인 사회비평가 존 메이시와 대화를 나누면서 사회 문제를 폭넓게 보는 데 영향을 받았으며, 1908년에 허버트 조지 웰스의 『신세계New Worlds for Old』를 읽고 그 뒤 마르크스와 엥겔스의 책을 읽으며 사회주의를 옹호하게 됐죠. 후버 정권의 FBI가 요주의 인물로 지목할 정도로 사회 문제에 적극적으로 활동을 했어요. 독서는 헬렌 켈러에게 말을 걸고 충고를 해 주는 친구이자 스승이며 길을 밝혀 주는 등불이었습니다. 어둠 속의 헬렌 켈러를 성장시키고 사회에 눈을 뜨게 만들며 삶의 자양분이며 원동력이었어요.

헬렌 켈러와 또 다른 위인들

"내 생애에 가장 중요한 날은 앤 맨스필드 설리번 선생님께서 오신 바로 그날이다."

헬렌 켈러는 앤 설리번 선생님을 처음 만났을 때를 자신의 일생을 통틀어 가장 중요한 날로 꼽습니다. 왜냐하면 앤 설리번 선생님이 헬렌 켈러 삶에 중요한 '독서'의 길을 열어 주고, 삶의 의미를 깨우치게 했기 때문이에요. 헬렌 켈러는 설리번 선생님과 만나면서 언어를 읽을 줄 알게 되고 표현할 줄 알게 되어 새로운 세상 문을 활짝 열게 되었죠.

앤 설리번의 희생과 인내로 헬렌 켈러는 일곱 살이 되던 해에 처음으로 언어를 읽고 표현할 수 있게 됩니다. 처음 배운 단어는 '인형doll'이었어요. 그러나 세상 모든 것에 이름이 있다는 깨달음을 얻은 것은 샘터에서 손바닥에 쏟아지는 차가운 것, 즉 '물water'이라는 단어를 배울 때였어요. 그 순간에 대해 훗날 헬렌 켈러는 "빛과 희망과 기쁨을 맛보고 자유를 찾았다"라고 고백합니다. 비로소 앎의 세계에 눈을 뜬 것이죠. 그 뒤 헬렌 켈러는 손가락 끝으로 닿는 책은 모조리 읽었습니다. '독서'야말로 암흑에서 벗어나는 유일한 길이었기 때문이에요.

헬렌 켈러(왼쪽)와 앤 설리번.

선생님은 헬렌의 손을 잡고 펌프가로 데리고 갔습니다. 그리고 물 잔을 들려 주곤 물이 쏟아지는 곳에 가져다 대게 했습니다. 펌프로 물을 퍼 올리자 헬렌의 손바닥으로 시원한 물이 쏟아져 내렸습니다. 선생님은 헬렌의 손바닥에 처음엔 천천히, 나중엔 빨리 'w-a-t-e-r'라고 거듭 써 주었습니다. 그러자 헬렌의 얼굴이 환히 빛났습니다. 그러더니 선생님에게 'w-a-t-e-r'라고 여러 번 써 보여 주는 것이었습니다.(91~92쪽)

앤 설리번은 48년 동안 헌신적으로 헬렌 켈러와 함께했습니다. 앤 설리번이 죽고 나서는 폴리 톰슨이 33년 동안 헬렌의 동반자가 되어 주었죠. 폴리 톰슨도 헬렌 켈러의 손바닥에 글씨를 써 주다 보니 나중에는 오른손만 비정상적으로 크고 힘줄이 튀어나올 정도로 헌신적이었어요. 그 밖에도 정신적·물질적 지원자였던 알렉산더 그레이엄 벨, 마크 트웨인과 많은 후원자들이 도움을 아끼지 않았습니다.

그들과의 만남은 헬렌 켈러에게 든든한 지지가 되었어요. 이들은 헬렌 켈러가 자기 앞에 놓인 운명에 무릎 꿇지 않고 용기를 갖고 운명을 개척해 나아갈 수 있게 해 주었습니다.

헬렌 켈러가 삼중고를 겪게 되거나 설리번 선생님을 만난 것처럼 우리는 누군가와의 만남이나 어떤 사건을 통해 삶이 영향을 받고 삶의 전환점이 되기도 합니다. 만약 아직 그런 만남을 겪지 못했다면 책에서 귀한 만남을 경험해 보는 것은 어떨까요? 헬렌 켈러가 앤 설리번을 통해 책의 세계로 빠져들어 세계의 빛을 보았던 것처럼 말이죠.

어둠 속에서도 손가락 끝만으로도 책을 그렇게 많이 읽고 사회를 위해 봉사하며 비로소 희망을 보았던 것처럼 여러분에게 독서가 그러한 힘을 줄 수 있으면 좋겠습니다. 독서를 통해 세상을 보는 눈이 좀 더 환해지기를 바랍니다.

더 읽을거리

헌신과 고난 극복의 삶, 앤 설리번

앤 설리번Anne Sullivan(1866~1936)은 미국의 교육가이다. 매사추세츠주 피딩힐스의 아일랜드 가정에서 태어났다. 아버지는 알코올 중독자였고 어머니는 결핵을 앓다 그가 여덟 살 되던 해에 죽었다. 앤의 친척들은 앤이 열 살 되던 해에 앤의 여동생만 돌보고 앤과 남동생은 고아원에 맡겼다.

앤은 고아원에서 지내는 동안 시간 대부분을 결핵에 걸린 남동생을 간호했다. 그러나 이런 노력에도 열악한 환경에서 남동생을 떠나보내야만 했고, 본인도 눈병에 걸려 실명 직전까지 갔다. 앤은 이미 다섯 살 때 트라코마에 감염된 뒤 여러 차례 수술을 받았으나 시력은 온전히 회복되지 않았다. 그저 사물을 흐릿하게 볼 수 있는 정도였다. 하는 수 없이 앤은 1880년에 퍼킨스 시각장애인 학교에 입학했다. 이 학교에 다니면서 다행히 수술을 받아 시력을 회복했다. 그러나 평생 사물이 둘로 겹쳐 보이는 불편을 감내해야만 했다.

앤은 1886년에 최우등생으로 학교를 졸업한 뒤에 헬렌 켈러의 교사가 됐다. 겨우 스무 살이었지만 헬렌의 고통을 이해해 줄 수 있는 인내심과 신앙심을 가지고 있었다. 앤이 헬렌을 가르칠 방법은 감각기관뿐이어서 헬렌에게 손바닥 위에 알파벳을 쓰는 방법으로 가르쳤고 헬렌은 손가락의 터치를 통해 말하는 법을 배웠다. 1888년에 앤과 헬렌은 퍼킨스 시각장애인 학교에 함께 다녔다. 이후 래드클리프 대학에도 함께 진학했다. 헬렌이 하버드 대학에 다닐 때는 앤이 헬렌과 모든 수업에 함께하면서 헬렌의 손에 강의 내용을 적어 주었다.

앤 설리번(오른쪽)과 여덟 살의 헬렌 켈러.

앤은 학생을 자유롭고 활동적인 사람으로 간주했고 학생의 자발적 욕구가 가장 확실한 교육의 모티브라 여겼다. 앤의 교육관은 가족과 친구들에게 헬렌을 다른 사람과 똑같이 대해 주기를 부탁한 데서도 알 수 있다.

주위에서는 앤이 헬렌의 몸종에 불과하다거나 또는 그와 반대로 앤이 헬렌의 주인 노릇을 하며 사리사욕을 위해 장애인을 부려먹는다고 모함하기도 했다. 앤의 단호하고 직선적이고 완벽주의적인 성격이 주위 사람들과 갈등을 빚어 내면서 이런 악평을 더하게 만들었다.

그러나 헬렌은 부모가 죽은 뒤에도 유산이라 할 만한 것을 전혀 물려받지 못해 앤 역시 10년 가까이 밀린 가정교사 월급을 한 푼도 받지 못했고, 두 사람 다 돈을 관리하는 데에는 능력이 없어서 평생 경제적인 곤경에 시달렸다. 후원자들에게 손을 벌리고 심지어 쇼 무대에까지 나서야만 했다. 그런 상황에서 헬렌에게 관심을 가진 사람은 많았지만 정작 평생을 바쳐 헬렌을 떠맡은 사람은 앤 설리번뿐이었다.

앤은 헬렌에게 되풀이해서 다음과 같이 말했다.

"시작하고 실패하는 것을 계속해라. 실패할 때마다 무엇인가 성취할 것이다. 네가 원하는 것을 성취하지 못할지라도 무엇인가 가치 있는 것을 얻게 되리라. 절대로 포기하지 마라. 모든 가능성을 다 시도해 보았다고 생각하지 말고 언제나 다시 시작하는 용기를 가져야 한다."

앤의 말년에 한 친구가 앤에게 칭찬의 뜻으로 "당신이 없으면 헬렌은 아무것도 아니에요"라고 말하자 앤은 이렇게 대답했다. "그럼 내가 헛되이 산 게로군."

앤은 자신의 신념을 자신의 삶과 헬렌 켈러를 위해 펼쳐 보이다 1936년 10월 20일에 뉴욕주 포레스트 힐에서 사망했다.

8. 시간을 훔치는 도둑과 시간의 수호자

『모모』__미하엘 엔데

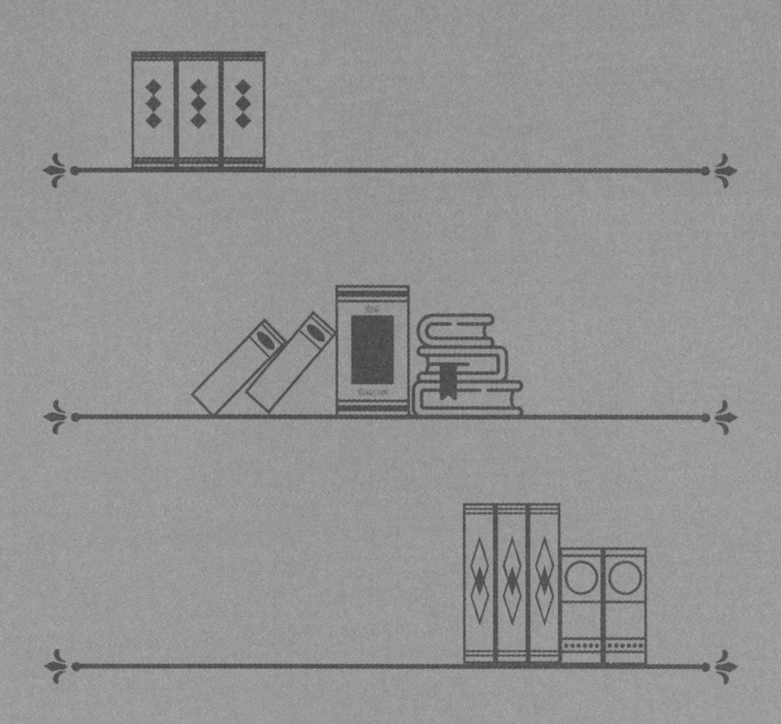

미하엘 엔데.

미하엘 엔데Michael Ende(1929~95)는 독일 출신의 청소년 문학 작가입니다. 독일 남부 알프스산 아래 가르미슈 파르텐키르헨에서 초현실주의 화가 에드가 엔데와 역시 화가인 루이제 바르톨로메의 외아들로 태어났습니다. 뮌헨의 연극학교를 졸업한 뒤 배우, 극작가, 연출가, 비평가 등으로 다양하게 활동했습니다.

아버지가 나치 정부로부터 예술 활동 금지 처분을 받아 가족 모두가 어려움을 겪기도 했습니다. 그러나 부모의 예술가적 기질은 엔데에게 큰 영향을 주었습니다. 그의 재능은 글, 그림, 연극 활동까지 다양한 영역을 넘나들었는데, 특히 철학, 종교학, 연금술, 신화에도 두루 정통했던 아버지의 영향이 컸습니다. 2차 세계대전 즈음, 발도로프 스쿨에 다닐 때 아버지에게 징집영장이 발부되자 학업을 그만두고 가족과 함께 나치의 눈을 피해 고향을 떠났습니다.

전쟁이 끝난 뒤 뮌헨의 오토 팔켄베르크 드라마 학교에서 잠깐 공부를 더 하고는 연극배우, 연극 평론가, 연극 기획자로 활동했습니다.

1960년에 첫 작품 『기관차 대여행』으로 독일 청소년 문학상을 받았고, 1973년에 『모모Momo』로 다시 한번 독일 청소년 문학상을 받았습니다.

『모모』는 시간을 훔치는 도둑과 그 도둑이 훔쳐 간 시간을 찾아 주는 한 소녀의 이야기입니다. 어린이에게는 꿈을, 어른에겐 잃어버린 시간을 되찾아 주는 행복한 이야기입니다. 늘 바쁘고 마음 놓고 쉴 수조차 없는 이 시대의 어른들에게 '시간은 삶이고 삶은 우리 마음속에 깃들어 있다'라는 메시지를 전합니다.

세계의 언론들은 미하엘 엔데를 동화와 환상소설을 통해 돈과 시간의 노예가 된 현대인을 비판한 철학자로 평가합니다. 어린이와 어른을 동시에 사로잡는 철학이 있는 판타지의 세계를 펼쳐 보였던 작가는 1995년에 슈투트가르트 근처에서 위암으로 사망했습니다.

그의 작품으로는 『모모』를 비롯해 『짐크노프와 기관사 루카스』, 『마법의 설탕 두 조각』, 『마법학교』, 『냄비와 국자 전쟁』, 『끝없는 이야기』 등이 있습니다.

일이나 공부 등에 쫓겨 급격하게 피로해지고 무기력해진 경험이 있나요? 누구나 한 번쯤은 겪는 증상이 아닐까 합니다. 의욕적으로 일에 몰두하던 사람이 극도의 신체적·정신적 피로감을 호소하며 무기력해지는 현상을 일컬어 '번아웃 증후군Burnout syndrome'이라고 합니다. 포부 수준이 지나치게 높고 전력을 다하는 성격을 지닌 사람에게서 주로 나타나는 증상이죠. 번아웃 증후군은 '다 불타서 없어진다burn out'라고 해서 '소진 증후군, 연소 증후군, 탈진 증후군'이라고도 합니다. 바쁘게 살아가는 이라면 누구나 한 번쯤은 겪는 증상입니다. 이런 증후군에 걸리면서도 바쁘게 사는 이유는 제대로 살기 위함이기도 할 텐데요. 여러분은 '제대로 된 삶'은 어떤 삶이라고 생각하나요?

『모모』는 '제대로 된 삶'을 살기 위해 대립을 하는 사람들의 이야기입니다. 여기서 말하는 '제대로 된 삶'이란 어떤 삶일까요? 그 대답은 사람마다 다를 텐데요. 이 작품에는 '제대로 된 삶'을 위해 시간을 아껴 모든 것을 빨리빨리 처리해야 하는 이들이 나옵니다. 번아웃 증후군이 되기 직전의 사람들이죠. 하지만 시간을 아껴 쓴 결과는 행복하지 않습니다. 그것을 이미 알고 있는 모모는 '제대로 된 삶'을 위해 도둑이 훔쳐 간 시간을 찾아 돌려주려고 애를 쓰죠.

이 작품에서 말하는 '제대로 된 삶'은 실은 지금 우리가 살아가는 삶의 많은 부분을 암시하고 있습니다. 18세기 후반에 일어난 산업혁명은 정보통신기술ICT의 융합으로 이뤄지는 4차 산업혁명에 이르기까지 우리를 앞만 보고 달려오게 했습니다. 사유재산제에 바탕을 두고, 이윤 획득을 위해 상품의 생산과 소비가 이루어지는 자본주의 경제 체제의 발달 또한 우리를 쉼 없이 달려오게 했죠. 어쩌면 전 지구인이 번아웃 증후군을 보이는 게 당연해 보이기도 합니다. 작품을 읽어 가며 과연 '제대로 된 삶'은 어떤 삶인지 작품의 대답과 자신의 대답을 비교해 보면 좋을 것 같습니다.

현실의 은유, 시간 도둑과 모모

이 작품은 1967년에서 1972년 사이에 쓰였습니다. 원제목은 "모모 혹은 시간을 훔치는 도둑과 그 도둑이 훔쳐 간 시간을 찾아 준 한 아이에 대한 기이한 이야기"라는 긴 제목이죠. 작가는 제목 아래에 '메르헨 소설'이라고 장르를 규정했는데, '메르헨'은 '마술적 또는 초자연적 요소를 특징으로 하는 민간설화'를 일컫는 말입니다. 작가가 메르헨 소설로 규정했지만, 작품은 지극히 현실을 은유적으로 그리고 있습니다.

작품은 3부로 구성되어 있습니다. 작가 후기에서 화자는 이 모든 이야기가 자신의 경험이 아니라 밤 기차 여행 중에 어떤 불가사의한 승객에게 들은 이야기라고 고백합니다. 이런 점에서 이 작품은 열린 액자소설 형식이라고 할 수 있죠.

'1부 모모와 그 친구들'에서는 신비한 소녀 모모와 모모와 어울리는 아이들과 이웃들의 모습을 유토피아적으로 그렸다면, '2부 회색 신사들'에서는 낯선 방문객의 등장으로 모모 친구들이 사는 현실은 흔들리고 파괴되어 갈등이 고조되는 모습을 그렸습니다. '3부 시간의 꽃들'에서는 모모가 회색 신사들과 대결해서 이겨 현실이 치유되는 모습을 그렸죠.

이 작품을 쓸 때 작가는 뮌헨과 로마에 살았습니다. 그래서인지 모모는 검은 눈에 검은 머리카락의 이탈리아 소녀를 연상시키고, 작품의 배경인 폐허가 된 원형 극장은 로마의 원형 극장을 떠올리게 합니다.

모모는 누구일까?

원형 극장 옛터에서 마을 사람들은 어디서 왔는지 모르는 소녀 모모를 발견하고, 그 아이에게 삶의 터전을 마련해 줍니다. 모모는 키가 작고 깡마른 체구에 여덟 살인지 열두 살인지 모를 아이죠. 머리카락은 새까만 고수머리인데 빗질을 안 한 듯 엉클어져 있습니다. 알록달록한 천을 이어 붙여 만든 치마는 복사뼈까지 치렁치렁 내려왔고 그 위에 헐렁한 어른 남자의 윗옷을 입고 있죠. 성별도 모호해 보입니다. 고향이나 생일은 물론 자기가 어디서 왔는지도 모릅니다. 한때 고아원에 살았다는 암시만 할 뿐이에요.

모모는 가난하지만 삶이 무엇인지 잘 아는 마을 사람들의 보살핌을 받으며 살았습니다. 동네 사람이 모모에게 나이를 묻자 "백 살"이라고 했다가 "백두 살"이라고 하는 장면에서 보면 셈도 할 줄 모릅니다. 시간 도둑인 회색 신사들이 숫자 셈하는 것을 중요하게 여기는 것에 비해 모모는 숫자 셈과는 거리가 멀죠. 둘은 대립적인 인물들입니다.

모모는 필요한 게 아무것도 없으며 오히려 유일한 재산인 '시간'을 친구들에게 나눠 줍니다. 친구들은 어린이, 어른 등 사회적 약자들입니다. 청소부 베포, 관광안내원 기기, 이발사 푸지, 미장이 니콜라, 선술집 주인 니노 등이죠. 모모는 그들에게 시간만 나눠 주는 것이 아니라 마음속에 '시'를 심어 줍니다. 다른 이들의 말도 온 마음으로 들어주어 어리석은 사람이 사려 깊은 생각을 할 줄 알게 합니다.

누군가가 내 이야기에 귀 기울여 주면 위로와 이해라는 선물을 받은 느낌이 드는데, 모모의 가장 큰 장점은 남의 말을 들어 주고 기다리며 이해할 줄 아는 능력입니다. 물과 교감하고 별에 귀 기울일 줄 알고, 웅장한 우주의 음악을 듣는 아이죠. 마을 사람들은 모모에게 자신의 얘기를 함으로써 자신을 되돌아보고 용기를 얻고 기쁨과 신념을 얻습니다. 아이들이 모모 앞에서 자신의 상상을 얘기하면 그들 앞에 상상의 세계가 펼쳐지고요. 사람들은 모모와 어울리면 즐거워지고 지혜로워지고 자신의 가치를 깨닫습니다. 사람들은 모모를 거울삼아 자신의 본 모습을 찾죠. 이런 점에서 모모는 내적 힘을 발휘해 자아를 발견하게 하는 사람이라고 할 수 있습니다.

자본주의에 대한 비판

2부의 첫 장은 '똑 떨어지는 엉터리 계산'이라는 모순된 제목으로 회색 신사들의 모순을 암시합니다. 잿빛 승용차를 타고 온 회색 신사인 '시간 저축 은행의 영업사원 XYQ384b'는 푸지 씨 이발소 앞에서 멈춥니다.

회색 신사는 대머리에 웃음기 없는 표정으로 회색 양복에 넥타이를 매고 서류 가방을 들고, 알파벳 기호와 숫자로 된 이름을 갖고 있었죠. 마치 오늘날 출근하는 직장인 같기도 하고 비밀 요원 같기도 합니다. 그들은 사람들이 시간을 절약해 '시간 저축 은행'에 시간을 저축하게 만듭니다. 그렇게 함으로써 권력을 쥐고 인간을 지배하고자 하는 거죠. 그런데 막상 그들은 자신의 시간이 아니라 남의 시간, 즉 '죽은' 시간으로 살아가며 '잿빛 얼굴'을 하고 있습니다.

이발사 푸지 씨는 아주 큰 성공을 거두지는 않았습니다. 그러나 손님들과 나누는 대화를 즐기고, 자신의 이발 실력에도 자부심을 갖고 오랫동안 성실히 일해 온 사람이죠. 그런데 어느 순간 문득 우울해집니다. 자신은 보잘것없는 이발사이며 인생은 실패작이라며 제대로 된 인생이 어떤 것인지 알 수 없다고 한탄을 하죠.

회색 신사는 순간순간 사람들의 약해진 마음을 파고드는데 첫 고객이 푸지 씨입니다. 푸지 씨의 이발소 거울에 푸지 씨가 절약할 수 있는 시간을 계산해 풀어 놓으며, 푸지 씨는 잠자고 앵무새를 돌보고 친구를 만나는 등의 시간으로 1,324,512,000초를 허비했다고 지적합니다. 그러면서 날마다 두 시간씩 저축하라고 권하죠. 그 시간을 저축하기 위해 손님 한 명당 30분 걸리는 이발 시간을 15분으로 줄이라고 해요. 노래하고 친구 만나고 책 읽느라 귀중한 시간을 낭비하지 말라고도 하고요. 그 말을 따르기로 한 푸지 씨에게 회색 신사들은 진보적이고 현대적인 사람이 된 거라며 축하까지 합니다.

회색 신사들은 마을 사람들에게 시간을 숫자로 환산해 시간을 생산적인 일에만 쓴다면 절약된 시간을 저축해 나중에 자유롭게 쓸 수 있다고 유혹합니다. 시간의 가치와 진리를 누구보다 잘 알고 있기에 사람들의 마음에 거머리처럼 들러붙죠. 마을 사람들은 점점 회색 신사들의 꾐에 넘어갑니다. 회색 일당의 영향에 들어가지 않는 사람은 모모, 늙은 도로 청소부 베포, 말재주꾼이자 여행안내원인 기기, 그리고 모모를 찾아 원형극장으로 올라오는 아이들뿐이었습니다.

시간을 아낄수록 줄어드는 것

사람들은 시간을 아끼는 사이에 실제로는 전혀 다른 것을 아끼고 있다는 사실을 눈치채지 못합니다. 삶이 점점 빈곤해지고 획일화되고 차가워지고 있지만 알아차리지 못하죠. 오로지 아이들만이 어른들과 시간을 함께 보내지 못하면서 가진 것이 점점 줄어들고 삶이 빈곤해지고 있음을 절실히 느낄 뿐입니다.

마을 사람들은 하나둘씩 예전의 여유와 정을 잃어 갑니다. 더 이상 모모를 찾아오지도 않고요. 모모는 친구들이 자신을 찾아올 시간이 없어졌다는 걸 깨닫고 친구들 집을 일일이 방문합니다. 이런 모모의 행동은 사람들 사이에 몰래 숨어들어 시간을 훔치던 회색 신사들에게는 큰 위협이었죠. 모모 때문에 사람들이 다시 '시간을 낭비'한다며 그들은 모모를 처리하기로 합니다.

모모가 회색 일당의 수배인물로 위험해지자 이것을 미리 알아챈 시간 관리자 호라 박사는 정확히 반 시간 앞의 미래를 볼 수 있는 거북 카시오페이아를 보내 모모를 돕습니다. 카시오페이아의 안내로 시간의 원천을 경험한 모모는 하루 만에 다시 옛터로 돌아옵니다. 그러나 현실의 시간은 1년이 지난 뒤였습니다. 그동안 모든 친구는 이미 회색 일당에게 매수되어 그들의 원칙에 따라 살아가고 있었고요.

사람들은 회색 신사의 꾐에 빠져 시간을 저축해 물질적으로는 풍요로워지지만 더 이상 행복하지 않았습니다. 우정과 사랑을 나눌 시간이 없어졌고 물질적으로 풍요로워질수록 삶의 내용은 점점 더 가난해졌죠.

모모의 친구들은 회색 신사의 희생물이 되고 마을 사람들은 사랑을 나눌 친구도 없이 고독한 생활을 하게 됩니다. 관광안내원 기기는 이야기를 잘 꾸며 내 스타가 되어 명성을 얻지만 똑같은 이야기만을 지어내 '사기꾼 기롤라모'로 전락합니다. 미장이는 엉터리로 건물을 짓고요. 인심 좋던 선술집은 셀프서비스 패스트푸드점으로 바뀌어 돈 없는 손님은 받지 않습니다. 부모들은 바빠져서 아이들을 탁아소에 맡기고요. 시간을 저축한 결과 사람들은 물질적인 풍요는 누릴지 모르지만, 양심의 가책을 느끼며 삶의 즐거움을 느끼지 못합니다. '제대로 된 삶'을 살기 위해 시간을 아껴 쓰기 시작했지만 결과는 '비극적인 삶'인 거예요. 회색 신사에게 정복당한 삶은 '자기 삶으로부터 소외'당한 삶이었습니다.

가슴으로 느끼지 않는 시간은 사라진다

모모는 친구들을 구하기 위해 회색 신사들의 비밀을 사람들에게 폭로하려 합니다. 그 비밀은 회색 신사들은 시간을 죽일 수 있는 담배를 태움으로써 존재하고 담배를 잃는 순간 연기가 되어 사라진다는 사실이었죠. 회색 신사들은 모모를 매수하려고 인형과 액세서리 등을 선물하지만 실패하고 맙니다.

회색 신사들은 어떻게 됐을까요? 호라 박사의 도움과 모모의 용기로 결국 사라집니다. 모모의 위력 앞에 살아남기 위해 자기들끼리 경쟁하다 결국 마지막 한 사람까지 연기로 사라져 버리죠. 드디어 사람들은 빼앗긴 시간이 돌아와 그 어느 때보다 여유로운 나날을 맞게 됩니다.

작가는 평소에 거북을 좋아해 작품 곳곳에 등장시켰습니다. 동양에서는 '지혜의 상징'으로 꼽는 거북을 시간 밖의 공간과 시간 안의 공간을 넘나드는 존재로 '저항의 상징'으로 등장시키죠. 이 작품에서 거북 카시오페이아는 시간 절약과 속도, 효과만을 내세우는 회색 신사들과 대립하며 모모를 돕습니다. 회색 신사들로부터 모모를 보호하며 호라 박사에게 데려가죠. 그 덕분에 회색 신사들에게 빼긴 시간을 찾아 사람들에게 돌려줄 수 있었습니다.

시간을 나누어 주는 관리자 호라 박사는 가슴은 시간을 느끼기 위해 있으며 가슴으로 느끼지 않은 시간은 모두 사라져 버리는데, 아무것도 느끼지 못하는 눈멀고 귀먹은 가슴들이 수두룩한 세상을 안타까워합니다. 가슴으로 느낄 수 있는 시간을 찾아야 하는 이유지요. 이러한 호라 박사의 뜻은 모모에게 힘을 실어 주는 동시에 이 작품의 주제를 암시합니다.

결국 '삶은 가슴에 있다'라는 모모의 명제와 '시간은 돈이다'라는 회색 신사들의 명제의 대결에서 모모가 이깁니다. 모모에게 시간은 진실이고 우정이며 사랑, 즐거움, 웃음, 따스함 등 가슴을 움직이게 하는 모든 것입니다. 그런 의미에서 모모와 회색 일당의 대결은 인간적인 삶과 자본주의적 삶의 대결이라고도 볼 수 있습니다.

시간의 비밀을 지혜롭게 풀기 위해

시간의 속도를 추구하는 삶에서 인간은 한낱 기계 부품만도 못합니다. 기계처럼 사는 동안 가족을 돌보고 친구와 우정을 나누며 사랑을 주고받고 예술을 즐기는 시간은 사라집니다. 기계처럼 사는 삶은 진정한 삶을 새어 나가게 하고, 빠른 교통수단과 인터넷 기술은 인간적인 교류를 했던 시간과 공간을 앗아 가며 새로운 문화를 만들었습니다.

그 문화가 주는 편리함과 효용이 있음에도 잘살기 위해 선택한 시간은 역설적이게도 피폐한 삶을 만들기도 합니다.

『모모』는 미하엘 엔데가 1970년대에 쓴 작품이지만 50년이 지난 오늘날의 우리 삶을 비춰 보게 합니다. 아무리 시대가 변해도 인간적인 삶을 추구하고 '제대로 된 삶'을 살고자 하는 소망은 여전하니까요. 사람마다 그 내용이 다르더라도 사람과 사랑의 가치는 변하지 않기 때문이죠.

우리는 정말 우리의 '시간'을 온전하게 잘 보내는 걸까요? 시간의 주인으로서 내 삶을 잘 돌보는 걸까요? '공부하거나 놀다가도 내가 이렇게 시간을 보내도 괜찮은 걸까, 다른 사람들은 모두 앞으로 나아가고 있는데 나 혼자 뒤처지는 것은 아닐까' 하는 생각이 들 때, 모모가 나타난다면 무슨 말을 건넬까요? 허둥지둥 앞만 보고 달리고 있다면 걸음을 잠시 멈추고 모모가 건넬 이야기를 생각해 보면 좋겠습니다.

더 읽을거리

시간의 노예로 사는 삶, 영화 〈모던 타임스〉

영화 〈모던 타임스Modern Times〉(1936)는 시간의 노예가 되어 공장의 기계 부품처럼 사는 인간의 모습을 적나라하게 보여 준다. 주인공 찰리 역을 맡은 찰리 채플린은 '1000년을 빛낸 세계의 100인'에 구텐베르크, 뉴턴, 베토벤, 아인슈타인 등과 어깨를 나란히 하며 천재 예술가로 인정받는 감독이자 배우다. 채플린은 1931년에 미국《타임》지 표지에 오른 최초의 영화인이기도 하다.

그의 대표작이기도 한 이 영화는 주인공 찰리가 공장의 컨베이어 벨트 위에서 나사 조이는 일을 하며 시작한다. 공장 사장은 사무실에 앉아 영양제를 먹고 담배를 피우며 모니터로 노동자들을 감독한다. 노동자들의 휴식 시간이라고는 화장실 갈 때와 작업대 옆에서 대충 때워야 하는 식사 시간뿐이다. 그런데도 사업가들은 노동자들의 휴식 시간을 줄이려고 '자동 배식 겸 시식기'를 개발해 와서 사장에게 선보이고 찰리는 시범 가동 대상이 되어 곤욕을 치른다. 기계의 속도가 빨라질수록 찰리의 얼굴은 기계가 퍼다 넣은 음식들로 엉망이 된다.

찰리는 정신없이 돌아가는 컨베이어 벨트가 점점 따분해져서 슬슬 딴짓을 하다가 사장실 모니터를 망가트리게 된다. 공장의 기계가 멈추고, 쉴 새 없이 일만 하던 그는 강제로 정신병원에 보내진다. 병원으로 실려 가기 직전까지도 그는 나사처럼 생긴 모든 것들을 조여야 한다는 강박 관념에 빠져 나사 죄는 동작을 습관적으로 반복한다.

퇴원한 뒤, 이미 공장에서는 해고되어 거리를 방황하다 우연히 파업 시위대에 휩쓸려 다시 감옥에 갇힌다. 몇 년 뒤 감옥에서 풀려난 찰리

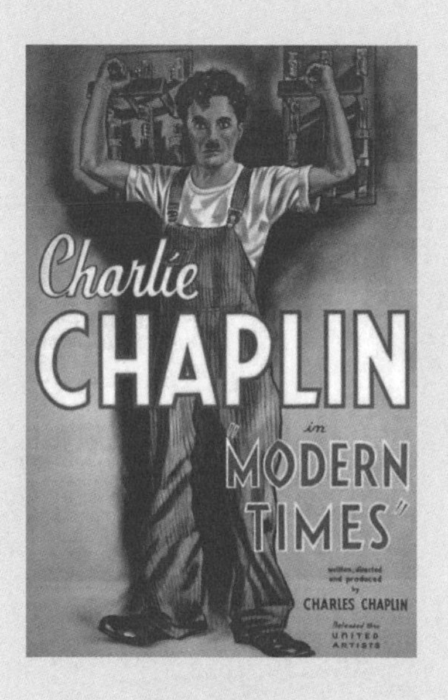

영화 〈모던 타임스〉 포스터. 찰리 채플린 감독, 찰리 채플린 주연의 영화이다. 채플린이 만든 최초의 유성영화로 대사 없이 음향효과와 음악을 입혔다. 주인공 찰리는 대사 없이 팬터마임으로 소통한다. 공장 컨베이어 벨트 위에서 나사 조이는 일을 하는 찰리가 행복을 찾아가는 여정을 그렸다.

는 위기에 처한 가난한 소녀를 도와주게 된다. 둘은 행복하고 단란한 가정을 꿈꾸며 일자리를 찾아 헤매지만 매번 거리로 내몰린다.

〈모던 타임스〉도 『모모』처럼 현대 문명의 특징인 가속의 문제와 시간의 노예가 된 현대인을 일깨우는 작품이다.

9. 가혹한 현실에 맞서는 인간 의지에 바치는 헌사

『노인과 바다』__어니스트 헤밍웨이

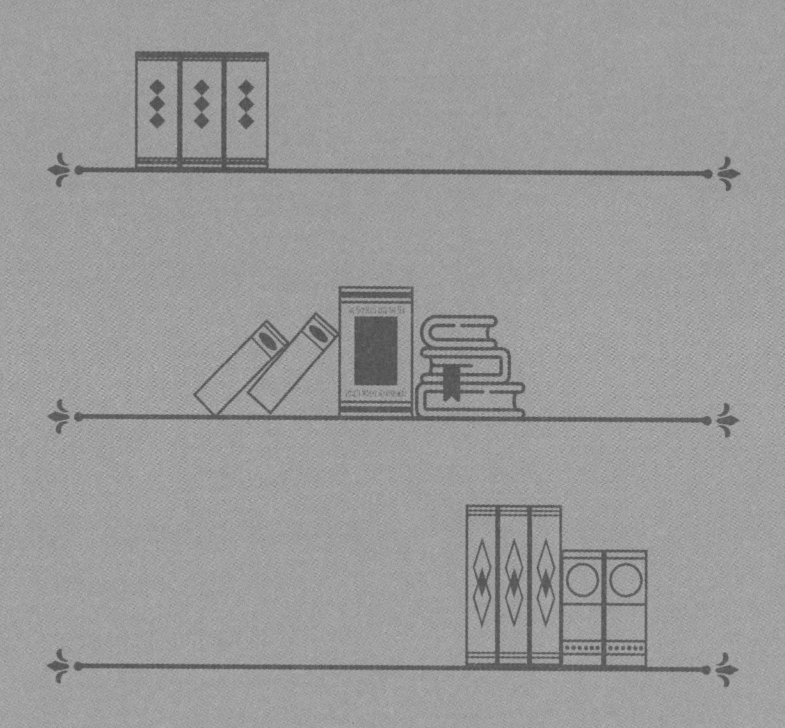

어니스트 헤밍웨이.

작가이자 저널리스트인 어니스트 헤밍웨이Ernest Miller Hemingway(1899~1961)는 미국 일리노이주 오크파크에서 6남매 중 둘째로 태어났습니다. 아버지는 스포츠를 좋아하는 의사였고, 어머니는 종교심이 돈독한 사람이었습니다. 헤밍웨이는 가족과 함께 낚시와 사냥을 하며 휴가를 보내는 등 풍족한 어린 시절을 보냈습니다. 유년의 풍요로운 삶 덕분에 그는 적극적이고 활달한 사람으로 성장했습니다. 1913년에 오크파크 고등학교에 입학해 축구, 권투, 수영, 사격, 육상 등 갖가지 운동을 했고, 이때부터 단편소설을 쓰기 시작했습니다.

고등학교를 졸업한 해인 1917년 4월, 미국이 1차 세계대전에 참여하자 헤밍웨이는 군대에 들어가려 했습니다. 그러나 아버지의 반대로 가지 못했죠. 이후 《캔자스시티 스타》의 기자 생활을 하다 1918년 4월에 신문사를 그만두고는 5월에 이탈리아 전선의 야전병원 수송차 운전병으로 참전했습니다. 그러나 2개월도 채 안 되어 부대가 폭격을 맞아 부상을 입었습니다. 1921년 11월에 캐나다 《토론토 스타》 및 《스타 위클리》의 해외 특파원으로 파리에 갔을 때는 거트루드 스타인, 에즈라 파운드, 제임스 조이스 등 수많은 작가와 교류했습니다.

헤밍웨이는 1923년에 파리에서 『3편의 단편과 10편의 시』를 출판하며 작품 활동을 시작했습니다. 1926년에 귀국해 '로스트 제너레이션('잃어버린 세대'라는 뜻으로, 미국 문학에서 절망과 허무를 문학에 반영한 젊은 세대를 이르는 말)'의 쾌락 추구와 환멸을 그린 『태양은 다시 떠오른다』를 발표했습니다. 1928년에는 아버지가 권총으로 자살하는 일이 벌어집니다.

1차 세계대전에 참전해 겪은 참혹함과 그 속에서 나눈 첫사랑은 뒷날 『무기여 잘 있거라』의 바탕이 됐습니다. 그 뒤 1년 넘게 집필해서 완성한, 스페인 내란을 배경으로 한 작품 『누구를 위해 종은 울리나』는 폭발적인 인기를 얻었습니다. 그러던 가운데 1941년에 미국이 2차 세계대전에 참여하자 헤밍웨이는 특파원(종군기자)이 되어 다시 전쟁의 한복판으로 뛰어듭니다.

종군 기자 생활을 마친 뒤에는 미국이 아니라 쿠바의 수도 아바나에 있는 암보스문도스 호텔에 머물며 글을 썼습니다. 저녁이면 엘 플로리디타 바에서 칵테일을 즐기며 현지인들과 담소를 즐겼습니다. 그러나 쿠바 혁명 이후 1960년에 미국으로 추방됐습니다.

1952년에 발표한 『노인과 바다The Old Man and the Sea』는 헤밍웨이에게 퓰리처상과 노벨 문학상을 동시에 안겨 주었습니다. 그러나 『노인과 바다』 이후에는 거의 아무것도 발표하지 못했습니다. 그러다가 1954년에 비행기 사고로 크게 다친 뒤 건강이 급속도로 나빠졌습니다. 고혈압에 당뇨까지 겹쳐 우울증과 알코올 중독 등 질병에 시달렸습니다. 입원과 퇴원을 반복하던 그는 1961년 7월 2일 아침에 스스로 삶을 마감했습니다.

영미 문학을 이야기할 때 '헤밍웨이적的'이라는 말은 흔히 인간의 민감한 감수성에 비친 삶의 잔혹함을 보여 주는 것, 세계에 맞서 용감하게 싸우는 개인의 행위를 묘사하는 것, 그러한 영웅과 그의 우주를 묘사하는 매우 압축적인 산문 등을 의미합니다. 그만큼 헤밍웨이의 작품에는 가혹한 현실에 맞서는 의지의 인간 모습이 힘차게 묘사되어 있고, 그런 점은 상처받고 실의에 빠진 많은 사람에게 감동을 줍니다.

『노인과 바다』 또한 '헤밍웨이적'인 작품의 총결산이라고 할 만큼 강한 의지로 죽음과 맞닿아 있는 삶을 대면하는 노인의 이야기를 그렸습니다. 작가 스스로 『노인과 바다』를 "평생을 바쳐 쓴 글이자 내가 가진 능력으로 쓸 수 있는 가장 훌륭한 작품"이라고 평가했죠. 냉혹한 바다와 사투하는 한 늙은 어부의 이야기로 인간이 살아가면서 겪는 좌절과 실패를 극복할 수 있는 용기의 메시지를 주려고 했습니다. 이러한 메시지를 드러내는 데 헤밍웨이의 문체는 큰 역할을 합니다.

주제를 드러내는 데 효과적인 헤밍웨이의 문체

이 작품은 간결한 문장으로 이루어져 있습니다. 쉽고 단순한 어휘를 사용하며 감정 묘사나 설명을 피하는 대신 세부적인 행동과 사실들만을 담담하고 충실하게 묘사하죠. 이러한 문체는 헤밍웨이가 신문사에 근무한 경험의 영향입니다.

당시 신문사에는 '간결한 문장을 사용하라, 서두의 한 구절을 특히 짧게 하라, 박력 있는 언어를 사용하라, 긍정문을 쓰고 부정문을 사용하지 말라, 낡은 속어를 쓰지 말라, 속어가 재미있으려면 신선한 것이어야 한다, 형용사를 쓰지 말라, 특히 훌륭한, 화려한, 웅대한, 웅장한 등의 거창한 형용사를 사용해서는 안 된다'라는 등의 지침이 있었어요. 이런 훈련의 영향인지 헤밍웨이는 소설에서도 간결한 문체를 썼습니다.

특히 형용사를 자제한 문장은 독자에게 박력 있고 힘찬 느낌을 전달합니다. 이 작품에서도 노인의 고통을 과장하거나 극적으로 미화하지 않죠. 노인은 수도 시설도 없는 오두막에서 식사 한 끼 하는 것도 쉽지 않을 만큼 열악한 환경에서 살아가는 노인이지만, 작가는 노인이 자존심 강하고 당당한 어부임을 강조하기 위해 감정이 배제된 건조한 문체를 유지합니다. 이런 점 때문에 독자들은 노인을 가엾고 애처롭다고 느끼기보다는 노인이 보여 주는 강한 의지의 정신을 보게 됩니다. 헤밍웨이 특유의 간결한 문체가 인물의 성격과 작품의 주제를 드러내는 데에 큰 몫을 하는 것이죠.

남성적인 목소리로 인생이라는 폭력을 이겨 내려 한 작가

『노인과 바다』의 실제 모델이 누구인지에 관한 이야기는 몇 가지가 있어요. 그중 한 가지는 헤밍웨이의 오랜 낚시 친구였던 그레고리오 포엔테스라는 설입니다. 30년간 헤밍웨이를 위해 배를 젓고 요리를 하면서 낚시 친구가 된 인물이죠. 다른 설에 따르면, 쿠바의 늙은 어부인 마누엘 물리바바 몬테스판에게서 들은 한 어부의 경험담을 바탕으로 이 책을 썼다고도 합니다. 어쨌건 이 작품은 낚시꾼이기도 했던 작가의 직·간접 체험과 상상력의 결과물이라고 볼 수 있습니다.

헤밍웨이와 첫 번째 아내 해들리, 그리고 아들 잭(1926).

헤밍웨이는 인생을 폭력이라고 봤습니다. 그 폭력을 이겨 내려면 무엇보다도 용기와 의지가 필요하다고 보았고요. 아마도 작가는 전쟁의 참혹함과 비인간성을 직접 겪으며 삶과 죽음의 경계에서 살고자 하는 의지를 강하게 느끼지 않았을까 싶어요. 이 작품에서도 한 노인의 용기와 의지를 강한 남성성으로 보여 주고 있는데, 이는 헤밍웨이 작품의 특징입니다.

헤밍웨이 작품 속 남성들은 어렵고 위험한 상황에서 강한 의지와 박력, 모험 등을 통해 강한 남성상을 드러냅니다. 이러한 특징은 작가의 삶과도 닮았습니다.

헤밍웨이는 작가이며 종군기자, 권투선수이면서 대서양에서 대어를 낚은 낚시꾼이었고, 아프리카로 원정해 맹수사냥을 즐긴 사냥꾼이었습니다. 스페인에서 투우 경기를 자주 구경하는 투우 팬이기도 하고 술고래에다 1·2차 세계대전과 스페인 내전에 참전한 용사였죠. 자기 소유의 낚싯배를 타고 바다낚시를 하며 멕시코만에서 상어 떼를 잡기도 했어요. 이런 경험이 작품에 녹아드는 건 당연했습니다.

거친 취미 생활과는 다르게 속은 여리고 소심한 면도 있었습니다.

열아홉 살에 만난 연인과 헤어진 이후 곁에 누군가 없으면 불안해했죠. 그래서인지 결혼을 네 번이나 했습니다. 첫 번째 아내인 해들리 리처드슨과 지내는 동안 『태양은 다시 떠오른다』를, 두 번째 아내 폴린 파이퍼와 살 때는 1차 세계대전에서 겪은 경험을 쓴 『무기여 잘 있거라』를, 세 번째 아내 마르타 겔혼과 살 때는 스페인 내전의 경험이 담긴 『누구를 위해 종은 울리나』를, 마지막 아내인 메리 웰시와 살 때는 『노인과 바다』를 집필했습니다. 그의 아내들은 여덟 살 연상이었던 첫 번째 부인 해들리 외에는 전부 기자 출신이었다는 공통점이 있습니다.

헤밍웨이의 남성관과 그 한계

옆에 항상 연인을 두었으나 작품에서 여성이 주인공인 경우는 없었어요. '파파 헤밍웨이'라는 가부장적이고 남성적인 별명에서 보듯 주인공들은 모두 남자로 전쟁이나 수렵, 투우 등 죽음을 감수할 정도의 폭력적인 삶에 놓이는 인물들이며 패배를 모르고 포기하지 않는 남성관을 가진 주인공들입니다. 책임감 강하고 마초적이며 성실한 남성성을 보여 주고 사랑할 때에는 한 여자만을 사랑하는 순정적이고 열정적인 인물로 그리지만, 여성은 남성과 다른 타자로 배제하거나 사소하게 다뤘죠.

『무기여 잘 있거라』의 여주인공 캐서린은 사랑하는 헨리에게 모든 게 맞춰진 채 자아를 잃고 있으며, 『누구를 위해 종은 울리나』의 여주인공 마리아는 조던에게 이상적인 여성이 되기 위해 애씁니다. 신여성의 모습을 보이는 여성이 등장하기도 하지만 헤밍웨이 작품 속 여성은 대부분 남성에게 종속되어 순종적인 모습을 보입니다. 『노인과 바다』

헤밍웨이와 두 번째 아내 폴린 파이퍼(1927).

에서는 바다를 여성으로 은유하지만, 실제 여성은 한 명도 등장하지 않습니다. 여성을 배제한 채 산티아고 노인을 통해 삶의 정의를 내립니다.

이러한 남성과 여성에 대한 이분법적이고 반여성주의적인 태도는 남성우월주의적 사상이 주류였던 당시의 시대 상황이 크게 영향을 미쳤을 것입니다. 또한 작가의 아버지가 마초적인 성격이었고, 어머니가 어린 헤밍웨이에게 여자의 옷을 입힌 것을 작가는 부끄럽게 여겼던 점, 어머니의 장례식에도 참석하지 않을 정도로 어머니와 사이가 좋지 않았던 점 등의 가족사가 영향을 주었을 것으로 추측할 수 있습니다. 그렇다 하더라도 남성중심의 세계관은 헤밍웨이 작품의 한계로 지적됩니다.

이러한 한계가 있으나 이 작품에서 보여 주는 삶을 살아가려는 강한 의지와 자연친화적이고 생태주의적인 세계관, 작가의 주된 관심사였던 폭력적인 삶과 죽음이 기다리고 있는 허무의 삶을 긍정하며 극복하는 인간상 등은 시대를 거슬러 독자에게 묵직한 감동과 메시지를 줍니다.

바다를 '라 마르'로 여기는 노인

『노인과 바다』는 헤밍웨이가 성인이 된 뒤 가장 오래 머문 쿠바를 배경으로 하고 있습니다.

소설은 "그는 멕시코 만류에 조각배를 띄우고 홀로 고기를 잡으면서 살아가는 늙은 어부였다"라는 문장으로 시작합니다. 여기서 그는 84일째 고기를 단 한 마리도 잡지 못한 노인 산티아고입니다. 이 노인은 '살라오salao'라고 불리는데, 이는 '불길하다'라는 뜻으로 곧 '운이 사라진 최악의 상태', '최악의 불운'을 의미합니다. 살라오의 의미처럼 노인의 몸은 이미 늙어 그 몰골이 "패배의 깃발" 같아 보이는 배의 돛과 다름없습니다. 하지만 그 눈빛만은 남달랐죠.

> 이 노인의 신체 중 노쇠하지 않은 곳이라곤 오직 눈뿐이었다. 그 눈동자는 바다와 같은 푸른 색깔이었고 눈빛에는 늘 즐거움과 지칠 줄 모르는 기상이 감돌고 있었다.✦(12쪽)

소설 앞부분에서 묘사하는 노인은 노쇠하고 저물어만 가는 늙은 어부임에도 불굴의 의지와 기상을 지닌 인물입니다. 이러한 노인에 대한 작가의 시선은 작품의 주제를 암시합니다.

✦ 어니스트 헤밍웨이, 황종호 옮김, 『노인과 바다』, 하서, 2008.

지금까지 희망과 자신감이 노인의 마음속에서 떠나 본 적은 한 번도 없었다. 게다가 때마침 불어오는 미풍에 그 희망과 자신감은 다시금 새로운 힘을 입고 자라기 시작했다.(17쪽)

남들이 노인에게 '살라오'에 빠졌다고 하더라도 노인은 '살라오'에 빠진 적이 없다고 생각합니다. 삶은 무기력하고 몸은 날로 쇠약해지지만 좌절하지도 않죠. 오히려 삶에 지나치게 관심과 애정을 많이 쏟아 지치는 거라고 살고자 하는 적극적인 의지를 보입니다.

이런 노인과 우정을 나누는 소년 마놀린은 노인을 측은하게 여기며 돕습니다. 소년은 노인과 함께 고기잡이를 나가고 싶어 하지만, 부모의 반대로 그러지 못하자 노인에게 신선한 다랑어를 줍니다. 노인은 고기를 잡지 못한 지 85일째 되는 날, 소년이 준 다랑어를 싣고 먼바다로 홀로 고기잡이를 나가고요.

바다는 노인에게 특별한 공간입니다. 다른 어부들에게 바다는 돈벌이 수단의 장소일 뿐 호감 대상은 아니죠. 폭풍이 불거나 날씨가 나쁠 때 그들에게 바다는 손해를 끼치기도 하는 적일 뿐이에요. 그래서 사람들은 대부분 바다를 남자로 생각해 '엘 마르el mar'라고 불렀죠. 그러나 노인은 달랐습니다.

노인은 항상 바다를 '라 마르'라고 생각했다. 이 말은 사람들이 바다에 대해 호감을 가지고 있을 때 쓰는 스페인 말이다. 때때로 바다를 사랑하는 사람들이 바다에 대해 나쁘게 말하는 일도 있으나 그럴 때에도 그런 사람들은 바다를 여성으로 불렀다. 그러나 젊은 어부들, 특히 낚싯줄을 뜨게 하려고 고무 부이를 사용하거나 상어의 간으로 돈을 많이 벌어서 모터보트를 사들인 사람들은 바다를

> 남성으로서 '엘 마르'라고 불렀다. 그들은 마치 바다를 투쟁의 대상이나 일터, 혹은 적으로까지 생각하며 그렇게 불러 왔다. 그러나 노인은 항상 바다를 여성으로, 큰 호의를 베풀거나 간직하고 있는 것처럼 생각했으며, 바다가 사납거나 나쁜 짓을 하는 것은 바다로서도 어쩔 도리가 없기 때문인 것으로 생각했다. 그런 것은 모두 달빛이 여자들을 감동시키듯이 바다를 동요시키는 때문이라고 생각했던 것이다.(37쪽)

노인에게는 바다가 친구인 동시에 싸워야 하는 적입니다. 그러나 노인은 결코 바다를 떠나지도 않고 적대시하지도 않아요. 오히려 호감을 느끼죠. 바다는 가진 것을 베풀어 주는 어머니와 같은 여성이기도 하며, 때론 엄격하고 까칠하게 대하는 성난 여성의 모습이기도 합니다. 다른 어부들이 바다를 동료 경쟁자라고 여길 때 노인은 여성으로 대하며 남성과 여성의 차이를 분명히 합니다. 자연을 변덕스러운 여인쯤으로 여기는 듯도 하죠.

고기를 낚지 못하더라도 바다는 무력하고 단조로운 삶에서 탈출하는 통로이며, 고기와 사투를 벌일 때는 목숨을 걸고 강렬한 생의 의지를 실현하는 곳이죠. 폭풍이 거세고 고기가 안 잡힐 때 바다는 인간의 무력함을 깨닫게 하지만 그렇다고 떠날 수는 없는 곳이에요. 다시 살아가야 하는 곳으로 바다는 그의 모든 것인 삶의 터전, 곧 인생이라고 볼 수 있습니다.

노인은 진정 자신의 운명 '살라오'를 극복하고 어부답게 물고기를 잡기를 원합니다. '바다'라는 삶의 터전에 호감을 갖고 살아가며 어려움을 겪더라도 적극적 의지로 살아가길 바랍니다. 이는 결국 자연에 순응하는 삶이기도 합니다. 자연에 순응하기에 바다에서 가장 큰 적은 자연이 아닌 나약해지려는 자기 자신이에요. 헤밍웨이는 노인을 통해 자신의 허약함을 극복하는 것이야말로 삶을 대하는 진정한 태도라고 말하는 듯합니다.

'내가 저 고기였으면…… 나는 의지와 지혜만으로 싸우지만 저 녀석은 제가 가진 것 전부를 가지고 싸우고 있지 않은가.'(77쪽)

노인은 모처럼 큰 물고기를 낚았으나 오히려 그 물고기에게 이틀이나 끌려다닙니다. 이때 노인은 자신이 잡은 물고기에 애틋한 형제애를 느끼죠. 노인의 우정은 소년에게뿐만 아니라 만물을 향해 열려 있었죠. 그는 청새치를 성자에 빗대기도 하고 날치를 그의 친구로 삼기도 합니다. 연약한 제비갈매기를 보고는 인간보다 고달픈 삶을 산다며 연민을 느낍니다. 잡은 큰 물고기를 끌고 가면서 노인은 "우리는 지금 형제처럼 항해하고 있지 않은가"라고 생각하기도 합니다.

이 작품은 노인과 큰 물고기의 사투에 많은 부분을 할애해 자칫 '인간과 자연의 싸움'을 그린 소설로 보이기도 합니다. 그러나 노인이 청새치, 상어와 벌이는 싸움은 사실상 지극히 자연스러운 먹이사슬의 한 과정이며 자연의 섭리입니다. 고기잡이는 자연과 자연의 대결이에요. 노인은 상어도 먹고 살아야 한다는 것을 알고 있으며 사람뿐만이 아니라 자연인 물고기도 각자의 삶을 살아가는 걸 존중합니다. 작은 생명체 하나에도 애정을 갖고 자비를 보이며 먹이사슬 안에 노인 자신이 있는 걸 인정합니다.

바다 한가운데서 노인이 새치를 잡으려 벌이는 사투는 옆에서 보듯 생생하게 묘사하고 있는데, 이는 작가 자신의 오랜 낚시 경험이 바탕

청새치 앞에서 포즈를 취한 헤밍웨이 가족(1935).

이 됐습니다. 헤밍웨이는 1932년 여름 새치 낚시를 위해 2주 일정으로 쿠바 아바나를 찾습니다. 그런데 아바나에 매료되어 2주를 2달로 연기하고, 1939년에는 아예 아바나에 정착하여 20년이 넘게 생활하며 낚시를 즐겼습니다. 그러한 경험으로 노인이 큰 물고기와 사투를 벌이는 장면은 더욱 생생하게 되살아난 것이죠.

노인은 바다를 여성으로 생각하고 자신이 잡은 물고기에게 형제애를 느낍니다. 자신을 거대한 자연의 일부로 받아들이는 노인의 모습에서는 인간 질서를 뛰어넘는 헤밍웨이의 자연친화적, 생태주의적 세계관을 확인할 수 있습니다.

당시 노벨 문학상 선정위원회는 이 작품을 '폭력과 죽음의 그림자가 짙게 드리워진 현실 세계에서 선한 싸움을 벌이는 모든 개인에 대한 자연스러운 존경심'을 다룬 작품으로 평했습니다. 그러나 헤밍웨이의 시선은 인간을 넘어선 만물의 세계, 즉 자연 그 자체에 닿아 있습니다.

운명에 맞서 싸우는 의지와 용기, 그리고 예민한 감수성

노인은 천신만고 끝에 큰 물고기를 작살로 죽입니다. 잡은 물고기는 자신의 배보다 약 60cm나 더 크죠. 하는 수 없이 배에 싣지 못하고 배 옆에 매달고 옵니다. 그러나 돌아오는 길에 또 다른 사투를 벌이게 됩니다. 피 냄새를 맡은 상어 떼가 달려들었기 때문이죠. 상어 떼와 벌이는 사투는 이 작품의 백미입니다. 노인의 모습은 마치 자신의 운명에 맞서 싸우는, 그리스 신화에 나오는 시시포스 같습니다. 하지만 상어 떼와 사력을 다해 싸웠으나 결국 상어들에게 물고기의 살점을 뜯어 먹히고 말아요. 그 순간 노인 산티아고의 대사는 헤밍웨이가 이 작품에서 말하고자 하는 바를 잘 드러냅니다.

> "그렇지만 인간은 패배하려고 태어난 건 아니지. 인간은 목숨을 빼앗길 수는 있어도 패배할 수는 없어."(112쪽)

노인의 독백은 작가가 인간의 정신력을 얼마나 믿고 지지하는지를 보여 줍니다. 노인이 잡은 물고기를 비록 뺏겼으나 최선을 다했기에 승리한 것으로 보고 있죠. 남은 것이라고는 물고기의 머리와 앙상한 뼈뿐이지만 노인이 물고기를 잡는 데 들인 노력과 고통은 단순한 것이 아니었습니다. 노인은 큰 물고기를 잡는 데 자신의 생명과 존재를 통

글을 쓰는 헤밍웨이(1939).

째로 바쳤습니다. 그것은 노인은 어부이고 바다는 노인의 삶의 터전이며, 고기잡이는 노인의 삶 자체이기 때문이에요. 그렇기에 노인이 실패했다고 말할 수는 없습니다. 이미 고기를 잡고 또 그것을 지키기 위해 필사의 노력을 기울이는 모습을 통해 인간의 의지를 확인했으니까요.

노인은 망망대해 위에서 자칫 허무해 보이는 사투를 벌이면서 사람은 혼자여서는 안 된다는 사실을 절감하며 끊임없이 소년 마놀린을 생각합니다. 돌아오는 길에서는 새나 물고기와 대화를 나눕니다. 정신적인 고독과 육체적인 한계를 느끼면서도 자신과 끊임없이 대화하며 의지를 굳건히 하고 어려움을 긍정적으로 풀어 가려고 합니다. 이러한 노인의 모습은 헤밍웨이가 이상적으로 생각하는 삶을 받아들이고 밀고 가는 방법입니다. 삶은 전쟁터 같을지라도 인간과 자연을 긍정하고 연대하는 것이야말로 진정한 승리라고 말하는 듯합니다.

항구로 돌아온 노인은 소년을 만나 바다가 아닌 사람을 상대하고 말한다는 것이 얼마나 즐거운 일인지를 느낍니다. 소년 역시 날마다 노인의 오두막에 들러 노인을 기다렸죠. 노인이 소년에게 느끼는 피붙이 같은 애정과 소년이 노인에게 보여 주는 신뢰와 사랑은 나이 차이를 뛰어넘는 우정을 보여 줍니다. 같은 어부로서 서로가 생의 동반자이며 활력소이고 의지할 대상인 것이죠.

소설의 마지막에서 노인은 소년에게 다시 한번 바다에 나가자는 약속을 합니다. 그러고는 소년이 지켜보는 앞에서 사자 꿈을 꾸며 깊은 잠에 빠집니다.

우리 모두에게 사자 꿈을

작품의 마지막에 노인이 꾸는 사자 꿈은 무엇을 의미할까요? 사자는 절대로 후퇴할 줄 모르는 동물입니다. 노인이 그랬던 것처럼 용기와 투지, 강인함을 상징하는 동물이에요. 사자는 힘과 용기의 상징으로 불굴의 의지를 가진 노인과 닮아 있으며, 이미 늙어 나약해진 노인과 대비되는 모습으로 동경의 대상입니다.

어쩌면 지나간 젊은 날의 향수일 수도 있습니다. 비록 지금은 화려한 과거의 모습은 아니고 초라하고 절망적인 모습이지만 사자 꿈을 꾸면서 다시 한번 용기와 의지를 다지자는 의미이기도 합니다. 노인은 사자처럼 용감무쌍하게 패배를 인정하더라도 포기하지 않고 희망을 꿈꾸는 인간입니다. 그런 점에서 사자 꿈을 꾸는 노인은 또 언제든지 바다로 나가 용기와 투지를 갖고 어려운 일을 헤쳐 가리라 추측하게 합니다.

그것은 헤밍웨이가 삶을 대하는 태도이기도 했습니다. 삶은 비록 노인에게 역경만을 가져다주었으나 노인은 굽히지 않았습니다. 그 모습 자체만으로도 이미 승리의 가치는 충분하다고 작가는 말합니다. 작가는 죽음을 피할 수 없는, 폭력적일 수밖에 없는 삶을 극복하기 위해서는 죽음을 정직하게 대면하는 것이 중요하다고 여겼으니까요.

우리가 삶을 바라보는 자세도 마찬가지라고 할 수 있습니다. 우리는 노인처럼 삶이라는 망망대해에 떠 있지만, 그것을 어떤 자세로 바라보고 대하느냐에 따라 삶은 달라집니다. 헤밍웨이는 고통스럽고 부정적인 삶의 조건 속에서도 인간의 존재를 긍정하는 것, 자연 속의 인간을 받아들이고 그 어떤 운명이라도 받아들이는 것, 삶에의 강한 의지가 있다면 어떤 삶이라도 패배는 아니라고 말합니다.

더 읽을거리

로스트 제너레이션(Lost Generation)

로스트 제너레이션이란 '잃어버린 세대'를 지칭한다. 이 말은 어니스트 헤밍웨이가 그의 작품 『태양은 다시 떠오른다』의 서문에 "당신들은 모두 잃어버린 세대의 사람들입니다You are all a lost generation"라고 인용하며 유명해졌다. 오늘날에는 거트루드 스타인이 프랑스의 한 자동차 수리공으로부터 들은 말이라는 것이 정설이다.

미국 문학은 대체로 1910년대에 시작해 1920, 30년대에 걸쳐 새로운 계기를 맞게 된다. 이 시대를 이끈 작가들은 이른바 '로스트 제너레이션(잃어버린 세대)'에 속한다. 로스트 제너레이션 작가란 대체로 1890년대에 태어난 세대들로서 미국이 1차 세계대전에 참가할 때 입대 적령기에 이른 이들이다.

흔히 '길 잃은 세대'라고 일컬으며, 이 시기의 작가들은 당시 미국 사회의 단면을 단적으로 보여 주었다. 이들은 대부분 1차 세계대전을 몸으로 직접 경험한 사람들로, 전쟁을 통해 인간에 대해 깊은 회의를 느꼈다. 그런데 1920년대 미국에 팽배했던 물질만능주의는 그들의 회의를 한층 더 악화시켰다. 그래서 그들 대부분은 전쟁이 끝난 뒤에도 미국으로 돌아가지 않고 유럽에 머물러 거트루드 스타인의 살롱에 출입했다. 스타인은 이들을 기존 사회로부터 소외되어 한곳에 머무르지 못하고 방황한다는 의미에서 '길 잃은 세대'라고 칭했다. 일반적으로 1차 세계대전 뒤에 환멸을 느낀 미국의 지식계급 및 예술파 청년들을 이르는 명칭이다.

그러나 그들이 '잃어버린 세대'라고 불린다고 해서 허무적이기만 했

위쪽 왼쪽부터 거트루드 스타인, 프랜시스 스콧 피츠제럴드, E. E. 커밍스, 아래쪽 왼쪽부터 윌리엄 포크너, 에즈라 파운드, T. S. 엘리엇.

던 것은 아니다. 1920년대 중반부터 의욕적이고도 우수한 작품들이 많이 나왔는데, 이 세대의 작가로는 헤밍웨이를 비롯해 프랜시스 스콧 피츠제럴드, 존 더스패서스, E. E. 커밍스, 윌리엄 포크너, 에즈라 파운드, T. S. 엘리엇 등이 있다.

10. 세상을 바꾸는 건 메시지 아닌 미디어, 인간의 인식 방식에 어떻게 영향 미칠까

『미디어의 이해』__마셜 매클루언

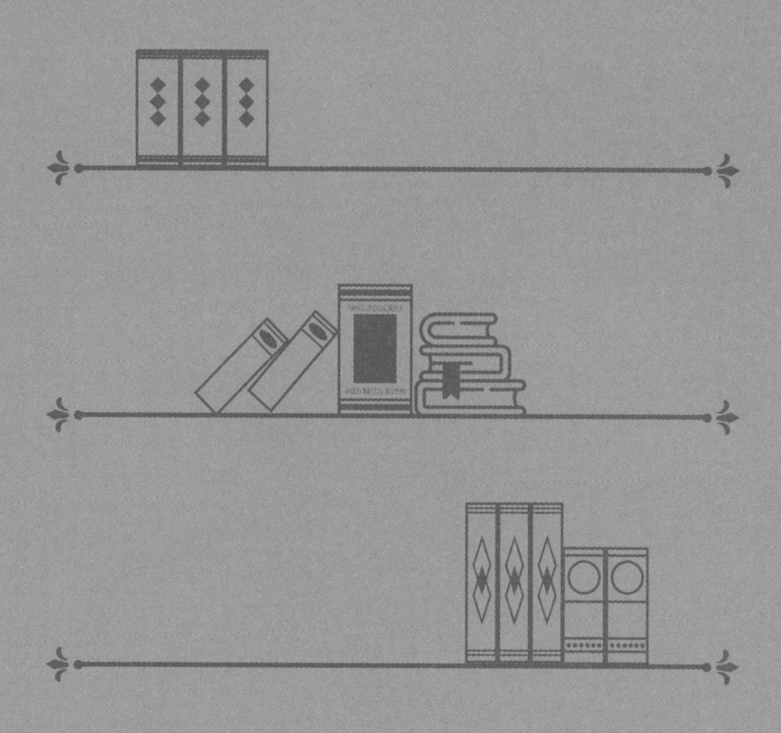

마셜 매클루언.

마셜 매클루언Herbert Marshall McLuhan(1911~80)은 영문학자이자 문화 비평가, 미디어 비평가입니다. 캐나다 앨버타 주 에드먼턴에서 태어나 1928년에 캐나다 마니토바 대학교에 입학해 기계공학을 공부하다가 영문학으로 전공을 바꾸어 졸업했습니다. 전공인 영문학 분야에서 활자 이전의 문학과 이후의 문학을 연구하다가 미디어가 인간의 행동과 의식에 커다란 영향을 끼친다는 사실을 발견했습니다. 그는 미디어의 발전이 문명과 인류에게 미칠 영향을 연구해 테크놀로지(기술)가 인간과 사회에 어떠한 영향을 미치는지를 통찰력 있게 보여 줬습니다.

매클루언은 1939년, 미국 여배우 코린 루이스와 결혼했습니다. 1943년에 영국 케임브리지 대학교에서 토머스 내시의 수사법 연구로 박사학위를 받은 뒤 토론토 대학에서 영문학자로 강단에 서며 미디어 이론가 및 문화 비평가로 변신했습니다. 미국 교육방송협회 미디어프로젝트 주임을 지냈고 1963년부터 1980년까지 토론토 대학교에서 문화테

크놀로지연구소 소장으로 활동하며 미디어 테크놀로지의 정신적·사회적 영향에 대한 연구를 이어 나갔습니다. 학자로서는 예외적으로 시사전문지 《뉴스위크》의 표지 인물로 선정되었으며 1977년에 할리우드 영화 〈애니 홀〉에 단역배우로 출연하기도 했습니다.

1964년에 출간된 『미디어의 이해Understanding Media』는 미디어의 발전과 인간 존재의 관계를 파헤친 책입니다. 이 책에서 그는 근대의 인쇄혁명과 텔레비전으로 대표되는 전자미디어가 서구문명에 미칠 영향을 예견했습니다. 또한 '미디어는 메시지다', '미디어는 인간의 확장', '미디어는 마사지다', '지구촌', '테트라드', '핫 미디어와 쿨 미디어' 등 미디어의 핵심을 통찰하는 개념을 제시했습니다.

1967년에는 『미디어의 이해』의 난해한 부분을 알기 쉽게 해 『미디어는 마사지다』를 펴냈습니다. 그의 이론은 기술결정론이라는 비판이 있으나 인터넷 시대인 오늘 더욱 그 가치를 발휘하고 있습니다.

그 밖의 책으로는 에드먼드 카펜터와 함께 쓴 『커뮤니케이션의 탐구』와 『구텐베르크 은하계』, 『교실로서의 도시: 언어와 미디어의 이해』 등이 있습니다. 그가 죽은 뒤 『매클루언 서신』, 『미디어의 법칙: 신과학』, 『매클루언 요론』 등 그의 사상을 소개하는 책이 출판됐습니다.

그리스 신화에 나오는 목동인 나르시스는 미소년으로 여러 요정에게 구애를 받습니다. 그러나 나르시스는 아무도 사랑하지 않았죠. 그 대신 호수에 비친 자신의 모습을 보고 반합니다. 호수에는 나르시스가 손을 집어넣으면 물결에 흔들려 사라졌다가 잔잔해지면 또다시 나타나는 아름다운 얼굴이 있었죠. 그 모습이 자신의 그림자라고는 미처 생각하지 못하고 깊은 사랑에 빠집니다. 결국 물에 비친 자신의 모습을 사랑한 나머지 그 모습을 따라 물속으로 들어가요. 그 나르시스가 있던 자리에서 꽃이 피어났는데, 그것이 바로 수선화narcissus라는 게 나르시스 신화의 이야기입니다.

'나르시스'라는 말의 어원은 그리스어 '나르코시스narcosis'에서 파생된 말입니다. 혼수상태나 감각마비를 의미하는 단어죠. 프로이트는 나르시스 신화를 인간 정신을 이해하는 예로 들면서 자기애, 자기도취의 개념으로 설명합니다.

매클루언은 이 신화의 핵심을 인간이 자신이 아니라 자신을 확장한 것에 갑자기 사로잡히게 됐다는 사실로 보았어요. 나르시스가 물에 비친 모습이 확장된 자신의 모습이라는 사실을 모른 채 반하고 만 것을 예로 들어 설명합니다. 나르시스는 자신의 이미지에 사로잡혀 다른 대상에게는 관심을 두지 않죠. 물에 비친 사람이 자신의 모습인 줄 모르고 반해 버렸기 때문에 숲속 요정이 아무리 구애를 해도 거들떠 보지 않습니다. 그것은 지각이 마비된 채 자기만의 폐쇄된 체계에 갇혀 있었었기 때문이에요. 그가 만약 그 이미지가 자신의 확장이나 반복이라고 생각했다면 물속에 비친 모습 때문에 숲속 요정의 구애를 거절했을까요? 아마도 결과는 전혀 달랐을 거예요.

이해하기에는 방대하고 난해한 『미디어의 이해』

매클루언은 이 신화를 비유로 들면서 미디어로 인한 감각의 확장이 감각을 마비시켜 새로운 환경이 만들어진 것을 지각하는 데 실패했다고 설명합니다. 그러면서 미디어의 발전이 우리 삶을 어떻게 조정하고 영향을 미치는지 1, 2부로 나누어 탐색합니다.

1부 '미디어론'과 2부 '개별 미디어'를 33장으로 나누어 우리가 미디어를 통해 어떻게 확장되고 마비되는지를 들려줍니다. 음성 언어, 문자 언어에서부터 만화, 신문, 광고, 게임, 전화, 영화, 라디오, 텔레비전 등 그 당시에 존재했던 미디어를 통해 미디어의 본질과 속성을 다루죠. '개별 미디어'의 장章들은 각 미디어가 인간의 인식 방식에 어떻게 영향을 주는지를 알아봅니다.

매클루언은 셰익스피어의 시와 케인스의 경제학, 프로이트의 이론, 엘리아데의 종교학 등 문학, 철학, 음악, 미술, 과학 영역의 방대한 인용과 압축과 생략, 비약과 비유를 사용하며 이야기를 전개합니다. 미디어의 특징인 시작과 끝이 일치하지 않고 여러 곳으로 뻗어 나갈 수 있는 비선형성, 사물의 현상이 서로 실질적으로 구별되며 시작과 끝을 가지고 있는 상태인 불연속성, 대상을 직접적으로 파악하는 직관성, 어떤 현상이나 사물을 직접 설명하지 않고 다른 비슷한 현상이나 사물에 빗대어서 설명하는 비유 등을 부여해요. 본질적으로 요약이 힘든 책입니다. 그래서 이 책을 이해하기 위해서는 깊고도 넓은 인문학적 지식과 인문학적 공감 능력, 감수성 등이 필요합니다.

우리의 정신은 미디어가 우리에게 가하듯 과도한 정보에 직면하면 그것을 이해하기 위해 패턴 인식이나 양식화된 인식 방법을 사용할 수

존 윌리엄 워터하우스John William Waterhouse(1849~1917), 〈에코와 나르키소스〉(1903), 리버플 워커 미술관.

밖에 없다는 것이 그의 주장인데, 이 책을 읽으면 그의 주장을 경험하게 됩니다. 왜냐하면 이 책을 읽다 보면 방대한 정보를 마주하게 되고, 그 정보의 양이 방대하다 보니 그것을 이해하기 위해 내용을 몇 개의 카테고리(패턴의 종류)에 대응시키며 이해하게 되기 때문이죠.

인간의 확장물인 미디어가 지배하는 삶

매클루언이 말하는 미디어는 우리가 생각하는 미디어의 개념과는 다릅니다. 그가 말하는 미디어는 단지 텔레비전, 라디오, 영화 등의 단순한 매체만이 아니에요. 돈, 바퀴, 옷 등 인간이 고안한 기술이나 도구, 또는 신체까지도 포함하는 개념입니다. 인간의 지각과 인식을 바꾸거나 또는 왜곡하는 힘이 있는 모든 테크놀로지로, 책 제목 그대로

"Extensions of Man(인간의 확장물)"이죠. 미디어는 '오감' 중 특정한 '감각'을 확장한다고 봅니다. 이를테면 옷은 피부의 확장이고, 자전거와 자동차는 발의 확장입니다. 문자는 시각의 확장이며 전자회로는 중추신경 계통의 확장이죠. 곧, 인간의 신체와 감각을 확장하는 모든 도구와 기술이 미디어라는 것이에요.

그런데 매클루언은 우리가 인터넷을 이용해 정보를 얻는 것도 의미가 있지만, 그보다는 인터넷을 사용함으로써 변화하는 우리 몸의 감각 변화가 미디어가 전하는 근본 메시지라고 말합니다. 모든 미디어는 그것이 전달하는 메시지와 상관없이 우리가 세상을 인식하는 방식에 영향을 주기 때문이에요. 같은 메시지라도 전달 방식이 텔레비전인가 신문인가에 따라서 수용자는 다르게 인식하기 때문이죠. 매클루언이 보기에는 전달하는 내용보다도 전달하는 매체가 더 중요합니다.

텔레비전은 신문이나 잡지보다 정보가 제한적입니다. 그때 우리 몸은 신문을 읽을 때와는 다른 반응을 보입니다. 예를 들면, J. F. 케네디 미국 대통령이 암살되고 몇 달 뒤 영국의 유명 밴드 비틀스가 텔레비전에 나왔을 때 사람들은 케네디 암살 사건의 충격에서 벗어나 비틀스의 음악을 즐겼어요. 매클루언은 이 사건을 겪으며 미디어가 메시지라고 확신했습니다. 미디어가 특정 감각 기관을 연장하고 강화하거나 소외시키면서 감각기관의 기능을 관장하는 두뇌의 특정 부분에 마사지를 가하기 때문이죠. 그러면 우리는 자극받은 두뇌의 영향을 받아 사고방식이나 행동양식이 달라집니다. 케네디 암살의 충격과 슬픔이 비틀즈의 음악으로 마비된 것처럼요.

이 사례처럼 매클루언은 할리우드와 광고마케팅 산업이 집단적 환각을 제공한다고 확신했어요. 많은 미디어를 정교하게 활용해 대중문화에 상업적 메시지를 침투시킨다고 보았죠. 이것이 바로 'Medium=Message=Massage'인 이유예요.

뜨거운 미디어 VS 차가운 미디어

매클루언은 세상을 바꾸는 것은 메시지가 아닌 미디어의 힘이라고 강조합니다. 미디어는 인간의 모든 경험을 매개하고 사회나 문화의 개념적 틀을 결정짓는 데 절대적인 역할을 한다고 주장하죠.

매클루언은 수용자가 미디어를 통해 내용을 이해할 때 얼마나 자신의 상상력을 발휘해야 하는지에 따라 '뜨거운hot 미디어'와 '차가운cool 미디어'로 나눴습니다.

한 가지 감각에만 의존해 수용자의 참여를 떨어뜨리는 배타적인 미디어를 '뜨거운 미디어'라고 했어요. 예를 들면, 사진은 시각적인 측면에서 우리의 감각을 고밀도로 확장시키는 '뜨거운' 미디어입니다. 라디오는 청각을, 영화는 시각과 청각 등의 감각을 고밀도로 확장시켜 수용자의 참여도는 낮아지죠.

반면, 만화는 사진에 비해 제공되는 시각적인 정보가 적어서 저밀도의 '차가운' 미디어입니다. 전화도 전달하는 정보의 밀도가 낮아서 수용자에게 높은 참여도를 요구하죠. 세미나가 강의보다, 대화가 책보다 이용자의 참여를 높이는데, 이를 '차가운 미디어'라고 합니다.

'차가운 미디어'는 '뜨거운 미디어'보다 이용자가 채워 넣거나 완성할 것이 많아 이용자의 참여도가 높게 됩니다. '뜨거운 미디어'가 주입을 한다면 '차가운 미디어'는 반응을 이끌어 낸다고 봐도 무리가 없어요.

중요한 건 미디어의 속성이 아니라 미디어의 영향

그러면 우리가 일상으로 사용하는 인터넷의 포털이나 블로그는 어떤 미디어일까요? 제 생각에는 뜨거운 미디어 같아요. 인터넷 미디어의 속성상 음악을 듣거나 동영상 파일을 보며 청각을 활용하긴 하지만 훨씬 많은 부분은 시각이 압도하죠. 최근의 텔레비전은 거의 모든 장면에서 영상뿐만 아니라 자막을 '보여' 줌으로써 들을 기회를 박탈하고 '보기'를 강요하기도 해요. 인터넷이나 텔레비전 모두 청각뿐만 아니라 시각의 확장을 이루고 있어요. 시각은 다른 감각에 비해 압도적으로 우리를 지배해 다른 감각을 소외시키기 때문에 균형 잡힌 인식의 발달을 방해합니다.

매클루언은 바로 그 지점을 경계했습니다. 새로운 기술들이, 즉 미디어가 사회라는 거대한 신체에 수용자가 모르는 사이에 어마어마한 수술을 하고 있으므로 이것들이 불러올 수 있는 부작용을 고려해야 한다고 주장합니다.

매클루언이 중요하게 여기는 지점은 '미디어가 어떤 내용을 전달하는가'가 아니라 '그 미디어가 어떤 속성을 가지고 있으며, 그로 인해 우리의 생활이 어떻게 변화하는가'입니다. 예를 들면, 카카오톡의 내용은 문자와 달리 읽은 숫자가 표시됩니다. 이는 상대를 감시하는 기능을 하면서 개인의 영역을 침해하는 위험성이 있어요. 다수의 사람이 카카오톡 내용을 공유하는 것도 가능한데, 이는 많은 이들이 서로 연결하며 의사소통을 하고 정보를 공유한다는 점에서 유용하죠. 하지만 그 반작용으로 원하지 않은 정보로 인한 피로감이 쌓일 수 있습니다.

「소용돌이 속으로 떨어지다」가 주는 메시지

미디어의 영향에 대해 매클루언은 애드거 앨런 포의 작품 「소용돌이 속으로 떨어지다A Descent into Maelstrom」에 나오는 뱃사람처럼 주위에 펼쳐진 양상이 무엇인지 탐구해야 한다고 말합니다. 이 작품에서는 소용돌이 속으로 빠진 두 사람이 서로 다른 선택을 하면서 결과가 극명하게 갈라지는 경우를 보여 줍니다.

형제가 배를 타고 가다가 커다란 소용돌이에 휘말리게 됩니다. 그런데 이때 한 사람은 돛대에 자신의 몸을 칭칭 감아 맸고 다른 한 사람은 혼란의 와중에 소용돌이와 그 주변을 관찰했죠. 주위를 관찰한 결과 무거운 것들은 더 빨리 소용돌이에 빨려 들어가지만 가벼운 것들은 천천히 주위를 돌면서 오히려 소용돌이 밖으로 밀려난다는 사실을 깨달았어요. 그는 큰 가방을 비운 뒤, 그것에 자신을 묶고 바다에 뛰어들어요. 결국 돛에 자신을 묶은 사람은 배와 함께 가라앉았어요. 그러나 정신을 차리고 주변 상황을 관찰한 사람은 살아남았습니다.

매클루언은 이 비유를 통해, 당장 중요해 보인다고 미디어에 몸을 묶고 매몰되기보다는 거센 미디어의 소용돌이라도 정신을 차리고 관찰해 길을 탐색하라고 강조합니다. 이 말은 이 책이 출간됐을 때보다도 훨씬 더 많은 미디어에 둘러싸인 환경에 놓여 있는 우리가 잊지 말아야 할 조언입니다.

미디어에 함몰된 현대인, 지혜가 필요할 때

매클루언이 1964년에 '지구촌global village'이라고 이름 붙였던 네트워크

사회는 이미 현실이 됐습니다. 책에 등장하는 '전기'라는 말을 '인터넷'이나 'SNS' 등으로 바꾸면 곧바로 우리 시대의 이야기가 됩니다. 인터넷이 뇌의 확장이라면 스마트폰은 거기에 눈, 귀, 손을 더해 육체를 확장했어요. 인터넷의 내용은 이미지나 글, 그림, 음악, 영상 등 구미디어의 전부를 통합하고 사람들은 일상의 대부분을 인터넷으로 해결합니다. 그러니 매클루언이 살아 있다면 『미디어의 이해』의 마지막 장에는 앞에서 논의한 모든 미디어의 합작으로 인터넷이나 스마트폰을 추가하지 않았을까 합니다.

스마트폰으로 대표되는 현대의 미디어는 편리성과 효율성을 극대화했어요. SNS는 글을 쓰고 사진을 올리고 친구를 사귀며 의견을 나누는 장으로 중요한 삶의 터전이 되어 가고 있죠. 친구 수, 조회 수, 포토샵으로 이미지를 보정한 모습들, 자기를 과시하는 사진들, '좋아요' 수는 자기 존재의 지표이자 확인하는 수단이 됐습니다.

많은 이들은 스마트폰을 손에서 놓지 못하고 가상공간 속의 자기 이미지를 만들어 가는 데 많은 시간을 들이고 있습니다. 그것은 만들어진 자기 이미지에 스스로가 현혹당해 자신에게 갇히게 된 형국이죠. 매클루언이 비유했던 자신의 확장물에 반해 감각이 마비된 채 혼수상태가 된 나르시스의 모습입니다. 진정한 주체적 존재로서의 자기를 잃어버리는 것이죠. 마치 데이비드 핀처 감독의 영화 『소셜 네트워크』의 마지막 장면처럼, 온라인에 수만 명의 가상 친구가 있으나 진정한 친구 하나 없이 어둠 속에 홀로 컴퓨터 화면만을 바라보며 친구 승낙을 기다리는 주인공의 모습처럼 말이에요.

또한 미디어의 중요한 기능인 정보의 전달과 공유는 문제가 없을까요? 미디어의 정보는 어디까지가 진짜이고 가짜일까요? '앵무새' 식

받아쓰기 보도를 내보내는 뉴스와 특정 계층을 대변하는 언론사, 특정 사건을 덮으려 터뜨리는 연예계 특종, 한 사건에 대해서도 정치 성향에 따라 미묘하게 바뀌는 논조, 거짓 내용을 담은 유튜브 등은 여론을 잘못된 방향으로 이끕니다. 대중은 그에 놀아나 우르르 몰려가 댓글을 달거나 거짓 내용이 사실인 양 현혹되어 주변에 퍼뜨리기도 합니다. 이렇게 악순환이 반복되죠.

오늘날 신문, 방송, 잡지, 영화, SNS, 유튜브 등으로 대표되는 미디어에서는 현대 사회에서 일어나는 다양한 일들을 재가공하고 재생산해 수용자에게 전달합니다. 그러나 대중은 무엇이 진실인지 판단할 새도 없이 미디어가 재생산한 정보에 무분별하게 노출되고 있습니다. 그런데 만약 출처가 불분명하고 누군가의 입맛에 맞춰 편집된 정보가 전달되고 있다면 어떨까요? 과연 대중매체는 객관적인 사실만을 전달하는 매개체라고 할 수 있을까요? 미디어의 '무소불위' 권력은 나날이 커지고 있는데 아무런 의심 없이 미디어에 매몰돼도 괜찮은 걸까요?

미디어로 둘러싸인 파놉티콘

들뢰즈는 현대 사회를 컴퓨터와 기업이 지배하고 숫자와 코드에 의해 통제되고 있다고 주장합니다. 그의 주장을 뒷받침하듯 이미 빅데이터가 우리를 지켜보며 숫자화하고 있습니다. 나도 모르는 사이에 개인 정보는 어디론가 흘러가 수집당하고 있습니다. 우리가 미처 깨닫지 못하지만, 편리성과 효율성을 추구하는 사이에 인간 자체가 편리성과 효율성의 객체가 되어 가고 있습니다. 이 세계가 거대한 파놉티콘이 되어 가고 있는 것이죠.

특별한 일이 없어도 늘 인터넷에 접속하고 접속하자마자 실시간 검색어나 자극적인 기사들을 클릭하며 시작하는 일상은 우리의 뇌를 단순하게 마비시킵니다. 나도 모르는 사이에 미디어 권력자의 포로가 되어 미디어의 메시지에 마사지 받으며 길들여지는 것이죠.

이때 필요한 것은 미디어에 지배당하지 않도록, 주체적으로 미디어를 활용하고 옳고 그름을 판단할 수 있는 비판적 사고입니다. 미디어에서 쏟아내는 온갖 것들에서 어느 것이 돌이고 어느 것이 다이아몬드인지 구별할 줄 아는 선별 능력이 필요합니다. 미디어가 편리해질수록 미디어의 돛대에 몸을 묶지 않고 주체적으로 빈 가방에 내 몸을 맡겨 미디어의 소용돌이에 함몰되지 않도록 하는 지혜를 모아야 합니다.

더 읽을거리

빅데이터(big data)

'빅Big+데이터Data' 식의 단순 합성어가 아니라 그 데이터를 효과적으로 처리하고 분석할 수 있는 기술에 더 초점을 둔 용어이다. 디지털 환경에서 생성되는 데이터로, 데이터량이 방대하고 생성 주기가 짧고 형태도 수치 데이터뿐 아니라 문자와 영상 데이터를 포함하는 대규모 데이터를 말한다.

예를 들면, 인터넷 쇼핑몰의 구매나 이메일 사용 현황, 금융 거래, 자료검색 등의 디지털 정보에 대한 모든 것을 포함한다. 기존 데이터보다 너무 방대해 기존의 방법이나 도구로 수집, 저장, 분석 등이 어려운 정형 및 비정형 데이터로부터 가치를 추출하고 결과를 분석하는 기술을 의미한다. 이는 전 영역에 걸쳐서 사회와 인류에게 가치 있는 정보를 제공할 수 있는 가능성을 제시하는 한편 동의하지 않은 개인정보가 무분별하게 수집되고 노출되어 사생활 침해라는 문제가 있다.

파놉티콘(panopticon)

파놉티콘은 '모두'를 뜻하는 'pan'과 '본다'라는 뜻의 'opticon'을 합성한 용어이다. 즉, '모두 다 본다'라는 뜻이다. 1791년에 영국의 철학자 제러미 벤담이 죄수를 감시할 목적으로 제안한 일종의 감옥 건축양식으로 소수의 감시자가 모든 수용자를 자신을 드러내지 않고 감시할 수 있는 형태의 원형 감옥을 말한다. 벤담이 설계한 뒤 주목을 받지 못하다가 1975년에 프랑스의 철학자 미셸 푸코가 그의 책 『감시와 처벌』에서 파놉티콘의 감시체계 원리가 사회 전반으로 파고들어 규범사회

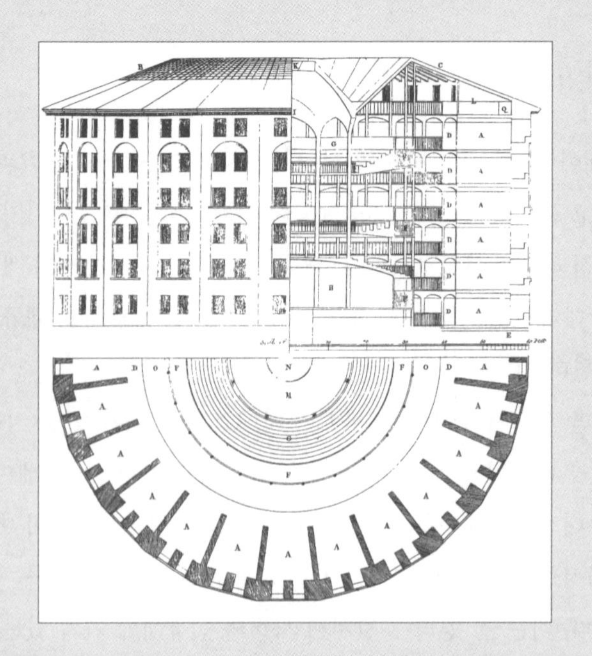

제러미 벤담의 파놉티콘 청사진. 벤담은 적은 감시자가 많은 죄수를 감시할 목적으로 원형 감옥을 제안했다.

의 기본 원리인 파놉티시즘panopticism으로 바뀌었음을 지적하면서 새롭게 주목받기 시작했다.

이 감옥은 중앙의 원형 공간에 높은 감시탑을 세우고, 중앙 감시탑 바깥의 원둘레를 따라 죄수들의 방을 만들도록 설계됐다. 또 중앙의 감시탑은 늘 어둡게 하고, 죄수의 방은 밝게 해 중앙에서 감시하는 감시자의 시선이 어디로 향하는지를 죄수들이 알 수 없도록 했다. 이렇게 되면 죄수들은 자신이 늘 감시받고 있다는 느낌을 받게 되고, 결국은 죄수들이 규율과 감시를 내면화해서 자신을 감시하게 된다.

11. 불평등한 사회에서 사랑으로 이룬 인간 해방

『춘향전』__작자 미상

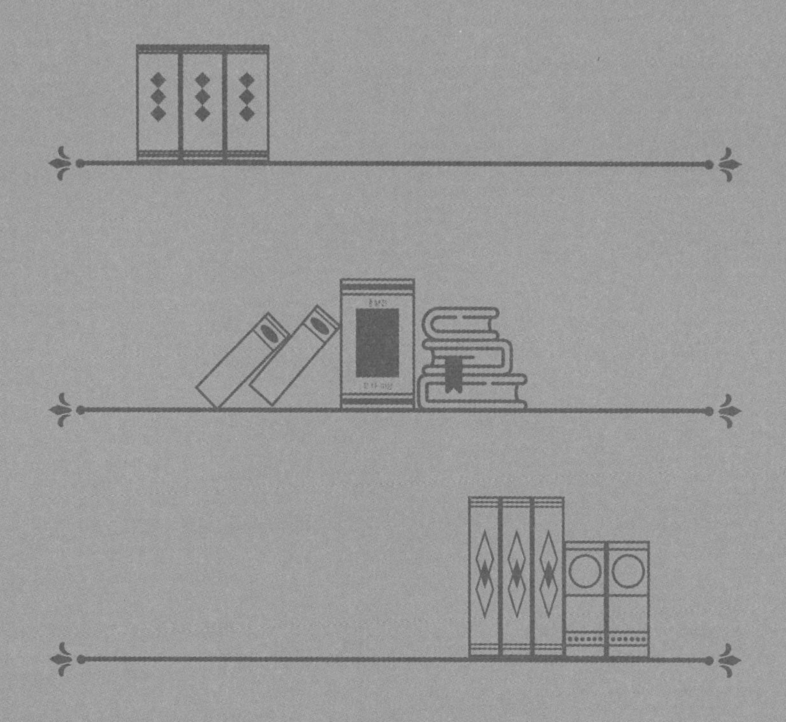

『춘향전』은 작자와 연대가 분명치 않은 판소리계 고소설입니다. 조선 시대에 판소리 〈춘향가〉로 불리다가 소설로 정착된 작품입니다. 판소리 〈춘향가〉는 무녀의 입을 빌려 노래한 무가巫歌가 광대들에 의해 판소리로 발전된 것으로 추정합니다. 천한 기생의 억울한 죽음을 위로하기 위한 굿에서 시작된 제의는 연희로, 단순 사건은 복잡한 서사로 변형 발전되었다고 봅니다. 이는 다시 문자화되어 소설로 탄생했습니다.

이 작품의 근원설화로는 여러 가지가 언급됩니다. 벽오碧梧 이시발李時發의 실제 이야기라고 하는 설, 지리산녀와 도미의 처 이야기에서 나왔다는 설, 남원에 춘향이라는 처녀가 못생긴 얼굴 때문에 시집을 못 가 한을 품고 죽은 이야기에서 나왔다는 설 등이 있습니다.

그중 '신원설화'는 남원에 춘향이라는 기생이 한 도령을 사모하다 죽었는데, 원귀가 되어 남원에 재앙을 가져오자 이를 액풀이하려고 제문으로 창작했다는 설입니다. '암행어사 설화'는 노진, 조식, 성이성, 김우항, 박문수 등의 고사에서 야담으로 전해 내려오는 암행어사 출또의 설화가 『춘향전』의 후반부와 비슷하다는 점에서 영향을 받았다는 설입니다. 조선조 야담에 보이는 양반인 도령과 기생의 '애련설화'에 근원을 두고 있다는 설은 『춘향전』의 전반부의 이야기에 영향을 주었다고 보았습니다.

『춘향전』에는 여러 가지 설화뿐만 아니라 중국의 유명한 한시와 고사의 구절이 나오고 『구운몽』에 등장하는 팔선녀의 이름과 『사씨남정기』에서 위기를 만난 사정옥이 꿈을 꾸고 황릉묘에서 이비를 만나는 장면이 그대로 나옵니다. 중국의 문학뿐만 아니라 우리나라 17세기의 소설도 부분적으로 배어 있습니다. 그 외 여러 설이 있으나 어떤 이야기도 『춘향전』과 완전히 같은 것은 없습니다.

『춘향전』의 이본異本은 많고 또 다양합니다. 발행연대는 대체로 18세기 중반에서 20세기 초로 봅니다. 소설의 이본은 필사본, 목판본, 국문본, 한문본, 국한문혼용본 등 1백여 종이 넘습니다. 작품의 길이도 모두 제각각입니다. 제목도 이본에 따라 『춘향전』, 『춘향가』, 『열녀춘향수절가』, 『고담성춘향가』, 『별춘향전』, 『옥중화』, 『옥중인가』, 『남원고사』, 『광한루기』 등 다릅니다.

다양한 이본이 있는 것은 판소리 광대가 조금씩 다르게 불렀고, 필사하면서는 마음에 들지 않는 부분은 조금씩 고쳐 필사했으며, 출판업자들이 목판으로 찍어 출판할 때 내용을 줄이거나 덧붙였기 때문입니다. 무엇보다도 『춘향전』이 서사문학의 전통을 이으면서도 독자의 사랑을 받는 작품이었기 때문입니다.

이본들은 성격의 편차가 크지만 『춘향전』의 모든 이본에 공통으로 나타나는 주제는 일반적으로 '사랑'과 '신분 상승 욕구' 등으로 봅니다. 춘향의 사랑이 이루어지는 내용도 같아요. 오늘날에는 다양한 관점으로 작품이 해석되어 다른 장르로 재창작되기도 합니다.

청와대 국민청원 게시판은 늘 시끌시끌합니다. 자신의 억울함을 풀기 위해 현실에서 해결하지 못한 문제를 게시판에 올리는 이들이 많기 때문이에요. 국민청원 게시판뿐만 아니라 특정 사이트의 게시판이나 SNS도 자신의 처지나 생각을 널리 알리는 통로로 자리 잡았어요. 종종 인터넷에 올린 의견이 사회적으로 큰 파장을 불러일으키기도 하고 논쟁이 되기도 합니다.

그렇다면 표현의 자유가 제한적이었고 통신수단이 발달하지 않았던 조선 시대에는 어떤 방법으로 자신의 억울함이나 사회에 대한 불만을 드러냈을까요?

당시 양반은 상소문을 작성해 왕에게 직접 올릴 수 있었습니다. 양반이 아닌 백성은 '신문고'와 '격쟁', '상언'이라는 제도를 이용하면 되었죠. '신문고'는 대궐 밖에 달아 놓은 북을 친 백성의 이야기를 왕이 직접 듣는 제도였어요. '격쟁'은 억울한 일을 당한 사람이 임금이 나들이하는 길가에서 징이나 꽹과리를 쳐 임금에게 하소연하던 제도인데, 신문고가 폐지된 뒤 실시됐어요. '상언'은 국왕에게 올리는 문서 양식으로 양반부터 일반 백성까지 모든 사람이 쓸 수 있었어요. 주로 효자, 충신, 열녀 등의 치하를 국왕에게 청원하는 내용이었습니다.

세 가지 모두 백성이 자신의 처지를 왕에게 직접 알릴 수 있는 방법이었습니다. 그러나 엄격한 신분제도와 표현 능력의 한계 때문에 실제로는 거의 사용되지 못했어요. 그 대신 우회적인 방법으로 자신의 처지를 한탄하거나 억울함과 불만을 호소했죠. 바로 노래나 이야기로 만들어 입에서 입으로 널리 퍼뜨린 거예요. 그렇게 발달한 장르가 가면극이나 민요 등이었고, 민중의 목소리를 대변하는 대표적인 장르가 판소리였어요. 입에서 입으로 전해지던 판소리가 언어 기록의 문학 형태로까지 형상화된 게 판소리계 소설입니다.

우리가 사랑하는 사랑 이야기, 『춘향전』

이야기의 배경은 조선 숙종 때입니다. 전라도 남원에 월매라는 기생이 성 참판을 모시고 살았어요. 월매는 자식이 없는 게 한이어서 성 참판과 전국의 명산 승지를 찾아다니며 치성을 드리죠. 자식을 얻기 위한 노력과 정성이 통했는지 마침내 선녀가 자신의 품으로 달려드는 꿈을 꾼 뒤에 딸을 낳습니다. 그 딸이 춘향이에요.

월매는 나이 들어 어렵게 얻은 딸 춘향에게 글과 예의범절을 가르치며 키웁니다. 춘향은 풍류를 익히고 향단이라는 몸종도 부리며, 당시 규수에 못지않은 생활을 누리며 커요. 많은 이들에게 효행이며 행실 등을 칭송받을 정도로 잘 자랍니다.

춘향이 열여섯 살 되던 해에 삼청동 사는 이한림이라는 양반이 남원 부사로 내려옵니다. 이한림에게는 이몽룡이라는 아들이 있었어요. 춘향은 단옷날에 광한루에서 그네를 타며 놀다가 이몽룡과 만나고 둘은 이내 사랑에 빠집니다. 몽룡은 춘향의 집에 찾아가 백년가약을 맺지만 얼마 지나지 않아 아버지를 따라 한양으로 돌아가게 됩니다. 이때 몽룡은 춘향을 데려가려 했어요. 그러나 춘향을 반기지 않던 몽룡의 어머니는 몽룡을 꾸짖죠. 당시 노비종모법에서 자식의 신분은 모계를 따르도록 했는데, 춘향은 이 법에 따라 천민인 기생이었거든요. 아버지 신분이 양반이고 춘향의 성장 과정은 천민의 삶이 아니었으나 어머니 월매가 기생이었기 때문이에요.

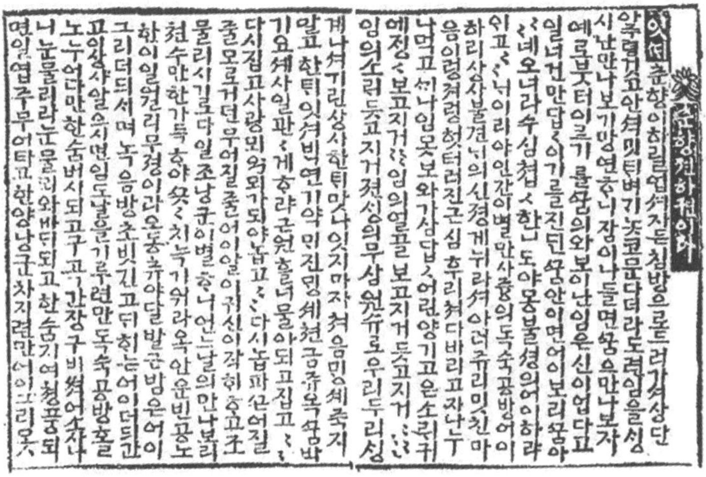

춘향전 한글판(영인본). 작품에서 둘의 나이는 열여섯 살이다. 조선 시대에는 여자 나이 열다섯 살이면 성년이 되는 계를 올리고 결혼을 허락했다. 세종 6년에 열두 살 이하의 처자에 대해 혼가를 금하고 세종 22년에 "여자 열네 살 이상이라야 혼가를 허락하라"라고 적힌 내용으로 보아 열다섯 살을 대개 어른과 아이의 구분점으로 삼고 있다는 것을 알 수 있다.

결국 몽룡과 춘향은 다시 만날 약속만 남긴 채 헤어집니다. 그 뒤 이한림의 후임으로 변학도가 남원 부사로 오게 됩니다. 그런데 이 변학도는 기생에게만 관심이 있었고, 춘향의 소문을 듣고 춘향에게 수청을 들라고 강요하지만 춘향은 정절을 지킨다는 이유로 변학도를 거부합니다. 그러자 변학도는 춘향에게 온갖 형벌을 내리고 결국 춘향을 옥에 가둡니다.

한편, 한양에 간 몽룡은 과거에 급제한 뒤 암행어사가 되어 지방으로 내려오다 춘향의 소식을 듣습니다. 그 길로 남원으로 내려가 옥에 갇힌 춘향을 만난 뒤 거지로 분장해 변학도의 생일잔치에 가죠. 변학도의 부패를 목격한 몽룡은 변학도를 풍자하는 시를 지어 놓고 사라집니다.

그 시는 지배계층의 부패로 백성이 눈물을 흘리고 원망이 높아진다는 내용의 시였어요. 『춘향전』의 이본 모두에 들어 있는 시로, 권력자의 부패를 날카롭게 비판하는 내용이죠. 이후 몽룡은 암행어사가 되어 나타나 변학도를 봉고파직하고 춘향을 구출합니다. 이야기는 몽룡이 춘향을 서울로 데려가 정실부인으로 삼으며 행복하게 사는 것으로 끝납니다.

조선 후기의 시민 정신 반영

문학 작품은 독자가 작품의 내용을 어떻게 받아들이고 내면화하느냐에 따라 의미가 다르게 구성됩니다. 하지만 일반적으로 고전 작품을 해석할 때는 먼저 작품 자체의 논리를 따르라고 합니다. 작품이 탄생한 당시의 맥락과 독자층 등을 고려해 작품을 이해하라는 뜻이죠. 예를 들면, 『춘향전』에서의 결혼하지 않은 남녀의 노골적인 연애와 신분제 사회의 사대부 집안 아들과 기생 집안의 여성이 사랑을 이루는 파격적인 이야기는 소설이어서 가능합니다. 하지만 작품 탄생의 배경을 알면 당시 사회의식이 상당히 많이 반영되었다는 것을 알 수 있습니다.

『춘향전』의 시대적 배경은 숙종(재위 1674~1720) 즉위 초인 17세기입니다. 활자로 출판된 시기는 18세기 이후인데, 현존하는 이본들 중 가장 작품성이 뛰어나다고 평가받는 완판본인 『열녀춘향수절가』는 19세기 이후에 간행되었습니다. 그렇다면 17세기부터 18, 19세기까지의 조선 사회는 어땠을까요?

조선 후기는 전근대사회, 특히 봉건제가 해체되고 근대사회로 성장하는 시기로 볼 수 있습니다. 민중의 저항은 16세기에 접어들면서 거세지다가 16세기 말에서 17세기 초에 걸친 임진왜란과 병자호란을 겪으며 지배층인 양반의 권위는 크게 떨어지죠. 동시에 민중의 사회경제적 의식은 확대되었어요.

18, 19세기에 이르러 민중은 기존의 억압적인 가치관에서 점차 벗어납니다. 왕권이 약화하고 유교적 권위 의식은 점점 타락해 지배계층을 부정적으로 보는 정서가 강했습니다. 세도정치로 대표되는 경색국면이면서도 동학농민혁명(1894)과 근대적 실학 운동이 일어날 정도로 민중의 근대의식이 싹텄습니다. 『춘향전』에도 부패하고 타락한 사또 변학도가 암행어사에게 호되게 당하는데, 이런 장면은 당시 사회 현실을 반영한 것이자 백성들의 소망을 표현한 것이기도 합니다.

신분제는 봉건사회와 근대사회를 구별하는 중요한 기준인데 견고한 신분 질서 또한 시장 경제가 발달하며 서서히 무너지기 시작합니다. 조선 후기로 갈수록 양반의 수가 증가해 갑오개혁(1894) 무렵에는 양반 아닌 사람이 없을 정도였습니다.

이러한 조선 후기의 상황은 『춘향전』에 적극적으로 반영되어 있습니다. 춘향이 양반이 되는 것도 바로 신분제가 흔들리는 조선 후기의 사회상을 그대로 담고 있다고 할 수 있죠.

판소리계 문학, 신분제로 차별받던 백성의 노래와 이야기

『춘향전』을 이해하는 데 중요한 한 가지는 판소리계 문학이라는 점이에요. 판소리계 소설은 문학성과 음악성, 연극성을 두루 갖추고 있습니다. 〈사랑가〉, 〈쑥대머리〉, 〈십장가〉, 〈농부가〉 등의 삽입가요가 있고, 어사출또 장면 등의 대사 및 장면은 희곡의 특징이 있죠. 언어는 양반사회의 고상하고 품위 있는 한시나 경전의 구절이 나오는가 하면, 욕설과 육담 등 서민 사회의 상스럽고 비속한 언어도 나옵니다. 내용은 대체로 춘향의 일대기이지만 후반부에 가서는 변학도의 생일잔치나 이몽룡의 어사출또처럼 흥겨운 분위기의 장면들이 펼쳐지기도 합니다. 한 작품 안에 여러 요소가 섞여 있는 것이죠.

이러한 판소리계 문학을 이해하려면 먼저 판소리 대본인 판소리 사설의 성격을 알아야 합니다. 판소리는 그 과정에서 구경꾼의 반응을 보며 내용을 추가하거나 삭제할 수 있습니다. 구연하는 상황에서 말과 연극적 동작을 관객에게 직접 전하는 행태였죠. 소설과 달리 관객의 반응을 실시간으로 접하고 그 반응을 수용할 수 있는 장르로 오늘날의 온라인 댓글 문화와 상통하는 부분도 있습니다. 다만 온라인 댓글은 인터넷에서 자신을 숨긴 채 익명으로 달리는 반면, 판소리의 판은 상호소통하며 대중의 환호와 비난을 창작자가 직접 확인할 수 있다는 점이 다릅니다.

특히 판소리를 즐기는 대중의 반응이 뜨거웠던 이유 중 한 가지는 소외계층을 주인공으로 설정해 이들이 겪는 사회적 모순을 잘 그려 냈기 때문입니다. 지금까지 아무도 주목하지 않았던 가난하거나 낮은 계급 등 소외계층의 인물을 주인공으로 내세워 〈춘향가〉, 〈심청가〉, 〈흥부가〉, 〈수궁가〉 등이 나왔죠. 판소리는 영웅들이 주인공인 기존의 이야기판을 완전히 뒤집었습니다. 구경하는 사람들은 판소리에 등장하는 인물이 자신의 삶을 대변하며 자신의 의견을 반영할 수 있었기 때문에 판소리에 열광했습니다.

청중들은 판소리 광대가 부르는 작품 하나하나를 생생하게 기억하며 읽을거리로 남겨 두고자 했고, 그러한 소망이 판소리계 소설을 낳았습니다. 〈춘향가〉는 『춘향전』으로, 〈심청가〉는 『심청전』으로, 〈흥부가〉는 『흥부전』으로, 〈수궁가〉는 『토끼전』으로 소설화되었죠.

또한 판소리 사설은 한 사람이 지은 게 아니라 오랜 시간 동안 여러 사람에 의해 만들어졌기 때문에 우리 겨레의 감정이나 정서를 잘 표현했습니다. 피지배계층의 소박하면서도 짙은 사회의식이 작품에 반영되면서 남녀의 사랑만이 아니라 당시 민중의 꿈과 소망을 해학과 기지로 풀어 냈죠. 주로 위선적 유교 윤리에 대한 풍자와 야유, 관료 계급의 부정부패에 대한 비판과 저항을 담았어요. 그러면서 이야기에 모순이 많은 것도 특징입니다. 입에서 입으로 전해 내려오고, 부르는 이나 독자의 요구에 따라 이야기가 각색되고 덧붙여지거나 삭제되며 달라졌기 때문이에요.

예를 들면, 『춘향전』의 경우 판본에 따라 다르지만, 몽룡이 음력 5월 5일 밤에 춘향의 집을 찾아가는데 보름달이 떴다든지, 춘향의 집에서 준비 없이 몽룡에게 상을 내오는데 사계절 음식을 차렸다든지 하는 장면은 앞뒤가 안 맞죠. 이는 판소리가 전체적인 줄거리보다도 장면마다 독자의 흥을 돋우고 멋을 중시하고 공감을 줄 수 있는 내용으로 표현했기 때문입니다.

『춘향전』에 드러난 민중의 애환과 해학

『춘향전』에는 다양한 정서가 담겨 있는데, 소설의 뿌리가 판소리인 만큼 운문과 산문이 교차하고 풍자와 해학이 넘칩니다. 몽룡이 봄나들이하는 장면이나 춘향이 그네 뛰는 장면처럼 평화로운 대목도 있고,

몽룡과 춘향이 연애하는 아기자기한 대목도 있죠. 남원 부사가 부임하거나 몽룡이 과거시험을 보는 장면처럼 위풍당당한 대목도 있고요. 춘향이 매 맞으며 변학도에게 저항하고 감옥에 갇히는 장면처럼 처절한 대목도 있습니다. 방자, 월매, 농부 등이 연출하는 해학적인 대목도 빼놓을 수 없죠.

다양한 정서가 담겨 있으나 그중 특히 빼놓을 수 없는 게 해학입니다. 풍자와 해학은 독자에게 웃음을 준다는 사실은 같지만, 성격이 조금 다릅니다. 풍자는 대상을 비판하려는 의도가 강한 데 반해, 해학은 풍자보다는 비판적인 의도가 적고 익살스러운 행위에 초점이 맞춰져 있어요.

이 작품에도 풍자와 해학이 들어 있는데, 특히 해학적인 장면이 많아요. 그 웃음은 편안한 삶 가운데 유유자적하게 짓는 웃음뿐만이 아니라, 삶의 비애와 고통이 담겨 있는 웃음입니다. 한이 배어 있는 웃음이기도 하죠. 민중의 처지에서 쾌감을 느끼고 승리하고픈 소망을 실현하는 방법은 웃음 속에서만 가능했기 때문에, 눈물을 흘려야 하는 상황에 관객을 웃게 함으로써 삶의 비애와 고통을 극복할 수 있게 해 주었습니다.

예를 들면, 춘향이 변학도의 수절을 거절하여 형장을 맞고 기절한 장면은 슬픈 장면임에도 어떤 기생이 이를 보고 좋아하며 우리 고을에 열녀문을 세우게 되었다고 하며 웃음을 불러일으킵니다. 당시 가족 중에 열녀가 나온다는 것은 양반에게는 가문을 일으키는 수단이기도 했고, 상민에게는 힘겨운 부역에서 벗어나는 방법이었기 때문이죠. 천민에게는 신분 상승을 할 수 있는 통로였기에 기생의 말은 삶의 애환과 역설이 들어 있는 말입니다.

민중과 양반의 욕망을 모두 충족시킨 작품

열녀에 대한 유교적 여성관은 조선 후기에 들어와서 점점 달라집니다. 인간 평등과 신분 해방을 주장하는 실학이나 천주교, 동학 등 새로운 사상들이 퍼지면서 여성들이 자신들도 남성과 동등한 독립된 인격체라는 생각을 가지게 된 것이죠.

상반된 가치관이 섞인 사회에서 청중은 눈물과 웃음을 함께 짓습니다. 눈물과 웃음은 정서적 균형을 유지하게 하며, 현실적인 고난을 딛고 일어설 수 있는 정신적 여유를 갖게 합니다. 그러면서 이어질 이야기에 푹 빠지게 합니다.

우리는 기쁨이 극에 이르렀을 때 울고, 슬픔이 극에 이르렀을 때 웃기도 합니다. 온갖 풍상을 다 겪고 한을 내면으로 삭이기도 하고 그것을 딛고 일어서기도 하죠. 삶을 깊이 체험한 사람에게서 우러나는 정서는 '판소리'와 '판소리계 소설'에서 표현하는 민중의 모습이기도 합니다. 절망적인 상황에서 절망하지 않고 발랄하게 살아가는 민중의 애환과 해학의 정서입니다.

그렇다고 『춘향전』을 민중만 즐긴 것은 아닙니다. 민중뿐만 아니라 양반도 즐겼습니다. 작품의 내용이 양반의 욕망도 충족시켜 주었기 때문이죠. 당시 양반 남성은 조선 시대 지배계급으로서 여성에게만 정절을 지킬 것을 강요하고, 기생제도와 축첩제도를 통해 성적 쾌락을 추구했죠. 관직에 오르고 권력을 갖는 것도 중요했고요. 그런 점에서 『춘향전』은 춘향이 일부종사(한 남편만을 섬김)하고 몽룡이 입신양명(출세하여 세상에 이름을 떨침)한 모습을 보이며 당시 양반이 추구했던 이데올로기를 충족시켜 주고 있습니다.

한편, 당시 민중의 삶은 어려웠어요. 민중은 삶이 어렵고 의식이 근대화될수록 성춘향이나 이몽룡처럼 신분에 상관없이 자유롭게 연애하고, 정렬부인(정조와 지조를 지킨 부인에게 내려지는 칭호)이나 암행어사가 되어 출세하며, 탐관오리의 횡포에서 벗어나고픈 소망이 있었죠. 『춘향전』에서 명문가 자제가 집안 간의 혼례가 아닌 자유연애로 연인을 정하고 탐관오리를 벌하는 내용은 이런 욕망을 충족시켜 주었습니다. 춘향이 정해진 운명이 아닌, 사랑의 의지로 신분이 상승하는 장면을 보며 대리만족할 수 있었습니다.

독보적인 캐릭터, 춘향

『춘향전』에는 각계각층의 다양한 인물이 나옵니다. 기생, 종, 농민, 지방의 하급관리, 지방과 중앙의 고급관리, 왕 등이 등장하죠. 이들의 성격도 제각각이어서 몽룡은 천진함과 영웅적인 면모가 있고, 변학도는 호색한이며 탐욕적이죠. 또 월매는 이기적이며 허영심이 많은 인물입니다. 다양한 인물만큼이나 성격도 제각각입니다. 그중 춘향의 성격이 독보적이라고 할 수 있습니다. 결코 고리타분한 옛 여성의 표상이 아닙니다.

춘향은 시련과 고난을 안으로만 삭이는 전통적인 여인상인 듯하면서도 불의에 적극적으로 저항하는 적극적인 성격을 갖고 있습니다. 몽룡에게 거리낌 없이 과감한 행동을 할 줄 아는 솔직함도 있고, 변학도에게는 서릿발 같은 모습으로 자신을 지켜 내는 당찬 모습도 있습니다. 춘향은 자신의 의지에 따라 사랑을 하고, 신분 상승의 욕망을 달성한 주체적이고 능동적인 성격의 소유자입니다. 특히 자신의 가치를 폄훼하지 않고 자신의 선택을 기꺼이 책임질 줄 아는 자존감이 높은 인물입니다.

춘향의 자존감은 몽룡과의 첫 만남에서도 드러납니다. 몽룡이 그네 타는 낭자가 퇴기의 딸이라는 것을 알고 방자를 시켜 춘향을 불러오게 할 때 춘향은 자신은 기생이 아니어서 갈 수 없다고 대답합니다. 춘향의 대답에 몽룡은 춘향을 기생이 아니라 여염집 처자로 대합니다. 그러면서 춘향의 글솜씨가 좋다는 것을 알고 부른다며 구애를 합니다. 춘향의 자존감에 몽룡이 춘향을 대하는 태도가 달라진 것이죠.

자신의 사랑에 대한 지고지순함과 사회비판적인 성격은 변학도의 출현에서 강하게 드러납니다. 변학도는 개인의 욕망을 성취하기 위해 권위를 내세우는 기득권을 가진 인물이며, 춘향의 인권을 유린하는 탐관오리의 전형인 인물이죠. 만약 춘향이 출세나 자신의 안위를 원했다면, 혹은 권력에 굴복했다면 변학도의 요구를 들어주었을지 모릅니다. 그러나 춘향은 그 선택 대신 변학도에게 반항합니다. 형장에서 매를 맞으며 춘향이 부르는 〈십장가〉는 몽룡을 향한 춘향의 절절한 마음과 함께 변학도에 대한 비판을 드러냅니다.

관습과 신분제를 뛰어넘는 춘향의 사고

조선 시대는 기녀제도가 확립된 시기로, 기녀는 나라의 행사와 왕족의 오락 등에 불려 다니는 천민이었습니다. 이런 현실에 춘향은 갈등을 겪습니다. 법적 신분은 기녀이지만 마음은 그렇지 않았던 거죠. 신분제에 대한 갈등은 춘향의 사랑을 방해하는 장애물이었어요. 엄마 월매가 기생이 아니었다면 춘향이 몽룡과 헤어지지 않았을 테고, 엄마

월매를 따라 기생이기만 했다면 변학도에게 저항하는 일도 있을 수 없었겠죠. 춘향은 출신이 기생이면서 기생이기를 거부한 인물이었기 때문에 갈등은 더욱더 증폭되었습니다. 현대적 관점에서 변학도의 행태는 권력 남용의 모습이지만, 당시 사회에서 변학도의 요구는 관습이기도 했으니까요.

그러나 그런 관습에 춘향은 수긍할 수 없었습니다. 사랑은 타협할 수 있는 게 아니었어요. 봉건적인 사고에 머물러 있는 변학도와 이미 근대적인 사고를 하는 춘향은 대립할 수밖에 없었습니다.

춘향이 단지 신분 상승의 욕구만 있었더라면 변학도의 요구를 거절할 이유가 없었겠지만, 춘향은 신분 상승 욕구를 초월한 사랑을 추구했습니다. 그래서 자신을 옥죄고 있는 사회의 모순과 부조리와 한판 대결을 벌였고 그 대결을 통해 사랑을 지켜 내려고 했죠. 그런 점에서 춘향의 정절은 여성에게 강요된 유교 윤리를 강조하기 위해서 작품에 사용되었다기보다 권력의 횡포에서 자신을 지키려는 백성들의 의지를 나타내기 위해 사용되었다고 볼 수 있습니다.

춘향은 논리도 뛰어났는데 그것은 변학도와 나눈 대화에서 잘 드러납니다. 변학도는 이도령이 급제한 뒤 춘향을 잊었다며 회유하지만, 춘향은 한 남편만 섬긴다는 '일부종사' 논리를 내세우며 거절합니다. 거듭되는 회유에 이번에는 열녀는 두 남편을 섬기지 않는다는 '열녀불경이부'의 논리로 맞서요. 당시 여성의 자유로운 사랑과 개가를 금지하기 위해 조선 시대 남성들이 써먹던 규범을 들며 변학도의 말문을 막히게 합니다. 여성을 억압했던 남성들의 낡은 유교 논리로 멋지게 맞선 거예요. '일부종사'나 '열녀불경이부'라는 말만 들으면 춘향이 유교적인 당시 관습과 가부장적인 논리를 그대로 따르는 것처럼 보이지만, 자세히 들여다보면 남성이 여성을 억압하던 논리로 남성의 또 다른 억압을 논리적으로 물리치는 데 역이용하고 있죠.

춘향이 "충효 열녀에 상하가 있소?"라고 말한 것은 충효 열녀의 윤리는 봉건적인 중세 사회의 윤리이지만 "모든 사람이 똑같은 인간의 도리, 똑같은 인간의 권리를 갖고 있다"라는 의미를 강조하기 위해서였죠. 이는 곧 천한 신분도 인격적인 존재임을 선언하는 말입니다. 춘향의 욕구는 변학도 같은 양반의 노리개가 되는 것이 아니라 양반과 대등한 관계를 지향하며 몽룡과의 사랑을 이루려는 것이었죠.

그러한 춘향의 숭고한 사랑은 몽룡이 거지가 되어 나타나면서 또다시 시험에 들게 됩니다. 몽룡만을 기다리며 죽음을 앞둔 춘향에게 몽룡이 실망스러운 모습으로 나타난 것이죠. 그러나 춘향은 몽룡을 내치지 않고, 자신이 죽은 뒤의 처리를 부탁합니다. 이 장면에서 춘향이 몽룡을 통한 신분 상승 등의 이익을 위해서가 아닌, 주체적 인격체로서 온전한 사랑을 했다는 것을 알 수 있습니다.

춘향은 여성이면서 기생 집안의 딸로, 사회적 약자일 수밖에 없었습니다. 그러나 그의 적극적이고 능동적인 모습은 모든 등장인물을 압도합니다. 목숨을 걸고 규범적 가치를 부정하며 신분차별을 극복하고 사랑도 이뤄 내죠. 이로써 억압받던 계층, 빈곤 계층의 인간적 권리나 평등권, 자유성을 추구하는 진보적인 모습을 보여 주죠.

지금도 개작이 이루어지는 고전

『춘향전』은 지금도 꾸준히 재창작되고 있습니다. 재창작한 소설로 임철우의 『옥중가』, 이해조의 『옥중화』, 이광수의 『일설 춘향전』, 김주

영의 『외설춘향전』, 최인훈의 『춘향뎐』 등이 있습니다. 서정시로는 김영랑의 〈춘향〉, 오봉옥의 〈전과 2범 춘향이〉, 박재삼의 〈수정가〉, 김소월의 〈춘향과 이도령〉, 복효근의 〈춘향의 노래〉, 강은교의 〈춘향이의 꿈 노래〉 등이 있어요.

『춘향전』은 신소설이나 현대소설, 시뿐만 아니라 영화나 드라마, 뮤지컬, 창작 마당극, 만화, 무용, 오페라 등으로도 자주 각색되고 있습니다. 그만큼 우리에게는 친숙하고 사랑을 받는 고전입니다.

『춘향전』이 지닌 가능성은 앞으로 또 다른 의미를 창조하게 될 것입니다. 사랑의 보편성과 시대를 앞서가는 서사와 독보적인 여성 캐릭터가 많은 이들에게 공감을 불러일으키고, 다양한 해석의 여지를 주기 때문이에요. 판소리가 민중의 목소리를 담아 계속 발전하고 다른 장르로 재창작된 것처럼 독자의 목소리와 새로운 해석을 담은 춘향전을 만나게 되기를 기대합니다.

더 읽을거리

종합 예술이자 공연 예술, 판소리

판소리는 종합 예술이자 공연 예술이기 때문에 현장의 요소가 필수다. 현장에서는 광대라는 고도로 숙련된 창자(노래나 창을 하는 사람)와 이를 받쳐 주는 고수(북이나 장구 따위를 치는 사람), 창자의 소리를 듣고 공연을 즐기는 관객이 함께 만난다. 연극의 3요소를 희곡, 배우, 관객이라고 할 때, 판소리는 이 3요소를 모두 갖추고 있다.

판소리에서 창자는 해설자와 극중 인물을 겸하는데, 창자가 극중 인물로 변신할 때 고수는 상대역이 된다. 창자는 또한 연극적 몸짓인 발림(소리의 극적인 전개를 돕기 위하여 몸짓이나 손짓으로 하는 동작)을 적절히 구사한다. 연출의 역할은 고수가 한다. 고수는 창자를 이끌어 나가고 관객의 반응을 살피면서 진행한다.

판소리에서 소도구는 부채다. 부채는 상황에 따라 접거나 펴서 사용한다. 기쁠 때는 부채를 펼치고, 슬플 때는 접고, 부끄러울 때는 부채로 얼굴을 가리고, 불안할 때는 부채를 접었다 폈다 한다. 효과음으로 고수의 북소리와 창자의 의성어를 이용한다.

판소리에서 음악은 매우 중요한데, 아니리(창을 하는 중간중간에 가락을 붙이지 않고 이야기하듯 엮어 나가는 사설)보다 창이 중시된다. 대부분 뛰어난 광대는 명창이다. 고수가 북으로 반주하는 장단은 창을 받쳐 주며 이끄는 역할을 한다. 판소리 장단에는 진양, 중머리, 중중모리, 자진모리, 휘몰이 등이 있다. 진양에서 휘몰이로 올수록 장단이 점점 빨라지며 중머리가 판소리 장단의 근간이 된다. 진양은 비장한 대목이나 한가롭고 서정적인 대목에 주로 쓰인다.

작자 미상, 〈모흥갑의 판소리도〉(일부). 평양 능라도에서 판소리를 하는 모흥갑을 그린 그림이다. 모흥갑은 〈적벽가〉에 능해 덜미소리를 내면 10리 밖까지 들렸다고 한다.

음악으로서의 판소리 창은 민요, 잡가, 무가 등이 복합적으로 이루어져 있고, 소리로 보면 각종 민요, 잡가, 한시 창, 독경 소리, 축문 읽는 소리, 염불 소리, 각종 의성어 등의 소리가 섞여 있다. 창자인 광대의 몸짓이나 고수의 추임새 등은 판소리의 연극적 성격을 보여 준다.

판소리는 문학, 음악, 연극의 변형과 발전에 중요한 기여를 했다. 문학에서는 판소리에 영향을 받은 판소리계 소설이 생겼고, 음악에서는 판소리의 한 부분이었던 〈사랑가〉, 〈쑥대머리〉, 〈십장가〉 등이 독립적인 노래로 불린다. 연극에서는 판소리를 바탕으로 한 창극이 나오고 있다.

12. 내면의 목소리에 귀 기울여 자기 자신에게 다다르는 길

『데미안』__헤르만 헤세

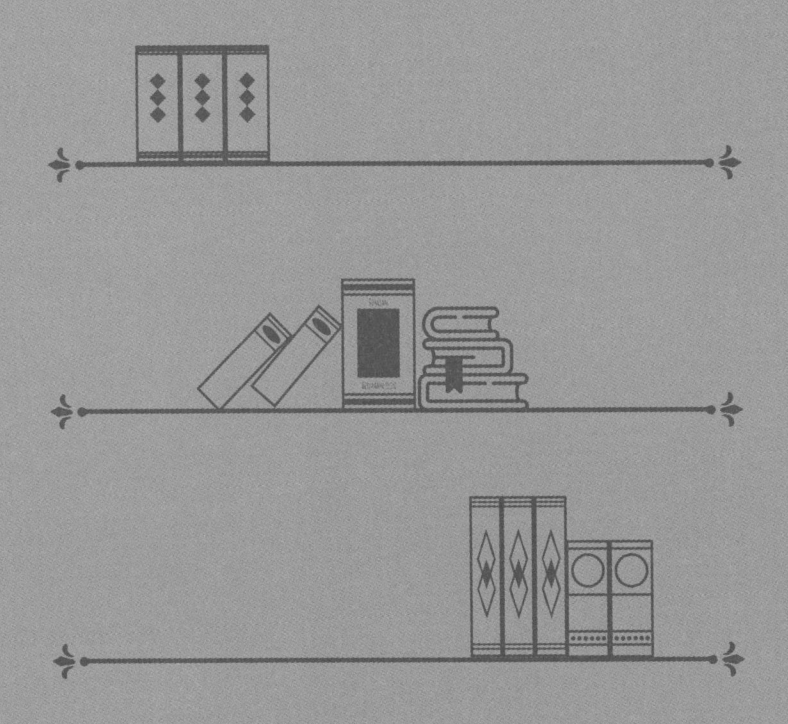

헤르만 헤세.

헤르만 헤세Hermann Hesse(1877~1962)는 독일 뷔르템베르크 칼프에서 태어난 스위스 국적의 소설가이자 시인이며 화가입니다. 러시아령 에스틀란트 태생인 아버지 요하네스는 남독일에서 선교 출판사를 운영했고 외조부는 신학자로 인도에서 선교사로 활동했습니다. 헤세의 어머니 마리는 인도에서 영국인 선교사와 결혼했으나 그와 사별한 뒤 칼프에서 요하네스와 재혼해 헤세를 낳았습니다. 헤세의 외삼촌은 일본에서 교사로 활동했습니다. 이러한 집안 배경 때문에 헤세는 일찍부터 신학과 동양 사상에 관심을 가졌습니다.

헤르만 헤세는 네 살 때부터 아홉 살 때까지 스위스의 바젤에서 지낸 것 외에는 대부분 칼프에서 지냈습니다. 1890년에 괴핑겐의 라틴어 학교에 입학하고, 1892년에 개신교 신학교인 말브론 신학교에 입학했습니다. 그러나 신학교의 생활을 견디지 못하고 열네 살 때 "시인이 되지 못하면 아무것도 되지 않겠다"라며 학교를 중퇴했습니다. 자살을 기도한 뒤에는 정신요양원 생활을 하기도 했습니다. 그때의 상황은 『수레바퀴 아래서』에 생생하게 묘사되어 있습니다.

칸슈타트 고등학교에 입학했으나 이내 학교를 그만두었습니다. 이후 서점의 점원, 칼브의 시계공장 견습공 등으로 일하며 문학 공부는 계속했습니다. 1899년에 출판된 『낭만적인 노래』와 산문집 『자정 이후의 한 시간』은 R. M. 릴케에게 인정을 받았습니다.

헤르만 헤세는 작가로서 이름을 얻은 뒤 아홉 살 많은 피아니스트인 마리아 베르누이와 결혼합니다. 스위스 접경 지역인 가이엔호펜에 정착해 아들 셋을 기르며 생활하다가 싱가포르, 수마트라, 실론(오늘날 스리랑카), 인도, 유럽 등을 여행합니다. 여행을 다니며 작품을 썼습니다.

1923년에는 아내와 이혼하고 이후 두 번 더 결혼했습니다. 1949년에는 20세기의 문명 비판서라 할 수 있는 『유리알 유희』로 노벨 문학상과 괴테 상을 동시에 받았습니다. 이후 서독출판협회로부터 평화상, 빌헬름 라베 상 등을 받았습니다. 1962년 스위스 몬타뇰라에서 뇌출혈로 세상을 떠난 뒤 루가노 호반의 아본디오 교회 묘지에 안장됐습니다.

헤르만 헤세는 단편집과 시집, 우화집, 여행기, 평론, 에세이, 서한집 등 다양한 작품을 썼습니다. 주요 작품으로 첫 장편소설인 『페터 카멘친트』, 고뇌하는 청년의 자기 인식 과정을 깊게 성찰한 『데미안Demian』, 세 개의 단편으로 구성된 『크눌프』, 주인공이 불교적인 절대 경지에 도달하기까지의 과정을 그린 『싯다르타』, 여행소설 『방랑』, 당시로서는 충격적인 소재를 다룬 『황야의 이리』 등이 있습니다.

2017년에 한 일간지가 인터넷 서점인 YES24의 독자 1천 명을 대상으로 "당신이 가장 좋아하는 노벨 문학상 작가의 작품은?"이라는 설문조사를 했습니다. 이 결과에 따르면 2위는 헤밍웨이의 『노인과 바다』, 3위는 주제 사라마구의 『눈먼 자들의 도시』, 4위는 카뮈의 『이방인』, 5위는 펄 벅의 『대지』였습니다. 1위에는 헤르만 헤세의 『데미안』이 뽑혔습니다.

BTS(방탄소년단)는 2019년에 이어 2020년과 2021년에도 빌보드 차트 1위에 오르며 세계적인 그룹으로 우뚝 섰는데, 그들이 2016년에 발표한 〈피 땀 눈물〉의 뮤직비디오는 헤르만 헤세의 『데미안』에서 영감을 받아 찍었습니다. BTS는 뮤직비디오를 소개하면서 뮤직비디오 속 '진'은 어두운 세계를 궁금해하는 싱클레어, '뷔'는 싱클레어의 성장에 중요한 역할을 하는 데미안, '제이홉'은 어머니의 품, 즉 밝은 세계를 아직 벗어나지 못한 상태의 또 다른 싱클레어를 의미한다고 밝혔죠. 이 뮤비에서 정국과 RM, 지민과 슈가도 각각 싱클레어와 데미안으로 짝을 이루어 등장합니다. 뮤직비디오의 내용 중 천사와 악마가 한 몸으로 된 이미지나 틀을 깨고 나온 이미지 등도 『데미안』의 내용을 떠올리게 했습니다. 아마도 지금의 많은 청소년은 BTS의 〈피 땀 눈물〉을 들으며 헤르만 헤세나 『데미안』을 떠올릴 듯합니다.

저는 '헤르만 헤세' 하면 전혜린의 책에서 읽은 그의 그림에 대한 짧은 글이 먼저 떠오릅니다. 학창 시절 읽은 전혜린의 책에는 「헤세의 수채화」라는 제목의 에세이가 실려 있었죠. "푸른 나무가 한 그루 서 있고 풀이 엷게 바람에 나부끼는 언덕, 멀리 보이는 산줄기, 한가운데 파랗게 괴어 있는 호수, 그리고 흰 구름이 화면의 반 이상을 차지하는 공간에 한 덩이 떠 있을 뿐이다"(전혜린, 『그리고 아무 말도 하지 않았다』, 민서출판사, 1985, 134~135쪽).

지금이라면 인터넷으로 헤세의 그림을 검색해 찾아보기라도 했을 텐데, 당시에는 오로지 전혜린의 글을 읽으며 상상해야 했습니다. 그때 상상한 헤세의 그림은 구름이 정처 없이 떠가고 그 아래 산과 호수가 있는 마을의 전경이 조용히 펼쳐져 있는 풍경이었어요. 특히 하늘을 거의 메운 '흰 구름'의 이미지는 이후 헤세의 글을 읽으면서 자연스럽게 연상되곤 했습니다. 내면의 성찰을 중시하고 여행을 통해 영적으로 성장하는 등 구도자적인 그의 삶을 떠올리다 보면 구름 이미지와 잘 어울린다고 여겼죠.

헤세는 수채화 그림을 즐겨 그렸습니다. 본격적으로 그림을 그리겠다는 생각은 헤세가 마흔 살이 된 1916년에 했어요. 베른과 테신주 로카르노 주변에서 그림을 그리기 시작해 1919년 몬타뇰라로 이주하면서 본격적으로 그림을 그렸죠. 작품은 주로 자연에 대한 사랑을 담은 평화로운 풍경 그림이 많았어요. 1920년에는 바젤미술관에서 수채화 전시회를 열었고, 당시 독일화단에서 높은 평가를 받던 에밀 놀데(1867~1956)의 그림과 함께 전시될 정도로 작품성을 인정받았습니다. 무려 3,000여 점의 수채화를 남길 정도로 헤세는 그림 그리기에 진심을 담았습니다.

헤세는 마흔 살이 다 되어 그림을 그리기까지는 힘든 시기를 보내고 있었는데, 그림 그리기를 통해 문학 세계도 발전할 수 있었으며, 어려움을 극복할 수 있었다고 고백합니다. 그림 그리기는 헤세의 마음을 치유하는 작업이기도 했던 것이죠.

전쟁과 가정의 불운에서 선택한 길

헤세는 1914년 1차 세계대전을 겪으며 「벗들이여, 이제 그만!」이라는 반전 호소문을 통해 지식인의 편협한 국수주의와 애국주의를 비판했습니다. "이 불행한 전쟁은 우리에게 한 가지를 확실히 말해 준다. 사랑은 증오보다, 이해는 분노보다, 평화는 전쟁보다 훨씬 고귀하다는 사실 말이다"라며 호소하지만, 오히려 문단과 출판계로부터 비난과 공격을 받았죠. 엎친 데 덮친 격으로 그해 아버지의 죽음, 아내의 정신병 악화, 막내아들의 뇌막염 투병 등을 겪으며 헤세 자신도 심각한 우울증에 시달렸습니다.

헤세는 우울증을 극복하기 위해 스위스의 정신의학자인 카를 융에게 대화 치료를 받았습니다. 그 경험으로 무의식의 세계를 알게 되죠. 악하다고 여기는 많은 것들이 우리 내면에 도사리고 있다는 것을 인식합니다. 그러면서 정신적인 상처의 원인을 외부가 아닌 내부에서 찾으려 합니다. 내면의 목소리에 귀 기울여 진정한 자기에 이르는 일이야말로 인간이 해야 할 일이라고 여기게 되죠.

그는 "세계의 개선까지도 인간이 내면의 길을 충실히 가는 것으로 가능하다"라고 쓴 적이 있는데, 내면으로 가는 길이 개인의 문제뿐만 아니라 전쟁과 같은 사회 문제에서도 유일한 해결책이라고 생각했습니다. 1차 세계대전의 혼란하고 냉혹한 현실과 붕괴한 가치 등의 절망에서 구원될 수 있는 것은 '자기 실현'뿐이라고 여겼죠. 전쟁에서 얻은 절망과 각성은 자신의 내면으로 발길을 돌려 스스로 구원되고 해방되어야 한다는 사실을 깨달았습니다. 그러한 주제 의식을 보여 주는 대표적인 작품이 『데미안』입니다.

세계의 쇠퇴와 몰락을 경험한 젊은이의 내적 여정

'데미안'은 주인공인 싱클레어의 스승 같았던 친구의 이름입니다. 싱클레어의 무의식적 자아 같기도 합니다. 청소년기를 흔히 '질풍노도의 시기', '주변인', '제2의 탄생기' 등으로 표현하는데, 이 작품은 열 살의 싱클레어가 대학생이 되기까지 겪는 방황과 갈등, 탐색을 통해 진정한 자아에 이르는 길을 보여 줍니다. 그 과정에서 데미안과의 만남이 중요한 역할을 하죠.

> 너무나도 많은 그 귀중한 사람들이 총에 맞아 죽어가고 있다. 만일 우리가 독특한 인간 이상의 귀중한 존재가 아니라면 우리들 각자가 단 한 발의 총알에 의해 사실상 이 세상에서 완전히 사라져 버릴 수가 있다면 이런 인생담들은 아무런 의미가 없는 일이 되고 만다. 그러나 인간이란 누구나 유일한 그 자신일 뿐 아니라 또한 오직 단 한 번의 아주 특별한 존재다.…… 나는 더 이상 별들에게서나 또는 책 속에서 무엇을 찾고 있는 것이 아니라 나의 내면에서 나의 피가 주는 가르침을 들으려 하고 있는 것이다.✦(9쪽)

작가가 책의 서문에서 밝히고 있듯이, 이 작품은 세계대전을 겪은 후의 세계의 쇠퇴와 몰락을 경험한 한 젊은이가 내적 여정을 거쳐 진정한 자기로 거듭나는 이야기를 그리고 있습니다. 그 젊은이는 헤세 자신이고요.

이 작품이 처음 나왔을 때 작가의 이름은 『데미안』의 주인공과 같

✦ 헤르만 헤세, 정홍택 옮김, 『데미안』, 소담출판사, 2003.

은 이름인 에밀 싱클레어였습니다. 헤세는 중병에 걸려서 직접 올 수 없는 젊은 작가의 글이라며 에밀 싱클레어의 이름으로 『데미안』 원고를 출판사에 넘겼죠. 이후 『데미안』은 독일의 권위 있는 문학상인 폰타네 상의 수상자로 지명돼요. 헤세는 이 상을 사양했고, 에밀 싱클레어가 자신이라는 것을 밝힙니다. 작품성만으로 평가받고 싶어 가명으로 작품을 내놓았지만, 한편으로는 과거와 결별하고 새로운 미래로 나아가기 위한 작가의 결의라고도 볼 수 있습니다.

에밀 싱클레어라는 이름으로 출간된 『데미안』(1919) 표지.

아프락사스를 찾아서

이 책의 주인공인 싱클레어는 부모의 따뜻한 보살핌과 기독교 신앙의 가르침 안에서 자랍니다. 주로 밝은 '선의 세계' 안에서 그 세계가 주는 편안함을 느끼며 종종 '악의 세계'에도 호기심을 갖고 살고 있었죠. 라틴어 학교에 다니며 이웃 아이들과도 가깝게 지냈어요.

그러던 어느 날 양복점 집 아들이며 동네 불량배인 프란츠 크로머에게 자신이 도둑질을 했다는 허풍을 떨게 됩니다. 그 일을 계기로 싱클레어는 크로머에게 트집을 잡히게 되고, 이로 인해 부모의 돈을 훔쳐 크로머에게 갖다 바치는 일을 계속하게 됩니다. 싱클레어는 죄책감과 양심의 가책을 느끼지만 이 일을 멈추지 못하죠. 선악의 이분법적 세계에 갇혀서 이러지도 저러지도 못하며 고통스럽게 '악의 세계'를 경험합니다.

그러던 중에 학교로 전학 온 막스 데미안을 만납니다. 데미안에게 크로머에게 고통받는 비밀을 털어놓게 되는데 신기하게도 그 뒤로 크로머는 싱클레어를 괴롭히지 않습니다. 우연히 크로머를 만났을 때 오히려 크로머가 싱클레어를 피하죠. 싱클레어는 데미안에게 알 수 없는 힘과 친밀감, 두려움 등을 느끼며 교류하게 됩니다.

데미안과 나눈 카인과 아벨의 이야기는 선과 악에 대한 싱클레어의 생각을 흔들어 놓기도 합니다. 데미안은 '카인과 아벨, 예수 십자가 위의 두 도둑'에서 흔히 악으로 치부하는 카인은 강인한 내적인 힘을 갖고 신으로부터 독립했기에 극악무도한 살인자가 아니라 약한 자들로부터 질시를 받은 종족을 상징한다고 말하죠. 끝까지 자신의 신념과 가치를 지킨 채 떳떳이 죽음을 맞이한 도둑이 예수 앞에 무너진 다른 도둑보다 내면의 진실에 더 충실했다고 해석하고요.

싱클레어는 자신이 한 번도 의심해 본 적이 없는 성서의 이야기를 다르게 해석할 수 있다는 사실에 놀랍니다. 선과 악을 갈라놓고 안전한 선의 세계에 머물고 싶은 싱클레어에게 데미안의 의견은 혼란을 줍니다. 그러면서 데미안을 통해 선악의 이분법을 벗어나 새롭게 세상을 볼 수 있다는 것을 배웁니다.

> 데미안이 말한 공인된 신적인 세계와 금지된 악마의 세계에 관한 생각은 바로 나 자신의 생각과도 같았다. 두 개의 세계, 또는 두 부분에 관한 — 밝은 세계와 어두운 세계에 관한 내 자신의 생각 그대로였다.…… 그러한 깨달음은 무엇인

가를 증명해 주고 행복하게 해 주는 것 같았지만 썩 즐거운 것은 아니었다. 거기엔 가혹하고 떫은맛이 있었다. 그 속에는 인생에 대한 책임이, 나는 더 이상 어린애가 아니며 인생을 혼자의 힘으로 헤쳐 나가야 한다는 사실에 대한 인식이 내재해 있었기 때문이다.(80~81쪽)

싱클레어는 자신의 가치를 스스로 찾아 나서야 하는 책임 의식과 무게감을 안은 채 고등학교에 진학합니다. 금지된 것 너머를 꿈꾸고 기존 규범과 결별하며, 지금까지 의심 없이 바라봤던 세계를 다르게 바라보죠. 자아를 찾기 위해 거리로 나가 금지된 쾌락인 술과 향락, 성욕에 취해 지내는 등 악의 세계를 맘껏 경험하며 오만하고 방탕한 생활을 합니다.

싱클레어는 그런 생활에서 쾌감과 좌절을 동시에 느낍니다. 어린 시절에 밝음의 세계에 갇혀 있었다면 지금은 어둠의 세계에 사로잡혀 있죠. 그러면서 베아트리체를 만나 자신의 내면세계를 다시 세우려 노력합니다. 절제와 순결, 정결함과 품위를 지키며 선한 세계를 세우고자 합니다. 그러나 진정으로 그가 그리워한 건 베아트리체가 아니라 데미안이었어요. 그걸 깨닫고 자신이 그린 새 그림을 이름도 적지 않고 데미안에게 우편으로 부칩니다. 데미안에게서 온 답장은 이 책을 읽지 않았어도 들어 보았을 구절입니다.

새는 알을 깨고 나온다. 알은 곧 세계다. 태어나려고 하는 자는 하나의 세계를 파괴하지 않으면 안 된다. 그 새는 신을 향해 날아간다. 그 신의 이름은 아프락사스라고 한다.(117쪽)

'아프락사스abraxas'란 원래 고대 그리스의 신으로 출발해 그리스 시대 선한 영을 마법의 힘으로 불러들이는 신비한 주문인 '아브라카다브라abracadabra'와 관련이 있습니다. 신성과 마성, 남성과 여성, 선과 악, 삶과 죽음, 참과 거짓, 빛과 어둠 등을 다 갖추고 있는 신비로운 신의 이름이죠. 프락시스praxis(행동하다, 실천하다, 예술·과학·기술 등을 습득하기 위해 훈련하다)에 접두어 'a'를 붙여 새로운 차원, 새로운 세계관, 새로운 존재로 변화하는 과정에 따르는 엄청난 고통을 신격화한 단어이기도 합니다.

카를 융은 '아프락사스'를 삶과 죽음, 저주와 축복, 참과 거짓, 선과 악, 빛과 어둠 등 양극적인 것을 포괄하는 신성으로 파악했습니다. 이 작품에서는 새롭게 찾아야 할 미지의 신비로움, 신적인 것과 악마적인 것을 결합하는 어떤 신성한 것을 의미한다고 볼 수 있습니다.

싱클레어는 아프락사스의 의미를 찾아 방황합니다. 선과 악을 초월해 자유로운 내적 자아를 확립하고 싶어 하죠. 금욕과 절제된 생활을 하고자 노력하기도 하고요. 교회에서 오르간을 연주하는 피스토리우스를 만나 아프락사스의 의미를 배우기도 합니다. 그러면서 아프락사스가 신이기도 하면서 동시에 악마이며 선과 악이 함께 있는 결합의 신성 상태를 의미한다는 것을 깨닫습니다.

그 발견으로 싱클레어는 자신의 내적 자아의 힘을 느끼고, 자신의 성적 욕구를 더욱 성숙하게 다루게 됩니다. 선악의 세계가 자신 안에서 통합되는 일체감, 즉 아프락사스를 체험하죠. 자신의 운명을 찾아 온전히 살아내는 것, 새로운 것을 만들어 내고자 실천하는 것, 이를 위해 감당해야 할 고독의 깊이가 절대적이라는 것을 깨닫죠. 이렇게 깨달은 뒤에 그는 대학에 진학합니다.

선악의 세계는 대립이 아닌 조화와 통일을 이룬 세계

싱클레어는 획일화된 대학 교육에 염증을 느낍니다. 그 대신 자신만의 공간에서 니체를 사유하고 고독하지만 자유로운 생활을 만끽하죠. 제국주의와 전체주의의 망령이 지배하던 시대에 대한 고민을 나누는 공동체 모임에 참여하기도 하고요. 그러던 중에 그는 우연히 데미안의 어머니인 에바 부인을 만나 사랑에 빠집니다. 에바 부인은 싱클레어의 운명이자 이상과도 같았습니다.

> 나는 마침내 내 자신의 내부에 어떤 진보가 있었던 것 같은 느낌이 들었다. 내게 있어서 중요하고 숙명적이었던 온갖 것들이 그의 모습을 지닐 수 있었다. 그는 나의 모든 사상으로 변신할 수 있었고 나의 모든 사상 또한 그로 변신할 수 있었다.(196쪽)

에바 부인은 그가 꿈속에서 그리워했던 아프락사스의 얼굴이었어요. 독일어 에바Eva는 영어의 이브로 기독교 세계관에서는 상징적인 인물입니다. 사탄의 유혹에 넘어가 선악과를 따 먹음으로써 원죄를 짓는 인물로, 어머니이자 애인인 영원의 여성입니다. 에바 부인은 싱클레어의 눈에 자기실현에 이르게 하는 '내면의 상징'처럼 비쳐요. 에바 부인은 싱클레어에게 내면의 성숙으로 이끌면서도 관능적 욕구를 불태우게 만드는 현실의 여인이기도 했어요. 그는 에바 부인과의 관계에서 죄책감에 빠지지 않고 성숙하게 고통과 기쁨 모두를 감당합니다.

전쟁이 시작되자 데미안과 싱클레어는 전쟁터로 나갑니다. 싱클레어는 전쟁터에서 큰 부상을 입지만, 그것은 그가 자신에게 주어진 절대적인 운명을 용기 있게 대면한 결과였어요. 전쟁은 한 마리의 새가 알에서 나오려고 하는 투쟁이고, 새로운 세계, 새로운 인간성이 탄생하는 과정이었죠. 다친 몸으로 야전병원에서 다시 만난 데미안은 싱클레어에게 "자신이 필요할 때면 자기 안에 귀를 기울이라"라는 말을 남기고 사라집니다. 싱클레어는 어느새 자신의 내면에서 친구이자 스승이었던 데미안의 모습을 발견합니다.

데미안은 싱클레어의 다른 자아

데미안은 싱클레어가 오래 추구해 마지않았던 자아의 모습이었습니다. 이를 말해 주듯 작품은 데미안과 싱클레어가 거의 하나로 합쳐지면서 끝납니다.

데미안이라는 이름의 어원은 데몬, 즉 신, 수호신, 지켜 주는 강한 힘 등의 뜻을 가진 단어입니다. 싱클레어라는 이름은 독일의 불우했던 천재 시인 프리드리히 횔덜린의 친구 이름으로 '친구'의 대명사처럼 쓰입니다. 두 이름의 어원을 생각해 보면 데미안과 싱클레어는 비범과 평범, 신과 사람, 강함과 약함, 선과 악처럼 서로 상반된 존재예요. 그 두 존재가 합일이 되며 싱클레어의 구도의 여정은 마무리됩니다.

한편, 소설의 마지막에서 세계대전을 묘사한 부분은 머리를 갸웃거리게도 합니다. 헤세는 평생 반전활동을 했는데, 소설에서 전쟁은 하나의 낡은 세계를 깨트리고 나올 새로운 세계로도 읽히기 때문이죠. "인류에 영향을 준 이들은 그들에게 닥친 운명을 받아들일 준비가 되어 있었다"라고 말하는 데미안의 말을 빌리면, 전쟁은 새로운 세계를 창조하기 위한 필요악이며, 선악의 이분법이 아니라 힘껏 끌어안아 내

헤르만 헤세의 초상화와 서명. 유네스코에서는 해마다 세계기념인물을 선정해 발표하는데, 2012년에는 헤르만 헤세와 장 자크 루소, 클로드 아실 드뷔시, 우리나라의 다산 정약용이 선정됐다.

적인 힘으로 초월해야 하는 사건입니다. 이는 세계대전으로 유럽 문화가 붕괴됐지만 한편으로 전쟁은 세계를 재창조하기 위한 현상으로 해석되죠. 그렇다면 헤세는 전쟁에 찬성한 것일까요?

아마도 그 말은 전쟁을 찬성한 말이라기보다는 이미 일어난 전쟁이라는 위험을 부정만 하는 게 아니라 받아들이고 극복해야 한다는 의미에 가깝지 않을까 합니다. 헤세는 니체의 영향을 받기도 했는데, 데미안의 말은 니체가 추구했던 초인사상(위버멘쉬: 위험을 회피하는 사람과 대비되는, 더욱 큰 힘을 추구하는 의지를 순수하게 발휘하며 강인하게 살아가는 인간. 즉, 어떤 일에도 등 돌리지 않고 견디며 상황을 원망하지 않고 존재하는 모든 것을 긍정하며 운명을 사랑하는 '운명애amor fati' 강한 인간으로 자신의 존재를 조건 없이 수용하며 삶을 긍정하는 사상)을 떠올리게 하기 때문입니다.

또 다른 이름은 우리의 자화상

우리는 삶의 순간마다 선택을 고민하고 방황하기도 하며 삶의 절망과 희망을 모두 느끼며 살아갑니다. 순진무구하던 싱클레어 또한 '밤과 낮' 또는 '어둠과 빛'의 세계를 경험하며 방황했습니다. 결국에는 자신의 내면을 신뢰하고 자신의 고유한 개성을 찾았죠. 싱클레어의 모습은 오늘도 배우고 고민하고 방황하며 자신의 정체성을 만들고 찾으려 하는 청소년의 모습, 또는 자신을 발견하고 자아실현에 이르고 싶어 하는 모든 이의 자화상 같습니다.

헤세는 이 작품을 통해 구도의 길을 택하여 치열하게 자기 자신에 이르라고 말합니다. 싱클레어가 무조건 현실을 겉핥기 하듯 좇는 대신 자신의 내면 모습을 발견해 세계와 조화시켜 나간 것처럼, 기존의 모든 권위에 도전하고 인간이 가질 수밖에 없는 이중성과 모순을 조화롭게 통합시켜 나간 것처럼, 자기실현을 하라고 말해요. 그럴 때 진정한 구원과 해방이 이루어진다고 이야기합니다.

아프락사스 신이 선과 악을 동시에 지닌 것처럼 우리의 모습도 그러합니다. 싱클레어처럼 우리 대부분은 자아를 찾으려 애쓰고 어떤 삶을 살지 고민합니다. 그 속에서 우리는 인간의 악한 면을 인정하면서 선한 면을 향해 나아가야 할 겁니다. 그 과정에서 선과 악이 공존하는 자아에 다다르게 되고 두 가지 본성을 조화롭게 이끌 수 있지 않을까요? 그것은 데미안이 싱클레어에게 전하는, 싱클레어가 우리에게 전하는 상처를 치유하고 현실의 부조리를 극복하며 자기실현에 이르는 길입니다.

13. 오만한 문명에 대한 예언서, 불행해질 권리를 달라

『멋진 신세계』__올더스 헉슬리

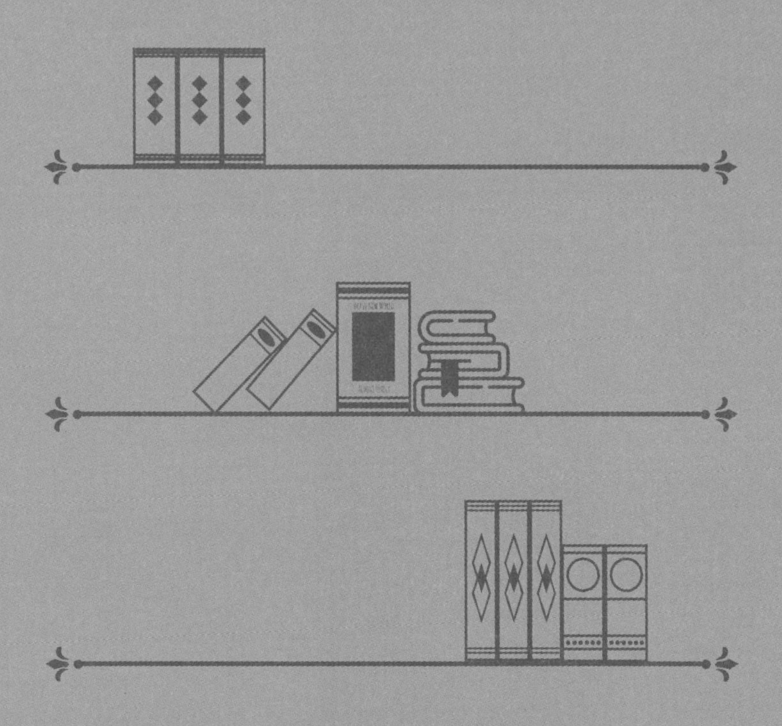

올더스 헉슬리.

올더스 헉슬리Aldous Huxley(1894~1963)는 영국 출신의 소설가이며 비평가이자 시인입니다.

아버지는 서리주 고덜밍에 있는 차터하우스 학교 부교장이고 어머니는 소설가였습니다. 할아버지 토머스 헨리 헉슬리는 19세기 다윈의 진화론을 발전시킨 유명한 자연주의 생물학자이며 헉슬리의 형 줄리언도 과학적 인문주의를 신봉한 생물학자로 유네스코 초대 회장을 지냈습니다. 이복동생 앤드루는 노벨 생리의학상(1963)을 받았습니다. 시인이며 문예비평가인 M. 아널드, 종교와 사회 문제를 대담한 소설로 묘사한 햄프리 워드 부인은 그의 외가 쪽 인물들입니다. 이런 환경에서 자란 헉슬리는 문학, 역사, 철학, 종교, 과학 등 다방면에 관심을 가지며 성장했습니다.

헉슬리는 의학도가 꿈이었습니다. 그러나 어려서 각막염 수술을 받고 3년을 실명 상태로 앞을 보지 못하는 절박한 상황을 경험하며, 자신의 진로를 수정해 글쓰기에 몰두했습니다. 그는 결국 옥스퍼드 대학교에서 영문학을 전공했습니다. 한쪽 눈의 시력을 조금씩 회복하면서 스물두 살이 되던 해에 《옥스퍼드 시집》이라는 잡지의 편집을 맡으며 많은 시를 창작했습니다. 1921년에 소설 『크롬 옐로』로 인정을 받은 뒤에는 본격적으로 소설을 썼습니다.

『멋진 신세계Brave New World』(1932)는 모든 인간의 존엄성을 상실한 미래 과학 문명의 세계를 신랄하게 풍자하는 작품입니다. 훗날 이 작품의 예언적 주제들을 심도 있게 검토해서 쓴 『다시 찾아본 멋진 신세계』(1958)를 발표했습니다. 노년에는 힌두 철학과 신비주의에 심취해 이를 작품에 반영하기도 했습니다. 암 진단을 받은 뒤에 쓴 소설 『섬』(1962)에는 티베트 불교를 따르는 섬을 유토피아로 묘사하고 있습니다.

인생 후반기에는 미국 캘리포니아에 정착해 살며 미국과 유럽 등에서 강연을 하며 지냈습니다. 사망 전에는 말을 할 수가 없어 글로 대화를 나눴는데, 마지막 말은 아내에게 "LSD 100 마이크로그램 근육 내 주사"라고 쓴 글이었습니다. 아내는 남편에게 주사를 놓았고, 헉슬리는 1963년 11월 22일에 사망했습니다.

헉슬리의 사망에 관한 기록은 그의 아내가 쓴 『이 영원한 순간』에서 찾아볼 수 있습니다. 헉슬리가 세상을 떠난 뒤 오랜 친구였던 러시아 출신의 작곡가 이고르 스트라빈스키는 오케스트라 〈산타페 변주곡Variations in Santa Fe〉을 헉슬리에게 헌정했습니다.

헉슬리가 쓴 시집으로 『타오르는 수레바퀴』, 『리더』가 있고, 소설은 『크롬 옐로』, 『어릿광대춤』, 『하찮은 이야기』, 『연애 대위법』, 『가자에서 눈이 멀어』, 『몇 여름이 지나고』, 『시간은 걸음을 멈추지 않으면 안 된다』, 『원숭이의 본질』 등이 있습니다. 평론으로는 『인간론』, 『네가 원하는 대로 하라』, 『밤의 음악』, 『목적과 수단』, 『영원의 철학』 등이 있습니다.

'복제'는 '본디의 것과 똑같은 것을 만들거나 또는 그렇게 만드는 것'을 뜻합니다. 흔히 '복제'라고 하면 복제 DVD, 표절 디자인처럼 불법이나 유사품, 변종의 이미지가 떠오르죠. 과거에 복제의 대상은 주로 물건이었는데 현재는 생명을 복제하는 시도를 합니다. 사람들은 오랫동안 생명체를 만드는 것은 신만 할 수 있는 일이라고 생각했지만 최근 과학기술이 발달해 생명을 복제하는 게 가능해졌기 때문이에요.

생명체 복제는 1952년에 세계 최초로 올챙이 복제에 성공하면서 시작됐습니다. 그 뒤 1996년에 복제 양 '돌리'가 태어났죠. 우리나라에서도 1999년에 복제 소 '영롱이'와 2005년에 복제 개 '스너피'를 탄생시켰습니다. 최근에는 멸종 위기에 처한 동물의 종을 복원시키는 연구도 하고 있습니다.

그러나 생명 복제는 윤리성의 문제가 제기되며 논쟁이 끊이지 않습니다. 그런데도 과학자들은 인간까지 복제하려고 애를 씁니다. 왜 그럴까요? 가장 큰 이유는 현재 해결하지 못하는 많은 질병을 치료할 수 있다고 믿기 때문입니다. 불치병 치료나 불임 문제 등을 해결하는 최후의 수단이 인간 복제일 수 있기 때문이죠.

그 인간 복제의 꿈을 소설로 형상화한 작품이 『멋진 신세계』입니다. 이 작품에는 작가가 상상한 미래 세계가 서기 2540년을 배경으로 펼쳐집니다. 인간은 공장에서 물건을 찍어 내듯 만들어지고, 질병이 극복되고 노화도 진행되지 않습니다. 이 세계는 누구나 능력에 맞는 일을 하고 여가를 즐기는 곳입니다. 감정이나 고민, 갈등의 요소를 미리 통제해 누구나 행복을 느끼는 세계죠. 우울함이 느껴지면 '소마'라는 약을 먹어 마음을 안정시킬 수 있어요. 실업이나 가난, 폭력, 전쟁도 없습니다. '행복'이 최고의 가치이며 고도화된 생명과학에 기반을 둔 세계입니다. 언뜻 생각하기에 정말로 '멋진 신세계'입니다.

반어적 표현인 '멋진 신세계'

이런 '멋진 신세계'의 시대적 배경은 자동차 회사 헨리 포드의 유명한 T 모델 자동차가 세계 최초의 컨베이어 시설에서 생산된 때(1908)로부터 632년이 지난 시점입니다.

이 연도는 의미심장합니다. '멋진 신세계'는 소비로 이루어진 완전한 세계인데, 헨리 포드는 현대 소비사회의 중요한 창시자 중 한 사람으로 여겨지기 때문이죠. 1914년, 미국의 헨리 포드는 자동차를 생산하기 위해 컨베이어 벨트를 이용한 조립 라인을 만들었는데, 이 공정의 가장 큰 특징은 같은 질의 표준화된 상품을 대량생산할 수 있다는 점입니다. 가장 짧은 시간에 자동차를 생산할 수 있게 되었고, 또한 노동자의 임금을 최저생계비 이상으로 인상하면서 노동자를 자신의 구매자들로 만들었습니다. 이러한 획기적인 변화를 일컫는 말이 '포드주의'입니다.

'포드주의'가 이 작품에서는 인간을 대량생산하는 데 사용됩니다. 당대 많은 사람들이 '포드주의'의 효율성에 감탄하고 있을 때 헉슬리는 과학과 대량생산 기술의 발전이 가져오게 될 위험을 날카롭게 찾아내죠. 향락주의와 소비주의를 바탕으로 하는 미래 세계를 묘사하며 인간이 포드 자동차처럼 규격화된 모습으로 대량생산되는 사회의 위험성을 고발합니다.

표준화된 대량생산을 가능하게 한 포드 조립 라인.

이 소설에서 '포드'는 신으로 나옵니다. 사람들은 성호를 긋지 않고 'T'를 그리며 "오, 포드"라고 말합니다. 과연 그 세계는 얼마나 '멋진' '신세계'일까요? 그런 세계에 산다면 어떨까요?

책 서두에는 '인간은 유토피아를 향해 달려가지만 지식인과 교양인은 오히려 불완전하지만 자유로운 세계를 원한다'라는 니콜라이 베르댜예프의 글이 나옵니다. 본격적으로 소설을 시작하기도 전에 이미 작가는 작품의 의도를 드러내죠. 제목의 유래를 알면 작가의 의도는 더 명확해집니다.

제목의 유래

제목 '멋진 신세계'는 셰익스피어의 희곡 『템페스트』(이 책의 '2. 템페스트_윌리엄 셰익스피어' 편 참고)에서 유래했습니다. 『템페스트』의 주인공 프로스페로는 원래 왕이었으나 동생에게 배신당해 두 살 된 딸 미란다와 유배생활을 하죠. 평생 아버지 외에는 본 적이 없는 미란다는 열네 살 되던 해에 조난당한 나폴리 왕자 퍼디난드를 만나면서 사랑에 빠집니다. 이후 여러 사건을 겪으며 얽힌 갈등을 풀고 밀라노로 가게 되는데, 그때 미란다는 자신이 알지 못하는 육지와 육지 사람을 동경하면서 외칩니다. "아, 멋져라. 얼마나 많은 멋진 인물들이 거기에 있는지, 인간은 얼마나 아름다운지, 아, 그런 사람들이 있는 멋진 신세계여."

그러나 멋지다고 생각하는 사람들은 사실은 계략으로 형을 왕위에서 몰아낸 동생을 비롯해서 비열한 인물, 또 그리 순진하지만은 않은 다양한 인간들이죠. 미란다의 말은 문명사회의 실상을 모른 채 그저 문명사회에 대한 환상과 호기심을 품은 순진한 말이었습니다.

헉슬리는 이 구절을 인용하면서 과학적인 진보를 선이라고 단순하게 믿는 사람들을 풍자합니다. 미래 문명사회를 비판한 반어적인 표현인 것이죠.

전체주의와 과학에 대한 맹종이 만났을 때

헉슬리는 세계대전이 치러진 시대에 살았습니다. 1차 세계대전을 겪으며 전쟁과 과학이 결부되어 어떠한 파괴적인 결과가 나타나는지를 목격했죠. 그러면서 기계문명의 발전이 전체주의적 독재정권과 만났을 때 인류에게 얼마나 위협이 될지, 얼마나 비인간적인 사회가 나타날지를 상상했습니다. 그 결과가 『멋진 신세계』입니다.

헉슬리는 모든 진보는 반드시 그 대가를 수반한다고 생각했습니다.

『멋진 신세계』의 등장인물이 "사람이란 공짜로 무엇인가를 손에 넣을 수 없는 거야"라고 말하는데, 이는 기계문명의 발달에 도취한 당시를 비판하는 말이죠. 이러한 의식은 주로 생물학을 기반으로 확장됩니다. 인간이 배양시험관에서 만들어진다는 상상을 통해 인간이 물질화와 노예화되는 양상을 표현했죠.

생물학을 기반으로 이야기를 펼친 것은 아마도 생물학자인 할아버지와 형제에게서 영향을 받고 헉슬리 자신이 열여섯 살에 눈병을 앓기 전까지는 의학을 공부하고 싶어 할 만큼 생물학에 관심이 많았던 것이 영향을 미치지 않았을까 합니다.

그가 한창 활동하던 시대는 정치적으로 마르크스(1818~1883, 독일의 사회주의 마르크스주의 창시자), 엥겔스(1820~1895, 독일의 사회주의 마르크스주의 창시자), 레닌(1870~1924, 러시아 및 국제노동운동 지도자), 트로츠키(1879~1940, 러시아 혁명운동가) 등으로 대표되는 마르크스주의가 팽배한 사회주의 혁명의 시기였습니다. 경제적으로는 획기적인 포드의 대량생산체제가 숭배되었고요. 물리학에서는 헬름홀츠(1821~1894, 독일의 물리학자), 심리학에서는 왓슨(1878~1958, 미국의 행동주의 심리학자), 정신분석에서는 프로이트(1856~1939, 오스트리아 정신병리학자), 진화론에서는 다윈(1809~1882, 영국의 진화론자)이 자주 언급되었습니다.

이 작품의 등장인물은 이들을 연상시킵니다. 공동체에 완벽하게 스며들지 못해 고민이 있는 버나드 마르크스, 아무 생각 없이 신세계에 포섭되어 살아가는 레니나, 별로 중요하지 않은 인물인 보나파르트와 사르지니 엥겔스, 국가 체제에 의해 창의성이 좌절되는 엔지니어 헬름홀츠 왓슨, 신으로 나오는 포드 등은 당시의 인물과 시대상을 투영하는 듯합니다.

안정의 시대 포드 기원 632년

소설은 '런던 중앙 인공 부화·조건 반사 양육소'의 국장이 견학 온 어린 학생들에게 인간이 어떻게 인공 부화되어 탄생되는지를 자세히 알려 주는 장면으로 시작합니다. 이곳의 인간은 '알파', '베타'의 지배층과 '감마', '델타', '엡실론'의 노동계층으로 나뉘어 인공 부화합니다. 알파와 베타는 생물학적으로 우수한 난자의 산물로 정상적인 발육과정을 거치는 반면에, 노동계층인 감마와 델타, 엡실론은 난자 한 개에서 태아가 될 수정을 하나가 아니라 8개, 다시 96개로 증식시켜 나눕니다. 이렇게 수정과정에서부터 지배층이 될지 노동자가 될지 결정합니다. 이런 시스템은 지배 계층의 권력을 유지하게 하는 보카노프스키법입니다. 갈등이 생길 수 있는 하층계급의 욕망은 처음부터 아예 제거됩니다. 이로써 국가 권력은 시민들의 정신을 완벽하고 효율적으로 장악하게 되죠. 국가 권력의 입장에서는 사회 안정의 중요한 수단인 셈입니다.

'멋진 신세계'에서 차용하고 있는 세계국가의 표어인 "공유, 균등, 안정"은 포드 기원 473년에 사이프러스섬에서 실험한 내용과 관련이 있습니다. 당시 섬에는 2만 2천 명의 알파 집단을 선정해 자유롭게 거주하도록 했었죠. 그러나 낮은 계급 사람들은 높은 계급의 일을 맡기 위해 끊임없이 음모를 꾸몄고, 높은 계급 사람들은 온갖 수단을 다해서 반격했습니다. 결국 1만 9천 명이 살해되고, 알파만으로 이루어진 사회는 종말을 맞이합니다. 그 이후 사회는 표준형 남녀로 균등한 집단을 만들어 사회의 안정을 꾀하죠. 태어날 때부터 다섯 계급으로 나누어 '맞춤형' 인간을 생산합니다.

신세계에서의 행복과 미덕의 비결은 자신이 좋아하는 일을 하는 게 아니라 해야 하는 일을 좋아하는 것입니다. 그러므로 수정란들이 자신의 피할 수 없는 사회적 운명을 좋아하게끔 만드는 것은 매우 중요한 목표였습니다.

그 목표를 위해 하층계급 아이들이 아름다운 꽃이 실린 책에 손을 대면 전기 충격을 가해 고통을 줍니다. 아이들이 꽃이나 책을 보면 조건반사적으로 몸을 피하게 하죠. 이런 방법으로 독서란 시간 낭비이고, 자연을 사랑하는 마음은 소비사회에 아무런 도움이 되지 않는다는 신세계의 이념을 세뇌해요. 아이들이 자는 동안에 밤마다 150번씩 12년 동안 "오늘날은 모두가 행복하다"라는 문장을 반복해 들려줍니다. 국가의 공식적인 믿음이 무의식적으로 각인되도록 말이죠.

그러면서 소비를 증가시키려고 "낡은 것은 나쁜 것이며 수선하는 것보다 버리는 것이 좋다"라고 교육합니다. 또한 촉감 영화와 방향 오르간, 소마를 사용해 촉각, 후각, 청각, 시각, 사고를 마비시킵니다. 인간의 말초신경을 만족시켜 불만을 잠재우고 사고능력을 감퇴시켜 통제 가능할 수 있게 하기 위해서였죠.

가족은 위험하고 광기 어린 관계의 시발점

이런 사회에서 당연히 전통적인 가족관계는 존재하지 않습니다. 몬드 소장은 가족이 위험하고 광기 어린 관계의 시발점이라고 정의하죠. 프로이트의 정신분석에 근거해 성적 왜곡과 억압 등으로 인해 광기나 자살이 만연했다고 봅니다. 이런 근거를 바탕으로 성적 자유를 허용하고 임신과 출산을 공장에서 해결함으로써 가족이라는 위험을 처음부터 없앱니다. 결혼이나 아버지, 어머니 같은 용어는 입에 올리지 못할 음탕한 말로 여깁니다. 누구도 '부모'라는 단어의 의미를 정확하게 알지 못하고 '어머니'라는 말은 아예 발음하지 않아요.

사랑은 즐거운 놀이일 뿐, 깊은 감정적 교감이 아닙니다. 일대일로 사랑하면 집착하게 되고 사회질서를 거부할 수 있기 때문에 "만인은 만인의 공유물이다"라는 교육 내용을 강조합니다. 이런 이야기의 소재는 헉슬리의 상상에서만 나온 것이 아니에요.

1920년대 행동주의의 창시자인 미국인 존 B. 왓슨은 인간의 불안이란 외적인 자극을 통해 익숙하게 될 수 있음을 증명하려고 실제로 아기들에게 전기충격을 가했습니다. 왓슨에게 인간은 자극에 반응하는 생물적 기계와 다름없었어요. 어차피 한 사람의 내면에서 일어난 일은 알 수가 없다며 인간의 정신에 관심을 갖는 대신 사람들이 볼 수 있는 것에 집중했죠. 당시 왓슨은 단호하게 공언하기를 "나에게 건강한 아이들 여럿을 주시오. 그러면 나는 그들 중 아무나 골라서도 의사나 변호사, 경영자, 예술가를 만들 수 있으며, 심지어 도둑이나 거지로도 만들 수 있을 겁니다"라고 할 정도였습니다.

사회 안정이 최우선 과제

『멋진 신세계』처럼 인간의 최소한의 존엄성과 인간적 가치, 생각할 자유마저 박탈당하며 정해진 운명에 순응하는 사회는 과연 행복할까요? 『멋진 신세계』에서는 이러한 의문이나 질문조차 허용되지 않습니다. 소장은 사회 안정을 위해서는 예술, 과학, 종교는 필요하지 않다고 말하죠.

'멋진 신세계' 밖의 사람인 야만인 존이 보기에 셰익스피어의 책이 금서가 되고 아름다움을 추구하는 모든 것을 금기하는 '멋진 신세계'의 법은 이상하기만 합니다. 의문을 갖고 '멋진 신세계'의 소장에게 질문을 하지만 돌아오는 대답은 더욱 황당합니다. 셰익스피어는 낡았고, 아름다운 것은 사람들을 매혹시키기 때문에 필요없다는 것이죠. 과학이 필요해도 안정을 망치면 안 되고 예술과 종교도 쓸데없다고 말합니다. 소장이 언급하는 과학이나 예술, 종교는 문명을 이루어 나가는 데 바탕이 되는 요소들로 인간 삶과 깊은 관련이 있지만 '멋진 신세계'에서는 인류의 안정을 위해 희생되어야 할 품목일 뿐이죠.

과학은 무한한 탐구가 아닌 편리함을 위한 도구이며 예술은 인간을 즐겁게 하기 위한 도구일 뿐입니다. 종교는 아예 가치를 잃어버리고 영혼의 구원보다 육체의 구원이 더 가치 있다고 여기죠. '공유, 안정, 균등'의 가치 아래 남성과 여성, 재물 모두 공유되며, 인간은 철저하게 자기에게 맞는 기능을 수행합니다.

작품에는 중요한 대목마다 셰익스피어의 작품이 인용되는데, 이는 '과거는 소멸시킬 수만은 없는 것'이라는 생각을 드러내는 장치일 뿐입니다. 야만인 존의 저항의식을 드러내는 고도의 상징이죠. 야만인 존만이 셰익스피어로 상징되는 고전 문학(예술)이야말로 새로운 세계를 꾸릴 수 있는 지혜를 담고 있다고 말합니다.

'멋진 신세계'는 정해진 노동 시간 이외에는 단순한 자극으로만 이루어진 오락들로 꽉 짜여 있으며, 쾌락이 보장되고 질병을 예방하고 사는 동안에는 노화를 겪지 않는 등 얼핏 보면 유토피아 같습니다.

그러나 사람들이 나쁜 기분이 들거나 고통스러운 감정을 즉각적인 쾌감으로 바꿔 주는 '소마'를 사용한다는 것은 곧 누구도 행복하지 않음을 뜻합니다. '소마'는 사람들의 정신을 지배하고 사고능력을 빼앗는, 일종의 마약입니다. 소마 같은 마약 없이는 견딜 수 없는 이 신세계는 결국 유토피아가 아니라 디스토피아라는 사실이 명확해집니다.

버나드 마르크스, 헬름홀츠 왓슨, 그리고 야만인 존

이런 사회에서 버나드 마르크스와 헬름홀츠 왓슨은 지배계층임에도 소장과 다른 고민을 합니다. 버나드는 완벽한 기술로 태어났어도 체구는 하층계급인 감마계급의 평균 체격보다 별로 크지 않습니다. 위대한 존재 포드님과 일체되기를 원하는 단결예배에도 겉돌며 합일되지 못하죠.

헬름홀츠 왓슨도 강한 자의식과 뛰어난 지력 때문에 흔들립니다. 감정공학대학 창작과 강사이며 시인이지만 문명세계에서 그의 임무는 인간의 감정을 공학적인 차원에서 분석하는 일이죠. 시인이지만 문학이 제 역할을 하지 못하는 세상에서 가상 섹스 시나리오만 쓰는 신세입니다. 소설이나 시를 기계에서 만들어 낸다는 것은 예술작품의 질을 장담할 수 없으며, 결국 무차별적인 베끼기와 흉내 내기에다 외설 작품들만 넘칩니다. 이러한 현실에서 헬름홀츠는 마음이 불편하고 고립감을 느낄 뿐입니다.

'멋진 신세계'에서는 고독이 존재하지 않는다고 했지만, 헬름홀츠 왓슨은 고독한 시를 씁니다. 그 이유로 정부 권위자와 충돌하고 결국 강한 자의식 때문에 사회에서 고립되고 말아요. 버나드나 왓슨은 '멋진 신세계'에 순응하지 못하며 자신이 그 어떤 체제에도 순응만 할 수 없는 고유한 개인이라는 자각 때문에 고민입니다.

존 새비지John Savage('savage'는 영어로 야만인을 뜻함)는 버나드나 헬름홀츠와 다른 야만인 보호구역의 사람입니다. 존은 배양을 통해 태어난 문명세계 사람들과 달리 한 여인에게서 태어난 유일한 인물로 인디언 보호구역에서 성장했죠. 그곳은 고압 전류가 흐르는 울타리로 둘러싸여 있는 지역으로 주민들은 미개하고 더러운 생활을 합니다.

그가 우연히 손에 넣어 탐독하게 된 셰익스피어의 작품은 그에게 영혼의 심연을 드러내고 비출 수 있는 또 하나의 세계였습니다. 셰익스피어의 희극과 비극에 나오는 다양한 인물을 통해 인간 본연의 모습을 배웁니다. 존이 배운 인간은 사랑하고 질투하고 배반과 용서 등 내외적으로 갈등을 겪고 육체적으로나 정신적으로 노력하는 존재입니다. 스스로 삶을 선택하고 그 선택에 따른 책임을 감수하며, 예술과 과학, 종교 등 문명과 문화를 만들어 가는 이들입니다.

그러나 야만인 존이 목격한 '멋진 신세계'는 당황스러울 뿐입니다. 처음에는 고도의 과학 문명과 모든 것이 완벽하게 설계된 세계에 감탄하지만 곧 '멋진 신세계'의 현실을 깨닫죠. 멋진 신세계의 주민들은 셰익스피어를 모릅니다. 이들은 소수 지배자에게 통제받으며 조작된 행복에 길든 '백치'와도 같습니다. 한 사람과 지속적인 애정 관계를 갖는 결혼을 이해하지 못하는 레니나와 하는 연애는 좌절감을 주고, 신세계는 낯설고 모순 덩어리이며 실망스러울 뿐입니다. 오히려 야만인 보호구역의 인간이 더 인간적입니다.

'멋진 신세계'에 적응하지 못한 이들이 원한 건 '자유'

결국 존은 '멋진 신세계'의 불편함을 견디지 못하고 자신의 권리를 주장합니다. 신을 원하고 문학도 원하며 진정한 위험에 처해 보는 것도 원하며, 선과 죄 모두를 원한다며 자유롭게 해 달라고 간청하죠. 그러나 소장은 불행해질 권리를 원한다며 존을 비난합니다. 그 말에도 존은 그런 권리를 원한다고 대답합니다.

멋진 신세계에 완벽하게 적응하지 못하는 세 사람은 저마다 새로운 선택을 합니다. 헬름홀츠는 소장에게 기후가 나쁠수록 좋은 글이 나온다며 바람과 폭풍이 거세게 부는 곳으로 보내 달라고 합니다. 소장은 그를 포클랜드로 보낸다고 결정해요. 버나드는 지나친 자의식 과잉으로 공동생활에 적응하지 못하는 이들이 있는 곳인 아이슬란드로 보내기로 합니다.

야만인 보호구역의 인물인 존도 소장에게 자신을 헬름홀츠와 버나드가 떠나게 된 섬으로 보내 달라고 부탁하지만 소장은 존은 실험 대상이라는 이유로 부탁을 들어주지 않습니다.

헬름홀츠와 버나드, 그리고 존은 서로 마주하고 슬퍼서 침묵합니다. 이들은 슬픔을 나누며 연대하지만 결국 문명사회의 모습에 절망한 야만인 존은 혼자 떠나기로 결심하죠. 그는 '멋진 신세계'를 떠나 퍼튼햄과 엘즈테드 사이의 언덕마루에 서 있는 낡은 등대를 자신의 은신처로 택합니다. 그러나 사람들이 몰려와 그를 방해하자 존은 등대에서 스스로 삶을 마감합니다.

존 새비지의 죽음은 멋진 신세계의 종말을 고하는 동시에 또 다른 열린 결말이라고도 볼 수 있습니다. 마지막 장면에서 나침반처럼 흔들리는 존의 다리는 마치 죽어서라도 제대로 된 방향을 찾으려는 듯 보입니다.

세 번 언급되는 '멋진 신세계'

'멋진 신세계'는 작품에서 세 번 언급됩니다. 첫 번째는 원시부족에 있던 존이 신세계로 초대를 받자 새로운 세계를 동경하며 하는 말로 나옵니다. 이 장면은 16세기의 콜럼버스가 아메리카 대륙을 발견했을 때 느꼈을 기대감과 호기심, 희망을 연상시키죠. 레니나도 존에게 희망의 상징으로 나타나고요.

두 번째는 존이 수많은 보카노브스키 쌍둥이를 보고 경악해 구토하면서 그 말을 반복합니다. 이때 그는 기계화된 통제 밑에서 다양성과 창조성이 상실된 채 살아가는 인간의 모습을 보면서 냉소적으로 이 말을 내뱉습니다.

세 번째로 존은 엄마인 린다의 임종 앞에서 감정적으로 격앙되어 있다가 '소마'를 받으려고 몰려선 보카노브스키 노동자들을 보면서 '멋진 신세계'라는 말을 떠올려요. 그러고는 노동자들에게 줄 '소마'를 빼앗아 던져 버리면서 그들에게 자유를 찾으라고 하지만 존의 노력은 아무 소용이 없었습니다.

이 세 번의 언급은 모두 '멋진 신세계'가 사실은 디스토피아임을 시사합니다.

헉슬리가 우리에게 던진 질문

헉슬리는 이 작품에서 과학은 유용하지만 전체주의적인 체제에서의 과학은 얼마나 위험한지를 풍자합니다. 의심이 배제된 과학의 위험성을 인식하고 문학을 통해 인간의 휴머니즘을 지키고 찾아야 한다고 말하죠. 그러면서 인간 삶이 어느 방향으로 나아가야 하는지 질문을 던집니다.

먼저, 존이나 야만인 구역에 사는 사람들을 통해 헉슬리는 인간의 본능을 훈련이나 강압에 의해서 통제되는 것이 아니라는 사실을 보여 줍니다. 신세계에서는 감정을 시간이나 에너지를 소모하는 무가치한 것으로 치부하는데, 인간은 이성과 감성 모두의 주인이어야 하기 때문이죠.

과학의 발전이 무엇을 위한 편의인지 자연을 희생시키는 것은 어떤 의미가 있는지도 생각해 봐야겠죠. '멋진 신세계'의 사람들은 대부분 자신이 누군가에게 조종당하고 있으며, 인간성이 얼마나 훼손되고 있는지 의심하지 않았습니다. 그 세계에 세뇌당한 채 살아갔죠. 지금은 대부분이 자유주의와 민주주의 사회에서 살지만, 구조화된 사회 속에 인간 개인의 선택이나 자유가 실제로 얼마나 가능한지도 의문이죠.

도덕적인 인간의 모습도 생각해 볼 수 있습니다. '도덕'이 인간 삶과 문화와 함께 변화해 왔음을 고려한다면 도덕에 대한 판단도 시대에 따라 달라질 수 있지만, 『멋진 신세계』에서 도덕적 인간의 기준은 어처구니가 없습니다. 소설에서 존은 매우 부도덕한 인물로, 과거에 집착하고 금지된 책을 읽고 느끼지 말라는 감정을 느끼죠. 도덕적 선택이 항상 선악으로 양분된 상태에서 벌어지는 것은 아니며, 여러 개의 악 중에서 하나를 선택해야 하는 경우도 많다는 것을 생각하면 멋진 신세계에서 요구하는 도덕적 인간은 매우 단편적이고 기계적인 인간형입니다.

그런 의미에서 『멋진 신세계』는 과학이 사회의 모든 부분을 관리하게 된 미래 세계를 그린 디스토피아적 풍자소설이라고 할 수 있습니다. 과학 문명이 인간의 행복을 가져다주기는커녕 오히려 인간의 존엄성을 말살하는 비극을 가져온다고 꼬집고 있죠.

그러나 헉슬리가 제안한 인간가치 보존의 방법은 어딘지 모르게 불완전합니다. 인간의 가치를 보존하려면 기계문명을 멀리하고 원시사회의 불편을 감수해야 하는데, 그 결말에는 야만의 불완전성도 함께 보여 주고 있기 때문이에요. 존이 문명세계와 야만세계의 모순을 극복하지 못하고 죽음을 선택하는 결말은 자칫 미래에 희망이 없음을 이야기하는 것으로도 보입니다.

존 콜리어가 그린 올더스 헉슬리(1927).

다시 찾아본 멋진 신세계

헉슬리는 이 작품이 미진하다고 느꼈는지 이 작품을 발표한 지 27년이 흐른 뒤 『다시 찾아본 멋진 신세계』를 통해 자신의 의견을 보완합니다. 그는 자신의 예언보다 더 빨리 인구과잉에 따른 경제적 불안정, 독재체제의 선전, 대량 생산과 소비로 인한 기업과 정부의 권력 집중, 화학적 약물로 인한 중독현상 등이 더욱 심각해지고 있다고 경고하죠. 이를 위한 대안으로 어떠한 권력에도 굴복하지 않을 수 있는 자유주의에 대한 교육을 강조하고 개인의 독창성과 다양성을 염두에 둔, 자유와 관용, 자비심을 강조합니다.

또한 말년에 쓴 『섬』에서 현대 문명과 암울한 미래의 긍정적 대안으로 동서양이 조화롭게 균형을 이루고 융합한 유토피아를 제시합니다. 섬 '팔라'에는 자유롭고 평등하며 탐욕에 물들지 않은 사람들이 평화롭게 살아가죠. 불교, 힌두교, 기독교, 이슬람교 등의 종교가 어울리고 아이들은 어른의 소유가 아닌 그 자체로 존중받고 혜택을 누립니다. 헉슬리는 궁극적인 행복을 찾고자 골몰하며 『멋진 신세계』에서 보여준 미완의 유토피아를 이후 책을 통해 실현하려고 했습니다.

그런 의미에서 헉슬리가 제시한 유토피아는 기계화의 부속으로서의 인간이 아닌, 인간 자체로서의 존엄과 인간성의 회복, 관용과 자비 등이 있는 세계입니다. 기계나 인간 중의 양자택일이 아니라 중용을 통해 조화와 질서로 나아가는 세계죠. 과학기술의 발달로 인한 인간의 오만함이 미래 인류의 파멸을 가져올 수 있음을 예고했지만, 그 대안으로 다다른 지점은 동양적 가치관과 신비주의적 정신이 강조된 세계였습니다.

여러분이 생각하는 유토피아는 어떤 세계인가요? 그런 세계가 과연 존재할까요? 문명은 질주하고 있는데 우리는 어디를 향해 가고 있는 것일까요? 브레이크가 없이 앞만 보고 달리는 것은 아닌지, 그것 때문에 우리가 놓치는 것은 없는지, 이 책을 덮으며 지금까지 꿈꿔 온 이상향을 점검해 보면 좋겠습니다.

더 읽을거리

유토피아 vs 디스토피아

'현실에는 어디에도 존재하지 않는 사회, 이상적인 세계'를 묘사하는 '유토피아utopia'의 희랍어 어원은 'u(없다)'와 'topos(장소)'의 복합어이다. 어디에도 없는 땅, 실현 불가능한 이상 등을 뜻한다. 동시에 이 말은 '좋은(eu-)', '장소'라는 뜻을 연상하게 한다.

유토피아의 역사는 플라톤의 『국가』에 나오는 이상 국가까지 거슬러 올라간다. 그러나 정확히는 토머스 모어가 라틴어로 쓴 『유토피아』(1516)를 시초로 해 유래된 말이다. 이 책은 히스로디라는 선원에게서 들은 이상의 나라 '유토피아'의 제도·풍속 등을 묘사한 작품이다. 근대 이후 서양 사회에서의 이상 사회를 표현할 때 유토피아라고 부른다.

유토피아를 드러내는 대표적인 작품들로는 플라톤의 『공화국』, 프랜시스 베이컨의 『새로운 아틀란티스』, 에드워드 벨라미의 『뒤돌아보면』, 윌리엄 모리스의 『유토피아에서 온 소식』, B. F. 스키너의 『월든 투』 등이 있다.

디스토피아dystopia는 유토피아와 정반대의 상황을 전제로 한다. 역逆유토피아라고도 한다. 유토피아가 현실 세계에 존재하지 않는 이상적 세계를 뜻하는 말이라면, 디스토피아는 오히려 암울하고 부정적으로 세계를 그려 낸다. 디스토피아 문학은 가장 부정적인 암흑세계의 픽션을 그려 내 현실을 날카롭게 비판하는 묵시록적 경고의 역할을 한다. 충격적이면서도 진지한 경고를 던지는 작품이 대부분인데, 정치 체제, 특히 전체주의를 겨냥하며 현실을 날카롭게 비판하는 문학 작품 및 사상을 가리킨다.

토머스 모어의 『유토피아』(1518)에 수록된 암브로지우스 홀바인의 유토피아 그림.

디스토피아는 현대 문학 작품에서도 다양하게 나타난다. 주로 지구촌 핵 문제, 무분별한 군비 경쟁과 그로부터 파생하는 전쟁의 공포, 지구 생태계 파괴와 공해 문제, 제3세계의 기아 문제와 제국주의 국가들의 침략 문제 등을 다룬다.

대표적인 작품으로 올더스 헉슬리의 『멋진 신세계』, 조지 오웰의 『1984』, 예브게니 자미아틴의 『우리들』, 잭 런던의 『강철군화』, 레이 브래드베리의 『화씨 451도』, 마거릿 애트우드의 『시녀 이야기』, 윌리엄 깁슨의 『뉴 로맨서』 등이 있다.

14. 자신의 존재를 긍정하고 네 삶의 주인이 되어라

『도덕의 계보학』_프리드리히 니체

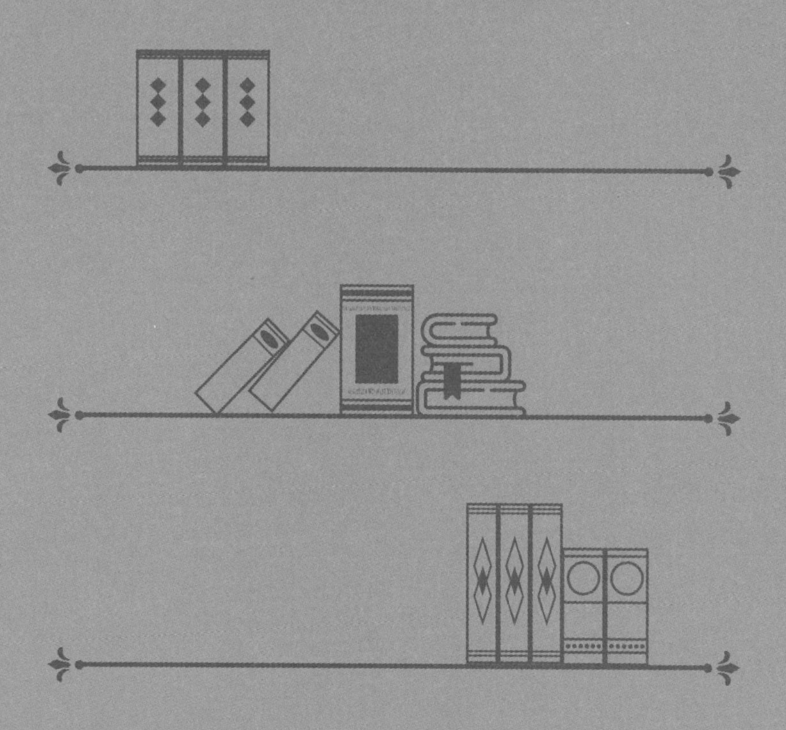

프리드리히 니체.

프리드리히 니체Friedrich Wilhelm Nietzsche (1844~1900)는 독일의 철학자이자 시인입니다. 1844년 독일 레켄의 기독교 집안에서 태어났습니다. 그의 할아버지와 아버지는 목사였고, 할머니와 어머니는 목사의 딸이었습니다. 이런 이유로 부모는 그가 목사가 되리라고 생각했습니다. 그러나 니체는 부모님의 예상과 달리 훗날 역사상 누구보다도 강하게 기독교를 비판하는 철학자가 됩니다.

다섯 살 때 아버지가 사망한 뒤, 니체는 어머니와 누이동생과 함께 외할머니의 집에서 자랐습니다. 열네 살에 슐포르타 기숙학교에서 교육을 받고 1864년에 본 대학에 입학해 신학과 고전 문헌학을 공부했습니다. 본 대학에 다닐 당시 쇼펜하우어의 『의지와 표상으로서의 세계』를 읽고 나서는 철학적 사유에 입문했습니다.

1865년, 스승인 리츨을 따라 라이프치히 대학으로 옮겨 갔고 1867년에 입대했으나 말을 타다가 다쳐 1년 만에 제대했습니다. 스물다섯 살의 젊은 나이로 스위스 바젤 대학의 고전 문헌학 교수로 초빙되며 음악가 바그너와 친분을 쌓기도 했습니다.

스물여덟 살 때 첫 저작 『비극의 탄생』이 출간됐습니다. 이 책에서 니체는 아폴론적인 가치와 디오니소스적인 가치를 구분하며 유럽 문명 전반을 꿰뚫는 통찰을 제시했지만, 바그너의 극찬과는 달리 호응을 크게 얻지는 못했습니다.

이후 1870년에 전쟁이 일어나 위생병으로 지원했다가 이질과 디프테리아에 걸려 곧 제대합니다. 이때부터 건강은 계속 나빠졌습니다. 1873년부터 1876년까지는 독일과 독일 민족, 유럽 문화를 통렬히 비판하며 '천재'를 새로운 인간형으로 제시한 『반시대적 고찰』을 펴냈습니다. 1879년에 건강이 악화하면서 재직 중이던 바젤 대학을 퇴직한 뒤 주로 이탈리아와 프랑스의 요양지에 머물며 저술 활동에만 전념했습니다.

니체는 1888년 말부터 정신이상 증세를 보였습니다. 어머니와 여동생이 헌신적으로 간호했으나 12년이라는 오랜 세월을 병마에 시달렸습니다. 그 후 20세기가 시작되는 1900년 8월 25일, 바이마르에서 생을 마치고, 고향 뢰켄에 묻혔습니다. 니체의 정신병을 두고 원인이 분분하지만 젊었을 적 얻었던 매독이 정신분열로 이어졌다는 설이 강한 설득력을 얻고 있습니다.

주요 작품으로 잠언 형식의 아포리즘으로 저술한 『차라투스트라는 이렇게 말했다』와 영미 철학이 자주 구사하는 계보학으로 논지를 전개한 『도덕의 계보학Zur Genealogie der Moral: Eine Streitschrift』이 있습니다. 그 밖의 작품으로 『인간적인 것, 너무나 인간적인 것』, 『선과 악의 저편』과 자서전 『이 사람을 보라』 등이 있습니다.

현대 사상에 크게 영향을 미친 인물로 흔히 카를 마르크스, 지그문트 프로이트, 페르디낭 소쉬르, 프리드리히 니체를 꼽습니다. 이들 사상의 공통점이라면 인간 문화는 외부의 존재가 절대적인 힘을 발휘해 형성된 것이 아니라 인간 스스로가 지닌 내적인 힘에 의해 만들어졌다는 것이에요. 그 힘을 마르크스는 '실천'으로, 프로이트는 '무의식'으로, 소쉬르는 '구조'로, 그리고 니체는 '초인적 힘'으로 표현했습니다.

조금 더 풀어서 말하면, 독일의 철학자이자 국제노동운동 지도자인 마르크스가 제시한 '실천적 유물론'은 현실적인 모든 것은 관념이나 의식이 아니라 오직 물질이기 때문에 인간의 실천적인 활동은 바로 사회의 물질적인 조건에 의한 활동, 그러나 실천으로 이 조건을 변화시킬 수 있는 활동을 말합니다. 산업혁명은 자본의 유무에 따른 계급의식을 불러일으켰다며, 물질의 발전이 인류 역사를 이루어 나간다고 주장했죠. 물질적인 조건과 변화가 인간 정신과 의식을 결정하기 때문에 우리 삶의 조건을 바꾸려면 물질적인 경제 상황을 바꾸어야 한다고 강조했어요. 그러면서 물질문명이 진보할수록 약한 자는 망하고 가진 자만 살아남게 되어 결과적으로 자본주의가 붕괴할 수밖에 없다고 주장하며 공산주의를 창시했습니다.

그에 비해 정신분석학파의 창시자인 오스트리아의 정신과 의사 프로이트는 인간은 이성적이고 합리적인 사고를 하는 존재가 아니라고 주장합니다. 자신도 모르는 깊은 무의식의 지배를 받는 존재라는 것이죠. 프로이트 이전의 철학자들은 인간을 이성적이고 합리적인 사고를 하는 존재로 보았지만, 프로이트는 인간의 이성은 빙산의 일각일 뿐이며 훨씬 많은 부분은 가늠조차 할 수 없는 무의식으로 존재하며 그 무의식에 지배를 받는다고 주장합니다. 우리가 이성적이고 합리적으로 생각하고 판단하는 것 같아도 사유의 주체는 우리의 생각만큼 투명하지도, 통일성이 있지도 않다고 합니다.

스위스의 언어학자인 소쉬르는 "언어는 사물의 이름이 아니며, 기의란 기표의 차이에 의해서만 드러나는 것"이라고 말합니다. 언어의 의미는 외부의 대상과 맺는 관계를 통해서가 아니라 단어 사이에 존재하는 동일성과 차이의 관계에 의해 구성된다는 것이죠. 예를 들면, 흔히 '연필'이라는 사물이 있어서 '연필'이라는 언어를 명명하는 것으로 생각할 수 있으나, '연필'과 '볼펜'이 다르듯 어떤 말의 의미는 다른 말의 의미와 차이에 따라 정해진다는 것이에요. 이와 마찬가지로 '아버지'라는 단어의 의미는 실제의 생물학적 존재로서의 아버지와의 관계에 의해 형성되는 것이 아니라, 어머니나 자녀, 삼촌 등 다른 단어들과의 차이에 의해 규정되는 것이죠. 이러한 언어의 차이는 세계를 다르게 인식하게 하기 때문에 우리는 언어가 지시하는 기표와 지시받는 기의를 통해서만 세계를 인식할 수 있다고 주장합니다.

그렇다면 니체가 주장한 것은 무엇일까요?

니체가 주장한 '초인적인 힘'

인간의 능력을 넘어서는 강한 힘과 초능력이 있는 가상의 영웅 중에 '슈퍼맨'이 있는데, 이 '슈퍼맨'의 이름은 니체가 처음 쓴 '위버맨쉬 Ubermensch(초인)'라는 단어에서 유래했습니다. '위버맨쉬'는 '육체와 정신의 불완전성을 모두 극복한 이상적 인간'을 뜻합니다.

니체는 '힘에의 의지the will to power'를 갖고 '초인적인 힘(초인)'을 소망해야 한다고 주장합니다. 허무할 수밖에 없는 삶을 받아들이기 위해서는 신에 의지하지 말고 인간 스스로 자신을 믿고 극복해 나가며 의지를 갖고 힘, 즉 스스로 주인이 되고자 하는 의지를 길러야 한다는 것이죠. 청소년들이 독립하기 위해서는 부모에게서 떨어져 자신의 힘을 길러야 하는 것과 마찬가지로요.

데카르트에서 칸트를 거칠 때까지 철학자들의 관심은 온통 이성에 있었는데, 니체는 '의지'를 철학의 맨 앞줄로 옮겨 놓았습니다. 인간의 의지가 인간의 능력을 최대한으로 끌어올려 주는 아주 적극적이고 긍정적인 힘이라고 생각했죠. 역사는 힘을 지닌 '강자'에 의해 움직인 것이라고 하면서 그 힘을 추구하라고 했어요.

그러면서 당시 오랫동안 사회를 지배한 강력한 이데올로기였던 기독교를 비판합니다. "오른쪽 뺨을 때리거든 왼쪽 뺨도 내밀어라" 같은 기독교의 가르침은 역사를 움직이는 강자의 손발을 꽁꽁 묶을 뿐이라고요. 니체가 보기에 기독교는 '힘에의 의지'가 있는 강자를 파멸시키고, 강자의 자신감을 불안과 양심의 괴로움으로 바꿔 놓으려는 것으로만 보였어요.

니체는 "신을 죽이고 인간이 스스로 독립하는 것만큼 위대한 것은 일찍이 없었다. 이러한 행위 이후의 역사는 그전과는 완전히 다를 것"이라고도 주장했습니다. 신에게 의존하는 삶이 아니라 스스로가 주체가 되어 삶을 살아야 한다는 것을 상징적으로 표현했죠. 그 말은 고통과 고난을 겪고서도 삶을 긍정할 수 있는 강인한 정신력을 키우는 데 의미가 있다는 것이에요.

기존의 가치를 전복시키며 혼란한 19세기를 극복

니체가 살았던 19세기는 자본주의가 맹렬하게 발전하면서 혼란이 함께한 시기예요. 니체가 보기에 문명의 발전은 계층 간의 갈등을 불러일으켰고 인간을 타락시켰어요. 결과적으로 인류를 허무주의에 빠지게 했어요. 니체는 그 원인을 인류가 이미 수명을 다한 낡은 가치관에 목매어 있기 때문이라고 봤습니다. 그 대표적인 가치관이 당시 서구의 대표적인 이데올로기인 기독교 가치관이었고요.

니체는 기존 사람들의 기독교적 가치를 완전히 전복시켜 버립니다. 근대 이전에 선이라고 하는 것은 신의 뜻대로 하는 것, 신의 말을 거역하지 않는 것이라고 봤다면, 니체는 선이라는 것은 인간의 정신력, 힘의 의지를 강화하는 것이라고 보았어요. 반대로 악이란 인간의 정신력을 약화하는 것이라고 보았고요. 행복도 마찬가지예요.

근대 이전의 사람들은 신의 은총을 받고 천국에 가는 것을 행복으로 보았다면, 니체는 자신의 힘이 고양되는 것을 느낄 때 행복감을 느낀다고 봤습니다. 고통, 고난을 극복할 때, 투쟁하면서 자기가 강한 존재가 된다고 느낄 때를 말하는 거죠.

니체는 '초인적인 힘'을 발휘하기 위해서는 힘을 지니려는 '의지'가 필요하다고 말합니다. 힘을 지니려는 '의지'라고 하면 흔히 강한 사람이 약한 사람을 억누르고 괴롭히는 것을 떠올리기 쉽지만, 니체는 이런 경우를 비겁하고 야비한 것으로 봤습니다. 진정으로 힘의 의지를 느끼려면 자기와 대등한 상대와 겨루거나 자기를 극복하는 데서 나온다고 본 거죠. 자기보다 약한 사람을 괴롭히는 일은 창피한 일인데, 정신력이 약한 사람이야말로 쉽게 자신의 힘을 느끼기 위해 왜소한 사람들을 괴롭히니까요.

니체는 힘이 사용되는 목적과 시점을 중요하게 여겼습니다. 자기를 극복하는 것이 모든 인간의 목표가 되어야 하듯, 모든 힘은 선악의 너머에 서서 새로운 변화를 창조할 때만 정의롭다는 것이죠. 현실적으로 지배자라고 해서 강한 자가 아니고 현실의 생을 긍정하며 극복하고 개척해 나가는 자가 강한 자라는 것이에요.

에드바르트 뭉크의 니체 초상화(1906).

기존 가치를 전복시킨 '망치의 철학자'

'계보학'은 조상의 혈통이나 집안의 역사를 연구하거나 사람의 혈연관계나 학문, 사상 등의 계통 또는 순서 등을 과학적인 방법으로 규명하는 학문이에요. 니체가 『도덕의 계보학』에서 다루고자 했던 것은 사람이 어떤 조건에서 선악의 도덕을 나누고, 누가 선악을 주장하며, 가치 판단을 어떻게 하는지 등이었어요. 니체가 판단하기에 도덕 감정은 특수한 토양에 영향을 받아 형성된 감정입니다. 그것은 권력이 있는 자와 그렇지 못한 자가 서로를 착취하거나 지배를 수월하게 하거나 자신의 행동을 합리화하기 위해 왜곡했죠.

니체는 "세상에는 진짜보다 우상들이 더 많다. 나는 망치를 들고서 의문을 제기한다"라며 19세기를 지배했던 가치관에 반기를 들고 당시의 '도덕'을 날카롭게 비판합니다. 그것은 "신은 죽었다"라는 선언 속에 당대의 '도덕'도 포함되기 때문이에요. 신의 죽음을 설명하는 한 대목을 보면 인간이 변하기 위해서는 신의 그림자까지 정복해야 한다고 말합니다. 그런 의미에서 '신은 죽었다'라는 표현은 단순히 기독교를 공격한 것이 아니라 유럽 문명의 종말과 새로운 시작을 선언하는 것에 가깝습니다.

니체가 판단하기에 신, 이데아, 보편정신 등 기존의 진리는 인간을 노예화하는 작용과 숨겨진 의도가 있었습니다. 신의 권위에 무조건 복종하는 삶은 인간을 피폐하게 만든다고 보았죠. 그중 19세기 유럽의 도덕 기호 이면에는 기억, 국가, 문명, 종교 등의 계보와 떼려야 뗄 수 없는 관계가 있었어요. 모든 게 신으로부터 나온다면 악도 그렇지 않을까 하는 질문을 하게 된 거죠.

그래서 니체는 문헌학을 공부하면서 사람은 어떤 조건에서 선악의 가치 판단을 하고 어떻게 선악의 문제를 바라보는지에 대해 여러 가지를 살폈습니다. 도덕적 가치의 연원이 서구 역사를 통해 강요되어 뿌리내린 것으로 보고 이를 구체적으로 추적했죠. 일반화할 수 없는 도덕을 일반화하려니 왜곡됐다고 보며, 어떤 토양에서 저런 가치가 생겼을까를 근원부터 살핀 거예요.

『도덕의 계보학』은 도덕 개념의 발생사를 논문 세 편으로 분석합니다. 먼저, 첫 번째 논문에서는 기독교의 심리학을 다룹니다. 기독교를 약자의 '원한'에서 생겨난 것으로 보고 당대 도덕의 기준인 '선과 악', '좋음과 나쁨'이라는 개념을 고찰합니다. 두 번째 논문에서는 양심의 심리학을 다뤄요. 니체는 양심은 '인간 내부에 있는 신의 음성'이 아니며 '내부로 향하는 잔인함의 본능', 즉 '자학'이라고 판단합니다. 세 번째 논문에서는 금욕주의적 이상의 힘이 어디서 오는지에 답을 합니다. 그 답은 '신이 사제의 배후에서 활동하기 때문이 아니라 지금까지 유일한 이상으로 그것의 경쟁상대가 없었기 때문'이라는 것이에요.

주인도덕 VS 노예도덕

니체가 도덕의 역사를 계보학적으로 고찰하며 문제 삼은 도덕적 가치 기준은 두 가지 형식입니다. '좋다'와 '나쁘다'의 가치평가를 하는 주인도덕과 '선하다'와 '악하다'의 가치평가를 하는 노예도덕이죠.

니체의 생각에 당시의 도덕관은 유럽 사회를 지배했던 권력의 작동으로 형성됐으며, 게르만 전사 귀족과 기독교의 영향이 컸어요. '좋다'와 '나쁘다'의 가치 기준은 권력자들이 자신들의 속성을 '좋다'고 정의하고 피지배계층의 속성을 '나쁘다'고 정의해 강제한 결과에요. '선하다'와 '악하다'는 피지배계층이 지배계층에 대한 원한과 증오가 역사적으로 표현된 결과이고요.

루터에 따르면, 기독교는 고대 로마의 피정복 민족, 즉 약자로서의 원한과 증오라는 역사적 배경을 가지고 있는데, 그러한 역사는 권력의 작동에 영향을 받아 선과 악, 양심 등의 도덕적 가치를 만들었어요. 따라서 모든 것을 초월하는 절대적인 진리는 존재하지 않으며, 당시의 도덕관은 인간이 자기 삶을 당당히 살아가기 위해 극복하고 새로 창조해야 할 대상인 것이에요.

"고귀한 인간은 자기 자신을 신뢰해 마음을 열고 살아가는 반면에 원한을 품은 인간은 솔직하지도 순진하지도 않으며, 자기 자신에 대해 정직하지도 진솔하지도 않다. 그의 영혼은 곁눈질을 한다. 그의 정신은 은신처, 샛길, 뒷문을 사랑한다. 그는 숨겨진 모든 것을 자신의 세계, 자신의 안전, 자신을 생기 나게 하는 것으로 여긴다."✦(45쪽)

"보복하지 않는 무력감은 '선함'으로 바뀝니다. 소심한 비겁함은 '겸허'로 바뀝니다. 증오하는 사람에게 복종하는 것은 '순종'으로 바뀝니다. 약자의 비공격성, 그에게 풍부한 비겁함 자체, 그가 문가에 서서 어쩔 수 없이 기다려야 하는 것이 여기서는 입에 발린 말로 '인내'가 되고, 또한 저 미덕으로 불릴지도 모릅니다. 복수할 능력이 없는 것이 복수할 마음이 없는 것으로 불리고, 심지어는 용서로 불릴지도 모릅니다."(57쪽)

주인도덕은 자신에 대한 책임은 자신이 갖고 자신의 의지에 자기를 복종시킬 수 있을 뿐만 아니라 고귀한 이상에 능동적으로 헌신합니다. 노예도덕은 자신을 책임질 수도 없기 때문에 내적 의지가 아닌 외부적 강제에 얽매여요. 예를 들면, 노예들은 자신들이 힘센 자의 능력에 미치지 못한다는 것을 알기 때문에 고귀함, 힘셈, 아름다움, 행복 등의 귀족주의적인 선을 무가치하고 악한 것이라고 깎아내리죠. 그 대신 괴로움, 비천함, 겸손, 친절, 선량, 동정, 인내, 따뜻한 마음씨 등을 선이라고 주장한다는 것이에요.

니체가 보기에 이는 허구이며 열등한 자들이 삶을 왜곡하여 해석한

✦ 니체, 홍성광 옮김, 『도덕의 계보학』, 연암서가, 2013.

것에 지나지 않았어요. 이것이 바로 노예도덕일 뿐이죠. 이에 니체는 노예도덕을 물리치고 강하고 충만한 주인도덕을 부활시켜야 한다고 강조합니다.

'원한'은 노예도덕의 산물

니체는 '주인도덕'과 '노예도덕'의 구분은 계급적인 것이 아니라 각 개인이 지닌 힘에 의한 것으로 봅니다. 주인은 스스로 도덕적으로 판단할 수 있는 힘을 가진 존재이기 때문에 외부의 눈치를 볼 필요 없이 자신의 기준으로 '좋음과 나쁨'을 기준 삼아요. 약자인 노예는 자신은 힘이 없어 그 자신을 기준으로 삼지 못합니다. 오히려 늘 타인과 비교하고 강자와 대립된 존재로서 자신을 한계 짓죠. 그런 대비 속에서만 존재 의미를 발견하기 때문에 강자에 대한 '원한'이 생깁니다. 이때 생기는 '원한'은 어리석은 감정으로 자기의 열등한 지위를 인정하면서 그 처지를 극복하려 하기보다 비난의 화살을 외부로 돌림으로써 자신의 열등함을 합리화하려는 마음이에요.

예를 들면, 양은 맹수가 자신에게 주는 죽음의 공포를 이길 수 없기에 맹수의 가치를 인정하기보다는 원한을 품게 됩니다. 원한 감정은 맹수를 절대 관계 맺지 못할 악으로 상정해요. '나는 선하고 맹수는 악하다'라는 자기방어를 합리화시켜요. 그러나 맹수에게 양은 대립 관계가 아니라 자기 생존에 유익한 가치를 지닌, 나와 다른 존재일 뿐이에요. 원한 감정이 생길 리 없어요. 그런데 노예는 양이 맹수를 비난하듯 원한을 품고 주인을 비난합니다. 자신에게 온 고통을 부정하고 회피하는 방식으로 자신을 긍정하고요.

그러나 주인은 자신을 긍정하기 위해 원한이 필요하지 않으며 고통에도 과감히 맞섭니다. 현실에 대한 강한 애착을 갖고, 어떤 고통이든 긍정하며, 명예나 야심을 추구합니다. 니체는 앞의 예시에서 오히려 양은 악이고 맹수는 선이라고 말합니다. 맹수는 '힘에의 의지'의 강함과 약함을 왜곡 없이 문제를 직면하는 강자의 모습이며 문화 창조의 강한 동력이 되는, 존재하는 그대로의 실존을 인정하는 태도를 보여준다고 말합니다.

'양심'과 '금욕적 이상'

도덕적인 감정인 '양심'의 기원에 대해서도 니체는 권력을 지닌 자가 무기력한 개인에게 각인시킨 결과로 보았습니다.

> '양심의 가책'을 생각해 낸 자는 누구인가. 바로 원한의 인간이 아니던가!(98쪽)

니체에 따르면 양심의 가책을 느낀다는 것은 자신에게 생기는 욕구나 욕망인 자연 본능을 나쁜 눈초리로 보게 해 자기를 학대하는 것입니다. 본능의 금지는 그것을 사라지게 하지 않고 방향을 전환하도록 만들어 자신의 자연 본능을 나쁜 감정으로 해석하게 했다는 것이죠.

> 인간은 너무 오랫동안 자신의 자연스런 성향을 '나쁜 눈초리'로 바라보았기 때문에, 급기야는 인간 속의 자연스런 성향이 '양심의 가책'과 떼려야 뗄 수 없는 밀접한 관계가 되고 말았다.(128쪽)

그러나 니체가 생각하는 양심은 동물성을 극복한 주권적 개인이 자신에게 갖는 좋은 감정입니다. 자신의 자연 본능까지 긍정하는 표현이죠. 니체에게 인간의 완성은 '자신만의 힘을 위해 독립적이고 지속적인 의지를 갖는 인간', '자유로운 의지의 주인'이 되는 것이에요. 니체는 이러한 인간이 갖는 자유의 의식, 힘에 대한 느낌, 책임 의식을 '양심'이라고 말합니다.

니체는 기독교적 이상이 자연 본능을 억압하는 '금욕적 이상' 또한 현실적 쾌락을 '악'으로 칭하며 내세에 대한 믿음을 '선'으로 상정한다며, 그것은 '병든' 공기여서 인간의 자연스러운 본능을 억압해 죄책감을 느끼게 한다고 지적합니다. 종교적 구원으로서 금욕주의 실천을 제시하지만, 이는 일시적인 효과만 있을 뿐이라며 금욕주의적 이상은 다른 해석이나 다른 목표를 허용하지 않기 때문에 역사와 심신의 건강과 예술과 문학 등에 부정적인 영향을 미친다고 보았습니다.

> 실제로 금욕적 사제는 인간 안의 들개 무리 전체를 주저 없이 자신에게 봉사하도록 해 왔고 때로는 이 개를 때로는 저 개를 풀어놓으면서 언제나 동일한 목적을 달성하려고 했다. 그 목적이란 만성적인 슬픔으로부터 인간을 깨어나게 하고 일시적으로나마 그의 무지근한 고통이나 망설이는 비참함을 최소한 쫓아버리는 것인데, 또한 이를 행할 때는 언제나 종교적으로 해석하거나 '정당화'해 왔다.(197~198쪽)

니체의 입장에서 욕구나 욕망은 신체에서 비롯됩니다. 그것을 억제할 경우 인간 삶은 왜곡될 수밖에 없죠. 삶이 왜곡되면 근원적인 생명활동이 왜소화하고 병리적인 도착상태에 빠지므로 금욕주의적 도덕은 인간이 본래 가지고 있는 힘의 원천을 봉쇄하기 위한 시도라고 본 것이에요.

> 인간은 이제 더 이상 바람에 흩날리는 가랑잎 같은 존재가 아니었으며, 불합리한 '무의미'의 노리갯감이 아니었다. 인간은 이제 무언가를 의욕할 수 있었다. 어디로, 무엇 때문에, 무엇으로 인간이 의욕했는가는 우선 아무래도 상관없다. 의지 자체가 구원받았던 것이다.(230쪽)

니체는 이 책에서 자신을 극복하는 자유롭고 창조적인 인간이 되어야 한다고 강조합니다. 개인적, 사회적인 원한이 쌓이면 그 개인 또는 사회에 독이 되어 돌아오기 때문이에요. 도덕관은 우리의 의식이나 행위의 중요한 판단기준으로 작용하고 그것들이 모여 사회를 형성하죠. 이 때문에 분출하는 본능과 역동하는 힘을 이용해 인간 스스로 가치를 만드는 존재로 돌아가라고 권합니다. 삶을 긍정하고 운명을 사랑하며 스스로 가치를 부여하는 자유롭고 창조적인 인간이 되라고 하죠. 그러한 인간 구현을 위해 개인이 주체적으로 삶을 살아갈 수 있도록 독려하는 사회가 되어야 한다는 것을 암시합니다.

자신의 가치는 자신이 만들어라

우리는 획일화된 교육, 자본의 논리, 다양한 대중매체, 무한경쟁의 압박, 종교와 사상의 이론들, 정치와 권력의 의도에서 자유롭지 못합니다. 그런데도 우리는 그러한 가치들을 자신의 자유의지로 능동적으로 추구하며 산다고 착각하기도 해요. 그러한 우리에게 니체는 "그런

스위스 실스마리아에 있는 니체의 집. 이곳에 머물며『차라투스트라는 이렇게 말했다』를 완성했다.

것들이 당신을 주인으로 이끄는가, 노예로 이끄는가"라고 묻습니다. 그러면서 "너 자신의 존재를 긍정하라, 너 자신이 네 삶의 주인이 되어라, 가치의 비판자이며 새로운 가치의 창조자가 되어라. 그래서 네 삶의 예술가가 되어라"라고 말합니다.

19세기, 목적과 가치가 사라져 버린 허무주의 시대, 초월적 가치를 믿지 않고 물질만을 중시하는 세속화 시대를 확인한 니체는 "신이 죽었다"라고 선포했지만, 니체가 말한 '신이 죽은 시대'는 지금과 더 잘 어울리는 말이 된 듯합니다. 목표 없는 공허함에 힘겨워하는 이들이 많아지고 물질이 무엇보다도 최고의 가치가 된 것은 21세기 현대인의 자화상이기도 하니까요.

니체는 절망의 시대에서 절망하지 말고 삶을 견뎌 내어 스스로 가치를 만들어 가라고 재촉합니다. '도덕의 의미는 무엇이고, 그것이 우리 삶에 어떻게 영향을 미치고 그렇다면 어떻게 해야 하는지' 여전히 의심하고 질문하라고 하죠. 그것은 노예도덕을 거부할 힘을 길러 자기 삶의 중심에 서는 일입니다. 다양한 가치가 난무하는 이 시대에 가치를 분별하여 실천하는 힘을 갖는 것이기도 합니다.

멘토가 유행하는 이 시대에 니체를 멘토 삼으려 한다면 아마도 니체는 "제자가 되려 하지 마라. 자기의 가치는 자기가 만드는 것이다"라고 말하지 않을까 합니다.

15. 그래도, 우리는 사랑해야 한다

『자기 앞의 생』__에밀 아자르

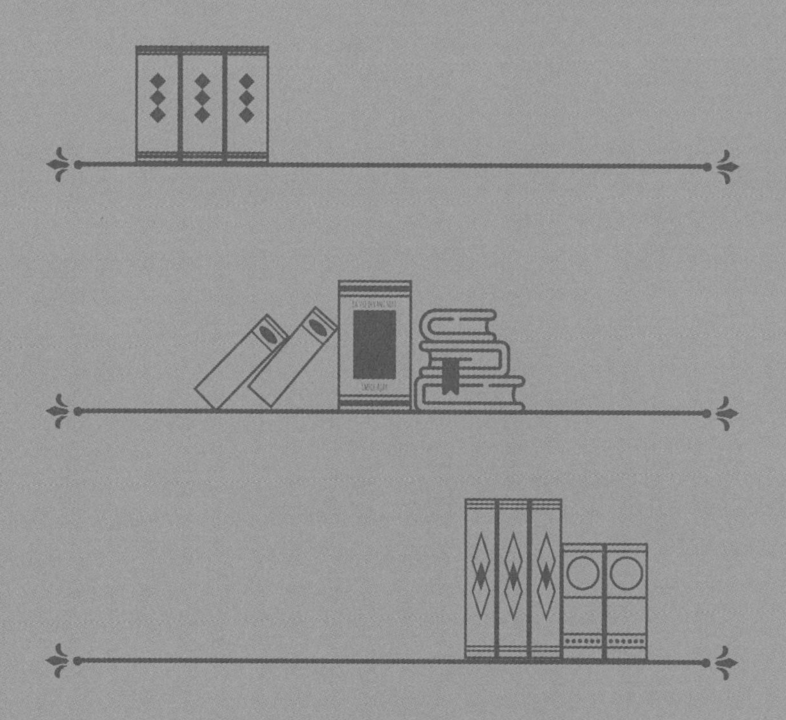

에밀 아자르.

에밀 아자르Emile Ajar(1914~1980)는 러시아 모스크바에서 태어난 프랑스 국적의 소설가이며 영화감독이자 외교관입니다. 우리에게는 로맹 가리Romain Gary로 더 알려졌으며, 본명은 로맹 카체브Roman Kacew입니다. 유대인인 아버지는 사업가였고 어머니는 무명배우였습니다. 1925년에 부모가 이혼 뒤에는 어머니와 함께 살았습니다.

유대인 인종차별을 피해 어머니와 함께 리투아니아, 폴란드 등지로 옮겨 다니다가 열세 살 때부터 프랑스 니스에 정착했습니다. 1934년에 파리 법과대학에 입학해 법학을 전공했습니다. 나치가 프랑스를 점령한 뒤 영국으로 건너가 레지스탕스 단체인 자유 프랑스군의 일원으로 유럽과 북아프리카에서 활동했습니다.

1935년 2월 15일, 단편 「폭풍우」가 문예지 《그랭구아르》에 당선되며 등단했습니다. 2차 세계대전이 벌어지자 1940년에 프랑스 공군에 입대해 참전하고, 이 공로로 레지옹 도뇌르 훈장을 받았습니다. 로맹 가리로 이름을 바꾼 것도 이 시기입니다. 이때 집필한 첫 장편소설 『유럽의 교육』은 프랑스 비평가상을 받았습니다.

로맹 가리는 1945년부터 여러 나라에서 외교관으로 근무했습니다. 1956년에는 『하늘의 뿌리』로 프랑스 공쿠르 상을 받았습니다. 같은 해에 미국 로스앤젤레스의 프랑스 총영사관 총영사로 부임했습니다. 이때 1958년에 자신의 소설 『하늘의 뿌리』를 영화화한 작품 『천국의 뿌리』의 각색에 참여했습니다.

단편소설 『새들은 페루에서 죽다』는 미국 최우수 단편소설상을 받고 진 세버그가 주연한 동명의 영화로도 제작됐습니다. 진 세버그와 이혼한 뒤에도 진 세버그를 주인공으로, 로맹 가리가 직접 시나리오를 집필해 감독한 영화 『킬』을 발표했습니다. 영화는 흥행에 실패했고 로맹 가리는 영화계를 떠났습니다.

로맹 가리는 에밀 아자르의 신분을 철저하게 숨기며 두 이름으로 작품을 발표했습니다. 1975년, 에밀 아자르라는 필명으로 발표한 소설 『자기 앞의 생La vie devant soi』이 그해 공쿠르 상을 받았습니다. 공쿠르 상은 1903년에 만들어진 프랑스 최고 권위의 문학상으로, 한 작가에게 한 번밖에 수여되지 않는데 에밀 아자르는 두 번이나 받게 됩니다.

진 세버그가 파리 근교에서 자살한 이듬해인 1980년에 로맹 가리도 파리의 자택에서 자살로 생을 마감합니다. 그가 남긴 유서 「결전의 날」과 사망한 지 1년 뒤에 발표된 유고 『에밀 아자르의 삶과 죽음』을 통해서 자신이 에밀 아자르라는 가명으로 『그로칼랭』, 『가면의 생』, 『솔로몬 왕의 고뇌』, 『자기 앞의 생』을 썼음을 밝혔습니다. 그가 쓴 그 밖의 작품으로 『낮의 색깔들』, 『새벽의 약속』, 『장지스콘의 댄스』, 『마법사들』, 『당신의 티켓은 더 이상 유효하지 않다』 등이 있고, 미완성 유작으로 단편 『마지막 숨결』(2005년 공개)이 있습니다.

제게는 1979년에 출간된, 당시 정가가 2천 원이었던 책《자기 앞의 생》(도서출판 청산사, 1979)이 있답니다. 종이는 이미 누렇게 색이 바랬고, 당시 읽으며 밑줄을 쳤던 연필 자국들이 희미하게 남아 있는, 행이 세로로 편집된 책이죠. 이 책을 읽었을 때 저는 중학생이었는데, 그때는 에밀 아자르가 로맹 가리라는 사실이 아직 밝혀지기 전이었어요. 책의 저자 소개에는 "에밀 아자르는 필명이며 그의 본명은 아직 아무도 모른다. 1940년경에 유고슬라비아인 모친의 외아들로 니스에서 태어나 파리에서 중등교육을 받았다는 것 외에는…… 그는 매스컴을 싫어해 1975년에 이 책으로 공쿠르상을 받은 후에도 자기의 정체를 밝히지 않아 의문과 물의를 일으켰다"라고 소개됐죠. 정체를 알 수 없는 작가 때문인지는 몰라도 이 책은 더 깊은 생의 비밀과 신비를 간직하고 있는 듯이 여겨졌습니다.

성년이 된 뒤 이 책을 서점에서 봤을 때 무척 반가웠습니다. 저의 중학교 시절과 이 책을 읽으며 감동했던 당시의 감정까지 떠올라 또 다른 감회에 젖기도 했죠. 에밀 아자르가 로맹 가리였다는 사실은 놀랍기도 했고요. 그 이유가 궁금하기도 했습니다.

작가가 가명을 써서 작품을 발표한 데는 이유가 있었습니다. 이미 작가는 에밀 아자르라는 필명을 쓰기 전에 공쿠르 상을 받은 작가이며 외교관이고 영화감독이었어요. 더할 나위 없이 명성이 높았죠. 그런데도 가명으로 작품을 발표한 것은 세상 사람들의 편견에 갇히지 않기 위해서였어요. 편견에 저항하기 위해 익명성을 선택한 것이죠.

작가는 살아 있을 때는 에밀 아자르의 실체를 밝히지 않다가 권총으로 자살한 뒤에야 유서에 에밀 아자르가 로맹 가리라는 사실을 밝힙니

우리나라에서 1979년도에 출간된 『자기 앞의 생』의 표지.

다. 생전에 밝힐 수 있었음에도 죽은 뒤 밝힌 것은 프랑스 문단의 편견과 차별을 죽음에서조차 한껏 조롱한 것으로 보입니다.

아랍인·유대인, 고아·창녀 등 서로 다른 사람들이 공존하는 곳

이 작품의 배경은 프랑스 파리입니다. 명품 매장이 즐비한 파리 샹젤리제 거리에서 북동쪽으로 지하철로 20분만 가면 나타나는 가난한 거리, 파리 19·20구의 빈민가죠. 이곳은 여전히 이민자들과의 갈등이 방치되어 있어 종종 뉴스에 나오기도 하는 곳입니다. 주로 연쇄 테러나 범죄와 관련해서요.

역사적으로 노동자들의 거주지였던 파리 19·20구는 이슬람교도들과 유대인, 흑인 등 이주 노동자들의 거주지였습니다. 현재는 '아름다운 마을'이라는 뜻으로 '벨빌'이라고 부르는 거리입니다. 이 벨빌의 비송 거리 '엘리베이터도 없는 건물 7층'에 아랍인 소년 고아 모모와 아우슈비츠 강제수용소의 끔찍한 기억을 갖고 있는 유대인 로자 아줌마가 함께 살고 있었습니다.

이웃도 한결같이 가난한 경계인들로 아랍인과 유대인, 어린아이와 늙은이, 고아와 창녀, 이주 노동자와 성 소수자 등입니다. 이들은 서로 어울릴 것 같지 않은데 한 공간에 살고 있죠. 작가는 이들을 극단적인 상황에 던져 놓고 "함께 살아갈 수 있느냐? 사랑할 수 있느냐?"를 묻고 있네요. 이에 대해 등장인물들은 "사랑할 수 있다"라며 인종, 나이, 성별을 초월한 사랑이 가능함을 보여 줍니다.

사랑 없이 살 수 있을까?

주인공 소년 모모의 기억에는 서너 살 때부터 로자 아줌마와 함께 산 것 같습니다. 소설 중반부에 실제 나이가 열네 살로 밝혀지지만, 모두가 열 살로 알고 있는 소년이죠. 그는 버려진 아이로, 로자 아줌마의 보살핌으로 자라고 있어요. 예닐곱 살쯤에는 자신을 사랑해서 돌봐 주는 줄 믿었던 로자 아줌마가 매월 말에 받는 우편환 때문에 자신을 돌본다는 사실을 알고는 태어나 처음으로 큰 슬픔에 빠집니다. 그걸 보고 로자 아줌마는 가족이란 알고 보면 아무것도 아니라고 말해 줍니다. 혈연으로 이루어진 가족이 아니라도 사랑으로 서로를 보살펴 주고 지켜 준다는 것을 알기 때문이죠. 그런데도 모모는 못 미더워 이웃에 사는 하밀 할아버지에게 묻습니다. 사랑 없이도 살 수 있는지가 정말 궁금했던 거죠. 모모의 질문에 하밀 할아버지는 사랑 없이도 살 수 있다며 부끄러운 듯 고개를 숙입니다.

하밀 할아버지의 대답은 모모에게 큰 충격이었습니다. 모모 생각에 인간은 사랑으로 살아야 하는 존재인데 사랑 없이도 살 수 있다니, 상상할 수 없는 일이었죠. 하지만 슬픔과 충격 속에서도 모모는 여전히 사람들의 관심을 바라며 사랑을 확인하고 싶어 합니다. 그러면서 누구보다도 무조건적인 사랑을 합니다.

모모는 훔친 푸들을 너무나 사랑한 나머지 "나는 녀석에게 멋진 삶을 선물해 주고 싶어졌다"라며 남에게 줘 버리고 그 대가로 받은 돈을 하수구에 처넣고는 오히려 행복해합니다. "엄마가 몸으로 벌어 먹고 사는 여자라 해도 무조건 사랑했을 것"이고 "영웅 같은 것보다 그냥 아빠가 있어서 엄마를 잘 돌봐 주는 뚜쟁이이기를" 소망하는, 존재 자체만으로도 이미 충분하다는 것을 아는 아이입니다. 장차 희망은 세상에서 가장 힘센 경찰과 포주가 되어서 엘리베이터도 없는 7층 아파트에서 버려진 채 울고 있는 늙은 창녀가 다시는 없도록 하는 것이며, 그들을 보살피고 평등하게 대해 줄 것이라고 다짐합니다. 소외된 이들의 편에서 생각할 줄 아는 것이죠. 모모는 그의 이름을 상기시켜 주기 위해 '하밀 할아버지'라고 부르며, 로자 아줌마를 행복하게 해 주기 위해 무엇이든 하려고 합니다. 그 이유는 아무리 늙고 병들었어도 행복이 여전히 필요하다는 것도 알고 있기 때문이죠. 모모가 세상의 편견에 물들지 않고 사랑을 하기 때문이기도 합니다.

동정심 없는 자연의 법칙, 죽음

로자 아줌마는 모모가 어릴 때부터 맡아 키우는 보호자이자 친구 같은 존재입니다. 그는 나치가 기세를 떨치던 시절 유대인 수용소 아우슈비츠로 보내진 경험이 있는 폴란드계 유대인이죠. 건물 지하에 유대인 피난처를 만들어 생필품과 먹을거리 등을 몰래 가져다 놓을 정도로 과거의 전쟁에 대한 두려움이 있는 인물입니다. 젊은 시절도 있었지만, 지금은 살이 찌고 심장병을 앓으며 늙어 가고 있고요. 과거 아우슈비츠의 공포에 떨기도 하며 7층 계단조차 오르내리기 버거운 생을 살고 있습니다.

모모는 늙고 병들어 버린 로자 아줌마의 모습에 눈물을 흘리고 절망하는가 하면, 그 어느 때보다도 로자 아줌마를 더 사랑합니다.

죽음이 가까이 있음을 감지한 로자 아줌마는 자연스러운 죽음을 맞이하고 싶어 합니다. 모모는 병원으로 옮겨 치료하려는 카츠 선생님에게 로자 아줌마가 더 이상 고통받지 않도록 안락사를 시켜 달라고 요청하고요. 그 요청은 법적으로 실현될 수 없었습니다. 결국 모모는 로자 아줌마를 부축해 로자 아줌마가 유대인 동굴이라고 여기는 지하실로 내려갑니다. 무의미한 연명 치료보다 아줌마가 편하게 생각하는 장소에서 편히 죽을 수 있게 해 주죠.

모모는 우리의 마음이 생각에 따라 달라진다는 것을 알고 있습니다. 그래서 늙고 병든 로자 아줌마를 보며 아름답다고 느끼고, 오히려 다시는 정상적인 모습으로 돌아갈 수 없기에 더욱 사랑한다고 말하죠. 그래서 죽음에 임박해 썩은 냄새가 나는 로자 아줌마를 더 꼭 끌어안습니다. 로자 아줌마가 자신의 냄새 때문에 모모가 구역질 내고 있다고 생각하지 않도록 배려하는 것이에요.

모모는 자연스러운 죽음을 선택하는 로자 아줌마를 위해 기꺼이 옆을 지킵니다. 병든 로자 아줌마의 곁을 떠나지 않겠다는 약속을 지키겠다는 마음으로 여러 날을 시신 곁에서 보내죠. 핏기없는 얼굴에 생전 모습처럼 화장해 주고 각종 향수를 부어 주면서 말이에요.

모모가 이웃에게 발견됐을 때 로자 아줌마는 이미 죽은 지 여러 날 지난 뒤였습니다. 모모는 죽은 로자 아줌마 곁에 누워 있었죠. 구급차에 실려 구출된 모모는 당분간 이웃집에서 지내기로 합니다. 그 모든 게 결정 났을 때 모모는 사람은 사랑 없이는 살 수 없다고 생각합니다. 그러고는 로자 아줌마를 사랑했고 지금도 그립지만 당분간 이웃집에서 지내기로 합니다. 그러면서 앞으로 펼쳐질 삶에 대한 애정을 보입니다.

사랑하며 살아가야 할 삶

『자기 앞의 생』이라고 번역된 프랑스어 원제목이 '여생La vie devant soi', 즉 '앞으로 남은 생'임을 생각해 보면 이 책은 우리에게 주어진 삶에 대한 강력한 의지로 읽힙니다. 모모는 누구보다도 더 치열하게 생과 부딪치며 삶을, 사랑을 배워 갔습니다. 버려진 아이로 자신의 정체성을 찾기 위해 끊임없이 질문을 던지며, 삶의 의미를 확인하기 위해 사랑을 주고받으려 했습니다. 죽음이라는 자연의 법칙 앞에서 인간의 존엄과 권리를 지키려 애썼습니다. 이제 모모는 사랑하는 로자 아줌마를 떠나보냈지만, 또 다른 사랑을 하게 될 거라는 희망을 전합니다.

이 책은 사회의 어두운 단면을 그렸지만 삶을 살아 내는 문제를 결코 음울하게 그리지 않았습니다. 있는 그대로 담담하게 전달하죠. 일상의 밑바닥에 고여 있는 초라한 삶에 침을 뱉을지라도 극한 상황에서도 유머를 잃지 않습니다. 오히려 힘든 상황일수록 더 힘껏 사랑하는 모습을 그려 내고 있습니다.

하밀 할아버지가 모모에게 건넨 "완전히 희거나 검은 것은 없단다. 흰색은 흔히 그 안에 검은색을 숨기고 있고, 검은색은 흰색을 포함하고 있는 거지"라는 말은 고통, 희망, 미움, 사랑 등이 섞여 있는 게 온전한 삶의 모습임을 역설하는 셈입니다.

편견과 차별에 대한 저항의 삶을 산 경계인

경계인에 대한 에밀 아자르의 애정은 러시아계 유대인 이민자 출신인 작가 자신의 삶과도 연관이 있습니다. 작가는 책 『인간의 문제』에 장 다니엘과 한 대담을 실었는데, 이 글에서 "내 소설의 진정한 관심사는 인간의 존엄성이며 인간의 권리"라며 "인간적 여지는 내 책의 근본적인 조건이다"라고 밝히고 있습니다.

여기서 말하는 '인간적 여지'는 우리를 가로막는 어떠한 어려움이나 본질적 임무 등과 상관없이 우리를 진실과 오류로부터 동시에 지켜 줄 인간적 최소치를 위해 가능성이나 희망을 보존하려는 태도를 말합니다. 그것을 위해 작가는 절대적으로 자신이 옳다고 믿는 모든 이를 반대하고 진리의 독점권을 가졌다고 믿는 모든 정치체계나 이념의 독점도 반대했습니다. 유년 시절 어머니와 단둘이 러시아에서 프랑스로 이주해 성장한 로맹 가리에게 소외, 인권, 소수자, 불평등, 편견 등 인간이 처한 사회적 구속에 대한 문제는 중요한 화두가 된 것이죠.

자살하기 석 달 전에 캐나다 방송과 한 인터뷰에서는 "살면서 내가 한 가장 가치 있는 일은 나의 모든 책 속에 내가 쓴 모든 글 속에 여성성을 향한 열정을 끌어들인 것이라고 생각합니다. 여성을 육체적, 감정적으로 구현하건, 약함에 대한 예찬과 옹호를 통해 철학적으로 구현하건 말입니다"라고 말하기도 했습니다.

작가의 이러한 문제의식은 열네 살 모모와 창녀의 아이들을 돌보는 로자 아줌마를 중심으로 펼쳐집니다. 모모는 자신을 돌보던 로자 아줌마가 뇌혈증을 앓자 거꾸로 로자 아줌마를 돌보게 되면서 자신의 삶을 온전히 인정하고 그 누구보다도 더 삶을 사랑하고 살아갈 용기를 얻습니다.

모모가 궁금해하는 것에 지혜를 주는 하밀 할아버지, 전직 복서였지만 지금은 여장남자로 몸을 파는 롤라 아줌마, 비숑 거리의 유대인과 아랍인, 흑인에게 자비를 베푸는 카츠 선생님 등은 고아라도, 창녀라도, 성소수자라도, 종교와 인종, 세대가 다르더라도 있는 그대로의 모습을 인정해 줍니다. 누구도 서로를 비난하지 않으며 외롭고, 늙고, 병들고, 죽는 것을 기꺼이 보살핍니다. 그러면서 서로 다른 이들의 경계선은 무너져 고아고 창녀고 이방인이 아니라 어느새 사랑할 줄 아는, 사랑받을 자격이 충분한 '존엄한 인간'으로 남습니다.

그럼에도 사랑해야 한다

최근에 OECD(경제협력개발기구)가 발표한 행복지수 국가 순위에서 우리나라는 37개국 중에서 35위였습니다. 세계 9위(2021년)의 경제대국으로 성장했다지만 우리나라의 자살률은 2003년부터 2020년까지 OECD 국가 중 부동의 1위였습니다. 주요 자살 동기는 연령대별로 각기 달랐는데 10~30세는 정신적 어려움, 31~50세는 경제적 어려움, 51~60세는 정신적 어려움, 61세 이상은 육체적 어려움 등을 가장 큰 원인으로 꼽았습니다.

2021년 제12차 한국 어린이 청소년 행복지수 국제비교연구 조사 결과에 따르면 우리나라 어린이 청소년의 '주관적 행복지수'는 OECD 22개국 중 최하위이며 주관적인 건강·삶의 만족도도 OECD 국가 중 꼴찌였습니다. 돈과 성적 향상이 중요하다고 대답할수록 행복하다는 응답률이 낮았는데요. 아이들 스스로는 왜 행복하지 않다고 생각하는 걸까요?

아마도 '사랑'의 문제가 아닐까 합니다. 모든 게 과거보다 풍요로워졌다고 하지만 사랑을 주고받는 일도 그러한지 살펴볼 일입니다. 이럴 때일수록 간절히 필요한 게 '사람과 삶에 대한 무한하고 깊은 애정'과 '삶에 대한 희망'일 것입니다.

이 책의 원서 맨 앞장에는 이런 제사題詞가 있습니다.

"그들은 말했다. '넌 네가 사랑하는 그 사람 때문에 미쳐 버린 거야.' 나는 대답했다. '인생의 참맛은 그런 사람들만이 알고 있는걸.'"

그리고 책은 이렇게 끝납니다.

"사랑해야 한다."

16. 우화로 폭로한 독재의 악몽

『동물농장』__조지 오웰

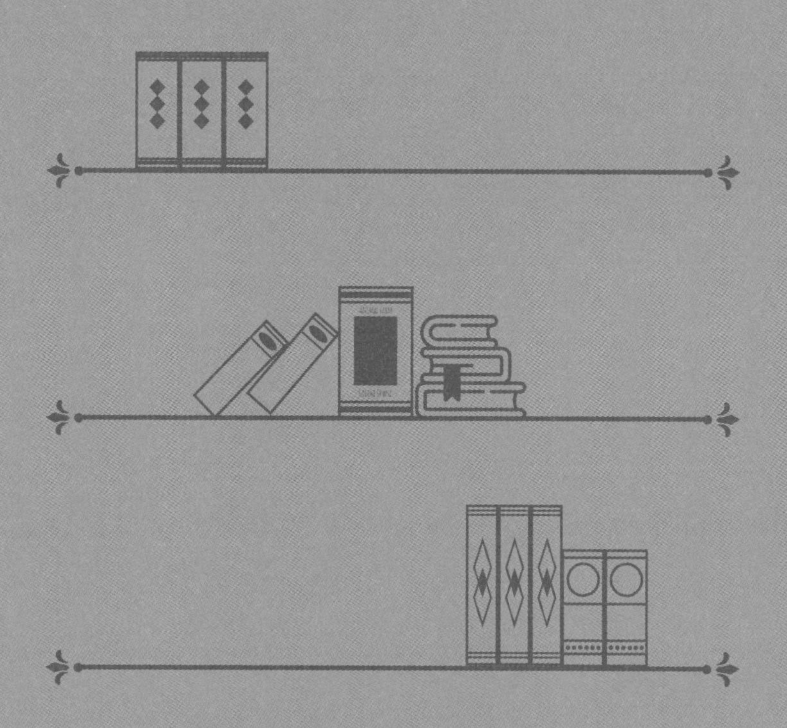

조지 오웰.

조지 오웰George Orwell(1903~50)은 영국 출신의 소설가이자 비평가로 본명은 에릭 아서 블레어Eric Arthur Blair입니다. 가장 영국적인 이름인 '조지'와 강 이름인 '오웰'을 붙여 '조지 오웰'이라는 필명을 만들었습니다.

그는 인도에서 태어나 영국에서 자랐습니다. 아버지는 영국령 인도행정부 아편국 소속 하급 관리였고, 프랑스에서 태어난 어머니는 미얀마의 티크 목재상의 딸이었습니다. 영국의 세인트 시프리언스 예비학교와 이튼스쿨에 다닐 때 계급 차별을 심하게 당했는데, 이때 계급의식이 싹텄습니다. 학교를 졸업한 뒤에는 미얀마에서 제국 경찰 생활을 하며 식민지를 다루는 제국주의의 모순과 폐해를 직접 목격했습니다.

작가로서 자의식이 더 강화된 것은 1927년 가을부터입니다. 그는 이 무렵 식민지의 피지배 사람들이나 유럽의 가난한 소외 계층에 죄의식을 느껴 불황 속의 파리와 런던의 빈민가에서 부랑자들의 극빈생활을 실제로 체험하며 남루한 생활을 했습니다.

이런 경험을 통해 그는 정치와 분리해 생각하기 힘들 만큼 정치적 글쓰기를 보여 주었습니다. 사회주의자로 활동하며 스페인 내전(1936~39) 때는 소비에트 정부를 두둔하고 그들 편에서 싸웠습니다. 그러나 소비에트 정부의 위선과 실상을 깨달은 뒤에는 오히려 소비에트 정부를 비판했습니다.

『나는 왜 쓰는가』에서 그는 글을 쓰는 이유를 순전한 이기심과 미학적 열정, 역사적 충동, 그리고 정치적 목적이라고 했습니다. 그러면서 자신은 앞의 세 가지 동기가 넷째 동기를 능가하는 사람이었다고 말합니다. 그러나 그는 정치적 목적을 위한 글을 많이 쓴 작가로 "1936년부터 내가 쓴 글은 전체주의에 반대하고 민주적 사회주의를 지지하기 위한 것"이라고 밝혔습니다. 자신의 글 중에서 정치적 목적을 가지고 쓴 글만이 생명력을 가지고 있다고 고백합니다. 주로 계급의식을 풍자하고 계급의식을 극복하는 길을 제시하는 글을 썼는데 스탈린주의의 본질을 꿰뚫으며, 전체주의의 풍토를 유머와 비유로 표현했습니다. 그러던 1950년 1월에 건강이 악화해 마흔일곱 살에 사망했습니다.

그의 대표작인 『동물농장Animal Farm』은 러시아 혁명과 스탈린의 배신에 바탕을 둔 전체주의를 풍자한 작품이고, 『1984』는 현대 사회의 전체주의적 경향에 공포를 느끼며 '인간성'을 잃어 가는 인류의 모습을 그린 작품입니다. 그 밖의 작품으로 파리와 런던에서 밑바닥 생활 체험을 바탕으로 집필한 르포르타주 『파리와 런던의 밑바닥 생활』, 식민지 백인 관리의 잔혹상을 묘사한 소설 『버마의 나날』, 잉글랜드 북부 노동자의 가난한 삶을 그린 『위건 부두로 가는 길』, 이데올로기에 대한 환멸의 기록인 『카탈로니아 찬가』 등이 있습니다. 논문집으로 『와이간 파이어로의 길』과 자서전 『카탈로니아에의 충성』이 있습니다.

여러분은 '동물농장' 하면 무엇이 떠오르나요? 철조망에 갇힌 채 사육당하는 동물들의 모습이 그려지나요? 아니면 너른 농장에서 자유롭게 돌아다니는 동물들의 모습이 그려지나요? 조지 오웰은 "나의 어린 시절과 약 스무 살까지의 기분 좋은 기억은 어딘지 동물과 관련된 것이다"라고 말할 정도로 동물에 대해 좋은 기억이 있었습니다. 하지만 그 기억과 달리 『동물농장』은 동물을 주인공으로 한 악몽으로 독재를 통렬히 풍자합니다.

이 작품은 러시아 혁명을 우화 형식으로 빗대어 쓴 작품입니다. 좁게는 러시아 혁명 이후의 독재체제로 변질된 스탈린체제를 비판하고, 넓게는 제국주의와 전체주의를 비판했죠. 권력을 좇는 인간의 탐욕과 기만, 민중의 무기력함으로 인해 사회가 동물농장으로 변해 가는 과정을 풍자했습니다.

처음에 이 작품은 거의 모든 출판사에서 거절당했습니다. 그때는 많은 지식인이 사회주의를 찬양했기에 『동물농장』의 이야기는 시대착오적인 내용으로 읽혔거든요. 그러나 러시아가 스탈린의 독재 통치를 받던 1945년에 영국의 한 출판사에서 출간된 뒤 이 작품의 평가는 달라지고 그 위력은 지금까지도 이어지고 있습니다.

서서히 쌓인 문제의식

조지 오웰은 여러 사건을 통해 자본가와 노동자의 갈등이 깊다는 것을 경험했습니다. 그 경험은 이 작품을 쓰는 데 바탕이 됐습니다. 자본가와 노동자의 갈등을 깨닫게 된 사건은 조지 오웰이 스페인 내전에 참가해 다친 뒤 영국의 시골에서 생활할 때였습니다.

어느 날, 열 살 정도 되어 보이는 소년이 마차를 끄는 말을 채찍으로 때리는 장면을 보게 되죠. 그 모습을 보며 가진 게 없는 사람들은 돈 많은 자본가에게 착취를 당하고도 아무 말 못 한다는 면에서 말과 같은 동물과 다름없다는 것을 깨닫습니다. 자신이 가담해 싸웠던 시민군이 공산주의에 동조하지 않는다는 이유로 무자비하게 제거당한 경험은 사회주의를 비판하는 의식으로 발전하고요. 말년에는 헬트포셔에서 농장을 경영했는데, 이러한 경험들이 더해져 소설을 쓰게 됩니다.

중세의 장원인 '매너농장'에서 일어난 일

존스 씨의 '매너농장'에는 돼지, 양, 말, 젖소 등 다양한 동물이 살고 있습니다. 그런데 어느 날 술에 취한 존스 씨가 곯아떨어진 사이에 늙은 수퇘지 메이저가 큰 창고에서 동물들을 대상으로 연설을 합니다. 자신은 죽을 날이 머지않았고, 죽기 전에 자신이 터득한 지혜를 전수해 주는 것이라며, 동물들의 삶이 비참하고 고달프며 짧다고 말합니다. 태어나면서부터 겨우 숨이 붙어 있을 정도의 먹이를 받아먹고, 마지막 힘이 다할 때까지 일해야 한다고 한탄하죠. 쓸모없어지면 곧바로 처참하고 잔인하게 도살되는데, 그 이유는 동물들이 열심히 일해서 생산한 것 대부분을 인간이 빼앗아 가기 때문이라며 메이저는 이러한 인간의 착취와 학대에서 탈출하기 위해 반란을 일으키라고 부추깁니다. 모든 인간은 적이고 모든 동물은 동지들이라며 봉기하자고 합니다. 인간을 몰아내면 노동의 산물은 동물의 것이 되고 부유하고 자유로워질 수 있다고 강조하죠.

스페인 내전 당시 소모시에라 지역에서 항복하는 공화파 군인들(1936).

그러고 나서 메이저는 동물들에게 〈영국의 동물들〉이라는 노래를 가르칩니다. 동물들은 열광하며 합창을 하지요. 그로부터 사흘 뒤 메이저는 평화롭게 숨을 거두어요. 3월 초의 일이었죠. 그 뒤 동물들은 반란을 준비합니다. 수퇘지들인 스노볼, 나폴레온, 스퀼러는 메이저 영감의 가르침을 완벽한 사상 체계로 발전시켜 '동물주의'라는 이름을 붙입니다.

돼지들의 가장 충성스러운 제자는 복서와 클러버입니다. 이들은 돼지를 선생으로 인정하고, 그들의 말을 쉬운 말로 바꿔 다른 동물들에게 전하죠. 창고에서 열리는 비밀 모임에 참가하며 모임이 끝날 때는 〈영국의 동물들〉을 선창합니다. 그리고 6월 어느 날, 마침내 동물들은 반란을 일으킵니다.

반란은 성공해 농장 주인인 존스는 쫓겨나고 매너농장은 동물들 차지가 됩니다. 돼지들은 석 달 동안 연구한 끝에 동물주의의 원칙을 7계명으로 요약하는 데 성공했다고 설명하죠. 앞으로 모든 동물이 영원히 지키며 살아야 할 불변의 율법이라고 강조합니다.

동물주의의 이상은 실현되고

그 7계명의 내용은 두 발로 걷는 자는 적이고 네 발로 걷거나 날개를 가진 자가 친구입니다. 어떤 동물도 옷을 입거나 침대에서 자면 안 되고 술을 마시거나 다른 동물을 죽여서도 안 됩니다. 모든 동물은 평등합니다.

7계명은 동물들의 평등을 강조합니다. 농장 이름도 그들 스스로 '동물농장'이라고 짓습니다. 돼지인 나폴레온, 스노볼, 스퀼러 등이 지도자의 역할을 맡고요. 나머지 동물은 평등한 동물공화국을 건설하기 위해 힘을 합칩니다. 벤저민은 혁명 전과 다름없이 방관자적 태도로 일관하고, 복서는 "내가 더 열심히 일해야지"와 "나폴레온은 항상 옳다"라는 신조에 따라 존스가 농장주일 때보다 더 헌신적으로 일하며 충성하죠. 스퀼러는 나폴레온에게 아부하며 그의 대변인 노릇을 합니다. 나폴레온 아래에서 자신의 삶을 보호받고 특권을 누리면서요.

동물들은 일요회의도 열고 문맹 퇴치 학습 시간도 가집니다. 모든 동물이 주인이라는 의식으로 이상적인 동물농장을 만들기 위해 시간을 보냅니다. 이들의 농장은 수확이 증가하고 여가 시간도 늘어나죠. 식량 배급도 개선되고, 말과 새끼 오리에 이르기까지 농장의 운영에 참여합니다. 반란이 성공한 뒤 동물들은 계급 차별이 없는 행복한 생활을 누리면서 동물주의의 이상이 실현되는 듯 보입니다. 그러나 이 같은 '계급 없는 사회'의 환상은 오래가지 않아요. 스노볼과 나폴레온이 풍차 건설을 둘러싸고 의견이 갈리면서 권력 투쟁이 시작되기 때문이죠.

계급 없는 사회의 환상은 깨지고

풍차 건설에 동의해 달라는 스노볼의 연설이 동물들의 마음을 사로잡았을 때 나폴레온은 자신의 심복인 스퀼러를 통해 동물들을 통제합니다. 그러고는 몰래 키우던 개 아홉 마리를 이용해 스노볼이 더 큰 힘을 갖기 전에 스노볼을 쫓아냅니다. 이상주의자 스노볼이 현실권력 지향자인 나폴레온에게 축출된 거예요.

정권을 잡은 나폴레온은 일요회의를 폐지하며 발언권을 없앱니다. 자신의 생각에 반대하는 동물들에게는 먹을 것을 주지 않거나 무자비하게 숙청합니다. 그러면서 자신은 노동을 하지 않을 뿐만 아니라 생산물 중에서 가장 좋은 것을 차지하는 특권을 누립니다. 농장 작업의 모든 문제도 자신이 주재하는 돼지들의 특별위원회에서 결정하고 처리하겠다고 하죠. 〈영국의 동물들〉 노래는 반란의 노래라며 부르지 못하게 하고, 처음 '동물농장'을 만들 때 함께 정한 7계명은 권력의 집중화, 사유화를 정당화하는 내용으로 수정합니다. 불평등을 조장하고, 참정권과 표현의 자유를 박탈하고, 독재체제를 구축하는 내용으로 바꾸죠.

동물들은 대부분 존스 씨가 운영하던 농장 시절보다 더 어렵게 생활하게 됩니다. 나폴레온은 존스 씨가 쓰던 침대에서 잠을 자며 인간과 거래를 시작하고요. 이렇게 정책이 타락할 때마다 위협과 명분이 동원됩니다. 이미 그들은 메이저가 이념으로 내세우고 이상으로 내걸었던 목표와는 상관없이 돼지들이 스스로 적으로 몰았던 인간의 모습과 닮아도 너무나도 닮은 가해자가 됩니다. 혁명을 통해 탄생한 사회가 본래의 목적을 잃고 점차 또 다른 독재자가 나타나 민중을 억압하는 사회로 변하고 만 거죠.

어느덧 동물들은 대부분 죽습니다. 봉기 전의 옛일을 기억하는 동물도 없게 됩니다. 동물농장을 위해 몸 바쳐 일한 복서도 인간의 도살장으로 팔려 가고요. 돼지들은 다른 동물들을 마음대로 부리기 위해 미리 사육한 개들로 회의장에서 위협을 가해요. 또한 '스노볼'과 '복서'의 사건을 축소하는 등 정보를 왜곡해 동물들을 지배하죠. 그러나 이런 돼지들의 행동을 대하는 다른 동물들의 태도는 무기력하기만 합니다. 돼지의 행동이 옳다고 생각하거나 이들에게 저항해도 달라질 게 없다고 생각했기 때문이에요.

농장은 인간의 악습을 흉내 내는 돼지가 지배하고

그러던 어느 날, 스퀼러가 뒷발로 걸어 들어옵니다. 그의 앞다리에는 채찍이 들려 있었죠. 그 모습을 본 양들은 "네 다리는 좋고 두 다리는 '더 좋다!'"라고 외칩니다. 벽에는 '모든 동물은 평등하지만 어떤 동물은 다른 동물보다 더욱 평등하다'라는 단 하나의 계명만 남은 상태였어요.

인간의 수탈을 참지 못해 동물들은 혁명을 일으켜 이상사회를 건설했지만, 권력을 장악한 돼지가 타락하면서 오히려 혁명 이전보다 더 심각한 전체주의적 공포사회가 된 것입니다.

'동물농장'은 '매너농장'으로 이름이 바뀐다는 데서 이미 운명이 달라졌음을 드러냅니다. '매너manor'는 지배 계급과 피지배 계급 간의 숙명적인 분화를 노골적으로 드러낸 중세의 장원을 일컫는 말로 제정 러시아를 상징적으로 일컫는 농장이기도 하죠. 이야기는 지배 계급인 돼지들이 인간의 악습을 흉내 내는 것으로 끝을 맺습니다. 이러한 암울한 결말은 당시 소련 사회의 현실을 그대로 반영한 것이라고도 할 수 있습니다.

소련사에 연결해 작품을 읽는다면

『동물농장』의 우크라이나어 번역판 서문에서 조지 오웰은 "사회주의 운동을 위해서는 소비에트 신화를 파괴하는 일이 무엇보다도 필요하다고 확신했다"라며 "정치와 예술을 창조적으로 접목하려고 노력했다"라고 썼습니다. 그는 사회주의자였으나 이상과 현실이 다름을 깨닫고 이 소설을 쓴 것이죠.

이 소설의 배경을 고려해 볼 때 등장인물과 사건은 소련사와 연결 지을 수 있습니다. 농장주 존스는 봉건 정치의 상징인 '차르 정권'이나 부와 자본을 독점한 자본가로 볼 수 있죠. 부의 불균형과 착취의 문제를 제기하며 혁명을 예언하는 지혜로운 메이저 영감은 '레닌이나 마르크스'를 뜻하고, 독재자 돼지 나폴레옹은 '스탈린'을 빗대었죠.

프랑스에서 동물농장이 출간됐을 때는 나폴레옹을 카이사르(시저)로 번역하기도 했습니다. 세계사적 관점에서 프랑스 황제 나폴레옹은 자유와 평등, 박애의 이념을 전파한 인물로 비치지만, 실제로 나폴레옹은 자신에게 권력을 가져다준 자유와 평등, 박애의 이념을 배신하고 절대왕정의 권력을 황제처럼 독점화·사유화하기도 한 인물이죠.

이 작품에서 나폴레온의 이름을 스탈린을 상징하는 돼지 이름으로 붙인 이유는 독재자의 모습은 겉으로 보기 좋게 포장해도 결국 권력을 장악하고 독점했을 때는 언제든지 민중을 억압하고 탄압할 수 있다는 것을 보여 주기 위해서죠. 이런 독재자는 언제 어느 시대나 등장할 수 있는 것을 암시하고 있습니다.

나폴레온에 의해 쫓겨난 이상주의자 돼지 '스노볼'은 현실보다는 이상을 추구합니다. 스탈린에게 이용당하고 축출된 '트로츠키'를 빗댄 것이라고 볼 수 있어요. 노동자를 상징하는 복서가 결국 도살장에서 죽는 모습은 진정한 혁명이란 없었음을 보여 주는 대표적인 장면입니다. 복서는 진정한 이상주의를 꿈꾸며 묵묵히 자신의 일을 했죠. 반란의 본래 목적이 변질되어 가는 것을 알면서도 머릿속에서는 '나폴레온은 항상 옳다'라는 생각을 되새겼고요. 결과적으로 나폴레온을 포함한 돼지들의 술수에 동조했습니다. 나폴레온이라는 절대권력이 등장하고 유지하는 데 도움을 준 셈이에요.

또한 나폴레온의 잘못된 이념을 아무런 비판 없이 동물들에게 전파하는 양 떼의 모습은 '스탈린을 무조건 따르는 우매한 언론'을 상징한다고 볼 수 있습니다. 권력의 부패를 보고 이에 적극적으로 저항하지 않는 것은 결국 그들과 함께 동조하는 것임을 비판하고 있죠.

클로버는 '무기력한 중산층'이며 나폴레온이 부리는 개들은 'KGB'이고, 동물들의 반란은 '1917년 러시아 혁명'으로 읽을 수 있습니다. 동물 학살은 '스탈린 대숙청'이고 동물농장의 끊임없는 풍차 건설은 수차례 실패를 반복해 온 소비에트의 경제계획이죠. 동물주의를 제창하는 메이저 영감의 연설과 '동물주의' 선언은 마르크스의 '공산당 선언'이라고 볼 수 있습니다.

왼쪽부터 카를 마르크스, 블라디미르 레닌, 이오시프 스탈린.

이처럼 조지 오웰은 당시 혁명의 이념은 사라지고 새로운 계급의 자본주의 체제와 동화하는 소비에트의 타락 과정을 지켜보며 그것을 『동물농장』에서 정확히 재현하며 풍자했습니다.

부패한 권력자와 동조하는 대중 모두 문제

그러면 작가가 궁극적으로 말하고 싶은 것은 무엇일까요?

조지 오웰은 이 소설을 통해 혁명이 성공을 거둔 뒤에는 권력자들과 정치가들이 어떤 식으로 국민을 속이고 억압하는지를 자세히 보여 주고 있습니다. 당대 자본주의 체제에 반대해 일어난 사회주의 혁명 역시 인간을 수단으로 삼기는 마찬가지라고 비판하죠. 순수한 의도에서 시작한 혁명이라 할지라도 권력이 탐욕을 가진 자의 손에 넘어가면 또 다른 독재가 시작된다는 생각이 담겨 있습니다.

겉으로는 스탈린이나 트로츠키 등 소련 지도층을 전면에 내세워 러시아 혁명과 그의 타락을 비판한 것처럼 보이기도 합니다. 그러나 사회주의만을 비판하는 것은 아니에요. 조지 오웰은 아나키스트Anarchists 계열(무정부주의자)의 사회주의자였습니다. 그가 풍자하고 비판하는 것은 소수의 독재자에 의해 부패하는 권력과 그러한 부패 권력에 방관하거나 동조하고 속는 어리석은 일반 대중입니다. 궁극적으로는 개인보다 사회·집단·국가의 중요성을 강조하며 민족이나 국가의 이익을 위해 개인의 자유를 희생하는 모든 형태의 전체주의 속성을 비판했습니다. 민주주의도 예외는 아닙니다. 권력이 있고 계급이 있는 한 조지 오웰이 비판하고 우려한 전체주의 속성은 나타날 수 있습니다.

오늘날 같은 자본주의 사회에서 『동물농장』의 동물들이 생각했던 평등한 사회가 이루어지기란 꿈같은 이야기입니다. 권력을 잡기 위해 서로를 모함하고 짓누르려 한 돼지들의 모습이 우리나라를 이끄는 정치인들의 모습이 아니길 바라지만 안타깝게도 현실은 이런 바람과 다르게 흘러가기도 합니다.

그러나 지도자나 시민 모두가 끊임없이 노력한다면 우리가 사는 세상은 조금 더 나아질 수 있겠죠.

지도자에게 가장 필요한 조건은 무엇일까?

오케스트라의 공연이 잘 되기 위해서는 연주자들이 연주를 잘하는 게 무엇보다 중요합니다. 그러나 이에 못지않게 지휘자의 역할도 중요합니다. 보통 연주자 100여 명이 20여 종이 넘는 악기로 연주할 때 지휘자 없이 각자 연주한다면 아무리 뛰어난 연주자들이라 하더라도 조화로운 연주를 하기 어렵겠죠. 이때 다양한 소리를 섞어 아름다운 하모니를 만들도록 이끄는 것은 지휘자의 역할입니다.

조직이나 공동체도 마찬가지로 지도자는 목표를 제시하고 나아갈 방향을 설정하고 구성원의 협력을 이끌어 내는 등 권한과 책임이 막중합니다. 만약 『동물농장』의 지도자인 나폴레온이 부패하지 않았다면 동물들이 처음에 꿈꾸었던 농장을 이루고 유지할 수 있었겠죠. 동물농장의 비극은 일어나지 않았을 가능성이 큽니다. 그만큼 지도자의 자질과 역할은 중요합니다.

우리나라에서 고위 공직자를 임명하고자 할 때 열리는 청문회도 그 후보자가 공직자의 자질과 능력을 갖추고 있는지를 검증하는 절차입니다. 이때 중요하게 판단하는 조건이 '도덕성'입니다. 이러한 지도자의 조건은 과거부터 동서양 철학자들의 중요한 연구 주제였습니다.

조선 후기 실학자인 정약용(1762~1836)은 강진에 귀양 가 있는 동안 지방관을 비롯한 관리의 올바른 마음가짐 및 몸가짐에 대해 쓴 『목민심서』에서 목민관, 즉 수령이 지켜야 할 지침을 밝히면서 관리들의 폭정을 비판합니다. 지도자의 몸가짐이 바르지 않다면 백성들이 따르지 않을 것이라며, 누군가를 다스리려는 이는 그 누구보다도 공정하고 따뜻하고 결백해야 한다며 지도자의 바른 몸가짐을 강조하죠.

성선설을 주장한 철학자 맹자는 인, 의, 정의, 덕을 조화시킨 왕도정치가 이상적인 정치라고 강조합니다. 제후가 덕이 없고 무력에 의존하여 다스리는 형태는 패도 정치라며 경멸했죠.

미국 하버드 대학 정치철학 교수인 마이클 샌델(1953~)은 『왜 도덕인가?』에서 지금 우리 사회에서 왜 도덕이 화두일 수밖에 없는지를 강조하며, 도덕이 이루어질 때 정의로운 사회가 구현된다고 주장합니다.

정약용 초상화. 『목민심서』는 정약용이 전라도 강진에서 18년간 귀양살이를 하면서 쓴 책으로 1818년에 완성했다. 조선 후기 지방의 사회와 정치, 민생 문제를 수령의 본무와 연결지어 쓴 책이다.

도덕적 해이와 거짓말, 공직자의 부패와 경제인의 각종 특혜, 비윤리적인 이권 개입과 일반 시민의 도덕 불감증 등을 비판하며, 사회의 가장 기초적 가치인 도덕이 있어야 할 자리를 경제 논리가 대신하고 있다며 안타까워하죠. 그러면서 도덕이 없는 기업과 국가는 정의롭지 못하며, 정의롭지 못한 조직에서 구성원은 최선을 다하려 하지 않을 것이라고 지적합니다. 따라서 정의로운 사회는 서로 다른 윤리와 도덕적 가치가 경쟁하며 의견 불일치를 받아들일 수 있는 사회이며, 그것을 이루기 위해 우리에게 가장 시급한 정치적 과제는 도덕성을 회복하는 것이라고 말합니다.

그에 반해 법가의 사상을 집대성한 중국의 정치사상가 한비자(기원전 약 280~233)는 도덕보다 실리를 강조합니다. 사회나 국가는 서로의 권력과 이익을 다투는 곳이기에 지도자는 강력한 법률로 엄격하고 공평하게 통치해야 한다고 말하죠. 사랑과 정의만을 강조하는 지도자야말로 사회를 혼란에 빠트릴 것이라며, 덕치주의는 이상주의일 뿐이라고 폄훼합니다.

르네상스기 이탈리아의 작가이자 정치가, 정치이론가인 마키아벨리(1469~1527)는 근대 정치학의 초석이 된 『군주론』(1532)에서 지도자가 민중을 이끌려면 존경의 대상이 되거나 공포의 대상이 되라고 말합니다. 존경을 받기 어렵다면 차라리 공포의 대상이 되라고 하죠. 도덕적으로 흠이 없이 행동하여 천국을 가려고 할 것이 아니라 때로는 악행도 불사해야 한다며 강력한 리더십을 강조합니다. 당시 로마 가톨릭교회가 설파하던 기독교 역사관을 부정하며 '힘'과 '권력'에 대한 인간의 이기적 욕망을 성찰하여 더 나은 결과로 이끌어야 한다고 주장합니다.

지도자의 조건은 시대나 상황에 따라 변하기 마련입니다. 많은 학자가 말하는 지도자의 조건은 비슷하기도 하고 다르기도 합니다. 나라가 위기에 빠졌을 때나 평화로울 때 또는 농경사회, 산업사회, 정보화 사회 등 시대와 환경에 따라 필요한 리더십은 다를 수 있습니다.

지금 우리나라는 어떨까요? 우리나라는 현재 민주주의 사회이면서 자본주의 사회입니다. 다문화 사회이고 정보화 사회죠. 전 세계가 인종과 문화, 국가를 초월한 소통이 이루어지고 있는 세계화 사회입니다. 국민이 주권을 가지며 시민이 정치적으로 평등한 권리를 지닌 사회죠. 이럴 때 필요한 지도자의 조건은 무엇일까요?

기본적으로 지도자는 자신에 대한 성찰뿐만 아니라 자신이 속한 조직 혹은 공동체를 성찰할 줄 알고, 그들의 다양한 목소리를 들을 줄 알아야 할 것입니다. 도덕성을 기본으로 갖추되 합리적인 판단으로 자신

마키아벨리 초상화. 마키아벨리는 이탈리아의 통일과 번영을 꿈꾸며 새로운 정치사상을 모색했다. 그가 쓴 『군주론』은 근대 정치학의 초석이 된 책이다. 위기의 정치학설로 국가·군주·군사 등에 관한 역사적 고찰을 하며 중세의 도덕률이나 종교관에서 벗어난 강력한 군주를 강조했다.

이 속한 조직, 혹은 공동체의 요구나 갈등을 조율해 나가야 하겠죠. 이상을 따르다 무능력에 빠져도 곤란하고, 실리만 추구하다가 원칙 없는 무질서가 되어도 곤란합니다. 시민의 참여를 바탕으로 화합을 이뤄 내며, 때로는 엄격한 기준으로 소통해야 할 때도 있을 겁니다. 또 어떤 조건이 있을까요? 여러분이 좋아하거나 존경하는 지도자를 떠올려 보며 지금 우리에게 필요한 지도자는 어떤 모습이어야 할지 생각해 보세요.

선거로 내는 시민의 목소리

독일 출신의 철학자 한나 아렌트(1906~75)는 "악은 사유하지 않음에서 오는 것이고 전체주의의 기원은 결국 대중들의 무지와 무관심에서 비롯된다"라고 말했습니다. 영국의 역사학자이자 법철학자인 액튼 경(1834~1902)은 "모든 권력은 부패하기 쉽고 절대권력은 절대적으로 부패한다"라고도 했고요. 이 말은 선거로 정치에 참여하는 우리에게 경각심을 심어 줍니다. 우리가 행사하는 한 표가 얼마나 중요하고 책임이 무거운지 새삼 느끼게 합니다.

2020년 4월 15일 제21대 국회의원 선거일부터는 선거권 나이가 만 열아홉 살에서 만 열여덟 살로 낮아져서 고등학교 3학년도 투표할 수 있게 되었습니다. 이러한 선거권은 쉽게 얻어진 것이 아니에요. 오랜 시간 동안 수많은 시민의 투쟁과 노력으로 이루어진 결과죠.

고대 아테네에서는 여성과 노예, 외국인은 투표할 수 없었고, 프랑스 혁명 이후 1792년에 보통 선거권은 남성에게만 주었습니다. 미국도 남성에게만 주되 흑인은 제외하다가 1865년에서야 흑인을 포함한 남성에게만 줬고요. 여성은 1920년이 되어서야 투표권을 행사할 수 있었습니다. 우리나라도 예외는 아니어서 1948년 정부수립과 함께 스물한 살 이상 국민에게 투표권을 주었고, 1948년 5·10 대한민국 첫 선거에서 여성이 투표에 참여했습니다. 지금처럼 만 열여덟 살 이상의 국민에게 주어진 투표권은 많은 이들의 희생과 노력으로 얻은 권리입니다.

여성 투표권이 여성의 중등교육 기회 확대, 자유로운 경제 주체로의 양성 등 여성의 삶에 영향을 미친 것처럼 시민은 선거를 통해 많은 것을 달라지게 할 수 있습니다. 법을 만들 수 있고 바꿀 수도 있습니다. 정치를 잘하는 사람을 지지해 줄 수도 있고 그렇지 못한 사람을 끌어내릴 수도 있어요. 그렇기에 더욱더 소중히 내 권리를 행사해야 합니다.

비판적 사고가 필요한 미디어 읽기

최근의 선거를 보면 유권자가 더 정신을 바짝 차려야 한다는 생각을 하게 됩니다. 미디어의 발달로 언론의 영향력 또한 커지고 있고, 그걸 이용하여 이익을 추구하려는 경우가 빈번하게 발생하고 있기 때문이죠. 선거철만 되면 각 정당에서는 상대 후보를 비방하기 위해 흑색선전을 하는 네거티브negative 선거를 하고, 클릭을 유도하기 위해 자극적인 제목을 사용하거나 가짜뉴스가 판을 치기도 합니다. 가짜뉴스일지라도 언론을 타는 순간 사실처럼 전해져 우리의 판단은 혼란에 빠지기도 합니다. 인공지능 기술이 발달해서 누군가의 얼굴을 특정 영상에 합성한 딥페이크deepfake는 합성이란 걸 모를 정도로 감쪽같습니다.

더구나 거짓말이라도 내 귀에 솔깃하면 무조건 받아들이려는 유권자의 태도는 가짜뉴스에 힘을 실어 주게 됩니다. 사실 여부를 정확하게 확인하지 않고 SNS를 통해 공유하는 일도 흔해졌어요.

그러므로 유권자는 넘치는 정보가 사실인지 진실인지 의심하려는 자세를 지녀야 합니다. 흔히 말하는 '팩트 체크'를 잘하여 가짜뉴스를 분별해야 하죠. 비판적 사고로 각 정당이나 인물이 주장하는 내용의 오류, 기만, 거짓말, 편견 등은 없는지 살펴 잘못을 발견했을 경우 해당 매체에 내용의 시정 요청을 해야 합니다. 정보의 진위 판단 여부를 팩트 체크 기관에 의뢰하는 방법도 좋습니다.

고대 그리스 철학자 플라톤은 "정치에 대한 무관심의 대가는 가장 저질스러운 인간에게 지배당하는 것"이라고 했습니다. 우리가 저질스러운 인간에게 지배당하지 않기 위해서는 한 표를 잘 행사하는 것뿐만 아니라 선거로 뽑힌 정치인들이 국정 운영을 제대로 하고 있는지 지속적으로 관심을 기울여야 합니다. 『동물농장』에서 보듯 권력자의 정치 행위와 그를 따르는 시민들의 선택에 따라 우리 삶의 모습은 완전히 달라지기 때문입니다.

더 읽을거리

러시아 혁명: 세계 최초 사회주의 혁명, 노동자와 농민의 나라를 꿈꾸다

'러시아 혁명'은 1905년의 1차 혁명과 1917년의 10월 혁명을 포함하는 러시아의 사회변혁 혁명을 일컫는다.

19세기 말, 러시아는 거대 제국이었지만 유럽 대륙 중 가장 발전이 늦었다. 무능하고 부패한 로마노프 왕가의 전제정치에 농노 생활을 하는 국민 대부분은 고통을 받았다. 영국에서 일어난 산업혁명의 영향을 받아 노동자 수가 증가했으나 열악한 대우로 가난한 생활을 했고, 소수의 지배 계급이 대부분의 부를 차지하고 대다수 국민은 가난하고 억압받는 생활을 한 것이다.

게다가 러일전쟁(1904~05)에서 패하면서 러시아는 경제적으로 더욱 어려워졌다. 불평등한 사회체제로 억눌리고 굶주림에 지친 농민과 노동자들은 빵과 평화를 원하며 차르 니콜라이 2세를 만나기 위해 평화 시위를 벌이게 된다. 이들에 대해 제정 러시아 정부는 시위를 유혈진압하며 가혹한 탄압을 가한다. 죽은 사람만 500~600명이고 부상자는 수천 명이나 되는 대형 유혈사태로, 이 사건을 '피의 일요일(1905년 1월 22일 제정 러시아의 상트페테르부르크에서 발생한 유혈사태)'이라고 부른다.

이어 1차 세계대전(1914년 7월 28일 오스트리아가 세르비아에 선전포고를 하면서 시작됐으며, 1918년 11월 11일 독일의 항복으로 끝난 세계 전쟁) 참전은 정치·경제적 사회 혼란을 불러일으켰다. 이에 1917년 3월(구력 2월)에 노동자 대표가 주축이 된 소비에트는 혁명을 일으켜 임시정부를 수립한다. 그 결과 제정은 붕괴하고, 집권층은 개혁을 약속하게 된다. 그러나 개혁 약속은 지연되고, 전쟁은 계속되면서 혁명은 1917년 11월(구력 10월)에 또다시 일어난다. 소련에서는 앞서 일어난 혁명을 '2월 혁명' 또는 '2월 부르주아 민주주의 혁명', 뒤에 일어난 혁명을 '10월 혁명' 혹은 '대大10월 사회주의 혁명'이라고 부른다.

레닌(왼쪽)과 스탈린(1922).

10월 혁명은 블라디미르 레닌의 지도하에 볼셰비키들이 일으킨 20세기 최초의 사회주의 혁명이다. 이들의 사상적 기반은 카를 마르크스의 사상이다. 농민, 노동자, 병사 등의 민중이 자본가와 지배 계급에 대항한 결과 1917년에 황제가 자리에서 물러나고 러시아에 임시정부가 들어선다. 이를 '러시아 혁명'이라고 한다. 1917년 러시아에서 볼셰비키가 차르 정권을 뒤엎고 권력을 장악하면서 마르크스의 이상은 실현되는 듯했다.

그러나 1924년에 레닌이 죽은 뒤 집권한 스탈린은 강력한 계획경제를 실시하고, 자신의 반대 세력은 철저히 숙청하면서 자신의 독재체제를 강화한다. 그 가운데 대중적 인기가 높은 트로츠키도 포함되어 있었다. 스탈린은 강력한 언론 통제와 KGB를 활용해 자신의 정적들을 제거했고, 국민의 자유와 인권을 빼앗는 독재정치를 펼친다.

러시아 공산당을 창설해 혁명을 지도한 소련 최초의 국가원수, 레닌

러시아의 붉은 광장에는 지금도 레닌(1870~1924)의 모습이 살아 있을 때의 모습 그대로 보관되어 있다. 물론 유리 상자 안에 말이다. 레닌의 시신을 관리하는 위원회까지 따로 있을 정도로 레닌은 러시아 역사에서 중요하게 여기는 인물이다.

레닌은 마르크스, 엥겔스의 후계자로 러시아 및 국제노동운동의 지도자이며 러시아 공산당 및 소비에트 연방국가의 창설자이다. 공산주의를 마르크스-레닌주의라고 하는 것은 레닌이 마르크스의 주장을 실천에 옮긴 최초의 인물이기 때문이다.

레닌은 차르를 암살하려다 붙잡혀 사형당한 형의 영향을 받아 혁명에 뜻을 두고 혁명 운동을 했다. 러시아의 주인은 차르와 귀족, 부자가 아니라 농민과 노동자, 병사들이라고 생각해 지하신문을 만들었다. 사회주의 정당을 만들다 체포되어 시베리아로 유배되기도 하고 해외로 추방되기도 했다. 그러던 중 러시아에서 2월 혁명이 일어나자 국내로 돌아와 1917년 10월 혁명을 이끌었다. 이후 약 5년 동안 혁명의 지도자로서 새로운 나라를 만들기 위해 노력하다 1924년에 죽었다.

17. 억압·위장된 무의식적 소망…… 내가 외면했던 '나'를 만나다

『꿈의 해석』__지그문트 프로이트

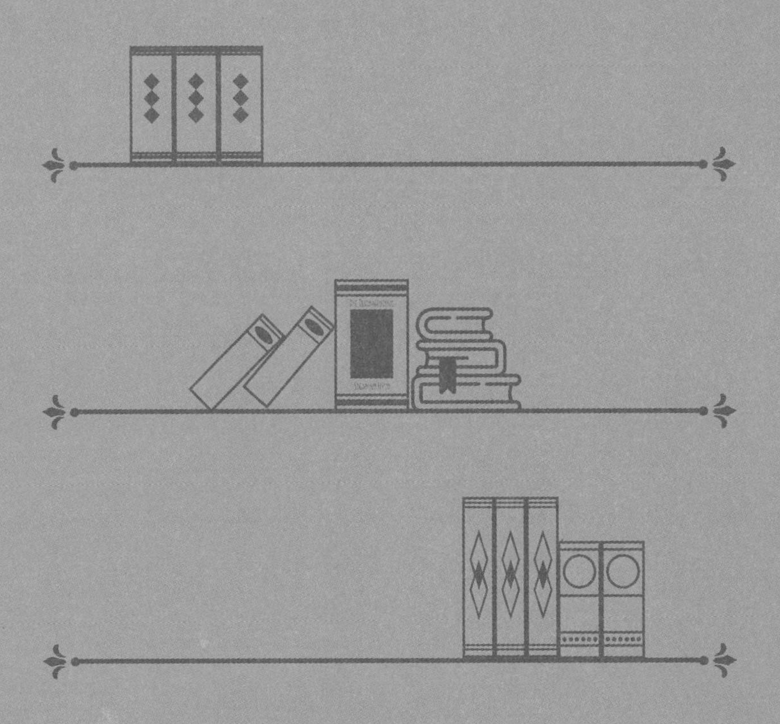

지그문트 프로이트.

지그문트 프로이트Sigmund Freud(1856~1939)는 오스트리아의 생리학자이자 정신병리학자로 정신분석의 창시자입니다. 1856년, 모라비아 지방(오늘날 체코 지방)의 유대인 가정에서 태어났습니다.

세 살 때 가족이 오스트리아의 수도 빈으로 이사한 뒤 빈 대학 의학부에 입학해 신경해부학을 공부했습니다. 졸업한 뒤 얼마 동안 뇌의 해부학을 연구했습니다. 1885년, 파리의 살페트리에르 정신병원에서 히스테리 환자를 연구하며 이를 치료하기 위한 자유연상법을 개발했습니다. 1896년, 이 치료법에 '정신분석'이라는 이름을 붙였습니다. 이 말은 뒷날 심리학의 체계까지도 지칭하는 말이 됐습니다.

프로이트는 인간의 마음에는 본인이 의식하지 못하는 무의식이 존재하며 무의식이 우리의 심리와 행동을 지배한다고 보았습니다. 그 무의식에 이르는 왕도가 '꿈 분석'이라고 주장하고, 1900년에 『꿈의 해석Die Traumdeutung』을 펴냈습니다. 하지만 초기에 그의 학설은 무시됐습니다. 그러나 1902년경부터 점차 슈테켈, 아들러, 융, 브로일러 등이 그의 주위에 몰려들었습니다. 프로이트는 이들을 중심으로 국제정신분석학회를 창립했습니다. 1900년 이후 그는 꿈·착각·말실수 같은 정상 심리로도 연구를 확대해 심층심리학을 확립했습니다.

1908년에는 제1회 국제정신분석학회가 개최됐습니다. 1909년 클라크 대학 20주년 기념식 때 했던 강연이 정신분석을 미국에 보급하는 계기가 됐습니다. 1차 세계대전이 끝난 뒤 사변적 경향을 강화해 이드·에고(자아)·슈퍼에고(초자아) 같은 생각과 생의 본능 에로스·죽음의 본능 타나토스 등의 개념을 내세웠습니다.

말년에는 턱에 암이 생겨 33번의 수술을 받아야 했습니다. 1938년에 오스트리아가 독일에 합병되자 유대인이라는 이유로 나치스에 쫓겨 런던으로 망명했는데, 그 이듬해에 끝내 암으로 사망했습니다. 프로이트의 유해는 그가 평상시 좋아했던 그리스의 항아리에 담겨 그곳에 묻혔습니다.

20세기의 사상가로 프로이트만큼 큰 영향을 끼친 인물은 없습니다. 그의 정신분석학은 단순히 의학에서 그치지 않고 철학·심리학·문화이론·사회이론·교육학·범죄학·문예비평 등에 영향을 미쳤습니다. 주요 저서로 『히스테리 연구』, 『꿈의 해석』, 『일상생활의 정신병리학』, 『성욕에 관한 세 편의 에세이』, 『토템과 터부』, 『정신분석 강의』, 『쾌락 원칙을 넘어서』, 『자아와 이드』 등이 있습니다.

2010년에 개봉한 영화 〈인셉션Inception〉은 크리스토퍼 놀란 감독이 잠을 자는 사람이 스스로 꿈이라는 것을 자각하면서 꾸는 꿈을 말하는 '자각몽'에 영감을 받아 '꿈 도둑'을 소재로 만든 영화입니다. 누구나 말할 수 있지만, 구현하지 못했던 모호한 꿈의 세계를 웅장하고 정교하게 쌓아 올려 많은 관객의 감탄을 자아내게 했죠. 영화는 복잡한 미로 같아서 꿈과 현실에 대한 해석, 열린 결말 등 여러 면에서 논쟁을 불러일으켰습니다.

영화는 프로이트가 『꿈의 해석』에서 무의식의 표상이라고 말했던 꿈에 의도된 의식을 심는 것이 주요 내용입니다. 주인공은 드림머신이라는 기계로 타인의 꿈과 접속하고, 다른 사람의 머릿속에 새로운 정보를 입력시키는 게임을 벌입니다. 게임을 벌인다는 점에서 영화는 시종일관 긴장감을 유지하며 관객의 몰입도를 높입니다. 무엇보다도 압도적인 건 등장인물이 자기 꿈을 스스로 설계하는 모습이죠. 꿈은 왜곡되기도 하고 현실과 구분이 모호해지기도 하면서, 꿈과 기억의 세계가 놀랍도록 치밀하게 계산되어 펼쳐집니다. 영화는 모호하고 부조리한 대상인 꿈을 구체성이 있는 현실로 만들며, 욕망과 죄책감 등 인간 내면의 문제를 촘촘하고 정교하게 구현합니다.

영화의 주요 갈등 중 한 가지는 주인공 코브의 꿈에 코브의 의지와 상관없이 아내가 반복적으로 등장하는 것입니다. 프로이트의 눈으로 보면 그건 코브가 아내와 풀어야 할 문제를 피하려고 하니까 무의식이 자꾸만 그 문제를 꿈으로 보여 줄 가능성일 수 있습니다. 진실을 마주하기가 두려워 숨기려 해도 무의식은 꿈으로 올려 보내는 것이죠. 그것도 있는 그대로가 아니라 왜곡해서요.

클라크 대학 건물 앞에서(앞줄 왼쪽부터 프로이트, G. 스탠리 홀, 카를 융, 뒷줄 왼쪽부터 에이브러햄 브릴, 어니스트 존스, 샨도르 페렌치).

아마도 프로이트가 이 영화를 보았다면 격세지감을 느꼈을 것 같습니다. 지금은 사회과학, 예술, 문화, 인문 등에서 '무의식'에 대한 논의가 자연스럽지만, 프로이트가 『꿈의 해석』을 출간한 1900년에는 학계에서 인정받지 못했기 때문이에요. 출간된 뒤 6년 동안 책이 351권밖에 판매되지 않았을 정도로 홀대받았죠. 그러나 지금 프로이트는 20세기 이후 가장 논란이 많고 가장 영향력을 많이 끼치는 중요한 사상가로 꼽히며, 이 책은 많은 분야에 영감과 통찰을 주는 고전이 되었습니다.

개구리를 삼키는 꿈

이 영화가 나왔을 즈음 저는 꿈 분석을 포함한 문학 공부를 하고 있었습니다. 당시 꾼 꿈 중에 아직도 생생하게 기억나는 꿈은 살아 있는 개구리를 통째로 삼키는 꿈이에요. 몸속 어딘가에 산 개구리가 통째로 녹아들고 있다니……. 그 거부감은 고스란히 현실로 이어져, 꿈에서 깨고 나서도 종일 토하기를 반복했죠. 이 꿈을 놓고 모임의 동료들과 꿈 분석을 했어요. 꿈을 바라보는 관점이나 해석 방법은 학자마다 달라서 모임을 함께 하는 동료마다 제 꿈에 다르게 접근했었죠.

프로이트는 꿈 분석에서 자유연상을 중요시합니다. 자유연상은 꿈꾼 이의 의식·무의식의 흐름과 연상한 것에 대한 느낌과 관련이 있죠. 꿈을 이해하고 해석할 때 대상이 지닌 전통적인 상징보다도 당사자가 그 대상이나 상황에 어떻게 반응하는지가 더 중요한 실마리를 제공하기 때문이에요.

쉬운 예로 한 아이가 엄마를 사슴으로 비유하며 그 이유가 '뿔로 공격하면 무서워서'라고 했다면, 사슴이 갖는 일반적인 상징보다도 아이가 느끼는 '뿔로 공격하면 무서워서'라고 한 말의 의미가 더 중요하다는 이야기입니다.

당시 저는 '큰소리만 칠 줄 알지 별 볼 일 없다'라고 느낀 한 인물 때문에 심각할 정도로 스트레스를 받았으나 내색도 못 하고 있었어요. 개구리는 전통적으로 왕권과 관련해 신성을 상징하기도 하지만 큰소리나 치는 못난 사람을 일컫기도 한 동물이죠. 그런 걸 떠올려 보면 꿈의 무의식이 자기주장만 하는 상대를 시끄럽게 떠드는 개구리로 바꾸어 버렸는지도 모르겠어요.

한편으로 이 꿈은 상대를 제압하거나 무마하고 싶은 욕망을 드러낸 꿈 같았어요. 더구나 죽은 개구리를 먹어 천천히 소화시키는 것이 아니라 산 개구리를 통째로 삼키려 했으니 무리한 욕망에 잠이 깨고 나서도 탈이 난 것이겠죠. 이는 상대를 드러내 놓고 비난하지 못하고 자신을 억압했던 것이 꿈에서 소원 충족으로 나타났고, 속으로 상대를 비난하는 자신을 자책하는 마음이 몸의 거부감으로 나타난 것일 수도 있다고 생각했어요.

그런데 프로이트는 거의 알았다고 생각하는 순간 또 다른 문제가 생긴다고 말합니다. 언어를 선택하고 해석하는 과정에서 또 다른 왜곡이 일어날 수 있기 때문이죠. 또한 꿈은 압축과 전치 등이 많아 불완전하게 드러나기 때문에 어떤 꿈을 완전히 해석했다는 확신은 가질 수 없다고 언급합니다. 그러니 개구리 꿈으로 내 문제를 들여다봤으나 그것이 진실이라고 확신할 수는 없죠.

'꿈'은 무의식이 드러나는 대표적인 증상

꿈은 옛날부터 인간의 중요한 관심사였습니다. 프로이트가 꿈에 대해 연구하기 이전에도 꿈에 대한 인식은 있었죠. 그리스·로마 시대 사람들의 꿈 평가에는 원시적 견해가 남아 있어 꿈은 신이나 귀신의 계시라고 생각했고요. 아리스토텔레스는 자는 동안에 일어나는 사소한 자극을 확대해석했어요. 몸 어딘가가 따뜻해지면 불이나 뜨거움을 느끼는 꿈을 꾼다고 보았죠. 그러니 살아 있는 개구리를 삼킨 꿈이 그리스·로마 시대의 시선으로 보면 미래 일에 대한 경고일 수 있고, 아리스토텔레스의 시선이라면 잠들기 전 무엇인가를 무리하게 먹었던 경험이나 개구리와 관련된 경험의 연장으로 볼 수도 있겠죠.

프로이트라면 이 꿈을 어떻게 해석했을까요? 아마도 제게 자유연상을 하게 하면서 대화를 시도했겠죠. 그러한 과정에서 꿈이 지닌 압축과 소망 충족, 왜곡, 전치 등의 속성을 바탕으로 분석을 하지 않았을까 합니다.

지그문트 프로이트와 그의 어머니 아말리아(1872).

종종 『꿈의 해석』을 꿈 풀이 책으로 오해하는 경우가 있는데, 이 책은 꿈 풀이 책이 아니에요. 책 도입부에서 밝혔듯이 프로이트는 꿈을 우리의 중요한 정신생활로 간주해 정신의 윤곽을 무의식의 영역까지 넓히고자 했어요. 모든 꿈은 뜻깊은 마음의 결과이며, 그 마음이 움직여 위장하거나 변형된 모습의 꿈으로 나타난다고 본 것이죠. 그 사실을 증명하기 위해 꿈을 해석할 수 있는 심리학적 방법을 찾았던 거예요.

프로이트는 '꿈 사전'을 싫어했습니다. 꿈에 대한 단정적인 해석을 비판했기 때문이에요. 물론 사람들이 공통으로 생각하는 상징이 있다는 것을 인정하지만, 프로이트는 상징의 의미를 과대평가해서는 안 된다고 강조했어요. 사람마다 무의식은 모두 다르기에 개인의 연상이 가장 중요하기 때문이죠.

꿈을 비롯해 실수, 실언, 망각, 재담 등 자유연상을 동반할 수 있는 정신활동이면 무엇이든 정신분석의 대상이 될 수 있는데, 프로이트는 특히 꿈에 주목했습니다. 꿈을 무의식에 이르는 왕도로 보았죠. 현실세계에서 실현할 수 없었던 욕망과 본능적 욕구의 돌파구가 바로 꿈이라는 거예요.

그런데 그것이 현실에서 드러나면 곤란할 수밖에 없겠죠. 그런 이유로 꿈에서도 무의식적인 검열을 받게 됩니다. 왜곡되어 나타나기 쉬운 거죠. 그러한 꿈은 절대로 아무런 이유 없이 나타나지 않는다고 했어요. 아무리 이상한 꿈이라 해도 무엇인가가 꿈을 꾸도록 한 원인이 있다는 거예요. 그것을 밝혀내는 것이 꿈의 해석이에요.

이 책은 프로이트가 직접 만난 많은 환자를 관찰한 사실이 토대가 됐지만, 무엇보다도 자신의 꿈을 예시로 들어 분석한 자전적 기록입니다. 그래서 이 책은 꿈이 만들어지고 표현되는 문법을 제시하며, 꿈 현상이 무의미하지 않고 중요한 의미를 담고 있다고 역설하죠. '꿈의 해석'이 목적인 책이라기보다 '무의식의 작용이 의식 세계에서 어떻게 감지되는지'를 꿈 분석을 통해 보여 주려고 하는 책입니다.

꿈의 본질은 억압된 원망이 변장하여 나타난다

프로이트가 정신분석이라는 용어를 처음 사용한 해는 1896년이에요. 당시 정신분석에서 중요하게 여기는 게 '대화요법'인데, 이것은 특별히 의미가 있었습니다. 요즘은 대화가 보편화됐으나 100년 전 상황에서는 혁명적인 방법이었어요. 당시 환자를 다루는 방식은 고문이나 전기 치료를 주로 하고, 약물 요법조차도 비인간적인 방법이 많았죠.

그러나 정신분석에서 주요한 방법으로 제안한 '대화요법'은 환자를 정상인과 동등하게 대접하고 정상적인 사회 속으로 편입시켰어요. '대화요법'을 위해 '자유연상'을 했는데 '자유연상'은 꿈꾼 이가 의식의 흐름에 몸을 실어 그저 떠오르는 대로 말하는 것이에요. 마음에 떠오르는 모든 것은 꿈꾼 이의 경험이나 생각과 관련되어 있겠죠.

프로이트는 사람의 무의식은 늘 지치지 않고 자신의 욕망을 이루고자 에너지를 발산한다고 말합니다. 꿈의 본질은 발산하지 못하고 억압된 어떤 것이 변장하여 나타나는 거고요. 무의식은 과거에 이루지 못한 억압된 소망, 유아기적 체험의 흔적일 수 있죠. 그러니 꿈의 재료는 무의식에 있는 분노나 공격 욕망, 권력 욕망, 이루지 못한 소망, 잠자는 상태에서 받는 생리적 자극, 낮 동안 받은 자극의 잔재 등이 됩니다.

이는 근래에 있었던 일이나 어릴 적 경험, 신체적 욕구 등과 관련되어 사건과 대상, 생각과 이미지가 복합적으로 섞여 압축과 전치, 시각화, 상징화, 동일시와 반대 등을 통해 꿈으로 표현된다고 보았습니다. 그러니 꿈은 내가 주인공이자 감독으로 나도 모르는 나의 정체를 보여줍니다. 그러면서 "네가 원하는 삶을 살아"라고 은근히 말을 건네기도 하고, 현실에서 해소 못 한 소망을 꿈으로 흘려보내기도 합니다.

프로이트는 꿈의 기능이 압력장치의 밸브와 마찬가지로 무의식의 폭발을 제어하는 데 있다고 보았습니다. 마치 현실의 억압이 터질 듯해 꿈속에서라도 개구리를 삼켜 버리는 시도를 하듯 말이에요.

그 과정에서 꿈은 사소한 모습들로 바뀌기도 하고, 검열에 걸려 끊어지기도 하고, 언어로 표현되거나 정서적으로 강렬한 느낌을 주기도 해요. 의식의 검열에 걸리지 않도록 상징적 표상화나 드라마화를 거치며 위장하기 때문에 꿈을 분석할 때는 연속성이 끊어진 연결 부분을 찾고 가공이 잘된 장면은 의심해야 합니다. 강렬한 느낌은 집중하고 꿈속에 사용된 언어에 주목해야 하죠. 꿈의 해석은 이러한 메커니즘에 의해 억압되고 위장된 무의식적 소망을 읽어 내는 작업입니다. 그러니 꿈을 해석해 보면 꿈의 배후에 감춰진 많은 사고와 과거의 일이 드러나게 됩니다.

나의 무의식을 마주하는 것이 자아 인식에 도달하는 길

선과 악은 서로 기대고 있듯이 의식과 무의식은 서로 기대고 있습니다. 우리가 추구하는 도덕성이나 합리성 등은 욕망을 은폐하게 마련이어서 그럴듯한 가면을 쓰게 하죠. 갈등을 감추기 위한 억압이 무의식인 꿈으로 나타나고요. 무의식은 내가 나에게 쓴 속임수까지도 모두 알고 있습니다. 그래서 내가 외면했던 '나'를 틀어서 꿈으로 보여 줌으로써 내가 놓치거나 은폐했던 '나'를 만나게 해 줍니다. 프로이트가 말하듯 의미 없는 꿈이란 없는 거예요.

현대처럼 숱한 가치들이 혼란스러운 세상에 우리의 무의식은 편안할 리 없습니다. 그런 의미에서 인간이 꿈을 꾼다는 것은 현실에 어긋나서 생기는 어떤 감정이나 욕망을 부분적으로 해소하며 정신의 균형을 유지하는 현상입니다.

프로이트가 '무의식'이라는 개념을 소개하기 전까지 인간은 이성적인 존재라는 설이 유력했지만, 프로이트는 인간은 생각보다 이성적이지 않으며 오히려 본능적 욕구와 욕망에서 자유롭지 못한 비이성적인 존재라고 봤습니다. 머리로는 알겠는데 마음이나 행동이 다르게 반응하는 경우가 많음을 떠올려 보면 인간은 생각보다 이성적이고 합리적으로 행동하는 존재가 아니에요.

프로이트가 인간은 이성보다 무의식에 지배를 받는 존재라고 주장할 당시 인간은 매우 합리적이고 이성적인 존재라는 것이 정설이었어요. 프로이트의 주장으로 인간은 자존심에 상처를 입었죠. 그러나 프로이트가 과감하게 자신의 내면 정체를 드러낸 건 인간의 자존심에 상처를 입히려는 게 아니라 더 좋은 인간, 더 좋은 사회를 만들 수 있는

프로이트의 초상이 실린, 1986년에 발행된 오스트리아 50실링 지폐.

실마리를 보여 주기 위해서였어요.

프로이트가 우리에게 주는 메시지는 우리가 우리 자신에 대해 알고 있는 것이 우리의 정체가 아니라, 오히려 우리가 우리 자신에 대해 모르고 있는 것이 바로 우리의 정체라는 것입니다.

그런 의미에서 자신의 꿈에 관심을 두고 의미를 헤아리는 일은 자신도 모르는 자신의 블랙박스를 마주해 자아의 참모습을 직면하는 일입니다. 비록 무의식이라는 지하실에는 쥐가 득실대고 비명이 들릴지라도 말이에요. 그것들이 나도 모르는 사이에 새어 나오기 전에 내가 먼저 그것들에게 관심을 주고 문을 열어 주는 게 꿈의 해석일 수 있습니다. 그 과정에서 어두워 보이지 않는 무의식이라는 지하실에는 빛과 온기가 생기지 않을까요?

더 읽을거리

프로이트 정신분석 이론의 몇 가지 개념

◆리비도Libido: 프로이트는 우리의 마음 깊숙한 곳에 숨어 있는 무의식이 그 행동과 정서를 규정한다며 리비도 개념을 말한다. 리비도란 성 충동을 일으키는 에너지로, 프로이트는 이 리비도를 억제하고 순화해서 나타난 것이 문화라고 했다. 사회 규율이나 다른 사람과의 관계, 질서 등을 고려해 리비도를 억제하거나 순화한다는 것이다. 흔히 리비도를 '성욕'으로 오해하는 경우도 있는데, 프로이트는 리비도를 일종의 '에너지'로 보며 대단히 넓게 해석한다. 예를 들면, 공부를 열심히 하는 것, 자신이 좋아하는 연예인이나 물건에 집착하는 것, 수도승이나 신부가 종교 활동에 몰두하는 것도 이 리비도의 활동 방향을 바꾼 결과이다.

◆이드Id: 이드는 개인의 무의식 속에 선천적으로 가지고 있는 본능적 에너지의 원천이다. 기본적으로 쾌락의 원리에 지배되는 무의식의 영역으로 불쾌를 피하려는 원리만을 따른다. '억압된 것'이 머무르는 정신에너지의 저장고로 초자아와 자아에 의해 통제받는다.

◆자아Ego(에고): 정신에 있는 나의 대리인으로 내면적인 동기나 감정을 인식하고 조절, 통제하는 역할을 한다. 의식에 반영된 나로 현실원리를 따른다. 자아는 이드를 압도하는 쾌락원리를 현실원리로 대체하는 역할을 하며 상식과 이성을 대표한다. 자아는 비록 의식의 영역에 속해 있긴 하지만, 무의식이 발현되는 장소이기도 하다.

◆초자아Super ego(슈퍼에고): 자아가 본질적으로 외부 세계의 대표자라면 초자아는 내적 세계의 대리자로서 자아와 대면해 있다. '나를 감시

하는 또 다른 나'로 초자아는 윤리적 범주에 속하며, 자아와 초자아 사이의 긴장을 표현하는 무의식적 죄책감과 관련된다. 초자아는 양심의 근원이다.

◆방어기제: 자신을 위협으로부터 방어하기 위해 무의식적으로 자신을 속이며 회피하는 등 심리적 상처를 막고자 하는 사고 및 행위를 가리키는 말이다. 프로이트는 원초아(이드) 충동이 의식에 공개적으로 나타나려는 힘과 그와 대립하는 초자아의 압력으로부터 그 개인의 자아를 보호하기 위한 자아의 전략이라고 정의했다. 자아가 원초아와 초자아의 갈등 조절에 실패하면 불안에 빠질 우려가 있으며, 이 경우 방어기제가 형성된다고 본 것이다.

예를 들면, '투사'는 자신이 스트레스를 받고 불안을 느끼면 "내가 이렇게 된 것은 너 때문이다"라며 그 원인이 타인에게 있는 것처럼 전가함으로써 자신을 방어하는 방법이다. 투사와 반대로 자신의 불안이나 부족감을 피하기 위해 타인의 바람직한 점을 끌어들이는 방법은 '동일시'라고 한다. 자식의 출세에 성취감을 느끼는 부모의 경우가 이에 해당한다.

'억압'은 스트레스나 불안을 일으키는 생각이나 충동을 의식화하지 않으려는 무의식적인 노력이다. 만나기 싫은 사람과의 약속을 잊거나 숙제하기 싫어하는 학생이 알림장을 잃어버리는 등의 형태다.

'합리화'는 불합리한 태도, 생각, 행동을 합리적인 것처럼 정당화시킴으로써 자기만족을 얻으려는 방법이다. 이솝 우화에 나오는 '여우와 신포도' 이야기가 대표적이다. 먹고 싶지만 딸 수 없어 못 먹는 포도를

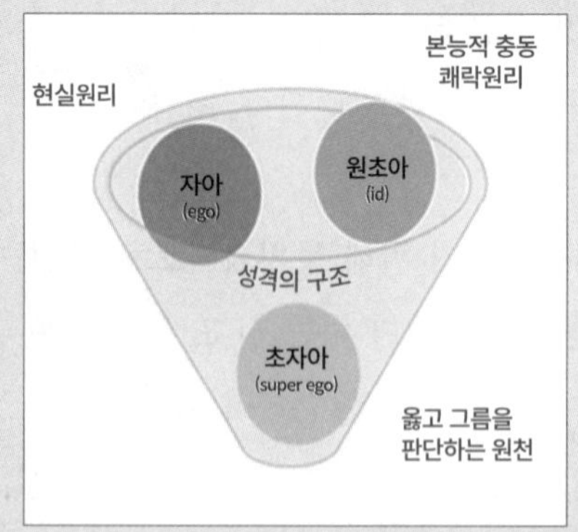

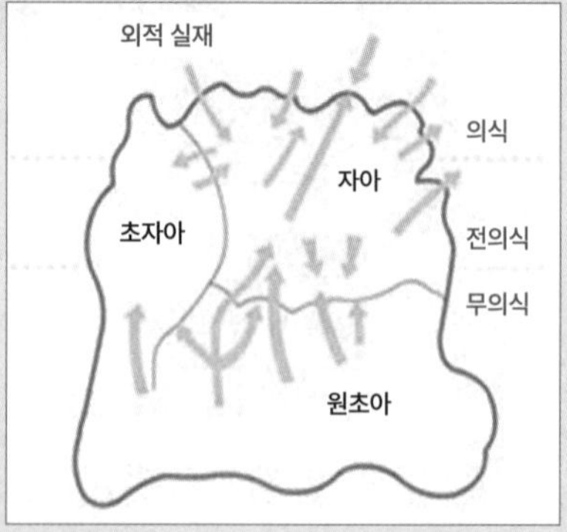

프로이트는 마음의 구조가 인간의 본능적인 욕구인 '원초아'와 나를 감시하는 도덕적인 나인 '초자아'와 현실의 중재자인 '자아'로 이루어졌다고 주장한다. 이들 구조는 무의식과 의식에 걸쳐 있으며, 서로 영향을 주고받으며 성격으로 드러난다고 말했다.

여우는 "분명히 저 포도는 맛이 실 거야"라고 합리화함으로써 자신의 불만족을 만족 상태로 돌린다. '주지화'는 자신이 문제로 느끼는 분야에 대해 지적 노력을 통해 해결하려는 방법이다. 정서나 충동을 느끼는 대신 사고함으로써 통제하려는 것이다. 연애하고 싶으나 연애를 못하는 사람이 연애에 관한 책을 읽거나 토론을 하는 행위 등이다.

그 밖에도 예술 활동으로 충동을 변화시키는 '승화', 미운 놈 떡 하나 더 준다는 속담처럼 자신의 감정과 반대로 행동하는 '반동 형성' 등이 있다.

이러한 방어기제는 불안이나 위험 등을 감지하여 이를 해소하거나 자신을 보호하기 위해 나타난다. 개인이 자신도 모르게 습관적으로 스트레스를 풀어내는 방법으로 나타나기 때문에 '어떤 방어기제를 습관적으로 사용하느냐'는 그 사람의 인격이나 성격 등과 관련이 있다.

18. 섬에 갇힌 소년들이 드러낸 인간의 본성

『파리 대왕』__윌리엄 골딩

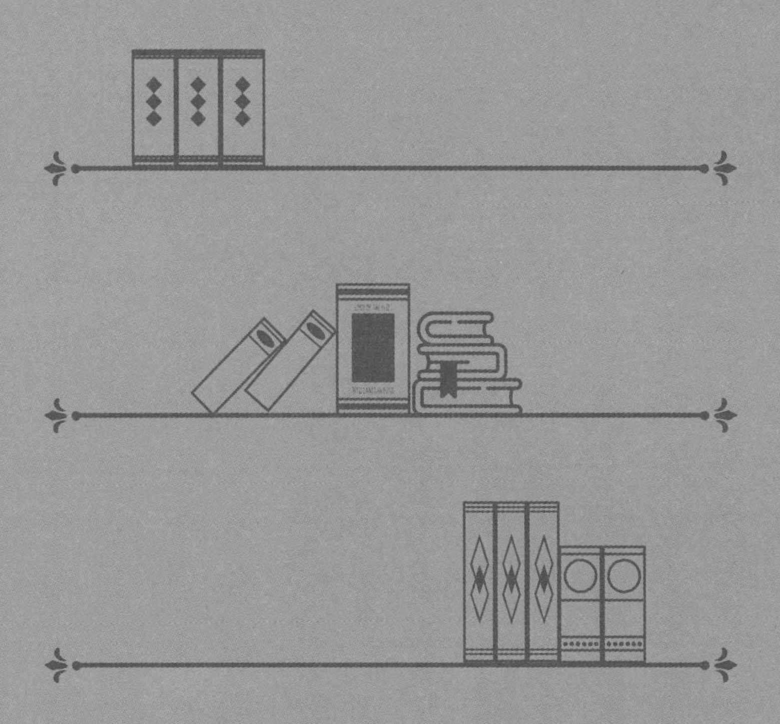

윌리엄 골딩.

윌리엄 골딩William Golding (1911~93)은 영국 출신의 시인이자 소설가로 콘월주의 항구도시 뉴퀘이 근처 세인트칼럼 마이너에서 태어났습니다. 아버지 알렉 골딩은 중등학교 과학 교사였으며, 어머니 밀드레드는 여성 참정권 운동을 지지하는 진보적 여성이었습니다. 윌리엄 골딩은 급진주의적 성향을 지니고 과학적 세계관을 추구하던 부모의 영향을 많이 받으며 성장했습니다.

아버지가 교사로 재직하던 말보로 문법학교(그래머 스쿨. 7년제 인문계 중등학교)를 형과 함께 다녔고, 1930년 옥스퍼드 대학의 브레이스노스 칼리지에 입학했습니다. 자연과학을 공부하다가 글을 쓰고 싶은 열망이 커서 전공을 영문학으로 바꾸었습니다.

대학 재학 중 서정시 29편을 묶은 첫 책 『시집』을 출간했습니다. 스물네 살 때부터 솔즈베리의 비숍 워즈워스 학교에서 영문학과 철학을 가르쳤으며, 스물여덟 살 때 화학자 앤 브룩필드와 결혼해 두 아들을 두었습니다.

1940년에는 영국 해군으로 2차 세계대전에 참전해 독일 전함 비스마르크호 격침 및 노르망디 상륙 작전에 기여했습니다. 1944년의 노르망디 상륙 작전 때는 로켓 발사 전함을 지휘했습니다. 전쟁이 끝난 뒤에는 1960년까지 교사로 일하면서 소설을 썼습니다. 전쟁에 참전하기 전까지 윌리엄 골딩은 인간의 이성과 합리성을 신봉했으나, 전쟁터에서 수많은 죽음과 인간의 비합리성을 목격하고 자신의 이상적인 신념들을 버리게 됐습니다.

오랫동안 교직에 있었기 때문에 문단 데뷔가 늦었으나 1954년 발표한 첫 소설 『파리대왕Lord of the Flies』으로 1980년에 부커상을 받았습니다. 1983년에는 '사실적이고 명쾌한 설화 예술과 다양하고도 보편적인 사회 통념을 통해 오늘날의 인간 조건을 조명한' 공로로 노벨 문학상을 받았습니다. 1988년에는 영국 왕실로부터 기사 작위를 받았습니다. 말년에도 활발하게 집필 활동을 하다가 1993년 여름에 심부전증으로 사망했습니다.

장편소설 『이중의 혀』는 미완성으로 남겨졌다가 사망한 뒤 3년이 지난 뒤에 발표됐으며, 그 밖의 작품으로 '땅끝까지' 3부작 『통과 제의』, 『밀집 지대』, 『심층의 불』이 있습니다. 수필집으로 『움직이는 표적』과 『종이인간』이 있고, 소설로 『피라미드』, 『계승자들』, 『첨탑』, 희곡으로 『구리 나비』 등이 있습니다.

여러분은 인간은 어떤 존재라고 생각하나요? 선악의 본성을 타고난다고 여기나요? 아니면 선악의 본성은 만들어진다고 생각하나요?

동서고금을 막론하고 많은 학자가 인간의 본성과 인성에 대해 많은 이야기를 했습니다. 동양에서 맹자는 인간의 본성은 선하다는 '성선설'을 주장했고, 순자는 인간의 본성은 악하다는 '성악설'을 주장했죠. 고자告子는 인간의 품성은 선하거나 악하지 않고 교육과 수양의 정도에 따라 달라진다는 '성무선악설'을 주장했고요.

서양에서 루소는 인간의 본성은 본래 선한데 문명과 사회 제도의 영향을 받아 악하게 되었다고 주장했어요. 기독교 윤리 사상에서의 원죄설은 인간은 타고나면서 죄를 짓고 출생했다는 관점으로 인간의 본성이 악하다는 데 힘을 싣고 있어요. 로크나 듀이 같은 학자는 고자처럼 인간의 마음은 백지처럼 선하지도 악하지도 않고 환경에 따라 달라질 수 있다고 보았어요.

작가의 인간관에 영향을 준 전쟁

윌리엄 골딩은 어땠을까요? 그는 2차 세계대전 때 5년간 해군 생활을 했는데, 그때의 경험으로 인간관이 달라집니다. 전쟁에 참전하기 전까지는 인간의 이성과 합리성, 과학적인 사고를 신봉하며, 인간 스스로 도덕적 완성을 이룰 수 있고, 그 완성에 이르기 위해 규범이나 사회의 질서 등이 존재한다고 믿었어요. 그러나 인간 본성에 대한 작가의 믿음은 전쟁이라는 극한의 상황에 놓이자 무너지고 말아요.

윌리엄 골딩은 그의 에세이에서 "꿀벌이 꿀을 생산하듯 인간은 악을 낳는 존재일 뿐만 아니라 인간이라는 끔찍한 질병으로 고통을 겪고 있는 존재다"라고 썼어요. 이는 인간이 외부의 조건이나 영향으로 악해지는 것이 아니라 내면에 이미 악을 품고 있어 자신과 타인을 괴롭히고 파괴한다고 본 것이죠. 전쟁을 겪으면서 사람들이 가꾸어 온 문명세계가 허망하게 무너지는 것을 보며 인간 본성에 대한 회의가 들은 거예요. 이러한 생각이 『파리 대왕』에 적나라하게 드러납니다.

제목의 의미

'Lord of the Flies'는 히브리어 '바알제붑Ba'al Zebub, Beelzebub'을 영어로 옮긴 것입니다. 이 말은 그리스 로마 전통에서는 'Zeus(제우스)'를 의미하지만, 유대교와 기독교 전통에서는 'evil(악마)'을 의미합니다. 히브리어로 '파리 떼의 왕'이라는 뜻으로, 구약성서에서는 에크론의 블레셋인들이 섬기는 신으로 등장하죠(열왕기 하 1:2). 예수와 사도들의 시대에 바알제붑은 '귀신들의 왕'인 사탄이라는 의미를 갖게 되었는데, 예수의 적들은 예수가 일으킨 기적이 바알제붑의 힘에서 나온 것이라고 주장합니다(마가복음 3:22, 누가복음 11:15).

'Beelzebub'이 영어로 'Lord of dung'을 의미하는데, 이때의 'dung'은 '배설물'을 뜻합니다. 중세 마법 책에 등장하는 바알제붑은 거대한 파리로 그렸어요. 고대 사람들은 파리라는 생물이 악령 자체이거나 혹은 사람에게 악령을 옮기는 역할을 한다고 믿었기 때문이에요. 썩은 고기나 쓰레기에 떼 지어 몰려드는 파리를 보고 죽음과 병을 일으키는 더러움과 악마의 이미지를 연결했죠.

존 버니언의 『천로역정』에 그려진 바알제붑. 존 밀턴의 서사시 『실락원』에서 바알제붑은 사탄이 아니라 사탄의 오른팔인 귀신이다. 크리스토퍼 말로의 희곡 『파우스투스 박사의 비극』에서 바알제붑은 파우스투스의 정신적 파멸을 초래하는 세 악마 가운데 하나이다.

종합해 보면 작품의 제목은 인간이 살아 있는 한 언제 어디서나 파리들을 끌어들인다는 의미로 '곤충의 왕'을 의미합니다. 이는 인간의 부패와 타락, 공포 등을 상징한다고 볼 수 있어요. 이러한 상징은 인간에게 해를 끼치는 것들로 인간의 악마성을 드러내는 제목입니다.

법이 사라진 세상, '곤충의 왕'은 누구인가?

소설은 비행기 추락으로 다섯 살에서 열두 살 사이의 소년들이 태평양의 외딴 섬에 고립되면서 시작합니다. 핵전쟁의 위협을 피해서 비행기를 타고 탈출하다가 적기의 공격을 받아 아름다운 산호섬에 불시착한 것이죠. 섬에 흩어져 있던 소년들은 함께 지내면서 어려움을 극복하고자 합니다.

먼저, 투표를 통해 랠프를 지도자로 선출합니다. 지도자가 된 랠프는 이야기하고 싶은 사람은 소라를 들고 말하게 하고, 구조 요청을 위한 불을 피우고 그것을 관리할 당번을 정하는 등 나름의 규칙을 정해 질서를 유지하고자 애쓰죠.

처음에 소년들은 섬 생활에 대해 환상을 갖습니다. 즐거움과 재미가 기다리고 있으리라 기대하며 동화 속에 나오는 주인공이 된 듯한 기분에 들뜨죠. 랠프와 잭과 사이먼이 섬을 탐색하기 위해 함께 나서는 장면은 평화롭기만 합니다. 아이들이 불시착한 산호섬도 아름답기만 하고요. 섬은 먹을 것도 풍족해 소년들이 즐거운 생활을 하리라는 기대를 주기에 충분하죠. 그러나 평화는 그리 오래가지 않았습니다.

어느 순간부터 불을 피워 두는 것을 소홀히 해 수평선에 배가 지나가는데도 구조신호를 보내지 못하고, 누군가 소라를 들고 의견을 말하려 해도 아무도 주목하지 않습니다. 급기야는 지도자를 중심으로 한 공동체 질서에 금이 가요. 봉화를 피워 구조받는 것을 우선으로 하는 랠프 무리와 먹잇감을 사냥해서 살아남는 것을 중시하는 잭의 무리로 나뉘게 되죠.

잭은 로저와 함께 사냥 부대를 이끌고 무리를 이탈합니다. 랠프와 잭이 대립하면서 두 편으로 나뉜 아이들은 점점 광폭해지고, 살인과 광기가 섬을 지배하게 되죠. 잭의 무리는 사냥한 멧돼지 머리를 숲속 괴물에게 제물로 바치고, 괴물이 있다는 소문은 모든 아이들에게 퍼집니다. 그 소문에 랠프 쪽에는 피기와 사이먼만 남고 다른 소년들은 안전을 위해 잭의 무리로 들어갑니다.

그러나 아이들이 있다고 믿은 괴물은 나무에 걸려 죽은 낙하산병이었죠. 잔치를 벌이며 흥분한 아이들에게 그것을 알리려던 사이먼은 살

해당하고 말아요. 불을 피우지 못하도록 방해하는 과정에서 잭의 무리는 피기도 죽이게 됩니다. 광기에 휩싸인 잭의 무리는 점점 더 포악해지고, 혼자 남은 랠프마저 죽이려 해요. 아름다운 산호섬은 점점 지옥으로 변해 갑니다.

랠프는 그들에게 쫓기는 신세가 되어 덩굴에 몸을 숨깁니다. 그런데 이를 알아챈 잭의 무리는 랠프를 몰아내려고 불을 지르죠. 하지만 의도와 달리 그들이 지른 불이 섬 전체로 퍼지게 되고, 그 연기를 본 영국 해군이 섬으로 다가와 소년들은 무사히 구조됩니다.

이 소설의 주제에 대해 작가는 "인간 본성의 결함에서 사회 결함의 근원을 찾아내려는 것"에 있다고 말했습니다. 작가의 말대로 이 소설은 주요 등장인물에서 보편적인 인간상을 찾아낼 수 있고, 인물들이 겪은 사건은 우리 사회에서 일어나는 전쟁이나 폭력 등의 비극적인 사건을 이해하는 데 실마리가 됩니다. 사람의 성격은 모두 다를 수밖에 없는데, 권력을 갖고 싶은 욕망과 권력에 기대려는 욕망, 굶주림과 추위, 괴물에 대한 공포 등이 엄습할수록 소년들의 본성과 인간성은 적나라하게 드러나기 때문입니다.

민주적인 정치를 하려 한 문명의 수호자, 랠프

랠프는 무리의 대장으로, 금발에 체격이 다부진 소년입니다. 성격이 명랑하고 온화하며 합리적으로 생각하는 인물이죠. 규칙을 세우고 오두막을 짓고 회의를 하는 등 이성과 상식으로 민주적인 정치를 합니다.

공동체의 생활을 위해 강물을 직접 마시기보다는 폭포수가 떨어지고 있는 웅덩이의 물을 마시게 하고 야자 열매 껍데기에 물을 긷게 하

영국에서 발행된 『파리대왕』 초판의 표지 (1954).

죠. 과일을 따 먹는 곳을 더럽히지 않으며 바위 근처에서만 볼일을 보게 해요. 봉화를 꺼뜨리지 않도록 하고 섬을 불바다로 만들지 않도록 불 피우는 장소를 제한하는 등의 규칙을 정합니다. 잭이 사냥을 해 구해 오는 고기가 필요하지만, 무엇보다 아이들이 모두 무사히 구조될 수 있도록 봉화를 피우는 것을 중요하게 여깁니다.

소년들 사이에 갈등이 생겨 잭의 무리가 이탈해 얼굴에 분장을 하고 사냥을 하고 잔치를 벌이는 모습을 보면서도 랠프는 이성적으로 행동하려고 애씁니다. 내면에는 순수함과 이성이 있지만 동시에 야만성을 고민하죠. 하지만 랠프의 노력이 무색하게도 소년들은 화합하지 못하고 끝내 섬의 질서는 깨지고 말아요.

랠프는 좋은 규율을 만들어 아이들을 통제하려 했으나 실패합니다. 성실한 자세로 소년들을 이끌려고 했으나 집단의 생리를 깊게 통찰하기에는 부족했어요. 랠프는 돼지가 아닌 인간을 사냥하게 된 잭 무리와 대결하면서 지금까지 외면했던 인간의 야만적이고 본능적인 본성을 직면하게 됩니다. 공포심과 폭력성이 극에 달한 소년들이 서로를 적대시하고 죽이는 것을 막을 수 없었고, 아름다운 섬이 불타는 것을 바라봐야만 했죠.

소설의 마지막 장면에서 해군에게 구조되어 흘리는 랠프의 눈물은 더 이상 순수한 소년의 모습으로 돌아갈 수 없음에 고통스러워하는 눈물입니다. 인간의 양면성을 깨달은 눈물이기도 합니다. 아마도 랠프는 섬에서의 경험을 통해 순수한 본성과 악마적인 본성을 지닌 인간의 모습을 인식하는 어른으로 성장할 듯합니다.

야만적인 본성을 향해 질주하는 잭

붉은 머리에 펄럭이는 망토를 입고 검은 모자를 쓰고 등장하는 잭의 모습은 마치 타락한 천사가 상상되기도 합니다. 잭은 처음에는 랠프처럼 봉화의 중요성과 규칙의 필요성을 깨닫지만 시간이 지날수록 사냥에만 몰두합니다. 합리성을 강조하는 랠프에 비해 본능적으로 행동하며 권력을 추구합니다.

교회 성가대의 대장이었던 잭은 랠프와 대립하는 인물로, 전체주의 사회의 독재자를 연상시키기도 합니다. 전체 회의에서 랠프가 대장으로 뽑히자 분노를 느끼며 자기만의 사냥 부대를 이끌고 폭력을 주도하는 인물이죠. 잭의 분노와 폭력성은 멧돼지 사냥에서 노골적으로 드러나다가 점차 다른 소년들에게로 옮겨 갑니다. 마치 2차 세계대전을 일으킨 히틀러나 무솔리니, 또 러시아 혁명 이후의 소련을 전체주의 사회로 만든 스탈린 등의 파시즘적 횡행을 연상시키죠. 랠프가 문명과 질서 편에 서 있다면 잭은 야만과 폭력 편에 서 있습니다.

랠프와 갈라선 잭은 성채바위 쪽에 본거지를 두고, 폭력과 공포로 아이들 무리를 다스립니다. 사냥으로 식량을 얻는 것은 중요한 일이기는 하지만, 잭은 필요 이상의 사냥을 정당화하기 위해 사냥 의식을 하죠. 아이들이 공포와 혼란 속에 빠진 상황을 이용해 잔치를 벌이고, 폭풍우가 치는 밤에 얼굴에 붉은색, 흰색, 초록색을 칠하고 춤을 춥니다. 진흙으로 얼굴을 위장하는데, 그것은 부끄러움이나 수치심, 죄책감을 감추기 좋았죠. 위장된 얼굴로 더 자유로워지자 폭력은 점점 증폭되어 살인까지 저지르게 됩니다.

한껏 흥분한 소년들은 함성을 지르며, 진실을 알리려고 온 사이먼을 죽을 때까지 밟고 물어뜯고 할퀍니다. 뭔가 잘못이라는 생각을 하면서도 소년들은 자신들의 행동을 변명할 구실을 찾죠. 사이먼을 살해하고는 사이먼은 짐승이 변장해서 온 것이라고 합리화하며, 변장한 짐승이 들어오지 못하도록 바위로 통로를 막습니다. 이러한 의식은 사냥 행위와 더불어 권력을 얻고자 하는 잭의 욕망을 확장시킵니다.

랠프 쪽의 오두막으로 와 불을 피우는 데 꼭 필요한 피기의 안경을 훔쳐 가면서도 전혀 죄책감을 느끼지 않습니다. 오히려 안경을 달라는 랠프와 피기를 조롱하고 결국 피기까지 죽음에 이르게 합니다.

랠프와 피기가 추구했던 문명사회의 질서는 잭의 욕망을 넘어서지 못했습니다. 잭의 악마적인 본성은 아이들과 섬 전체를 고통과 파멸로 이끌었죠. 잭의 행동을 통해 도덕적으로 타락한 한 인물이 어떻게 사회 전체를 망가트릴 수 있는지가 적나라하게 드러납니다.

합리와 이성의 목소리, 피기

피기는 쾌활하고 적극적인 성격으로 랠프와 좋은 친구가 되려고 노력하는 인물입니다. 천식이 있고 뚱뚱해서 육체적으로 열등함을 느끼고 있지만, 객관적이고 합리적인 사고를 하며 잭에게도 할 말을 하죠.

그러나 육체노동을 꺼리고 지식에만 의존하는 나약함 때문에 피기의 의견은 자주 묵살됩니다. 결국 피기가 낀 안경은 문명과 지식인의 상징이었지만 잭 무리에 의해 깨지고 말아요.

피기의 안경은 불과 함께 인간과 동물을 구분하는 중요한 문명의 수단이었습니다. 구조를 요청하기 위한 도구로서 불은 구조와 생명의 상징이었지만, 잭이 일으킨 불은 동료를 죽이고 섬을 파괴하는 살상의 도구가 됩니다.

피기의 안경도 잭에게 뺏기고 나서는 살인의 동기가 되고 말고요. 인간 내면에 선과 악이 공존하는 것처럼 불과 안경도 전혀 다른 성질의 양면성을 지니게 됩니다. 피기가 죽을 때 손에 쥐고 있던 소라도 산산조각 박살이 나 버리는데, 소라는 공평한 발언권을 주는 도구이며 소년들을 화합하게 하고 질서를 유지하게 하는 도구였습니다. 하지만 그 권위는 잭 무리의 폭력으로 한꺼번에 내동댕이쳐졌죠.

이러한 양면성은 피기의 성격에서도 드러납니다. 피기는 객관적으로 의견을 내고 과학적인 사고를 하지만, 사이먼이 죽었을 때는 단순한 사고로 치부해 버렸죠. 어느 누구도 사이먼의 죽음에서 자유로울 수 없음에도 피기는 자신은 잭과는 다른 선한 인간이라고 선을 그으며 사이먼의 죽음에 방관자가 됩니다. 결국 지성의 대변인이었던 피기는 자신의 한계를 극복하지 못하고 죽고 맙니다.

내면의 목소리에 귀 기울이는 순교자, 사이먼

사이먼은 랠프처럼 신체 능력이 좋지 못해서 기절을 잘하고 잭처럼 강한 힘으로 다른 사람을 이끌지도 못합니다. 피기처럼 지식이 뛰어나

지도 않고 사교적이지도 않습니다. 혼자 생각하는 것을 즐기며 소극적이어서 남 앞에 나서는 것도 꺼립니다.

그러나 깊은 고민 능력과 예지력이 있는, 순수한 영혼을 가진 인물입니다. 과학이나 이성만으로는 해결할 수 없는 또 다른 차원의 세계가 있음을 인식해 이성과 야만 모두를 포용하는 소년이죠. 자신이 들은 내면의 목소리를 아이들에게 전달해 아이들이 오해한 사실을 바로잡아 주고 광기에 휩싸인 아이들을 구원하려 하지만, 안타깝게도 그 마음은 보답을 받지 못합니다.

사이먼이 소년들을 두려움에 떨게 한 괴물의 정체를 찾아 나섰다가 나무에 걸려 죽은 낙하산병의 시체를 발견합니다. 그 옆에는 괴물을 달래기 위해 제물로 세워 놓았던 멧돼지 머리가 더운 날씨 때문에 썩은 채 파리 떼로 뒤덮여 있었죠. 그 멧돼지 머리가 바로 '파리 대왕'입니다. 의인화되어 등장하는 '파리 대왕'은 숲속의 괴물을 하등 두려워할 게 없다고 소년들에게 알리려는 사이먼을 가로막으며 엄중히 경고합니다. '파리 대왕'은 자신으로 상징되는 두려움을 인간의 '아주 가깝고 가까운 일부분'이라며, 사람들 속으로 내려가더라도 결국 거기에서 다시 자신을 만나게 되리라고 말합니다. 사이먼이 막대에 꽂힌 암퇘지 머리와 대화를 나누는 장면은 이 작품의 주제를 상징적으로 드러내고 있습니다.

그 말은 소년들 내면에 인간이 아닌, 동물성 혹은 악마성의 존재를 지적하는 말이며, 두려움은 인간 스스로 만들어 낸 마음이기 때문에 어디에서나 괴물을 마주하게 되리라는 뜻이었죠. 두려움을 느낄수록 두려움에서 벗어나기 위해 폭력을 행사하거나 폭력을 추구하는 집단에 의존하게 될 것이라는 의미입니다.

사이먼은 '파리 대왕'과 대화를 나누며, 아이들이 무서워하는 괴물이 실은 불안한 우리 마음에 존재하는 악마성임을 깨닫습니다. 사이먼만이 유일하게 자기 내면의 목소리에 귀 기울였기 때문에 깨달음을 얻었으나 그것을 알리기도 전에 희생자가 되고 말아요. 천둥과 번개가 치던 밤 소년들이 저지른 실수를 일깨워 주려고 애쓰다 공포와 광기에 휩싸인 아이들에게 살해당하고 맙니다.

이 작품에는 시적인 표현이 많이 나오는데, 그중 사이먼의 죽음을 묘사하는 장면은 이 소설에서 가장 숭고하고 아름답습니다. 사이먼의 얼굴은 은빛으로 반짝이고 어깨선은 대리석 조각처럼 보이며, 신비한 환한 빛에 둘러싸인 채 유유히 바다로 밀려가죠. 작가는 그의 죽음을 바다로부터 환대받는 듯 묘사하고 있습니다.

선과 악, 두 얼굴

소년들은 아름답고 풍족한 섬이라는 환경에 놓이지만, 랠프와 피기, 사이먼 등으로 대표되는 민주주의 정치는 성공하지 못합니다. 합리적이라고 하는 이성과 과학을 무조건 믿고 따르지만 모두 어설펐죠. 잭과 로저로 대표되는 독재정치 또한 성공했다고 볼 수 없습니다. 세력은 얻은 것 같지만 되돌릴 수 없는 크나큰 희생을 치러야 했으니까요. 이런 결과는 사회의 문제는 제도보다도 그 사회를 구성하는 개개인의 윤리성이 더 크게 작용한다고 말하는 듯합니다. 바람직한 사회를 만들기 위해서는 누구나가 지니고 있을 본성을 잘 다스려야 한다고 말하는 듯하죠.

여기서 랠프와 잭으로 대비되는 인물은 무조건 선과 악의 본성으로 나누기보다는 서로 뗄 수 없는 존재로 보는 것이 옳을 듯합니다. 구조를 위해 봉화를 피우고 지키는 것도, 식량을 얻기 위해 사냥을 하는 것도 모두 생존에는 필요한 요소들이기 때문이에요.

랠프가 구조를 요청하기 위해 피울 때는 소용없다가 잭이 랠프를 죽이려고 피운 불 때문에 해군에게 구조되는 장면은 아이러니합니다. 시간이 지날수록 소년들은 야만적으로 변하고 아름다운 섬이 불타고 파괴되는 것 또한 선명하게 대비됩니다.

그러나 마지막에 구조되어 울음을 터트린 소년들은 깨달았을 겁니다. 인간 내면에는 악함이 있어 폭주할 수 있다는 사실을요. 무언가 자신을 위협하는 공포를 느끼며 자신을 보호해 줄 것 같은 강력한 집단을 선호했지만, 그 결과가 되돌릴 수 없을 정도로 참혹한 것을요. 자신의 욕망을 인정하고 성찰하는 것이 중요하다는 것을요. 그러면서 살아가는 동안 섬에서의 끔찍한 시간과 피기와 사이먼의 희생이 불현듯 떠오르며 인간의 본성에 대해 생각에 잠기기도 하겠죠.

랠프와 잭은 공존할 수 없는 것일까?

이 작품이 나올 당시 세계는 두 번의 큰 전쟁을 치른 뒤였고, 그 과정에서 많은 살인과 학살이 일어났습니다. 순식간에 수십만 명의 목숨을 앗아갈 수 있는 핵폭탄까지 등장함으로써 절망감은 극에 달했죠. 민주주의가 발전하고 과학과 산업은 나날이 발달해 미래는 지금보다 훨씬 나아지리라는 희망이 있었지만, 두 번의 세계 전쟁은 그 소망을 여지없이 박살 냈습니다. 그동안 맹신했던 이성과 과학적인 사고, 합리적인 방식의 문제 해결 모두 소용이 없었어요. 이에 윌리엄 골딩을

1963년, 레닌그라드 작가 회의에서 이야기를 나누는 윌리엄 골딩과 아르투르 룬트크비스트와 장 폴 사르트르(왼쪽부터).

비롯한 상당수의 유럽 지식인들은 그 원인을 인간의 악한 본성에서 찾으려 했습니다.

작가는 법이 사라진 폐쇄된 공간에 갇힌 아이들이 인간의 악한 본성과 공포심에 휘둘려 파멸해 가는 모습으로 형상화하며 '파리 대왕'이라는 괴물은 바로 우리 내면에 있는 공포심이라며 문제를 제기합니다. 권력을 가지려는 잭 무리가 아이들의 공포를 이용하거나, 또는 공포를 통제하거나 지배하기 위해 더 강력한 힘을 끌어들이려고 친구들을 해치는 것을 망설이지 않는 모습을 통해 공포는 종교나 독재자처럼 절대적인 힘에 의지하게 만들기도 하고, 또 다른 폭력을 불러오기도 한다는 사실을 보여 주었어요.

미국의 정신과 의사인 데이비드 호킨스는 저서 『의식혁명』에서 "두려운 감정은 점점 부풀어 올라 피해망상이 되거나 신경증적인 방어구조를 발생시킬 수 있다. 두려움을 딛고 일어서는 데는 에너지가 필요하기에 억눌린 자는 도움 없이는 더 높은 수준에 도달할 수 없다. 그래서 두려워하는 이들은 자신들을 두려움에 대한 예속에서 벗어나게 해줄 두려움을 극복한 것처럼 보이는 강한 지도자를 구한다"라며 "두려움은 인간의 상상력만큼이나 무한 증식한다"라고 말합니다.

이 말은 소설에 나오는 소년들이 폭주하는 이유를 이해하는 데 도움이 됩니다. 두려움에 사로잡힌 소년들은 저마다의 방법으로 두려움을 드러내고 해결방법을 달리했죠. 그 과정에서 확인한 것은 인간성의 문명성과 야만성은 별개의 것이 아니라 서로 친구이던 랠프와 잭이 적이 되는 것처럼 우리 내부에 함께 있다는 점입니다.

다양한 해석의 가능성

이 작품은 심리, 종교, 정치, 문학 등 다양한 시각으로 재해석되고 있습니다. 인간 본성의 문제를 파헤치며 인간성의 결함은 한 사회에 문제를 일으킬 수 있다고 말합니다. 프로이트의 이론을 근거로 인간 내면의 이드id를 상징하는 잭과 자아ego를 상징하는 랠프와 피기, 초자아super ego를 상징하는 사이먼 등으로 연결해 해석할 수도 있죠. 사냥한 멧돼지 머리를 우상화하는 것과 사이먼의 죽음 등을 원시신앙과 기독교적인 시각을 대비해 해석할 수도 있습니다. 랠프와 잭의 행동과 성격을 대비해 정치와 권력의 관계로 작품을 들여다보며 민주주의 체제가 어떻게 독재 권력에 굴복하게 되었는지를 분석할 수도 있습니다. 이러한 다양한 시각은 이 작품의 의미를 더욱 풍성하게 합니다.

니체는 『차라투스트라는 이렇게 말했다』에서 "인간은 동물과 초인 사이에 놓인 밧줄, 끝없는 심연에 걸쳐져 있는 밧줄이다"라고 했습니다. 니체의 의견처럼 인간은 매 순간 아슬아슬한 줄타기를 하는, 수많은 가능성과 다양성을 지닌 존재입니다. 누구나 내면은 복잡하고 종교나 정치, 권력 등과 관계 맺으면 더 복잡해집니다. 중요한 것은 그러한 자신의 복잡한 내면을 성찰할 때, 내면의 무질서를 의식하며 공존하는 것을 배울 때 비로소 '인간'의 이름을 누릴 수 있다는 점입니다.

19. 가정, 종교, 국가를 극복해 다다르고자 한 작가의 초상

『젊은 예술가의 초상』__제임스 조이스

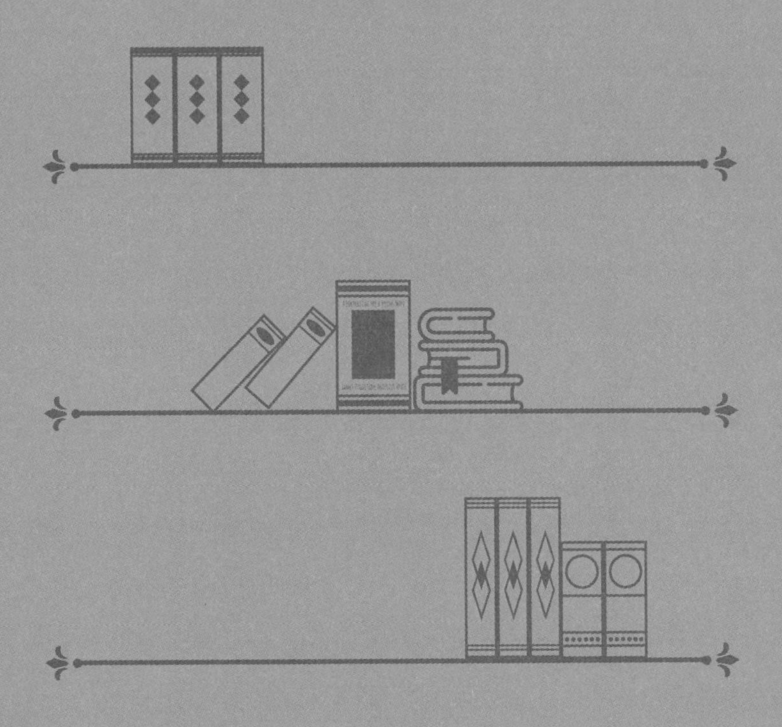

제임스 조이스.

제임스 조이스James Augustine Aloysius Joyce(1882~1941)는 아일랜드 더블린 출신의 소설가이자 시인이며 극작가입니다. 더블린 남쪽 교외에 있는 라스가街에서 세금 징수원이었던 존 스태니슬로스 조이스와 포도주 상인의 딸인 메리 제인 머레이 사이에서 4남 6녀 중 첫째로 태어났습니다.

조이스는 여섯 살 때 『젊은 예술가의 초상』의 학창 시절 묘사에 큰 영향을 미친 가톨릭 예수회가 운영하는 기숙사 학교인 클롱고우스 우드 칼리지에 들어갔습니다. 여기에서 글쓰기에 뛰어난 재능을 보였고 학업과 구기 종목에서도 두각을 드러냈습니다. 열한 살 때 아버지가 실직하면서 학교를 다니지 못하게 되어 1891년 여름방학이 끝난 뒤 2년간 집에서 독학했습니다. 1893년 4월, 동생 스태니슬로스와 함께 예수회 재단 그래머 스쿨인 벨버디어 칼리지에 수업료를 면제받고 입학했습니다. 작문에 재능을 보여 글쓰기 대회에서 여러 번 상을 받았고 학업성적도 우수했습니다. 마리아회 회장을 2번이나 지냈습니다. 그러나 로마 가톨릭 신앙을 잃어버렸다는 의심을 받아 학교를 그만두어야 했습니다.

그 뒤 1900년에 예수회 사제들이 운영하는 유니버시티 칼리지에 입학해 영어, 이탈리아어, 프랑스어 및 문학과 역사학을 공부했습니다. 1902년 10월 31일에 문학사 학위를 받고 졸업한 뒤 의학을 공부하고자 프랑스 파리로 갔습니다. 하지만 의학 공부에 회의를 느끼고 약 1년 동안 파리에서 영어 교사를 하며 더블린의 《데일리 익스프레스》 등에 서평을 발표하면서 지냈습니다. 한때 신문 발행과 영화관 경영을 계획한 적도 있었지만 둘 다 성공하지 못했습니다.

제임스 조이스는 외설 논쟁으로 『율리시스』가 출판이 금지되는 등 조국과 갈등이 극에 달하자 1915년에 아일랜드를 떠나 스위스 취리히에서 여생을 보냈습니다. 말년의 제임스 조이스는 녹내장과 류머티즘, 관절염으로 고생했으며, 딸 루시아의 정신분열증을 치료하고자 백방으로 노력했습니다. 심리학자 카를 융은 루시아의 상태를 '맥락 없는 말과 관념을 결합시키는 조이스의 작가적 광증이 만들어 낸 것'이라고 말하기도 했습니다. 아내 노라는 두 번이나 그를 떠났다가 다시 돌아왔는데, 이런 일들로 조이스는 술에 빠져들고 무기력증과 우울증, 신경쇠약을 앓았습니다. 조이스는 1941년 1월 13일, 십이지장 천공이 악화해 스위스 취리히에서 사망하고, 플룬테른 묘지에 안장됐습니다.

그의 대표작으로 더블린 3부작인 『젊은 예술가의 초상A Portrait of the a Young Man』, 『더블린 사람들』, 『율리시스』가 있습니다. 그 밖에도 시집 『실내악』, 『1페니짜리 시편』과 희곡 『망명자들』, 실험적인 언어 사용과 새로운 문학 양식을 개척한 장편소설 『피네건의 경야』 등이 있습니다.

아일랜드는 '대서양의 에메랄드'라고 불릴 정도로 자연경관이 아름다운 섬나라입니다. 수도인 더블린은 유럽 문화의 심장이자 세계 문학의 중심부로 자리 잡은 도시고요. 문학 역시 오랜 전통을 가진 나라로 제임스 조이스, 조너선 스위프트, 오스카 와일드 등 세계적인 작가들이 이곳에서 창작활동을 했습니다. 윌리엄 버틀러 예이츠, 조지 버나드 쇼, 사뮈엘 베케트, 셰이머스 히니 등 노벨 문학상 수상자를 4명 배출하기도 했죠.

한국 인구의 10분의 1밖에 안 되는 인구 약 500만 명의 작은 섬나라임에도 세계적인 작가를 여럿 키워 낸 풍토가 놀라울 따름입니다. 1991년에는 아일랜드 출신 작가를 기리기 위한 '더블린 작가 박물관'도 개관했습니다. 특히 전시장 한가운데에는 제임스 조이스의 두상을 세웠어요. 그 아래에 '세계 문학의 지도 중심에 더블린을 위치시킨 가장 유명한 더블리너'라는 글귀가 적혀 있고요. 조이스가 살았던 당시에 작가는 조국과 화해하지 못하고 망명 생활을 했는데, 지금은 더블린 시민들에게 우상과도 같은 존재가 되었습니다.

조이스의 작품은 영미권에서 가장 많은 논문이 쓰인 소설로도 손꼽힙니다. 더블린에는 '조이스 산업'이라는 말이 있을 정도로 다양한 관광 상품이 자리 잡고 있고요. 『율리시스』의 주인공인 레오폴드 블룸을 기리는 '블룸스데이' 행사가 해마다 더블린에서 펼쳐지고, 조이스가 머문 파리, 취리히, 더블린, 트리에스테 등에서는 조이스 축제가 열리고 있죠. 생전에 조국과 불화했던 조이스가 지금은 아일랜드를 대표하는 상징이 되었습니다.

예술을 위해 순교하는 자, 예술가

책머리에는 "그리고 그는 그의 마음을 미지의 기술에 바쳤다"라는 말이 나오는데, 이 말은 오비디우스의 『변신 이야기』 제8권 188행에서 인용한 말입니다. 원래는 그리스 신화에 나오는 다이달로스가 크레타섬에서 탈출해 고향으로 돌아가기로 결심하는 장면에 나오는 문장이죠. 아테네 최고의 건축가이자 조각가인 다이달로스는 미노스 왕이 그를 크레타섬에 가두었을 때 손수 날개를 만들어 달고 아들 이카루스와 함께 탈출한 인물로 『젊은 예술가의 초상』의 주인공 스티븐 디덜러스의 표상이기도 합니다. 따라서 "그리고 그는 그의 마음을 미지의 기술에 바쳤다"라는 문장은 이 책의 주인공인 스티븐 디덜러스의 대사라고 해도 전혀 이상하지 않습니다.

조이스는 자신의 작품 『더블린 사람들』의 단편들을 잡지에 발표할 때 스티븐 디덜러스라는 필명을 사용하기도 했습니다. '스티븐'은 신약성서 사도행전에 나오는 이로, 자신의 신앙을 지키기 위해 돌에 맞아 죽은 최초의 순교자 이름이고, 디덜러스는 '명장'의 의미가 있는 다이달로스의 이름입니다. 바로 이 인용문과 이름에서 작가가 예술가를 바라보는 생각을 읽을 수 있습니다.

또한 이름이 상징하듯 이 소설은 한 인물이 가족, 사회, 종교, 국가 등 모든 환경의 압박을 벗어나 창조의 삶을 선택하는 예술가가 되기까지의 여정을 그렸습니다. 주인공은 교회의 사제가 되거나 성공한 사회인으로 살기를 바라는 부모의 뜻을 저버리고, 진실성 없는 종교의 권위와 형식에도 얽매이지 않죠. 예술가의 삶을 기꺼이 선택합니다. 주인공 스티븐 디덜러스가 정의한 예술가는 이름에서 상징하듯 갇혀 있

야콥 피터 고위Jacob Peter Gowy, 〈이카루스의 비행〉(1635~1637), 프라도 박물관. 왼쪽이 다이달로스, 오른쪽이 이카루스다.

는 체제 속에서 격리되고 추방되는 동시에 새로운 것을 창조해 탈출하며 순교하는 자입니다.

유아기에서 청년기까지 5장으로 구성

이 책은 다섯 개 장으로 구성되어 있습니다. 1장에서는 주인공 스티븐 디덜러스의 유년기와 학교에 입학해 상처받은 이야기를 들려줍니다. 2장에서는 소년기의 이야기, 즉 가정의 빈곤과 더블린으로의 이사, 코르크 지방으로의 여행 등을 다루고요. 3장과 4장에서는 청소년기의 이야기로 종교, 가정, 학교, 예술, 성 등에 대한 방황과 삶의 소명을 깨닫는 내용이 펼쳐집니다. 마지막 5장에서는 대학 생활을 하는 청년기의 삶이 펼쳐지죠.

스티븐은 기숙 초등학교에 다니는데, 상처받는 일이 잇달아 일어납니다. 자전거 보관소에서 누군가와 부딪쳐 안경을 깨뜨리는 바람에 문법 시간에 노트 필기를 못 해 속상한데, 돌던 신부는 일부러 안경을 깨뜨린 것이라며 채찍으로 스티븐을 때리죠. 스티븐은 돌던 신부의 체벌이 부당하다고 교장 선생님에게 호소하며 억울함을 풀지만 기분이 나아지지 않습니다. 왜소하고 눈이 나쁜 데다 집안도 내세울 것이 없어서 친구들에게도 놀림을 자주 받아 학교생활은 우울하기만 합니다.

이런 학교생활뿐만 아니라 식민지였던 조국 아일랜드의 문제와 애국자 파넬의 죽음에 얽힌 가족의 대립은 그에게 상처만 줄 뿐이에요. 이 때문에 스티븐은 점점 현실에 실망하며 예술을 지향하는 젊은이로 성장해 갑니다.

어느 날, 그는 같은 반 친구들과 '테니슨이냐 바이런이냐'라는 문제로 논쟁을 벌입니다. 그는 한 예술가의 위대성은 개인적인 도덕률이나 이단과 관계없다고 생각하죠. 그로 인해 친구들에게 곤욕을 당하지만, 그의 예술적인 감수성은 날로 성장해 갑니다. 그러면서 스티븐은 점점 기울어 가는 가세와 세속적이고 초라한 아버지, 독선적이고 위압적인 교사와 저속하고 어리석은 반 친구들 사이에서 환멸을 느끼며 내적 긴장감은 극에 달하죠.

열여섯 살 때는 사창가를 찾아 창녀의 품에서 한순간 육체의 위로와 정신적 해방을 경험합니다. 그러나 곧 죄책감에 시달리기도 합니다. 그 일로 그는 어느 성당에서 지옥의 무서운 환상에 사로잡혀요. 그 뒤 신부에게 고해성사를 하고 죄를 용서받은 뒤 수도 생활을 합니다. 그는 아리스토텔레스와 성 토마스 아퀴나스를 공부하면서 수도사 생활에 빠져듭니다.

종교적인 정신은 점점 단련되어 가지만 어쩐지 신학교에 진학할 의향은 생기지 않죠. 스티븐이 찾는 미의 본질은 엄격한 수도 생활과 신학에서 찾을 수 없었습니다. 그 대신 그는 엘리자베스 시대의 사랑 노래로 기쁨을 찾습니다. 엄숙한 수도 생활과 미에 대한 열렬한 추구를 동시에 하면서 자기의 미래를 탐색하죠.

그 후 스티븐은 아일랜드의 교회 및 성직자의 생활과 자기 예술관의 차이 때문에 심각한 회의에 빠집니다. 그러던 어느 날 한 소녀가 바다 한가운데를 바라보는 모습을 목격합니다. 그 순간 그 모습에 감동하며 아름다움만을 추구할 수 있는 예술, 자유로운 예술을 위해 파리로 떠날 결심을 합니다. 자기와 이름이 같은 조상이자 정신적인 아버지 다이달로스가 제시하는 길을 따라 미지의 세계로 날아가기로 하죠. 아일랜드를 벗어나 자신의 영혼의 대장간에서 아직 태어나지 않은 삶의 모습을 창조하려고 결심합니다.

그 의지의 다짐은 크레타섬 탈출에 성공해 비상하는 다이달로스의 이미지와 겹칩니다. 고난을 거쳐 진정한 자유를 향해 날아오르는 다이달로스의 모습은 스티븐의 모습이기도 하죠. 그것은 회의와 고뇌와 방황을 거친 뒤 억압과 위선이 가득한 세계를 벗어나 자신이 추구하는 예술가의 삶으로 비상하는 모습입니다.

의식의 흐름과 에피퍼니

작가는 이러한 예술가의 삶으로 가는 과정을 '의식의 흐름' 기법과 '에피퍼니epiphany'를 사용해 표현합니다. 의식의 흐름 기법은 소설에서 사용되는 서술기법의 하나로 개인의 의식을 통해 서술하는 방식입니다. 한 인간의 자유로운 생각이나 마음의 연상 작용을 표현하기 위한 기법이죠.

'의식의 흐름' 기법은 인물이 갈등하는 상황과 그것에 대한 의식의 변화를 구체적으로 드러내는 것으로 주로 주인공의 내적 독백으로 서술됩니다. 그래서 독자는 책을 읽으며 스티븐의 예민한 의식 깊숙이 들어가는 경험을 하게 되며, 그의 내적 진실과 맞닥뜨리게 됩니다. 그 표현은 감각적이고 시적이어서 독특한 서정성을 느끼게 하죠.

예를 들면, 이 소설은 스티븐의 성장 과정에 따라 각 장의 언어와 문체가 달라집니다. 그것은 각 시기에 해당하는 스티븐의 의식 수준에 맞는 어휘로 쓰였기 때문이에요. 맨 앞 한두 쪽은 유아의 혀 짧은 소리와 짧은 문장으로 되어 있지만, 3장은 종교적 설교문으로 되어 있어요. 대학 시절을 다루는 5장에서는 조국과 종교와 가정을 부정하고 아리스토텔레스와 토마스 아퀴나스식 예술론을 펼치며, 대학생 수준의 어휘와 문장을 사용하고 있죠.

제임스 조이스 소설에서 또 하나의 중요한 모티프는 '에피퍼니'입니다. 에피퍼니는 희랍어로 '신의 계시' 혹은 '현현'으로 '갑작스러운 깨달음' '이전에 숨겨진 어떤 것의 본질이 드러남'을 의미합니다. 이 말은 원래 아기 예수가 이방인 동방박사에게 처음으로 모습을 드러내 보인 데서 나온 말로 예술가를 미의 사제로 본 조이스가 종교적 어휘를 예술적 용어로 옮겨 쓴 것이죠. 조이스는 이 말을 어떤 사람이나 사물의 진실이 드러나는 순간을 묘사하는 데 사용합니다. 에피퍼니는 작품의 중요한 모티프이면서 조이스가 스티븐에게 부여하는 고유한 예술관이기도 하죠. 에피퍼니를 통해 자신은 예술을 해야만 할 사람이라는 것을 깨닫기 때문이에요.

이 소설에서 '에피퍼니'는 장마다 다양한 모습으로 드러납니다. 1장에서 스티븐이 돌란 신부에게 억울하게 매를 맞으며 종교의 부당한 권력에 대해 자각하는 순간, 2장에서 가정 경제의 몰락으로 인해 현실을 인식하는 순간, 3장에서 죄를 범한 뒤 양심의 가책을 느끼는 순간, 4장에서 바닷가에서 치마를 과감하게 걷어 올린 한 소녀의 모습을 보는 순간에 나타납니다.

특히 바닷가 소녀를 보는 장면은 중요한 에피퍼니입니다. 스티븐에게 자신의 삶의 방향을 결정하게 하는 중요한 순간이기 때문이죠. 그것은 당시 부모가 그에게 요구했던 성공하는 사람이나 가톨릭 신자로서의 삶이 아닙니다. 교장이 요구했던 경건하고 순결한 성직자의 삶도 아니고요. 그것은 가족이나 종교, 국가가 요구하는 온갖 관습과 의무를 벗어난 새로운 길이에요. 자신이 갈 길은 예술가의 길임을 분명하게 인식하는 장면입니다.

저항감과 실망만을 주는 가정, 종교, 국가와 충돌

스티븐의 감수성과 의식은 가정, 학교, 정치, 성, 종교, 민족, 언어, 예술 등과 대면하며 갈등을 겪게 됩니다. 이를 크게 나누면 '가정, 종교, 국가'와 충돌합니다.

먼저, 가정은 스티븐에게 안정을 주지도 못하고 평화롭지도 않습니다. 경제적으로나 지성으로나 무능한 아버지는 아들을 '게으른 암캐'라고 부르며 스티븐을 인정하지 않아요. 더구나 어린 스티븐에게 포근한 이미지였던 어머니는 주체적인 여성이라기보다는 맹목적으로 아들에게 종교를 종용하는 대변인일 뿐이에요. 스티븐에게 어머니는 "뚫고 날아가야 할 자신의 영혼 위에 덧씌워진 그물"일 뿐이죠.

종교도 마찬가지로 스티븐에게 회의와 저항감을 줄 뿐이었어요. 전형적인 아일랜드 중류층 가정의 기독교적인 분위기에서 성장한 스티븐에게 종교는 그 어떤 것보다도 강력한 굴레였어요. 학교에서 경험한 성직자의 횡포와 위선은 스티븐에게 감옥이었어요. 스티븐에게 가톨릭 설교는 한 인간에게 풍요로움과 안식을 주기보다는 인간의 감각적인 욕망을 지나치게 절제시켜 인간의 영혼을 짓누를 뿐이었죠. 이런 상황에서 스티븐은 종교적 권위에서 벗어나고자 합니다. 신이 원하는 모습은 진실한 마음이지 강압적인 수행이나 고행 자체가 아니라고 생각하죠. 영작문 시간에도 현실순응적인 테니슨보다 저항적이고 자유분방한 바이런의 강렬한 시적 표현에 심취하고요. 이러한 과정에서 스티븐은 자신이 추구하고자 하는 모습은 종교인보다는 예술가에 있음을 인식합니다.

국가 또한 그에게 참된 자유와 안식을 주지 못합니다. 당시 아일랜드는 영국의 식민지 상태였으며, 오랫동안 이어진 가톨릭 문화는 자유로운 삶을 억압했습니다. 민족독립운동가인 파넬이 아일랜드의 독립을 이뤄 낸 듯했으나 이후 불륜을 저질러 실각을 당하면서 아일랜드는 자유를 쟁취하지 못했어요. 지도층의 배신과 변절 등 사회 내부적 갈등은 산재해 있었죠. 조이스는 주국인 아일랜드에 느끼는 이러한 환멸을 스티븐을 통해 표현합니다.

이러한 현실에서 스티븐이 대학에 들어갔을 때 학생들은 대부분 민족주의에 관심을 두고, 옛 고전 문화에서 정체성을 찾고자 해요. 그러나 스티븐은 이러한 문예부흥운동에 동참하지 않아요. 미래가치적인 것을 품고 나가려는 스티븐에게 과거 지향적인 문예부흥 및 민족주의는 희망을 주지 못하기 때문이에요.

자신을 옥죄는 온갖 굴레에 대한 거부감이 들수록 스티븐은 집, 조국, 교회 등 믿지 않는 것은 섬기지 않겠다고 결심합니다. 어떤 삶이나 예술의 양식으로 가능한 한 자유롭게, 가능한 한 완전하게 자신을 표현하겠다고 다짐하죠. 자신을 방어하기 위해서 침묵, 잔꾀, 망명까지도 사용할 생각을 합니다. 가족이나 종교, 국가의 굴레에서 벗어나 자기 내면의 요구에 귀를 기울여 예술가로 살아갈 것임을 선포합니다.

실제 경험이 반영된 자전적 이야기

이 작품은 당시 조이스가 처한 현실이 많이 반영됐습니다. 당시 가톨릭 중산층이었던 작가의 가정은 가세가 기울어 극빈층으로 추락했죠. 작가의 어린 시절 가정은 파산에 이르러 빚쟁이들이 집을 찾아오고, 이사를 가도 집세도 내지 못하고 또다시 떠나야 하는 생활의 연속이었어요. 아버지는 알코올 중독에 빠져 일을 게을리하며 가족에게 폭력을 휘둘렀고, 어머니는 가정환경이 불우해질수록 신앙에만 매달렸어요. 조이스는 모범생과 방황하는 10대 청소년의 모습을 오가며 내면에서 솟는 알 수 없는 욕망과 싸워야 했고요. 조이스는 열네 살이던 1896년에 처음으로 더블린 사창가를 드나들기 시작했다고 고백했는

여섯 살 때의 제임스 조이스.

데, 작가는 그때 느낀 해방감과 죄의식 사이에서 끊임없이 갈등했습니다.

이런 혼란 속에서 교회에 발을 끊게 되고, 어머니와도 사이가 멀어지게 됩니다. 그러면서 오히려 주정과 폭력을 일삼는 아버지를 이해하게 돼요. 아버지를 무한한 인내심으로 참아내는 어머니의 신앙심에 대한 반발심은 커지고요. 아버지를 죄인으로서 자신과 동일시하고 어머니는 억압적인 교회와 동일시하면서 종교가 어머니를 희생자로 만들고 있다고 인식하게 되죠. 이러한 과정은 『젊은 예술가의 초상』의 스티븐 디덜러스의 내면과 정확하게 일치합니다.

예술가로서의 포부를 실현하기 위해 조국과도 불화

또한 영국의 지배에 있던 아일랜드는 독립된 국회가 없었어요. 19세기 후반에는 정치적 독립운동뿐만 아니라 문화적으로도 아일랜드의 주체성을 찾고자 하는 문예부흥운동이 일어났죠. 이 운동은 옛 전설과 신화를 탐구해 아일랜드의 고유한 정체성을 찾기 위한 작업이었지만, 한편으로는 지나친 국수주의적 편협성을 드러냈습니다. 작가의 비전을 제한하고 구속하는 문제점이 있었죠. 조이스는 문예운동의 편협성에 타협하지 않고 문예부흥운동에 동참하지 않았습니다.

한편 가톨릭 국가의 종교주의 분위기와 정치적 현실은 깨어날 수 없는 악몽처럼 여겨졌어요. 도덕과 정치는 마비된 듯 보였죠. 조이스는 그 굴레에서 벗어나려 애쓰며 예민한 예술가로 성장해 갔습니다. 그러한 유년기와 청년기의 경험이 작품 곳곳에 배어 있습니다.

소설에서 더블린 사람들의 왜곡되고 비뚤어진 내면을 드러냈다는 점에서 조국과 불화도 겪었습니다. 『더블린 사람들』이나 『율리시스』 등 조이스의 작품은 삭제를 요구당하고 소송을 제기한다고 위협당하며 출간 금지를 당하는 등 고국에서 핍박을 받았죠. 방뇨, 수음, 사디즘, 성교, 자살 등 연재 당시 외설 논란으로 출판이나 연재가 금지되거나 중단됐고 재판도 이어졌어요. 가톨릭의 상징과 구절들을 희화화하고 풍자해 신성 모독 혐의까지 받았어요. 영어로 쓰인 『율리시스』가 처음 출간된 곳도 당시 영어를 거의 사용하지 않던 프랑스 파리였습니다.

결국 작가는 망명자의 생활을 하며 생을 마감할 때까지 조국과 화해하지 못합니다. 스티븐처럼 실제 조이스의 삶도 예술을 위한 순교의 길을 선택하죠. 또한 주인공 스티븐의 성격 묘사와 배경이 되는 더블린의 모습은 젊은 시절 조이스가 살던 더블린과 비슷합니다. 소설에 등장하는 역사적인 사건들은 대부분 실제 아일랜드의 정치와 역사적 사실이에요. 그래서 이 책을 읽다 보면 작가의 내면과 당시 아일랜드의 도시와 시민, 의식, 정치, 역사 등을 간접적으로 체험하게 됩니다.

자아를 찾아가는 길

우리는 대부분 현실의 불합리와 부조리, 억압이나 속박에 대해 끊임없이 갈등하면서 살아갑니다. 자유로움을 꿈꾸면서도 현실에서는 얽매인 삶을 살아가죠. 스티븐은 시대와 타협하지 않으며 예술가라는 자신의 정체를 찾아갔어요. 그것은 자유로운 영혼의 길이며, 예술의 방식을 통해 진정한 자아를 찾아가는 길이었습니다.

아마도 많은 이들이 현실과 불화하면서도 진정한 자아를 찾기 위해 꿈꾸고 애쓰리라 생각합니다. 그런 점에서 스티븐의 여정은 우리에게 진정한 자아를 찾기 위한 비상을 꿈꾸게 격려합니다. 그 꿈은 무엇으로 이룰 수 있을까요? 각자의 대답을 찾아가면 좋겠습니다.

더 읽을거리

그리스 신화, 다이달로스의 미궁

그리스 신화에 나오는 다이달로스는 손재주가 비상했다. 그의 누이 동생 페르디타의 아들인 탈로스 역시 다이달로스 못지않은 재주를 가지고 있었다. 자신을 능가하는 조카를 보고 심기가 불편해진 다이달로스는 어느 날 탈로스를 아크로폴리스 언덕 아래로 밀어 떨어트렸다. 하지만 사건은 발각되어 다이달로스는 국외로 추방당한다.

이 소식을 들은 미노스 왕은 다이달로스를 불러 크노소스 궁전 건축을 맡겼다. 크노소스에 온 다이달로스는 한번 들어가면 다시는 출구를 찾을 수 없는 복잡한 미로를 만들었다. 어느새 다이달로스는 미노스 왕에게 인정받으며 크노소스에서 크레타 여인 나우카테와 결혼해 아들 이카로스를 얻어 행복하게 살게 되었다.

그러던 어느 날 다이달로스는 미노스 왕의 아내 파시파에가 바람피우는 것을 도와주게 됐다. 그 사실을 알게 된 미노스 왕은 다이달로스를 크레타섬에 가두고 벌하기로 마음먹는다. 이를 눈치챈 다이달로스는 이카로스와 함께 탈출 계획을 세운다. 그 계획은 큰 새들의 깃털을 밀랍으로 접착해 날개를 만들어 날아가는 것이었다. 드디어 날개를 다 만든 날 아들 이카로스를 데리고 하늘로 날아올랐다.

하늘을 날게 된 이카로스는 처음에는 불안해했으나 시간이 흐르자 점점 대담해져 태양 가까이 날았다. 밀랍이 녹아 날개가 망가지면 추락할 위험이 있다는 다이달로스의 충고도 잊은 채 점점 더 높은 곳을 향해 날아갔다. 태양에 가까이 갈수록 밀랍은 녹아 깃털이 하나하나 떨어져 나갔다. 한번 열을 받은 밀랍은 사정없이 녹아내렸다. 이카

대大 피터르 브뢰헐Pieter Bruegel the Elder, 〈이카로스의 추락이 있는 풍경〉(1558년경), 벨기에 브뤼셀 왕립미술관.

로스는 날개를 잃고 한없이 아래로 떨어졌다. 이카로스가 떨어져 죽은 바다의 이름을 '이카리아해'라고 하고, 태양을 향해 날아간 '이카로스의 날개'는 알려지지 않은 세계에 대한 인간의 동경과 무모한 도전을 뜻한다. 이카로스가 더 가까이 다가가려 한 태양은 '꿈' 혹은 '이상'으로 말하기도 한다.

반면, 다이달로스는 모든 일에 지나침이 없어야 한다는 중용의 덕을 지키며 결코 높게 날지 않아 탈출에 성공한다. 이카로스의 무모한 도전과 다이달로스의 현명한 절제가 대비되는 신화다.

원효의 에피퍼니

원효대사에 관한 이야기 중 널리 알려진 이야기는 의상대사와 당나라로 함께 유학을 가던 길에 벌어진 해골바가지 이야기다. 이 이야기는 『삼국유사』나 최치원의 『의상전』에 있었다지만 아쉽게도 현전하지 않고 조선시대 채팽윤(1669~1731)의 해남 대둔사 사적 비명에 "…… 썩은 해골 물 한 모금을 달고 시원하게 마신 뒤, 모든 법은 마음에서 생김을 깨쳤다"라는 짧은 기록만이 전해진다. 중국 기록에는 송나라의 승려 찬영이 편찬한 『송고승전』(988)과 송나라의 승려 혜홍이 편찬한 『임간록』(1107) 등에 전해진다.

『송고승전』 내용을 보면 다음과 같다. 당나라에 교종이 번성해 의상이 원효와 더불어 유학하러 가는데 중도에서 심한 비를 만나 길가의 토굴로 피했다. 아침에 날이 밝아 둘러보니 해골이 뒹구는 옛 무덤이었다. 날씨가 좋지 않아 무덤에 머물 때 밤이 아닌데도 귀신들이 괴이한 짓을 했다.

원효가 탄식해 말하기를 "지난밤에는 토굴에서 잤어도 편안했는데, 오늘 밤은 귀신 집에 의탁하게 되어 근심이 많구나. 생각이 일어나 온갖 잡념이 생겨나고 생각이 사라지면 토굴과 귀신 나오는 무덤이 둘이 아닌 것을. 세계는 오직 생각에 달린 것이요, 만법은 오로지 인식인 것을"이라고 했다.

원효는 이같이 귀신의 장난으로 '삼계유심三界唯心, 만법유식萬法唯識'을 깨닫고 당에 가지 않았다고 전한다.

『임간록』에는 『송고승전』과는 조금 다르게 전한다. 원효가 도명산

원효대사의 초상.

을 방문하려고 황량한 언덕을 홀로 걷다가 밤에 동굴 안에서 자게 됐다. 이때 목이 너무 말라 동굴 안의 달고 시원한 샘물을 손으로 떠서 마셨다. 아침에 보니 그것은 해골바가지에 고인 물이었다. 몹시 메스꺼워 토하려고 애를 쓰다가 문득 크게 깨닫고 탄식해 말하기를 "생각이 일어나서 온갖 법이 생기고 생각이 사라지니 해골바가지가 둘이 아니네. 부처님께서 '삼계가 유심'이라고 하셨는데 어찌 나를 속이는 말씀이었겠는가!"라고 깨달았다. 그러고는 다시 돌아와 『화엄경소』를 지어 원돈교를 크게 밝혔다고 한다.

두 이야기는 달라도 뜻은 모든 것이 무명의 생각에서 생기는 것임을 깨달았다는 것이다. 조이스가 언급한 에피퍼니라 할 수 있다.

20. 여성은 태어나는 것이 아니라 만들어진다

『제2의 성』__시몬 드 보부아르

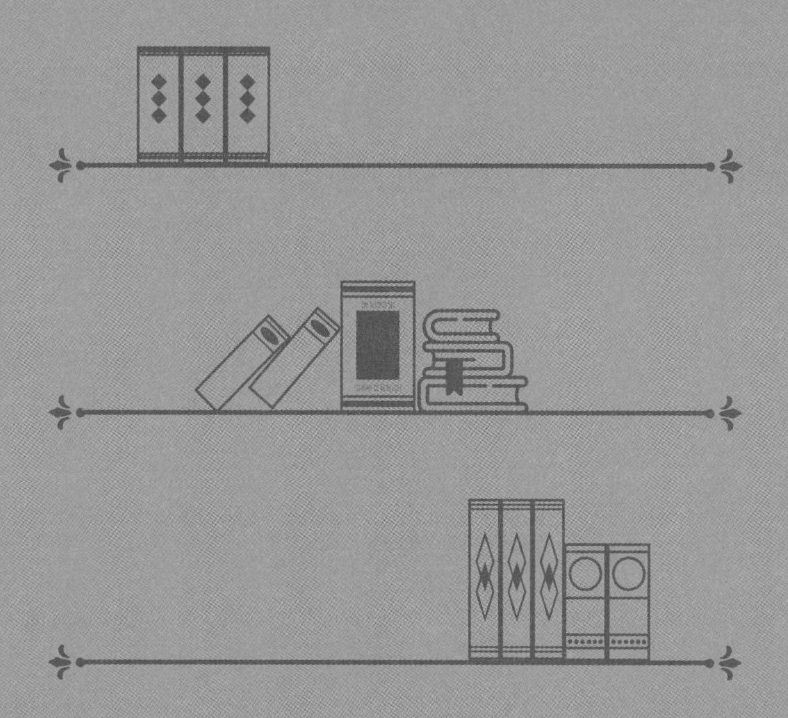

시몬 드 보부아르.

시몬 드 보부아르Simone de Beauvoir(1908~86)는 프랑스 파리에서 태어난 철학자이자 소설가, 페미니스트, 사회주의자입니다. 파리의 상류 부르주아 가정에서 장녀로 태어났으나 열 살 때 가세가 완전히 기울었습니다. 가톨릭 교육을 받고 자랐으며 가톨릭 계통 학교를 거쳐 열아홉 살 때 소르본 대학교에서 문학사 학위를 받았습니다. 1929년 스물한 살 때 철학 교수 자격 시험에 2등이자 최연소로 합격했습니다. 공식적인 1등은 사르트르였지만 당시 심사위원들은 보부아르가 더 뛰어나다는 데 동의했습니다. 보부아르는 그때부터 사귄 사르트르의 영향을 받아 실존주의 철학을 익혔습니다.

보부아르는 학교를 졸업한 뒤 교직 생활을 했습니다. 그런데 1943년, 한 여학생의 부모가 보부아르의 문란한 생활이 제자들에게 나쁜 영향을 미친다며 학교 당국에 진정을 내는 바람에 그는 학교에서 해고당했습니다. 해고당한 뒤 출간한 첫 소설 『초대받은 여자』(1943)는 호평을 받았고 이후 소설, 희곡, 철학 에세이 등을 발표했습니다. 사르트르와 함께 《현대》지를 창간해 주요 회원으로 활약했습니다. 1949년에 발표한 『제2의 성The Second Sex』은 여성 문제를 역사·철학·사회·생리적으로 고찰한 책으로 페미니즘의 가장 중요한 저서가 됐습니다.

보부아르는 처음에는 사회주의자로 일관했으나 가장 혁명적인 좌익 사회에도 성적 불평등이 존재한다는 사실을 알고 여성들이 자신의 권리를 위해 싸워야 한다고 생각했습니다. 개인의 내면에 머무는 실존철학이 아니라 앙가주망engagement, 즉 적극적인 참여를 추구했습니다.

1970년대부터는 여성해방운동에 적극적으로 참여해 낙태와 피임 자유화, 노동 현장에서의 여성 노동자 권익 보호, 가정 폭력 근절 등을 위해 앞장섰습니다. 대표적으로 'S.O.S. 매 맞는 여성들'과 법 개정을 요구하는 페미니스트 그룹 '선택'을 조직해 활동했습니다. 잡지 《페미니스트 문제》의 편집인으로 활동했습니다. 1972년에는 '여성해방운동M.L.F.'을 창설하고 1974년부터 '여성의 권리동맹' 의장을 지냈습니다. 죽을 때까지 사회의 불의와 부정에 항의하며 급진적인 활동가로 살았습니다. 1986년 4월 14일, 파리에서 폐렴으로 사망한 뒤 사르트르 묘 옆에 안치됐습니다.

그의 작품으로 자신의 삶은 물론 프랑스 현대 지성사의 한 시대를 기록한 자전적 기록 4부작 『얌전한 처녀의 회상』, 『나이의 힘』, 『사물의 힘』, 『총결산』과, 공쿠르 상을 받은 『레 망다랭』 그리고 『초대받은 여자』, 『타인의 피』, 『사람은 모두 죽는다』, 『처녀시대』 등이 있습니다.

프랑스 파리의 센 강에는 다리가 모두 37개 있습니다. 그중 가장 최근인 2006년 7월 13일에 놓인 37번째 다리에 시몬 드 보부아르의 이름이 붙여졌어요. 프랑스 국립도서관으로 연결되는 다리죠. 파리의 다리에 여성의 이름이 붙여진 건 역사상 처음이에요. '세상의 절반'이 여성인데도 파리의 37개 다리 중 여성 이름이 붙은 다리는 단 하나뿐이에요. 이 사실만으로도 프랑스가 성평등적 사회가 아님을 추론할 수 있습니다.

우리나라도 성 불평등이 심하다는 통계는 지속적으로 나오고 있어요. 2021년 세계경제포럼WEF이 발표한 '세계 성 격차 지수gender gap index' 조사에서 한국은 153개국 중 102위를 차지했습니다. '성 격차 지수'는 임금, 소득, 지위 상승의 기회, 고등교육 등 여성이 남성과 동일한 성취를 얻을 가능성을 보여 주는 지표인데, 한국은 특히 경제 분야에서 123위로 유독 낮았습니다. 고위 임원 및 관리직 여성 비율도 134위(15.7%)로 여전히 성별 간 격차가 큰 국가에 속한 걸로 나타났죠.

또한 세계경제포럼은 정치, 경제, 건강, 교육 등 전반적으로 성평등이 실현되는 데 앞으로 135.6년이 걸리며 경제적 성별 격차는 268년이 더 걸려야 해소될 것으로 예상했습니다. 많은 이들의 노력에도 불구하고 전 지구적으로 성평등한 세상이 되려면 100년이 훨씬 더 지나야만 가능하다는 말이죠.

우리나라의 경우 1970년대부터 여성운동이 활발해지면서 과거보다 성 불평등이 개선되고 다양한 제도들이 바뀌어 여권이 신장하긴 했어요. '남녀차별금지법', '성폭력방지법', '호주제 폐지안'도 통과됐고요. 그런데도 사회 곳곳에는 아직도 불평등한 현실이 만연해 있습니다. 출

프랑스 국립도서관으로 연결되는 시몬 드 보부아르 인도교로 가는 길 안내판.

산과 육아 등으로 인한 불이익과 유리천장이 여전하며, 가부장적인 문화와 성차별 인식이 아직도 사회 곳곳에 깔려 있죠. 여성의 사회진출은 늘었으나 급여 등에서 남녀불평등 문제가 여전해 여권신장 속도는 사회변화 속도에 못 미치고 있고요.

예를 들면, 비정규직은 같은 일을 하면서도 시급이 낮거나 보험이 안 되는 등의 '처우 격차'가 큰데, 현실은 비정규직의 70%가 여성 노동자예요. 이 단면만으로도 여성이 차별받으며 '제2의 성'으로 살고 있음을 잘 알 수 있습니다. 여성에 대한 차별 철폐는 어느 성이 더 우월하거나 열등한지의 문제가 아니라 여성과 남성의 권리 평등과 연결되어 있어요. 우리가 성평등을 위해 노력하는 것은 인간 존엄성의 완성을 위해 노력하는 것과 같은 것이죠.

‘여성’의 어원

‘페미니즘feminism’은 ‘여성의 특징을 갖추고 있는 것’이라는 뜻의 라틴어 ‘페미나femina’에서 파생한 말입니다. 여성의 지위, 역할에 변화를 일으키려는 여성해방 이념이나 권리 운동을 가리키는 말이죠. 사회적 불평등을 해소하려는 게 페미니즘의 주요 목적인데, 이때 ‘평등’과 ‘차이’에 대한 인식 차이에 따라 페미니즘의 정의와 방향이 달라집니다.

여성이 남성과 같아지기 위해 투쟁하는 것과, 여성이 남성과 다른 고유성이 있다는 것을 인정하고 투쟁하는 것은 다르니까요. 그러나 어떤 관점이든 권력을 지닌 자가 권력을 갖지 못한 이에게 사회적으로 불평등하게 차별하고 억압을 가하는 것에 대해 비판적인 입장은 다르지 않아요.

‘여성madam’의 어원을 살펴보면 ‘여성’을 역사적으로 뿌리 깊게 부정한 존재로 여긴 것을 알 수 있습니다. 여성을 뜻하는 마담madam은 불어의 ‘ma dam’인데 ‘내 여인’이라는 뜻이에요. 여기서 ‘여성’의 어원은 ‘dame(여성)’, ‘dam(지옥에 떨어짐)’, ‘domination(지배)’, ‘danger(위험)’예요. 모두 상당히 위험하고 부정적인 의미죠. 그렇다면 그런 부정적인 의미는 누가 만들었을까요? 보부아르는 남성 중심의 권력이 만들었다고 말합니다.

자신을 알아가는 과정으로 여성 문제에 대해 쓴 책

보부아르는 당시에는 파격적으로 사르트르와 계약 결혼을 했어요. 처음에는 2년 기간을 약정한 관계였지만, 2년 뒤 다시 서른 살까지로 기간을 연장했죠. 이후로는 각자가 자유로운 삶을 살면서도 50년을 함께했습니다. 감정적으로나 지적으로 서로에게 충실하되 같이 살지는 않으며 관계를 지속했죠. 상호 열려 있는 관계를 지향하며, 다른 연인이 생기면 언제든지 이야기한다는 게 중요한 합의점이었습니다.

두 사람 다 지성인이면서 철학자였고, 문학에 대한 열정이 있었기 때문에 훌륭한 동료로 평생 관계를 유지할 수 있었습니다. 서로의 원고를 가장 먼저 읽고 검토하는 사이이기도 했어요. 사르트르가 세상을 떠난 이듬해에 쓴 『작별 의식』만이 사르트르가 읽어 보지 못한 보부아르의 유일한 책일 정도였습니다.

보부아르가 『제2의 성』을 쓸 당시에 사르트르는 다른 여자와 사랑에 빠진 데다 왕성하게 활동하고 있었어요. 그 모습을 지켜봐야 했던 보부아르는 깊은 소외감을 느끼고 고민에 빠졌죠. 그때 여자인 자신을 좀 더 깊이 알아가는 과정으로 여성 문제에 대해 쓴 책이 『제2의 성』입니다.

여성 삶에 변화를 가져온 당시의 시대 상황

당시 프랑스는 다양한 측면에서 여성 삶에 변화가 있었어요. 정치적으로는 1789년에 프랑스 대혁명이 일어났지만, 여성참정권이 보장된 건 1945년이었죠. 경제적으로는 2차 세계대전 후의 복구를 위해 여성 노동력이 필요해졌어요. 1946년을 전후로 성 개방 풍조가 일어나면서 여성의 역할은 집안일과 출산에만 있는 것이 아니고 여성의 사회활동이 중요하다는 문제의식이 싹텄습니다. 하지만 직장을 다니며 집안일을 함께 해야 했습니다. 그로 인한 피임이나 낙태 등의 사회문제가 대두됐고요. 사회적으로는 여성의 교육 기회가 부족하다는 문제의식도 싹텄어요.

당시 남성은 세상의 주체이며 인식의 주체였어요. 여성은 남성의 대상인 타자로서 존재했고요. 자유롭지 못했고, 외부에 의해서 규정된 종속된 존재였습니다. 그런 여성의 위치를 뜻하는 것이 '제2의 성'입니다. 여성을 정의하는 것은 남성의 시각과 가치를 통해서였고, 남성이 지배하는 문화는 여성을 경제·정치·육체·정신·법·역사적으로 억압받는 존재로 만들었다는 거죠.

보부아르는 이 책에서 여자들에게 부과된 세계를 적나라하게 파헤치며 여성의 문제를 생물학, 정신분석, 유물사관의 관점으로 검토합니다. 여성의 현실이 어떻게 형성됐는지, 왜 여자는 '타자'로 규정되고 남자의 관점에 따라 어떤 결과로 나타났는지를 실증적으로 제시합니다.

사상적인 배경인 '실존주의'와 보부아르의 '초월성'과 '내재성'

보부아르는 성장 과정에서 무신론적 실존주의로 기울게 됩니다. 특히 사르트르의 『존재와 무』로 대표되는 사상을 받아들입니다. 이 사상은 『제2의 성』을 집필하는 데 중요한 사상적 배경이 되기 때문에 작품을 제대로 이해하기 위해서는 사르트르 실존주의의 개념 중 '실존은 본질에 앞선다', '앙가주망', '타자와의 관계'의 뜻을 이해할 필요가 있습니다.

'실존은 본질에 앞선다'라는 말은 인간은 본질이 없이 세상에 던져져 스스로의 의미를 만들어 가는 창조적 존재라는 의미입니다. 본질

보부아르와 사르트르(1955, 베이징). 사르트르는 "나의 생애에는 하나의 '필연적인 사랑'이 존재하며 그것은 바로 보부아르와의 사랑이다. 하지만 그 외에도 많은 '우연적인 사랑'을 할 수 있어야 한다. 이는 보부아르에게도 똑같이 적용된다"라고 말했다. 보부아르는 "그는 나의 영혼을 이해해 주고 나의 지성을 발견했으며 성장시켜 준 사람이다. 그와 나누는 대화를 다른 사람과는 나눌 수가 없다"라며 사르트르와 평생의 연인이자 동반자 관계를 유지했다.

은 이미 존재하고 있는 '나'가 부여받거나 정의되는 것으로, 유동적인 거죠. 예를 들면, '책'은 이미 '책'이라는 물건의 개념이 부여된 채 세상에 나오게 되는데, '인간'은 그렇지 않죠. 인간은 사물과 달리 아무 이유 없이 세상에 존재할 수도 있고 자신에 대해 결정된 게 없기 때문에 스스로 선택하고 행동하고 책임지며 자신의 존재 이유를 만들어 갈 뿐입니다. 자기가 원하는 것을 이루기 위해 구상하고 도전하기에 본질적인 존재가 아니라 늘 유동적으로 현재를 초월해 미래로 자기를 내던지는 실존의 존재라는 거예요. 따라서 진정한 인간은 상황을 핑계 대거나 다른 것에서 자신의 의미를 찾지 않고 항상 주체적으로 산다는 것이죠.

'앙가주망'은 진정한 '나 자신으로 사는 삶'을 말합니다. 스스로가 존재의 주인이 되게 하고, 그 존재에 대한 책임을 스스로 지는 것이죠. 누구나 다른 사람과의 관계는 나 자신의 삶에 비하면 부차적일 뿐이죠. 그렇지만 모든 사람이 자기 자신으로만 살기를 원한다면 도덕은 설 자리가 없어질 겁니다. 사회를 유지하기 위해 그에 맞는 도덕을 요구하면 사회의 도덕률과 어긋날 수 있는 개인의 자유는 버틸 수가 없을 거고요. 사르트르는 인간은 본질적으로 자유로운 존재이지만 자유를 억압하는 세력이 있는 한 완전히 자유로울 수 없다고 보았죠. 그렇기 때문에 시대와 상황에 속박되어 있음과 동시에 자유로운 인간으로 자기를 실현하기 위해 자유를 억누르는 세력에 대항하라고 말합니다. 그러기 위해서는 각자의 책임이 중요하다고 강조하죠. 개인은 매 순간 결단하고 선택하고 행동하게 되는데, 그에 따른 결과는 스스로 감당해야 한다는 거예요. 무책임한 방종이나 도피는 자기기만일 뿐이라는 거죠. 나의 선택이나 행동으로 인한 영향이나 상황까지도 책임져야 함을 강조합니다. 선택하고 책임을 지는 실천적 행동을 의미하는 윤리적인 사상이 '앙가주망'이에요.

또한 '타자와의 관계'에서 나와 타자는 '갈등'의 관계라고 봅니다. 둘은 각자의 본질을 창조해 가는 과정에서 우연히 만나게 되는데, 이때 둘은 서로를 '객체'화하려고 한다는 거죠. 그 과정에서 갈등이 생길 수밖에 없고, 그 갈등을 넘어서는 것을 지향해야 한다고 주장합니다. 그런데 내가 아닌 사람인 타자는 부정적인 자질을 갖게 됩니다. 가부장적 문화 속에서 남성이나 남성다움은 규범으로 세워지고 여성이나 여성다움은 비규범적인 것인 타자로 간주된다는 거예요. 여성은 곧 절대적인 남성에게 의존하는 타자라는 것이죠.

사르트르의 무신론적 실존주의를 받아들인 보부아르는 여성들이 겪는 열등성의 원인을 '여성'의 '본질'에서 찾는 입장을 부정합니다. 남녀의 생물학적 차이는 여러 가지 삶의 조건 중 하나인 상황일 뿐이라는 거예요. 그러면서 보부아르는 여성이 상황과 맺는 관계를 '초월성'과 '내재성'으로 설명하며 초월성을 향해 나아가기를 강조합니다.

'초월성'은 나의 내면을 넘어선다는 의미예요. 인간은 자유의 상태에서 매 순간 자신을 초월하는 것으로 주체를 정립해 나갈 수 있어요. 그런데 여성은 남성에 의해 규정된 수동성, 침체, 비생산 등의 내재성의 영역에 갇혀 있어 자신을 창조하며 주체적으로 나아가지 못하고 여성 스스로가 '타자'나 '객체' 상태에 머문다고 지적합니다. 남녀의 관계를 '주체'와 '타자(객체)'로 놓았을 때 여성인 '타자'는 남성이 베푸는 혜택 속에 안주하며 자신의 창조성을 포기한다는 것이죠. 그러면서 "여자를 객체로 응결시키고 내재 속에 갇혀 있기를 요구"하는 남성중심 사회는 '절대악'이라고 비판합니다. 가부장제 이데올로기와 남성중심의 세계에 머무는 것은 영원한 여성, 영원한 타자로 남는 것이라며 주체가 되기 위해서는 다른 자유를 향한 부단한 자기 초월이 이루어져야만 한다고 강조합니다.

책에서 다루는 네 가지 문제

> 내가 나 자신을 규정하려면 우선 '나는 여자다'라고 선언해야 한다. 앞으로의 모든 논의는 이런 사실을 바탕으로 이루어진다. 남자는 결코 어떤 성에 속하는 개인으로서 자신을 규정하며 시작하지 않는다. 그가 남자라는 것은 굳이 말할 필요도 없다.✦(13쪽)

✦ 시몬 드 보부아르, 이희영 옮김, 『제2의 성』, 동서문화사, 2012.

서론에서 작가는 여성이 현재 정의되는 상황들을 제시하며 문제를 제기합니다. 그 문제는 크게 네 가지입니다.

첫째는 정체성의 문제입니다. 작가는 여성의 근본 문제를 '여성성'이나 '여성의 본질'에서 찾는 것을 거부해요. 실존이 남자들이 규정해 놓은 본질을 앞서기 때문이에요. 둘째는 '남자=주체, 여자=타자'의 등식의 기원에 대한 의문이에요. 그 등식은 남자가 여자를 억압하고 지배하기 위한 등식이라는 거예요. 셋째는 남녀가 평등하게 살 수 있는가의 문제이죠. 남자는 권력을 놓지 않으려 할 것이고, 여자는 그것을 인정하며 공모자가 되기도 함을 지적해요. 넷째는 그렇다면 여성은 어떻게 해방해야 하는가의 문제입니다. 이러한 집필 의도를 실존주의 입장에서 고찰합니다.

남자가 만든 역사

역사적으로 여자는 유목사회에서조차 출산이 강하게 요구되었습니다. 전쟁에서 잘 싸우더라도 출산에 예속되기 쉬웠어요. 그러다 보면 자기초월 의지가 약화하면서 내재성에 갇히게 되었어요. 토지를 경작하던 시기의 고대인은 가부장제도와 상속권이 있어 남성의 지위를 우월하게 만들었고요. 여자는 남자가 소유하는 재산의 일부로 여겨졌어요. 아내의 재산 소유와 상속에 대한 모든 권리를 박탈하는 등 여성은 인격적으로 존엄을 누리지 못했습니다. 아랍에서는 아버지에게 모든 권리를 귀속시키거나 그리스에서는 여성을 영원한 미성년으로 남게 했죠. 동서양을 막론하고 여자는 물건 취급을 당했습니다.

보부아르는 정신분석과 사적 유물론도 비판합니다. 프로이트의 '거세 콤플렉스'와 '음경선망' 등은 남성중심의 정신분석으로, 프로이트의 주장대로 여성이 남성의 그것을 갈망한다면 그것은 "권력이 없기 때문"이라고 지적하죠. 보부아르는 사회주의의 도래만이 여성 억압을 끝낼 수 있다고 확신한 사회주의자였지만, 자본주의적 계급사회가 여성 문제의 핵심이라고 한 마르크스의 사적 유물론도 비판했어요. 여성과 남성이라는 성 자체가 바로 '세습적 계급'이라고 지적합니다.

15세기부터 르네상스 시기 이후로 여성의 지위는 조금씩 개선됐으나 여성은 대부분 불평등한 대우를 받았어요. 교육의 기회를 받지 못했고요. 특히 교회는 육체를 죄악시하면서 여성의 몸을 식민화했죠. 17~18세기에 들어서면서 계몽철학자들을 중심으로 남녀의 차이가 타고난 것이 아니라 교육과 사회 환경 때문이라는 견해가 나오기는 했으나 불평등은 여전했습니다.

프랑스 혁명 이후 1790년에 장자 상속권이 폐지됐고, 1792년에 이혼에 대한 법률이 가결됐지만 여성의 정치는 금지됐습니다. 19세기 여성의 생산 노동이 강조되면서 경제적 힘을 회복할 수 있었지만, 집안일이나 출산의 문제는 여전히 여성만의 일이었어요. 산아 제한을 위한 콘돔 사용은 1829년 무렵에 시작되었고, 낙태는 불법이었죠. 프랑스에서 1945년에 여성이 투표권을 획득했으나 실질적 지위가 높아지지는 않았습니다.

보부아르는 이 모든 여성의 역사는 남자가 만들었기에 여성이 남성에 예속된 삶에 안주하려고 하는 한 불평등은 지속될 것이라고 경고합니다. 여성이 이런 상황을 극복하기 위해서는 부단히 노력해야 한다고 강조하죠.

신화로 보는 '여성'

보부아르는 남성들이 신화를 이용해서도 여성을 억압해 왔음을 지적합니다.

대표적인 신화가 기독교의 창조 신화예요. 여자는 남자의 갈비뼈로 만든 열등한 존재이며 여자의 수태와 생식의 기능을 찬양하면서도 그 일을 여성에게만 맡기며 수동적 역할을 강조한다는 것이죠. 동정녀 마리아 신앙에서 여자가 남자에게 순종하는 하녀가 됨으로써 축복받는 성녀가 됨을 이야기하며 여성의 지위를 순종하는 하녀로 강제한다는 거고요. 이런 역할은 어머니에게도 해당해, 어머니는 거룩한 숭배의 대상이면서 계모가 나오는 동화에서처럼 혐오의 존재이며 남성에게 봉사하는 하녀 신화가 있다고 지적합니다.

여성은 수동적이고 부드럽고 베푸는 성격이면서 동시에 요부의 이미지도 가져야 하는 신화도 음모가 있다고 지적하죠. 여자가 아내, 어머니, 연인, 첩, 매춘부라는 사회적 역할을 수행하도록 만들기 위해서라는 거예요. 이런 신화를 이용해 남성이 여성보다 우월한 존재임을 강화하고 여성을 열등한 존재로 고착화한다며 기존의 여성관을 비판합니다.

보부아르는 사회가 만들어 놓은 '여성다움'의 신화를 비판하면서 동시에 여성들이 스스로 이 신화를 받아들인다는 점도 비판합니다. '여성다움'의 신화와 여성을 이상화하는 남성 가부장제의 희생자인 여성들이 그 신화를 내면화하고 그것을 받아들임으로써 가부장제에 공모한다고 지적하죠. 여성들이 공모하는 이유는 스스로 주체가 될 수 있는 수단이 없어서예요. 그래서 여성들에게 '우리'라고 할 수 있는 연대가 필요하다고 제안합니다. 여성이 주체가 될 수 있는 노력을 개인과 사회적 차원에서 요구합니다.

유년기부터 만들어지는 여성의 삶

> 여자는 태어나는 것이 아니라 만들어지는 것이다. 남자가 사회에서 취하고 있는 형태는 결코 어떤 생리적·심리적·경제적 운명으로 결정되는 것이 아니다. 문명 전체가 수컷과 거세체 사이의 중간 산물을 만들어 그것에 여성이라는 이름을 붙였을 뿐이다.(342쪽)

이 구절은 제2부 1편의 첫 번째 단락으로 사실상 이 책의 요약이라고 해도 무방합니다. 이 구절을 시작으로 제2부에서는 현대 여성이 어떻게 유년기에서부터 결혼생활에 이르기까지 만들어지고 억압당하는지를 살핍니다.

먼저, 결혼한 여성이 남편과 동등하지 않은 관계가 강화되는 이유가 남자는 생리적 욕구를 해소하고 집안일을 하고 자녀를 보는 일 등에서 여자를 필요로 하고, 여자는 경제적인 주권이 필요해 남자를 필요로 하기 때문이라고 지적합니다. 결혼은 그러한 문제를 해결해 주지만 그 대가는 여성의 수동화와 남성에게 예속된 삶이라는 것이죠. 그래서 남자에게 결혼은 '생활양식'이지만 여성에게 결혼은 '운명'으로 받아들인다고 비판합니다. 결혼한 여성이 집안일을 하며 삶의 풍요로움을 느낄지 모르지만, 그것은 시시포스의 형벌과도 같다는 것이죠.

> 여자에게 자립적인 생명조직이 부여되어야만 한다. 여자는 세계에 대항해

싸울 수 있어야 한다. 그리고 세계에서 자신의 생존에 필요한 수단을 이끌어 내야 한다. 그렇게 되면 여자의 의존성은 사라질 것이고 남자의 의존성 또한 그렇게 될 것이다. 남녀 모두가 현재보다 더 마음 편히 살아가리란 것은 의심할 여지가 없다.……

경제적 요인은 여자가 변화하는 데 제1의 요인이었으며 현재 역시 그렇다. 그러다 이 요인이 예고하고 요구하는 정신적·사회적·문화적 성과가 수반되지 않는 한, 새로운 여자는 나타나지 않을 것이다.(924~925쪽)

이혼이 방법일 수 있는데, 문제는 이혼이 모든 문제를 해결해 주지는 못한다는 데 있습니다. 보부아르는 대안으로 결혼 제도의 개선, 여성의 경제적 조건을 보장해 주기 위한 사회 조건과 경제 조건의 개선, 남성들의 각성 등을 제시합니다. 그러면서 여성의 경제적 독립과 초월적인 존재로 나아가려는 노력이 필요하다고 역설하죠. 그러한 노력이 지속될 때 '차이 속에서의 평등'이 아니라 '평등 속에서의 차이'가 가능해진다고 언급합니다. 여성해방의 진짜 이유는 남녀 모두에게 득이 될 거라고 주장하죠. 그것을 위해 우리는 성 대결이 아니라 보편적인 가치와 목표를 위해 함께 노력하는 우애를 보여야 한다고 강조하며 글을 마무리합니다.

보부아르 이후 페미니스트들은 여성이 지닌 특유의 가치를 존중

이 책이 나왔을 때 『제2의 성』은 가부장적 사회의 여성관을 거부했다는 이유로 비난을 받았습니다. 그러나 이후 이 책은 '여성'에게 규정된 개념의 불순한 의도를 다양한 관점에서 파헤친 20세기의 가장 영향력 있는 페미니즘 책이 됐습니다.

이 책이 페미니즘의 방향을 제시한 이후 페미니즘 앞에는 다양한 수식어가 붙으며 많은 철학과 실천을 이끌어 냈습니다. 그중 하나는 1970년대 프랑스의 신세대 페미니스트들의 주장입니다. 그들은 남성과 동등한 평등권을 추구했던 보부아르와 다르게 여성이 남성과 다른 점을 강조함으로써 여성이 굳이 남성과 같아질 필요가 없다고 주장합니다. 여성만의 특수성인 존재론적 조건에 주목하죠. 여성이 '제2의 성'으로 취급당하지 않고 주체가 되어야 한다고 생각한 보부아르와는 다르게 여성이 지닌 특유의 가치를 존중하는 방향으로 나아갔습니다. 1980년대 페미니즘은 여성들 사이에 존재하는 '차이'에 주목했어요. 인종, 계급, 민족에 따라 여성 문제는 다를 수 있기 때문에 진단과 처방이 달라져야 한다고 말합니다.

보부아르가 여성의 일상을 비하하고 자율성과 독립을 남성의 전형으로 규정하면서 여성도 남성처럼 초월성을 지닌 주체가 되어야 한다고 주장했다면, 그 이후 등장한 페미니스트들은 남성과 '다른' 여성적 차이를 적극적으로 수용해 긍정적인 가치로 전환했습니다. 남자와 여자의 성적 차이를 강조하면서 여성성과 여성의 육체를 찬양하는 쪽으로 나아갔습니다.

보부아르의 의견에 대해 한계와 비판이 따르지만 분명한 것은 보부아르가 여성에게 강한 자의식을 심어 줬다는 사실이에요. 이는 지금까지도 여성주의나 페미니즘 운동에 힘을 실어 주며, 인종, 민족, 성 차이에 관한 관심이 확대되는 데 영향력을 발휘하고 있습니다.

보부아르가 여성의 해방을 강조하며 책을 낸 지도 70년이 넘었습니다

프랑스 파리 몽파르나스 묘지에 같이 묻힌 장 폴 사르트르와 시몬 드 보부아르 묘지.

다. 그동안 여성 삶의 질은 얼마나 나아졌을까요? 여러 가지 통계자료를 예로 들지 않더라도, 여성을 대상으로 하는 범죄가 끊이지 않는 것만 봐도 여성의 삶은 위험해 보이기까지 합니다.

불평등한 권력관계에서 일어나는 사회적 폭력을 폭로했던 성폭력 고발 '미투Me too(나도 당했다)' 운동, 학생이 교사들의 성희롱과 성추행 등의 폭력을 고발한 '스쿨미투school+Me Too', 디지털 성범죄·성착취 사건인 N번방 사건, 데이트 폭력의 범죄 등은 여성에 대한 혐오나 젠더 의식의 부족, 불평등한 남녀관계를 지속시키는 가부장 의식 등으로 인한 범죄입니다. 성평등을 위한 노력이 남성을 억압하고 여성에게만 이롭다는 잘못된 인식도 성평등을 가로막는 요소입니다.

보부아르가 사회적 집단으로서의 여성을 보게 만들었고 여성운동을 가능하게 했으며 여성의 삶에 변화를 가져왔다지만, 아직도 갈 길은 멀어 보입니다. 누구나 타자가 아니라 주체가 되어야 한다는 것은 아무리 강조해도 부족해 보이죠. 서로가 주체가 될 때 인간 존중의 실현이 가능하고 남녀 간의 대등한 관계가 되어 모든 사회적인 동등함을 실현할 수 있을 겁니다.

어떻게 공존을 모색해야 할까요? 서구 여러 국가에서 이뤄진 연구 결과에 따르면 성평등 국가에 사는 남성이 그렇지 못한 국가에 사는 남성보다 행복할 확률이 높고 성평등 국가일수록 모든 성별이 우울증이나 폭력 등과 같은 불행한 일을 겪는 사례가 현저히 줄어든다고 합니다. 보부아르의 말대로 성 대결이 아닌, 모두가 공존하기 위한 노력을 함께할 때 우리 사회는 남녀 성평등뿐만 아니라 다양한 성적 존재들에게도 개방된 사회가 될 수 있을 것입니다. 그러기 위해 성평등한 제도를 만들고 성평등 의식을 고취하기 위한 꾸준하고 구체적인 노력이 필요합니다.

세계 여성의 날

'세계 여성의 날'은 세계 여성의 지위 향상을 위한 날로 1908년 3월 8일 미국의 여성 노동자들이 열악한 작업장에서 화재로 숨진 여성들을 기리며 궐기한 것을 기념하는 날이다. 당시 노동자들은 근로여건 개선과 참정권 보장 등을 요구했는데, 이후 유엔은 1975년을 '세계 여성의 해'로 지정하고 1977년 3월 8일을 특정해 '세계 여성의 날'로 공식화했다. 우리나라에서는 2018년에 법정기념일로 공식 지정돼 관련 단체들이 다양한 행사들을 진행한다.

미투 운동

미투 운동Me Too movement은 미국에서 시작된 해시태그 운동이다. 성폭력 피해자들이 SNS를 통해 자신의 피해 경험을 잇달아 고발한 현상으로 사회에 만연한 성폭력의 심각성을 알리고 피해자 간 연대를 위해 진행됐다. 2006년 미국의 사회운동가 타라나 버크가 제안했으며, 2017년 10월 할리우드 유명 영화제작자인 하비 와인스타인의 성추문을 폭로하고 비난하기 위해 소셜 미디어에 해시태그(#MeToo)를 다는 행동이 기폭제가 됐다. 특히 직장 등에서 비일비재하게 일어나는 권력형 성폭력에 주목하는 계기가 되었다. 미투Me Too의 의미는 '나도 고발한다'라는 뜻으로, 성폭력 피해 경험을 공유하며 피해자들에게 "당신은 혼자가 아니며 우리는 함께 연대할 것"이라는 메시지를 전달한다는 의미가 있다.

참고문헌

1. 보이는 것과 보이지 않는 것 사이에서의 의미 찾기

우찬제, 『서양의 고전을 읽는다』, 휴머니스트, 2006.

인명사전편찬위원회, 『인명사전』, 민중서관, 2002.

생텍쥐페리, 전성자 옮김, 『어린 왕자』, 문예출판사, 1999.

생텍쥐페리, 황현산 옮김, 『어린 왕자』, 열린책들, 2015.

G. 랑송, 정기수 옮김, 『랑송 불문학사』, 을유문화사, 1997.

2. 인간을 무한 긍정한 사랑의 찬가

김우탁, 『영문학사2』, 을유문화사, 1986.

신운선, 「서울대 추천도서 100선—읽어라, 청춘(9) 템페스트」, 《서울신문》, 2014년 4월 7일.

윌리엄 셰익스피어, 박정근 옮김, 『태풍』, 도서출판 동인, 2014.

윌리엄 셰익스피어, 이경식 옮김, 『템페스트』, 문학동네, 2010.

'템페스트, 셰익스피어', 두산백과.

현공숙, 『인물세계사』, 청아출판사, 1999.

3. 나를 좀 제발 그냥 놔두시오

'파트리크 쥐스킨트', 두산백과.

파트리크 쥐스킨트, 유혜자 옮김, 『좀머 씨 이야기』, 열린책들, 2020.

'파트리크 쥐스킨트', 『해외저자사전』, 교보문고, 2014.

4. 우리에게 보내는 '외롭고 높고 쓸쓸'한 풍요로운 삶의 비밀편지

김상욱, 『잠 못 드는 밤 백석의 시를 생각하며』, 뒤란, 2020.

김학동 편, 『백석전집』, 새문사, 1990.

'백석', 한국민족문화대백과, 네이버 지식백과.

신운선, 「서울대 추천도서 100선—읽어라, 청춘(21) 백석」, 《서울신문》, 2014년 7월 1일.

안도현, 『백석 평전』, 다산책방, 2014.

이동순 편, 『백석 시 전집』, 창작사, 1987.

5. 극단적인 과학주의가 불러온 비극, 자연과의 공존이 모두의 생명을 깨우는 길

'레이첼 카슨', 위키백과.

레이첼 카슨, 김은령 옮김, 『침묵의 봄』, 에코리브르, 2011.

울라브 하우게, 임선기 옮김, 『어린 나무의 눈을 털어주다』, 봄날의책, 2017.

진저 워즈워스, 황의방 옮김, 『레이첼 카슨: 지구의 목소리』, 두레아이들, 2016.

6. 탈출구를 찾지 못한 가족의 민낯, 소외에서 실존을 찾다

이성복, 『뒹구는 돌은 언제 잠 깨는가』, 문학과지성사, 2008.

이한이, 『문학사를 움직인 100인』, 청아출판사, 2014.

신운선, 「서울대 추천도서 100선—읽어라, 청춘(1) 변신」, 《서울신문》, 2014년 2월 11일.

프란츠 카프카, 김태환 옮김, 『변신·선고 외』, 을유문화사, 2015.

프리드리히 니체, 장희창 옮김, 『차라투스트라는 이렇게 말했다』, 민음사, 2010.

7. 어둠과 고요 속에서의 간절한 소원

마거릿 데이비슨, 김완균 옮김, 『헬렌 켈러의 위대한 스승 애니 설리번』, 동쪽나라, 2004.

신운선, 「이 주의 책—사흘만 볼 수 있다면」, 《조선일보》, 2016년 12월 30일.

앤 설리번, 장호정 옮김, 『헬렌 켈러는 어떤 교육을 받았는가』, 라의눈, 2014.

헬렌 켈러, 신여명 옮기고 씀, 『사흘만 볼 수 있다면: 그리고 헬렌 켈러의 이야기』, 두레아이들, 2017.

8. 시간을 훔치는 도둑과 시간의 수호자

미하엘 엔데, 한미희 옮김, 『모모』, 비룡소, 1997.

'모던 타임스', 다음 영화, 위키백과.

'미하엘 엔데', 『해외저자사전』, 교보문고, 2014.

9. 가혹한 현실에 맞서는 인간 의지에 바치는 헌사

김희보, 『세계문학사 작은 사전』, 가람기획, 2002.

'노인과 바다', '헤밍웨이', 세계문학사전.

어니스트 헤밍웨이, 황종호 옮김, 『노인과 바다』, 하서, 2008.

칼린 브레넌, 황정아 옮김, 『쿠바의 헤밍웨이』, MEDIA2.0, 2006.

10. 세상을 바꾸는 건 메시지 아닌 미디어, 인간의 인식 방식에 어떻게 영향을 미칠까

고영복, 『세계의 사상』, 사회문화연구소, 2002.

마셜 맥루언, 김성기·이한우 옮김, 『미디어의 이해』, 민음사, 1994.

마셜 매클루언, 김상호 옮김, 『미디어의 이해』, 커뮤니케이션북스, 2011.

'미디어의 이해', '마셜 매클루언', 두산백과.
박문각 시사상식편집부, 『시사상식사전』, 박문각, 2014.
신운선, 「서울대 추천도서 100선—읽어라, 청춘(29) 미디어의 이해」, 《서울신문》, 2014년 6월 10일.
스티브 존스, 이재현 옮김, 『뉴미디어백과사전』, 커뮤니케이션북스, 2005.

11. 불평등한 사회에서 사랑으로 이룬 인간 해방
서유석, 「춘향전 십장가 연구 춘향 항거 의미의 변화 양상을 중심으로」, 《한국고전연구》, 20권, 한국고전연구학회, 2009.
설중환, 『한국 고소설의 이해』, 집문당, 2009.
송성욱 풀어 옮김, 백범영 그림, 『춘향전』, 민음사, 2012.
장순희, 「춘향전의 인물과 독자의 욕망 구조 완판 〈열녀춘향수절가〉를 중심으로」, 《한국문학논총》, 제55집, 한국문학회, 2010.
오학균, 『열녀춘향수절가』, 한국학술정보, 2020.
전국국어교사모임 기획, 조현설 글, 유현성 그림, 『춘향전』, 휴머니스트, 2013.
정출헌, 『조선 최고의 예술 판소리』, 아이세움, 2009.
'춘향전', 한국민족문화대백과사전.

12. 내면의 목소리에 귀 기울여 자기 자신에게 다다르는 길
전영애 외, 『서양의 고전을 읽는다』, 휴머니스트, 2006.
헤르만 헤세, 정홍택 옮김, 『데미안』, 소담출판사, 2003.
'헤르만 헤세', 두산백과, 네이버 지식백과.
한국저작권위원회, 《저작권 문화》, 제299호, 2019년 7월호.

13. 오만한 문명에 대한 예언서, 불행해질 권리를 달라

김희보, 『세계문학사 작은 사전』, 가람기획, 2002.

'디스토피아', '올더스 헉슬리', '유토피아', 두산백과.

올더스 헉슬리, 안정효 옮김, 『멋진 신세계』, 소담출판사, 2015.

올더스 헉슬리, 이덕형 옮김, 『멋진 신세계』, 문예출판사, 2018.

크리스티아네 취른트, 조우호 역, 『책: 사람이 읽어야 할 모든 것』, 도서출판 들녘, 2010.

피터 박스올, 박누리 역, 『죽기 전에 꼭 읽어야 할 책 1001권』, 마로니에북스, 2007.

한림학사, 『통합논술 개념어 사전』, 청서출판, 2007.

14. 자신의 존재를 긍정하고 네 삶의 주인이 되어라

고병권, 『니체의 선과 악—도덕의 계보학』, 아트앤스터디 인문학 365, 2017.

니체, 홍성광 옮김, 『도덕의 계보학』, 연암서가, 2013.

신운선, 「서울대 추천도서 100선—읽어라, 청춘(29) 도덕의 계보학」, 《서울신문》, 2014년 11월 11일.

이진우, 『니체의 인생 강의』, 휴머니스트, 2015.

임상훈 외 12인, 『20세기 사상 지도』, 부키, 2012.

15. 그래도, 우리는 사랑해야 한다

로맹 가리, 이재룡 옮김, 『인간의 문제』, 마음산책, 2014.

신운선, 「서울대 추천도서 100선—읽어라, 청춘(37) 자기 앞의 생」, 《서울신문》, 2015년 3월 8일.

에밀 아자르, 김영 옮김, 『자기 앞의 생』, 청목, 2005.

에밀 아자르, 용경식 옮김, 『자기 앞의 생』, 문학동네, 2018.

에밀 아자르, 하재기 옮김, 『자기 앞의 생』, 청산사, 1979.

16. 우화로 폭로한 독재의 악몽

마이클 샌델, 안진환 외 1명 옮김, 『왜 도덕인가?』, 한국경제신문사, 2010.

마이클 샌델, 김선욱 옮김, 『정치와 도덕을 말하다』, 와이즈베리, 2016.

곽준혁·최장집, 「마키아벨리, 목적이 수단을 정당화하는가?」(정치철학 다시 보기), 위키미디어 커먼즈, 2016. 7. 15.

이강무, 『청소년을 위한 세계사』, 두리미디어, 2002.

전국역사교사모임, 『살아있는 세계사 교과서 2』, 휴머니스트, 2005.

조지 오웰, 김병익 옮김, 『동물농장』, 문예출판사, 1999.

조지 오웰, 김욱동 옮김, 『동물농장』, 비채, 2013.

조지 오웰, 이한중 옮김, 『나는 왜 쓰는가』, 한겨레출판, 2010.

'조지 오웰', '레닌', 두산백과.

차하순, 『서양사 총론 2』, 탐구당, 2015.

17. 억압, 위장된 무의식적 소망…… 내가 외면했던 '나'를 만나다

강성률, 『청소년을 위한 서양철학사』, 평단문화사, 2008.

김서영, 『프로이트의 꿈의 해석』, 사계절, 2014.

신운선, 「서울대 추천도서 100선—읽어라, 청춘(5) 꿈의 해석」, 《서울신문》, 2014년 3월 11일.

이창재, 『프로이트와의 대화』, 학지사, 2004.

지그문트 프로이트, 김인순 옮김, 『꿈의 해석』, 열린책들, 2020.

철학사전편찬위원회, 『철학사전』, 중원문화, 2009.

최인규, 『현대영화의 은밀한 매력』, 교보문고, 2012.

18. 섬에 갇힌 소년들이 드러낸 인간의 본성

데이비드 호킨스, 백영미 옮김, 『의식혁명』, 판미동, 2011.
'윌리엄 골딩', 네이버 지식백과, 두산백과.
윌리엄 골딩, 강우영 옮김, 『파리 대왕』, 청목, 2008.
윌리엄 골딩, 유종호 옮김, 『파리 대왕』, 민음사, 2002.
이원평, 「윌리엄 골딩의 『파리 대왕』: 인간 본성의 양면성과 구원의 가능성 연구」, 경성대학교 석사 학위 논문, 2014.
이한이, 『문학사를 움직인 100인』, 청아출판사, 2014.
한림학사, 『통합논술 개념어 사전』, 청서출판, 2007.
J. 스티븐 랭, 남경태 역, 『바이블 키워드』, 도서출판 들녘, 2014.

19. 가정, 종교, 국가를 극복해 다다르고자 한 작가의 초상

이한이, 『문학사를 움직인 100인』, 청아출판사, 2014.
신운선, 「서울대 추천도서 100선—읽어라, 청춘(25) 젊은 예술가의 초상」, 《서울신문》, 2014년 9월 16일.
'제임스 조이스', '모더니즘을 대표하는 아일랜드 작가', 인물세계사.
'제임스 조이스', 두산백과.
제임스 조이스, 성은애 옮김, 『젊은 예술가의 초상』, 열린책들, 2011.
'제임스 조이스', 『해외저자사전』, 교보문고, 2014.
토마스 불핀치, 박경미 옮김, 『그리스 로마 신화』, 혜원출판사, 2017.

20. 여성은 태어나는 것이 아니라 만들어진다

고정갑희 외, 『서양의 고전을 읽는다』, 휴머니스트, 2006.

'세계 여성의 날', 시사상식사전, pmg 지식엔진연구소.

시몬 드 보부아르, 이희영 옮김, 『제2의 성』, 동서문화사, 2012.

'시몬 드 보부아르', '미투', 두산백과, 네이버 지식백과.

안광복, 『처음 읽는 서양 철학사』, 어크로스, 2017.

크리스티아네 취른트, 『책: 사람이 읽어야 할 모든 것』, 들녘, 2010.

지은이 신운선

20년 넘게 학생과 성인을 대상으로 독서교육과 강의를 하고 있다. 제12회 마해송 문학상과 2019년 아르코 문학창작지원금 장편동화 부문을 수상했다. 작품으로 장편 동화 『해피 버스데이 투 미』, 『바람과 함께 살아지다』가 있고 청소년 소설로 『두 번째 달, 블루문』이 있다. 그 외 쓴 책으로 『엄마가 고른 한 권의 그림책』, 『아이의 독서력(공저)』, 『다문화 독서상담의 이해와 실제(공저)』 등이 있다.

고전을 부탁해 1
청소년을 위한 첫 고전 읽기

1판 1쇄 발행 2022년 1월 20일
1판 2쇄 발행 2022년 5월 30일

지은이 신운선
펴낸이 조추자
펴낸곳 도서출판 두레
등 록 1978년 8월 17일 제1-101호
주 소 (04075)서울시 마포구 독막로 100 세방글로벌시티 603호
전 화 02)702-2119(영업), 02)703-8781(편집)
팩 스 02)715-9420 **이메일** dourei@chol.com **블로그** blog.naver.com/dourei

ISBN 978-89-7443-137-2 44800
978-89-7443-139-6 (세트)